物色

文学的维度与标识

赵依 著

四川人民出版社

图书在版编目（CIP）数据

物色：文学的维度与标识/赵依著. —成都：四川人民出版社，2022.1
ISBN 978-7-220-12476-1

Ⅰ.①物… Ⅱ.①赵… Ⅲ.①中国文学－当代文学－文学评论－文集 Ⅳ.①I206.7-53

中国版本图书馆CIP数据核字（2021）第229261号

WUSE WENXUEDE WEIDUYU BIAOSHI
物色：文学的维度与标识
赵 依 著

出 版 人	黄立新
责 任 编 辑	张春晓
封 面 设 计	李其飞
版 式 设 计	戴雨虹
责 任 印 制	祝 健
出版发行	四川人民出版社（成都市槐树街2号）
网 址	http://www.scpph.com
E-mail	scrmcbs@sina.com
新浪微博	@四川人民出版社
微信公众号	四川人民出版社
发行部业务电话	（028）86259624 86259453
防盗版举报电话	（028）86259624
照 排	四川胜翔数码印务设计有限公司
印 刷	成都东江印务有限公司
成品尺寸	145mm×210mm
印 张	12.5
字 数	290千
版 次	2022年1月第1版
印 次	2022年1月第1次印刷
书 号	ISBN 978-7-220-12476-1
定 价	68.00元

■版权所有·侵权必究

本书若出现印装质量问题，请与我社发行部联系调换
电话：（028）86259453

流连万象,辞以情发

邱华栋

看到赵依文论批评集《物色》的封面标题,我首先会心一笑。

先从命名来谈,为何会有如此贴切的谐趣。"物色"在现代汉语中本意指寻觅和择选,对于赵依的职业而言——此前她是鲁迅文学院的教师,现在她又是重要文学杂志《中国作家》的优秀编辑,可以说,从著名学府中国人民大学硕士毕业以后,她就一直在为中国当代文学的优秀人才与优秀作品服务,这些字迹标记了多种文学的维度,可见这名字取得精妙。

第二个会心一笑,是在发现了赵依偷偷夹藏私货之时。为何如此说?当代的文学研究者、批评家都有着良好的学历教养自不必说,青年一代的创作者如今也多通晓西方理论。赵依博士学习阶段跻身于比较文学与世界文学的专业行当之中,但并没有因为大量西方理论话语的涌入而误入某种人云亦云的境地,而是一直延续着自己古典学术修养的深厚功底,尤见本书编目中的第三部分文章,主要是对古代文论的爬梳和体悟,她的努力在于以古典文学传统为根基的借鉴与发扬。这就是她的文学评论中偷偷夹带的"私货"。

"物色"取自《文心雕龙·物色》,点出物和人随四时更替而变化,"岁有其物,物有其容;情以物迁,辞以情发。"写作的发生机制环环相扣,"物色"处于中间枢纽处,上承时序之影响,再将此影响转接至心绪情感上。《文选》中有"物色"类,收宋玉《风赋》、潘岳《秋兴赋》、谢惠连《雪赋》、谢庄《月赋》,李善注云:"四时所观之物色而为之赋。又云:'有物有文曰色,风虽无正色,然亦有声。'《诗注》云:'风行水上曰漪。'《易》曰:'风行水上,涣。'涣然即有文章也。"由古及今,文章之学都讲究发生论,用当下的文学批评语言说,则是写作的来路、现场和去处,这个大问题是赵依选学眼光中最关键的检视对象。因此,赵依有意识地加强古今对话,并从持续的积极运用中寻找融合的合理路径,对古代文论的美学观念、思维方法的发扬,以及古代文论价值的当代生成,从这部评论集诸多篇章中显现。所以,读者总能见出赵依笔下极富层次的对话性,她直面作家作品展开论证,同时将美学意蕴于"羚羊挂角"中勾勒,潜行于言外,以灵动性恰如其分地阐释居于变化的文学世界。

必须承认,文学作为经验、想象、情感及精神力量的独特见证,并未在当代生活中缺席。理论评论作为阐明文学要义的文体领域,以独特的视角关切文学与生命世界的互证,这就要求掌握学理、材料进行历史性分析的同时,以生命化的审美直觉架设文学与人生的通途大道。

学术化和历史化以及即时性的审美诉求同样重要,因此,正如赵依这部评论集所昭示的,对文学维度和文学标识的"物色",一方面必须借用文学史的权力进行深入的学术研究,另一方面,既然文学的阅读可被比拟为"流连万象",那么大千世界则须通过生命体验的灵动话语进行感受性的表述。

知识记忆固然重要,行进中的文学生产,生发的现象与思潮,铺陈的事实面貌和经验形式及其当下性,赵依有意识地进行了更多的捕捉和介入,她企盼的是自己的纷繁思索能够形成某种有效的对话。评论集收录的文章中,有一些是典型的文学批评写法,比如对阿来、罗伟章、林森、《繁花》等作家作品的细致评论，意在立足我们时代文学的多重维度与未来走向展开思考和讨论，这当然极为重要。但我更为看重的，是这一代人自由地表达、反思和实践着的青年写作及相关文学现象的问题。这些既发生于，又被写就于赵依二十岁至三十岁十年间的作品，赵依就现象与文本进行了细致而及时的观察、分析与判断，而赵依自己的写作——兼及学术层面与创作层面，也汇入了其中。大致说来，既是知识体系的搭建脉络，古今中外小说诗歌触类旁通，更是文学生活和青春记忆的载体，年轻一代在文学与现实之间建立起切实的血肉联系，而这是属于赵依以及他们这些鲜活年轻生命的"辞以情发"。

也因为此，这部评论集的意义不可忽视，因为它和作者一样，都是当代精神的书写者和见证者，是一种灵动的文学人生的亲历者，它表现为丰富的阅读和多角度的观察，它透过多种话语来传递，它提供一种与知识生产及材料考辨相关的风格化研读模式，它彰显属于年轻人的文学视界并敢于发表看法，在解读文学的同时总是期待更好的文学，以及文学世界所提供的丰富人生、丰沛情感和丰饶智慧。

赵依深知当代文学学科的独特之处，这些文章中既有当代文学与"当代"的互涉，提示"当代"本身作为现实书写对象的丰富状态，并关联当代文学理论评论工作与文学现场和生产机制的深刻互动，也有意识地投身于当代作家作品"经典化"建构，在"文学史"的视域中进行甄别和指认，并对历史叙述的后设性拥有清醒的自觉与反省。

赵依将文学视作自我心灵的事业，总是试图用自身的生命体验去理解、倾听作家作品的生命，关切其所关切，由此开掘作家作品的生命情状和心灵内面，剖析其中复杂、潜隐的文学感受。所以我们不难发现赵依诚恳的研究精神,以文本细读为重要方法,悉察作家作品的真实内面,进行有理有据的阐释与分析。作为一种独立的发声,赵依的评论文章在个性化的写作中也化约出一种有难度的同时代人的自我表达,认识文学、认识自身,参与精神世界的共同塑造,赵依所怀揣的对未知真理的谦逊和热情,以及对文学的敬畏之心,也是文学的价值所在和伦理基础。赵依并非将研究对象等同于缺乏主体性的作品和材料,她选择植根于人性的丰富存在并由此进入一个个文学的世界,用智慧、公允和充盈的悲悯与勇气去润泽精神领域,洞见不断生长的新的文学质素——雅正立场中论事衡文,本色当行且不失灵动,有根基的学问、有来处的文字存乎于对自我的严格锤炼,而文学给予人的永无穷尽的力量、鼓舞和可能性,我们也能从赵依的小说创作中有所体悟。

目 录

视界·现象

"微"察秋毫　/ 003
　　——浅谈微小说与微阅读
"90后"的新媒体文学生活　/ 009
"90后"写作如何敞开？　/ 014
浅析鲁迅文学精神在青年写作中的缺失　/ 022
改编的朝向和动画的标尺　/ 034
转型年代、中国故事与未来期许　/ 038
新标尺的生成与经典之维　/ 044
追寻华文文学的新标识　/ 051
从仙侠传统看网络文学的"正名"问题　/ 058
文学现象随感十五题　/ 065
我们时代的文本细读　/ 094
　　——乔伊斯《死者》叙事爬梳

视点·现场

《繁花》的可能性难局　　/ 111
"逃离"与失落　　/ 114
《声音史》的"器"与"道"　　/ 119
《夜妆》与小说里的爱情表达　　/ 124
莫言新剧：且壮且歌，更进一碗《高粱酒》！　　/ 127
湫兮如风：周晓枫《星鱼》里的现实与幻想　　/ 134
文化空间与"新人"想象　　/ 140
军旅小说的气象与超越　　/ 147
　　——以《楼顶上的下士》为例
《海里岸上》：空间叙事与意蕴敞开　　/ 151
一切不坚固的也都看不见了　　/ 156
从"渠潮"到"浪潮"，班宇何以似标识？　　/ 159
簌簌有声　庄重悲悯　　/ 163
　　——阿来《云中记》的"执"与"成"
创伤叙事与逃而不得　　/ 170
　　——《平伯母》侧写
梁平诗世界的时间、转义与审美　　/ 175
互文与行动　　/ 184
　　——关于短篇小说的"锻炼"
经典的牵引　　/ 189
袁劲梅小说论略　　/ 197
　　——以理性的抵达为中心
跨界写作：思维、创造与心之所向　　/ 206

论《北上》的长篇范式与新发现　　/230
查验与旁证：从亲历者到时空体　　/240
　　——读周恺《苔》和《侦探小说家的未来之书》
未来、想象与现实的另一半　　/247

视域·回望

曹植书信文简论　　/263
王弼玄学与美学思想初探　　/276
《文选》映衬下的文学观念　　/288
论严羽《沧浪诗话》和"妙悟"说　　/298
从《世说新语·方正》看"方正"概念的变化　　/311
　　——兼谈魏晋士人精神的时代变化
论《六一诗话》与中国诗学形态的演变　　/317

视界·现象

"微"察秋毫
——浅谈微小说与微阅读

文艺反映生活,新的时代催生新的文艺形式,"文变染乎世情,兴废系乎时序",其此之谓也。近年来,新媒介的勃兴形塑了文学观念、文学存在形态以及文学生产、传播和接受的方式,对传统意义上的文学创作产生了直接而深远的影响。其中一个标志性的表象即文学创作伴随媒体终端技术日益朝着以用户体验与功能需求为导向的微型化、便携化、移动化发展,文学样式及其传播方式均呈现出"微"化趋势,并由此带来了基于信息的"微"艺术的繁荣。新媒介相对于印刷媒介和电子媒介等传统媒介而言,主要指以电脑(包括平板电脑、智能手机等微媒体)为主体、以网络为主干的媒介。而微媒体的广泛应用则直接导致巨量"微内容"的产生。1998年,"微内容"这一概念率先由尼尔森提出,指互联网上让读者快速浏览后就能了解页面大意的词语集,例如文章提要、页面标题、电邮主题等。2002年,达士将"微内容"描述为一种以短小形式发布的信息,其长度受限于某个单一的主题以及阅读数字内容所使用的软件与设备的物理技术条件。今天,互联网用户所生产的任何数据,都可以被称作微内容。

在此背景下,微小说和微阅读应运而生。微阅读指综合运用文、图、声、影等呈现形式,以短小精炼的文本在较小屏幕上实现各类型文献对读者的视觉冲击的一种兼具自主化和多样化的新兴阅读方式。微阅读透过移动互联网,借助 iPad、电子书阅读器、手机、MP4、PSP 等微屏幕终端,展示文字、图片、语音短信、视频链接等微内容,其出现与风靡有着深刻的必然性,微新闻、微小说、微知识、微美文等新兴文艺样式也逐渐成为其阅读对象的重要构成。微小说的出现至今仅仅五六年时间,它是随着微博的盛行而产生的一种新的网络文学形式。关于"微小说"之"微"的具体含义,学界说法不一。"微"若指"微小",那么马克·吐温《丈夫的支出账单》应该是微小说的开创与经典;若指"微博",微小说则特指"微博上的小说"。微小说的网络定义则将二者合一,指以微博客形式发表的微型小说,是微博客价值延伸的一种生动表现形式。微小说一般不超过 140 个字,文本短小精悍、语言简洁、结局出人意料,作者可随时与读者互动,具有相当的网文交互性。优秀的微小说既展现作者深厚的文学功底,也彰显文字的简洁美和力量感。

大与小

若仅就文本字数而言,微小说并不是一个新生事物,它可说是短篇小说的一个"分支",早在我国古代的《论语》《世说新语》《阅微草堂笔记》等经典文本中就有实践。事实上,从说唱文学到舞台剧,再到电影、电视剧,传统小说作为一种相对成熟的文体总是借助传播技术手段的发展来实现自身的突破,并由此对叙事艺术形态产生新的影响。尽管很多专家认为微小说的出现是对主流文学的延伸和补充,但相较于传统小说,微小说的文本形态仍具有更"短"、更"简"、"碎片化"、"即时性"和文学"信息化"等诸多不能被主流文学和传统小说的延长线所辐射的新特点。互联网、手机等新媒体形态，一方面作为新兴的传播方式为微小说提供了一个空前宽广的展示平台，同时在另一方面潜移默化地改变了传统小说的某些本质特征与审美祈向。作为新文学样式的微小说在多方面因素的综合作用下，如今风头正劲，这一结果虽离不开科技的日新月异，但其背后的成因一旦从技术层面转移到价值领域，涉及文学的内涵以及文学在现代社会的转型和发展等问题，它所透露的事实本身便会超越技术的单一向度，乃至引发学界对文学本体的再思考。

中国传统文化的深层结构中始终存在着作为文化秩序中心的"道"统，它垄断文化意识中的权威性并以此来制约文化，文学当然也不例外。千百年来，知识分子和艺术家们围绕"道"统形成了一个颇具史诗品格的宏大叙事情结。受此思维模式浸染，现实主义作家作为有忧患意识的精英知识分子，肩负着以天下为己任的责任感与使命感。在我国当代文学中，宏大叙事主要表现为对重大社会历史题材的深度驾驭以及对社会全景式地再现，叙述者以一种历史的眼光来处理宏大的社会题材，并试图对历史做一种全知的权威解释，叙事中不乏"高大全"的英雄主角和激烈的矛盾冲突。在一贯的主题与叙事下，宏大叙事追求一种完整的、全面的叙事，它既与意识形态和抽象概念相联系，又与总体性、理论性、普遍性、合法性等具有部分相同的内涵，它与细节、解构、差异、多元等具有相对立的意义，从而与个人叙事、私人叙事、日常生活叙事、"草根"叙事等相对。

微小说则在自身字数限制和后现代"碎片化"策略的影响下，不得不从宏大叙事过渡到小叙事，注重个体的话语表达和艺术的生活化。后现代对传统文化价值体系的消解，新媒介为个体参与文艺提供的平台，也无疑多维度地为个人创作提供了自由和可能，为个人摆脱集体神话、权威叙事提供了路径。以往，即便是框架结构上不属于宏大叙事模式的现实主义短小之作也会刻意追求关于人生意义、终极关怀的超越境界,以期以小见大,体现宏大叙事精神。而微小说建构的是支离破碎的世界,它以个人话语的小叙事逐渐消解传统文学的宏大叙事。小叙事背离宏大叙事的全面、统一和定性,采取碎片化、拼贴式、反讽式的多种表达来反映当下。在微小说作者那里,记忆的整体性已然瓦解,生活纷乱破碎,即便他们试图在作品中缝合经验世界的片断与零件,展现给读者的依旧多是支离破碎的图景。马歇尔·伯曼曾以马克思《共产党宣言》中的"一切坚固的东西都烟消云散了"来阐述现代性的基本特征,并指出现代公众常"用许许多多破碎的方式来构想"现代性观念。新世纪以来小说中现实的形象已经很难整合,现实早已成为支离碎裂的叙述对象。包括微小说在内的新兴文学样式,倾向于书写纷乱的景观与人们内心的疑惑,这或许可以看作在一个价值观念尚不明确、现实略微脱序的社会转型时期,人们面对现代化进程中诸多困苦所表现出的无力与无奈。传统文学由于受意识形态、宏大叙事的束缚,创作空间相对局促,而新媒介中的微小说得益于小叙事的便捷,关注个人与日常,享有高度的创作自由。小叙事里不存在宏大叙事的"典型环境",人物的性格与命运也并不能归结于某种统一的社会原因及其呈现方式,它在变数与常数的张力拉扯下,探求个人命运的偶然性与复杂性。面对非凡复杂的当下现实,小叙事反映出一种原态真实,其内容虽然都是些小人物、小故事、小感觉、小悲剧,但它们却是如此真切地贴合当代人的身心困顿与痛楚。手机、博客等新媒介为小叙事增添了强劲助力,它们一齐将文学请下神坛,并逐渐解构了"永恒"、"理想"、"权威"、"精英"等传统价值,使文学真正回归民间。

  鲁迅先生曾指出稗官野史和私人笔记中存在着远比"二十四史"

等所谓"正史"更为真实的历史。若不恰当地将传统文学比作正史，将微小说在内的网络文学比作野史，以个体经验为基础的小叙事恰可作为对历史真实和叙事的有效保存和有益补充。小叙事作为世界的小小碎片，顽强抗争着遗忘本身，它的种种尝试也就值得我们去留心聆听、仔细阅读、用心体味。

碎片里的日子

　　毫无疑问，人类对于阅读行为本身已再熟悉不过，时代再怎么发展，发生变化的仅是阅读的对象、场景与模式。从最初的竹简到纸帛，再从最早的书籍到如今的网络时代、微信化阅读，人们进行阅读的形式和场景一直在改变，而通过阅读去获得信息和知识的本质并没有变。十多年前，有人说电话让人们不再写信，现在，也有人在喊互联网让人们不再读书。人类总是在不可抗拒地享受着新技术福利的同时，忧心新技术对于传统文化可能造成的损坏。客观来讲，面对这些正在发生的变化，人类总是力不从心，因为这些变化既不可预知，也几无逆转的可能。我们或许只需知晓，阅读对于我们生活的意义从未远去。

　　微阅读为何盛行？这是人类在资讯爆炸时代中做出的自然选择。全媒体时代下，移动互联网对信息获取形态进行了根本性的变革，包含微小说在内的微阅读文本以其短小精悍的特质满足了现代人在有限且零散的时间内进行碎片化阅读的需要，微阅读内容的实效性也契合了人们社交、娱乐、获取资讯等快节奏的生活方式。以Twitter、Facebook为代表的社交互联网改变了美国人的沟通方式、总统大选方式以及阅读方式。这一连锁反应扩展至全球，今天我们随处可见埋头刷屏的微阅读群体。微阅读能为个人随时营造出专属的阅读空间，有效地弥补了传统阅读的缺陷。口袋书、手机报、Twitter，都代表着微阅读。微博、微信等新媒体平台则更胜一筹，它们因对生活拥有便捷且无遮蔽的反映方式而成为当代信息交流和文学传播的新媒介。这也是微小说等新文学样式流行的内在原因和传播学意义。

　　传统阅读或深度阅读需要读者能够持续专注在书页上，集中精力、保持思路，在偶尔的停顿中整理思绪，逐步完善对全书的架构，形成整体印象。亚马逊推出的 Kindle 阅读器据说可储存 1500 本书，电池可供用户进行长达两周的持续阅读。Kindle 的屏幕还模仿了真正的墨迹和纸张，用户阅读数小时也不会出现视疲劳。如果说 Kindle 只是在改进传统的阅读习惯，那么微博、微信等新媒体则正在取而代之。人们对碎片化信息汲取的渴求，一方面促使微阅读发展得如火如荼，另一方面则引发了微小说等微阅读内容出现体制虽"微"但文学本体意识不强的问题。有鉴于此，为微小说等新文学样式正名，厘定其文体特点，引导和促进其形成与发展，有着迫切的现实意义。

　　如今，我们无一例外地生活在时间与空间的碎片里，却难以评判与衡量这些新文艺形式的"相得益彰"。这些碎片里的"微"繁荣或许该有一个标杆，别林斯基有一句话："如果诗人给你描写出来他的生活的特定瞬间，你就能讲述在这瞬间以前和以后他的整个生活。"

"90后"的新媒体文学生活

生物学意义上的"90后"自然是指公历1990年1月1日0：00至1999年12月31日24：00期间出生的人。在这一向度上，"90后"早已长成。那么社会学意义上的"90后"呢？他们的精神气质如何？其体现在文学创作上又如何？说实话我可能不太懂，我仅仅算是出生在1989年末的一名"90后"，这种划分略显文艺。说得更文艺一点，"90后"应该属于风象星座，水瓶、双子、天秤，乱中有序，反应迅速，无法预测，他们的完美分裂在于：坐拥新经济成长成果的"90后"，虽然有与生俱来的刻有时代的物质印痕，却相较于"80后"获得了更多的余裕去谈情怀和理想，在有形的实体存在和无形的思想观念的双向收编中彰显自己独特的复杂性、丰富性与矛盾性，毫不掩饰，也再没有必要掩饰。

"90后"与文学生活

且不论"90后"会如何自白，谈论"90后"文学或文化，外围者总是会第一时间把他们框进新兴的区块：网络文学、自媒体直播、小清新、杀马特，以及以"玛丽苏"为代表的各种"苏"……如果说这些新生事物是"90后"在时代坐标系中成长的衍生品，那么我们应该探讨的是，成长究竟有没有边界？

人类的认知过程表现为一种隐喻的投射和扩展,关于世界、生活的各种经验隐喻其中,反复地进行对接、转换和暗示。文学作为能借由隐喻来对生活进行形象化表达的语言形式,由此具有神圣庄严的仪式感,它是一道门槛,一个边界点,定位人类在漫漫成长路上所处的位置。

"90后"的文学生活既是文学体验与认知,又是并不全由文学引发的活动状况。不同于前辈们创作或批评文学作品等相对单一的维度,"90后"的文学生活早已先于文学本身地广泛联结了笼罩于作者与读者身上的社会文化生活样态,如他们在城市部落,文化空间,种族种性,文化实践,性别,身体,时尚等所谓的后现代世界各个方面中的后亚文化意识,这些依赖新兴媒体技术、物质消费模式且对既往主流意识静观疏离的文化症候,展示了新千年社会变革带来的一场持续发酵的青年事象——在全球化主流文化与各地本土文化交相融合的背景下,"90后"身体力行,重点阐释了"生活方式"、"族群"、"场景"等词语的新义项。"90后"一方面以某些多元复合的特定形式来建构自我娱乐与自我满足的文学生活,另一方面从中不断确认自己的独立意识和文化身份。"90后"文学因此呈现出一种对日常微观生活的混杂书写态势,他们不一定要像某些风格化的"80后"作家一样去拥抱态度和话语权,他们更擅长运用后现代的种种媒介形式与功能。将分散零落的文化生活片段聚合生成为一种复合的文学化的新形态,这无疑让"90后"在当下的文学建构与延伸中独树一帜。"90后"并不一定企图成为这个时代的文化主体,他们甚至是逃避而非参与社会的,但他们仍然达成了某些具有未来文化潜力且颇具先锋意识的统一和共识,这是专属于"90后"的时髦与审美。

当下"90后"的文学生产,是在以互联网为核心的全方位数字化媒介生态下对一个个虚拟现实场景的参与、演绎和展示，新媒介书写通过声像和网络等亚文化方式输出。在实在的现实与虚拟的网络所建构的宏阔情境中，"90后"延伸了作为文化体验的多维文学生活新状态。然而崭新的文学景观与面貌一时之间难以与传统文学进行合作并达成默契。以我这个"89后"的阅读体验为例，我在搭乘地铁或公交，在机场候机或者飞行途中，身边总是挤满了拿着移动终端的人，他们基本上都是在打游戏或看电影，很少有人读书。现代科技或许是让阅读更加轻便，但阅读的人群并没有因此增多，阅读的深度反倒受此影响。电子书无法实现的是我们在阅读过程中将整个文本握在手里的事实所带来的感觉。法国散文家，查尔斯·兰姆曾坦承道："我们都知道，自己的书读起来比较舒服，我们知道它的全部，哪里有缺陷，哪里折了角，哪里的污点是我们喝茶、吃奶油松饼时不小心沾到的。"事实上，当我们捧着纸质书展开阅读，我们的五官，甚至所有的感官，都在投入阅读：眼睛从书页上辨视文字，耳朵听着朗读的内容，鼻子闻着纸张、黏胶、墨水、硬纸板或皮革等熟悉的气味，你的手触摸着或粗糙或柔软的纸页、平滑或坚硬的封面，时不时地进行勾画和标记；甚至味觉，有时，我们翻书时会用舌头舔着手指，读到某些特别的情节和氛围会咬紧手指和指甲。总之，汇集这些各式各样的注解、瑕疵、标记的这本书，在某个时空，会变成如同无价之宝的属于你自己的手稿。而新媒介文化海量的生活符号，实用的知识信息，廉价的娱乐情绪营造了一种新的生活情调，日常生活的爽感美学体验替代了既成经典中的文学想象力。传统的文学写作开始转向，并逐渐延伸、共融到现实生活中的方方面面，种种超现实行为艺术与表演形式开始挤压传统的文学生活。现在，我在地铁上，在拥挤的人群里，看见一个跟我一样正在阅读纸质书的人，我会觉得我们的心比一般的路人、比一般的陌生人更加接近，我甚至能感到一种特殊的亲切。书籍的外形作为一种文化符号，将种种精确的品质固定其中。

难做"90后"

当然，文学与文学生活的转向并不归因于"90后"，他们顶多算一种表征和症候群，其中还包含着我们种种自私的误读。

事实上，在近几年的严肃文学场域里，不少"90后"作家们已经发力，他们携丰富多样、风格绝对的文本进入大众视野，老字号的文学期刊们由衷地对这批气势汹汹的"长江后浪"们表示认可。他们尚未被文学场域通盘整合，葆有难能可贵的野蛮生长气焰，他们所求不多，率性而为，从题材、语言、叙事、结构等方面的新鲜尝试，到对文学理解、小说观念的自我呈现，有招有式地更新了我们的传统阅读体验。

然而他们并不属于这一场域的"90后"的大多数，他们在新文学、新生活上的意义探索难逃后现代文化的碎裂性特质。传统时空经验与主体经验的改变，使"90后"似乎带有一种原罪，他们借由网络媒介对文学形式与文化风格进行创造与更新，则不可避免地被网络本身的无深度感、暂时性、分裂性和全球化等诸多特性裹挟，当怀疑、反抗、思辨等精英特质被不同程度地弱化，再出类拔萃的独创个性与文化新部落，都难以让"90后"摆脱种种标签与污名。后亚文化形态在实现其社会影响的同时对文化成长中的"90后"进行着符号编码，他们的文学书写无疑显现了后亚文化在现实社会生发出的一种文本的泛审美，"90后"也正是通过打造专属的后亚文化符号才营造了自己独有的媒介空间与物化形态，从而表达出他们自我的独立身份与文化区隔。于是人们把高标准、严要求留给了"90

后",挑剔的眼光对这一代人的文学书写活力一扫而过,重重落在了"90后"对后亚文化助推力的依赖上。的确,"90后"不仅依赖于传统纸媒与移动网络带来的时尚文字,也依赖于影视图像与潮流信息多维聚合带来的文学书写新模式。"90后"文学真诚维护的核心价值已不再是传统意义上脱胎于作品文本的艺术特性与审美精神,而是这些文学作品的生产传播过程与媒介方式本身。

文学生活从来不仅仅指向文学本身,它广泛而深入地指称着文学作品所依赖的一切。因此,"90后"经验到的一切要素都可以具有文学建构意义。文学的写作活动在综合多元媒体中的图像、音乐、声响等要素之后,经由诸如博客写作、手机段子、微信公众号等形态变成了一个全方位使用文学言说方式的复合过程。这种共同建构的多维立体化文学生活,既功不可没地扩充着"90后"文学的表达方式,更带来了新媒体写作观念与文学面貌乃至全民文学生活模式的革新。创新的媒体文学生活具有鲜明的联结性与交互性,各种"迷宫"式的"超文本"和高度个性化的内容喷薄而出,同时一发不可收拾地激活了商业市场。我们必须承认,我们早已离不开手机、网络、移动电视、触屏媒体、数字电影、3D电影、数字杂志、数字广播等新兴媒介,离不开点对点、点面交互的便捷传播方式,我们已经过上了一种具有革命意义的新媒体文学生活。

需要致意的是,新媒体文学生活覆盖面的扩大并不意味着过去的文化生活已经逝去,我们都清楚地知道,无论身处何种时代,文学与文学生活都不仅是技术革新和消费娱乐向度上的概念,它们永远观照超验的人文精神和生命的终极意义。只是,"90后"作为新媒体文学生活的探路人,我们至少应当不那么刻薄地去关注他们的转化和新生。毕竟,"90后"难做。

"90后"写作如何敞开？

拙作《"90后"的新媒体文学生活》（《山花》2017年第1期）曾指出"90后"的文学生活既是文学体验与认知，又是并不全由文学引发的活动状况，其写作一方面受主流文学期刊关注，另一方面则以声像形式的新媒体和网络等亚文化方式输出，"90后"作家由此延伸了作为文化体验的多维文学生活新状态。事实上，略先于《人民文学》《作品》《青年文学》《西部》《芙蓉》《上海文学》《大家》《天涯》等主流文学期刊以"栏目""专辑""论坛"等方式对"90后"作家作品进行持续的大力推介，"90后"作家的自发性写作最初集中于豆瓣、微博、微信公众号、文创类APP等网络新媒体上的发布与圈粉，而随后与文学期刊和图书出版的交互则使其获得了文学新质生长的契机，逐渐成长为日益醒目的文坛新力量。如此背景下，学界对"90后"作家作品的关注，便天然地意欲在发生学和文学史的意义上进行追问。

事实上，这支新晋作家队伍沿袭了此前一代青年作家的后现代主义思潮，写作中不乏奇特的感觉结构和多元的现代性经验，而作品的美学风貌在整体上呈现出社会自现代主义向后现代主义的转型，同时试图以世代的角度勾勒其间的人、生活及其与精神层面的复杂关系。这标志着"90后"作家初登场就以对现代性转变的积极介入而葆有文学的严肃意味，但也昭示了从自我经验（直接经验和间接经验）进行写作的局限——关于自身现代生活焦虑感和深层精神危机等困境的聚焦难免造成"90后"作家群写作趋向上的重复，而基于这种一致性趋向的各类文体创作尽管有意识地通过陌生化、模糊性的个性表达力证审美意涵的独特，但也由此引发一些文体上的焦虑——我们期望看到的是不断生成的文学可能及其自身对此可能性的一再超越，并且在文学史和思想史的双重向度上加以确认。

经验写作：意味与超越

一代写作者的文学共同体，并不能以生物学意义上的"90后"作一刀切，"90后"作家的命名不应只为文学界及文学市场提供着切实的便利，还应在文学研究里保持一种名副其实。因此本文指称的"90后"作家，包括出生在1990年1月1日00：00略前、1999年12月31日24：00略后、在写作风貌上与出生在这两个时间点之间的作家趋向一致的"泛90后"作家。

在对"90后"作家的小说创作进行整体性探究时，我们不难从中发现良好的文学自我修养和对个体切身经验与青春成长印记的深度挖掘，以及叩问世界真相的鲜明主旨和文本在叙事上的开放性及不确定性等特质，这些现象与此前一代作家的最初写作并无二致。只是"90后"一代，个人的具体经验更为异质与区隔，不一而足的文学表达虽还未有撑起宏大叙事的典范，却也因文体、叙事、结构、修辞、输出等方面的不同选择而颇有新意，例如直陈现实、历史并重组经验（庞羽、徐畅、宋阿曼、李君威），复杂意象中隐蔽的意识流（李唐）及其与幻想叙事的融合（索耳），连缀成篇的结构与非虚构质素（周朝军、郑在欢），反讽的腔调和明确的旨趣（大头马），类型化等元素在严肃文学领域的介入（路魆），等等，由经验写作发酵而来的众声喧哗并未将文学指向一种只属于年轻人的窄化，大众反而得以在层出不穷的阅读选择和更为切肤的审美意义上建构起自身对文学的独自理解。

不同于早前一代青年作家小说里对现代性的关注，"90后"作家在对都市景观、大众消费文化、媒体资讯、商品经济等生活区块和价值体系作文学呈现时已不作"是什么"的情境描写，有关城乡关系的表达也已在庞大的文化网络视域中逐渐脱离一种标准化的矛盾呈现。"90后"作家在美学意识、创作技艺、价值判断、理论视野上超越了短暂的现象性察验而更早地关心起一种"退却"与"回归"——经济的、社会的、历史的、人文的，经验的沉积不断向内转，即便有大写意中的失语现象与虚无感，青年一代内在的那个"我"正在实现着自我的发现、觉醒和重塑——通过回答他者的疑问，"90后"作家正直面自己的人生，这不单是文学的主题，也将会是现代人不可回避的人生话题。我们似乎没有必要现在就来探讨由经验产生的叙事性破碎和历史感缺席，这与新一代作家刚刚起步的人生阅历和文学成长密不可分。正如鲁迅先生《狂人日记》里那个具有现代意识的个人，人物的内心生活、幻想和梦呓都是现代意识对历史的重释和自我的省悟，而即便熟悉场景里的象征意义尚未完全开掘，某种时代与文学的默契也已在确实地形成并日趋稳固。

"90后"作家在小说的世情画卷里已形成层次丰富的写作新质，虚构与想象、叙事装置与情节仪式、空间理论与时空体、身份认同与情感焦虑，以及部分作品致敬历史并从文献资料考镜源流等，青年一代以普遍灵动的语言能力结构出作品内部精神的宏阔和作家情感表达的细微。具体到更易捕捉的空间体验和由此延伸出的经验与想象，其书写既是个人地理的文学投射，又可通过幻想叙事架构作者明确的主张，王占黑的上海弄堂和街区游走，大头马的文学竞赛试验场，李唐既现实主义又先锋情结的"巴别塔"和"天鹅绒小镇"，王苏辛、郑在欢既隐又显的驻马店，班宇的沈阳铁西区，甄明哲的京城内外，马晓康的墨尔本，宋阿曼故事场景里的密闭性，徐衍叙事和结构上的虚实转换，等等，与作家经验浑然一体的叙事及意义空间，尽善尽美地实现着作家独特的世代经验和美学主张，他们从宏大的题材回归个体的、微小的生活体验和成长经验，并擅长以成长和现代化之碰撞来叙述他们各自的后现代思考与经验。

这当然也引发有待进一步超越的文学命题：虽然"90后"作家的写作各不相同，在代际内部具有相当的异质性和风格化，但我们在集中读某一位作家的作品（尤其是中短篇小说集）时，难免会发现这一作家的作品存在着外向于读者的巨大重复性，这种重复性既是经验上的也是叙述上的，文学的原创性与丰富性被逐一遮蔽。文学虽是个人化的，但倘若作品仅停留于悱恻的情绪、趣味以及事无巨细层面上的灵活，更高远、辽阔的眼界和心胸以及这背后所隐藏的一代作家的文学观与思想性便不能实现真正意义上的新生。

重建传统：诗心与尊严

如果说"90后"作家的小说在以结构为代表的诸多文本层面对时间和历史尚且缺乏有效的介入，个人与国家、欲望与社会、情与思、善与恶的历史观尚未获得新的重建，那么与之有关的重要方面——文化经验里的后现代属性及其生活情态在整体上的片段化、日常化和物质化，以及伴随传统和现代、个人和集体、本土和外乡分裂而来的主体的中心性，则在诗歌文体中率先找寻到一种特殊性与普遍性的统一。例如，陈翔、黄建东、丁鹏、白天伟、陈景涛、楚茗、姜巫、金小杰、李田田、午言、杨泽西、张晚禾、丁薇、宫池、康承佳、康苏埃拉、蓝格子、康宇辰、如妍、若颜、玉珍等"90后"诗人,各自以语言、结构、知识性、眼界、精神向度等方面的尝试展现了诗心与诗歌的新风貌。

  在代承文学尊严的问题上,我们总是愿意提及诗歌,文学与时代的紧密性正体现在文学总是自觉地对时代给出的问题作恰如其分的回应,而外部的浓烈也总会成就内心与诗意的柔顺。捍卫诗歌传统的意义已经超越文体本身,诗及诗意作为一代写作者的整体精神氛围,其内质的新、词与物关系的重构、想象方式与修辞经验等文本质素的超越性,关涉人与世界的复杂对话与隐秘亲缘。"90后"诗人的创作中已有丰富的知识储备、阅读经验、修辞方法、语言技术,在创作上同样专注于自我经验,强烈的自我诉求成为一种蔚然成风的诗歌新景观。与同代人的小说创作类似,"90后"诗人的诗歌里尚未有代表性的大诗、史诗、抒情诗、叙事诗等出现,其创作却因诗歌文体自身的特点走向了与小说相反的接受效果,个性化、风格化、多元化的诗歌风貌,以及相当一部分作品里的虚无化倾向和不及物式的修辞表达,凭借言不尽意、羚羊挂角的诗意整体性显示出作者文本驾驭能力的成熟。我们不难从"90后"诗人的创作中觉察物质生活和精神情感上的纷繁,直接透明的反应关系和缠绕隐秘的关联间,抽象的抒情和崇高的诗意正寻求由经验与超验、智性与直觉、抒情与叙事延伸出的综合性表达。

  尽管个体写作资源在今天具有空前的异质性与复杂性,各不相同又相互交叠的生活镜像、生命体验、情感伦理与诗学观念在创作实践中生成不同诗人的不同表达,其创作才华不容小觑。但值得强调的是,这些表达仍属于诗歌内部,诗歌表达无论以多么新的方式(文本形态、语言、意象、风格、立意等)结构,脱离好诗的标准去说好,脱离诗歌的文体传统去认可,几乎是不可能的事。此外,诗歌尤其不能回避诗人的存在，这种存在感不仅意味着人是存在者，更意味着人这种存在者对"存在"本身的珍重、思考和追问。看不到个体生命状态的诗缺乏气息，对诗歌气息的要求蕴含人的生命意识与感知力，此即人之为人的尊严所在，更是建立诗性精神和思想深度的必须。

当下，一些青年诗人放弃了诗歌的文体尊严及其文体精神的完成性，不去写有难度的具有生命状态的诗，转而去写一种虽以零星诗意立意却在实践上得来容易的截句，或者以一种日常之诗滥用抒情传统，看似突显的词源力量和词物历史关系实际直戳作者个性和自我的庸常，这些分行文字里个体生命和精神力量的缺席，表明当下诗学建构尚未健全，也不禁让人警惕一种正悄然生成的不纯粹。孔子说"始可与言诗已矣，告诸往而知来者"，言诗的敬畏之心、素朴之心和肃穆庄重感，在当下有待凝望和辨别。

我们也期待从青年一代诗歌创作的生命力、阐释力和持续性中看到一种古典文体传统的转换性出场：尽管中国文学的诸多传统经历了无数变异，其作为一种精神结构的方法在中国整体的文学连续性上仍是一种不言自明的存在，回到自身的文化传统寻求主体性表述，将其含义不断扩大，进行更开放的整理并因之构建观照世界的基本方式，也是一种尝试构建独特主体性内涵的诗歌实践。

文体界限：成长与自觉

"90后"作家群里既写小说又写诗歌者不在少数，我们从小说的叙事腔调中感受到诗意的贯彻，又在诗歌分行里领悟一种观照性的主张。这种文体之间的可通约性在其散文创作里更为清晰，随之而来的是文体界限的进一步模糊。"90后"作家已初具成为作家的思维能力和敏锐度，他们有人对某种形散神不散式的生活抱以生命写作的赤诚，直陈要打破小说和散文文体界限的野心，这不仅指写作方法上的相互渗透和经验上的共享。尽管他们有时候也失之精准、通畅，但已通过丰富的创作实践标识他们认同的散文魅力：以对世情风景的描摹把握时间流转与空间位移之下的细微与宏大，由对一事一物的态度看法渗透理解世界的深层方式，在现实来源的根基里拓展书写与想象的空间，把自身成长经验重构为地理学和精神学的意义符号——精神的探索、心灵的跋涉、情感文化与身份认同——所思所想已指向散文创作的重要关节。

真实而自然地呈现——已有不少"90后"作家的小说被归入"非虚构"和"纪实散文"类，散文随笔却又被视作由某种叙事的虚构主导而来的创作。这当然有好的一面，自由的、甚至是超文本的语言，在文本形态、情感精神、思维理性等层面昭示了汉语言的可能性。与诗歌一致，中国散文史上颇具影响力的"史传"文脉及"诗性"抒情偏好同样使意象和场景在散文创作中具有重要意义。"90后"散文家以意象的隐喻、象征作用铺设层次丰富的场景，文本感觉式的审美意境看似欠缺结构和章法，却以贯通的情绪延展出言说方式在整体上的统一，由此传达出个人的独到眼光和心语，独立的生命和意志以及物物、物我之间的互动与对话，无不在现象学式的书写和审视中回归朴素的哲思凝构。

好作品层出不穷，"好"对应一种敞开性，这既是精神内涵的开放性，也是汉语言的积淀与潜能。于是焦虑随之而来，情感、立场、方法一旦被捕捉归纳，便会逐步放大成一种规律性的笼罩，否定它新生的力量。"90后"作家的散文话语试图拒斥大众性并力求个性色彩的显现，有突破语言常态并竭力呈现朦胧下的浑然者，从而明确语言修辞对于散文活力的偏重；有全力打造意象的丰富、立体和奇异者，对表意空间的阻断构成片断化、碎片式的抒情与私语；有提供多维重叠的场景体验者，年轻人的生活经验融会个性化的思维模式，题材、视野、情感表达等都呈现出新的风貌。而悖谬正在于，这些评价也适用于同代作者的诗歌和小说创作，多少道出文体界限上的模糊。当然，这也可能是一次更新，尽管伴随着不同程度上的焦虑。

这种焦虑甚至也与中学语文教育相关。事实上，高中语文教材的主导文体是散文，其中中国现当代散文占大多数篇目，而在语文教育的阅读鉴赏实践中，诗歌、散文、小说等文学体裁的基本特征及其主要表现手法尚不透彻。而没有明确的文体意识和文体自觉的创作，自然会在文体界限上产生徘徊。

再有，"90后"作家创作勤奋，笔下的感觉纷至沓来，也会暴露一些综合修养上的不足。以散文中的人物书写为例，不少作家并未将其与小说中的人物塑造区别开，经由自我记忆发散开来的想象、再发现和再认识，并不完全等同于虚构下的重述。这当然与"90后"作家的写作刚刚发生且他们依然处于青春与成长的关键期有关，散文创作更需要作家拥有成熟的心智和完备的理性，并由此抵达通达的克制和视角的开阔，同时以此观照语言的飞升与细节的轻灵。

"90后"作家敢于说"不"，而当"不"被充分表达和瞩目，便应在成长中沉下心来，迎接并确立对"是"的一面的自觉。正如不知晓天道物性就写不好"人"，缺乏对文学、文体理性的自觉，谦卑、包容、悲悯、旷达的作家胸怀便无处安放。唐宋以降，散文的文体界限虽不固定，在创作中有了一定的弹性限度，但其对思想性、叙事性、审美性的文学要求和相对稳定的文体规范是确实存在的，文体的形式底线再敞开，也不是无限的泛化。散文如此，诗歌、小说以及其他的文学体裁创作，亦是如此。

浅析鲁迅文学精神在青年写作中的缺失

鲁迅文学精神在当代的延续呈现多元态势，尽管话语结构从结果的另一端总能找到鲁迅无法绕过的价值，相关话题的探讨却一直未能形成主潮与合力，其精神力量和思想难度在当代文学写作的实践过程中被各种力量不断稀释。正如鲁迅当年的苦难转换为话语里的深层内蕴，"90后"作家初登场便以亚文化方式输出的自发性写作延伸了作为文化体验的多维文学生活新样态，对现代性转变的积极介入聚焦自身现代生活的焦虑感和深层的精神困境：一方面，青年一代自有青年一代的无奈，而无奈之处正指向当下文学应着力解决的问题，也势必再一次将鲁迅文学精神明确化和深入化；另一方面，以"90后"作家为代表的当代青年对鲁迅文学精神的理解与想象并不局限于统一性的思想规范，在青年文学写作中把握和肯定鲁迅文学精神的哪些方面，与文学史全面认识鲁迅是两回事，因此我们需要确认青年眼中的鲁迅文学精神，才能辨别其写作中的缺失。

现象与探因

不可否认，包括"90后"作家在内的青年一代，文学教育不同程度地影响着他们对鲁迅文学及其文学精神的接受。就文学教育而言，审美与启蒙的矛盾总难避免，尽管两者存在本原意义上的统

——超越性的精神体验和破除蒙昧的人性解放,两者均指向意义之获得——但经由实现途径的感性和理性差异,以及教育层面的改造性实践,当代青年内部实际凸显出观念性的分立。这种分立首先表现为一种文学理念的缤纷,审美达于启蒙并由此发生了独立的、创造性的内涵转换,而与此同时,文学教育下的审美也异化出局部的蒙昧,启蒙窄化为一种具体的改造,由此产生了关键性的错位。

据《90后大学生阅读视野中的鲁迅——一次关于鲁迅接受状况的问卷调查》(程鸿彬,《鲁迅研究月刊》2017年第8期)显示,中学语文教材在鲁迅作品传播过程中扮演着重要角色,成为多数中学生首次进入鲁迅的枢纽。而目前图书市场上鲁迅作品选本也存在缺陷,影响着对鲁迅作品精神实质的准确把握。尽管鲁迅作品在多数"90后"心中依然地位崇高,半数以上的被调查者却未系统地阅读鲁迅作品。受被调查者喜爱的鲁迅作品体裁依次是小说、杂文和散文,而鲁迅杂文与散文的受喜爱度之所以相差较大,应与文学教育对鲁迅散文和小说的重视有关,这种倾向构成了某种接受上的错位关系。这一错位也印证了当代青年对鲁迅文学精神的想象:我们能明确鲁迅人格气质在作品中的强烈投射,对鲁迅作品的最直接印象大致有批判性、深刻性和抗争性,关联词包括国民性、社会痼疾、世事人心等,以及现实批判与艺术表现之间的相得益彰,而总体性的阅读缺席则必然导致有效性对话的缺席——鲁迅传统的科学理性被部分消解,原生态生命意志和精神价值出现了知识性的遮蔽,文化的脉息随之产生历史性的坍塌,我们试图延续鲁迅精神话语的同时又往往背离其内核,关于鲁迅的想象成为一种鲁迅精神的变异。

这种变异,或可谓当代青年与鲁迅之间敬而不明的距离感。我们谈论鲁迅文学精神与当代文学写作,我们究竟在与鲁迅传统的哪一部分对话?事实上,不同时代语境对鲁迅精神的理解和侧重存在明显差异，全面认识鲁迅不是哪个时代哪个时期所能完成的——这是一个历史过程。即便瞿秋白和毛泽东对鲁迅的经典评论作为先验的思想基准，我们仍然看到左翼文学评论家据毛泽东的评价割裂鲁迅思想与创作的动态演变，以及崇拜氛围和神圣精神下对鲁迅精神与个人生存状态的并置，还有对鲁迅正面形象的极力美化所造成的研究屏障等。再有，鲁迅的理论倡导与文学创作曾被乡土文学、批判文学乃至私语化写作等共同承传，而胡风、冯雪峰、萧军等试图延续鲁迅传统的作家、评论家则在语境的切换中遭到不同程度的批判。到了改革开放的时代，鲁迅的文学传统得以延续却又在二十世纪九十年代受解构思潮的颠覆——只有鲁迅才能对中国现代与当代的文化发展发生那么巨大的、持续性的影响，各种观念此起彼伏，相关理论层出不穷，被奉上神坛和引为知己的鲁迅及其精神，是否需要质的规定性？鲁迅文学精神在当代中国对青年一代的写作意味着什么？

毫无疑问，鲁迅文学精神一开始就是近现代和具备现代性的，这同鲁迅本人的敏锐性和现代人感觉相一致，并不存在文化心态内部的矛盾，我们据此也可以称鲁迅是与时代错位的人。而从这一点出发，鲁迅与当代青年无疑又是亲近的。文学对时代的回应在鲁迅那里是涵养神思、影响人心，尖刻、讽刺与诙谐勾连起个性化的坦诚，这也是文学回应时代的基础与目的，群体的变化依靠个人内心的自觉来反映，这不仅指文学创作，文学研究也存在指向内心的必要。因而我们完全有理由欣喜于青年作家作品中所呈现的那些攸关人的内心、心理和精神领域的焦虑，相当一部分的"90后"作家通过个性与灵魂的实质性问题叙写社会、文化与时代，作品里扎实呈现的情绪和生活氛围，故事人物、写作技法的气质气场构成了内心、文学与时代的相洽，即便是青年写作中的颓败青年也如此鲜活，并且在话语缝隙中努力转向对有为青年形象的探索,这些灵动的风格化写作与鲁迅批判"躯壳虽存,灵觉且失"不谋而合。

鲁迅文学精神本来是一个集合型概念,当我们谈论对精神的承接,原则上还要从中国作家的精神、心灵去追问,而不是首要从文学形式、文学制度等去研究。对鲁迅文学精神的承接无疑是一个未完成、也永远不会完成的任务,这既是由于鲁迅精神的不可超越性,也源自生发此种不可超越性的恐惧与忧患的历史。因此,这种"缺失"永远说不完整,我们甚至将此"缺失"改造为一种宿命,成为作家从个性体验和精神心理回应时代的起点、方式、目的、影响与极限,写作试图从不可逾越的宿命中挣脱,并又实证着当代文学写作的激活。

青年期许与不完全对答

从鲁迅现代型的文化思想、性格特征以及小说、散文、杂文里对个人觉醒的一以贯之来看,若身处当代,鲁迅可能难以忍受自己被文化语境层累地演绎。于是,我们关于鲁迅精神话题的讨论便无法绕开对自由的确切性渴望和雄浑壮阔的精神之光,这同时也是当下文学应解决的问题之一。无论青年们阅读鲁迅作品的程度如何,也无论他们对鲁迅文学精神的理解是否全面,他们至少不惧怕缺漏,也不躲避崇高:对商业潮流下的大众文化热潮的困惑把他们一次次引向鲁迅,他们对鲁迅始终怀揣一种困惑中的企盼,而无论是理想主义的呐喊还是人文精神对物化的警惕意识,青年们欲立己身,多元的文化个体和价值判断彰显着鲁迅精神不容忽视的当代意义。

"90后"作家及其同代人,与生俱来刻有新经济成果的物质印痕,却在有形的实体存在和无形的思想观念的双向收编中形成自己独特的复杂性、丰富性与矛盾性。当青年们试图寻找什么时,他们便自然而然成为鲁迅探索之途上的后来者,鲁迅从没为他们寻找到什么,但他作为一种长久的状态把青年的写作从某种僵硬的中心和文化程序中解放出来,让他们去诚恳地寻求生存的实在。我们当然也注意到,当下青年作家们的写作虽不缺乏直陈现实和历史,以及重组个性化经验的意识与向度,也有以反讽的腔调明确旨趣者,但还多囿于自己的经验抒写而无法形成整体观,难以把握大变革的社会现实全局,精神力量和思想性相对薄弱,这对贯穿鲁迅作品的国民性批判和反封建精神而言无疑是缺失。但说到底,青年一代的写作尚未定型,内在的那个"我"正在实现着自我的发现、觉醒和重塑,这不单是文学的主题,也是现代人不可回避的人生话题。正如鲁迅先生《狂人日记》里那个具有现代意识的个人,人物的内心生活、幻想和梦呓都是现代意识对历史的重释和自我的省悟,时代与文学的默契正在青年们的写作中确实地形成并日趋稳固。青年作家们或许还未有既定的目标,却执着于对人性的寻找,他们对鲁迅文学精神的理解与想象也不局限于统一性的思想规范,因此笔者认为我们至少有必要倾听青年们对鲁迅文学精神的具体确认,这或许才是青年一代需要被灯塔照耀的所在——

你认为鲁迅文学精神是什么,或者说鲁迅文学精神对当下的青年写作来说意味着什么?

王占黑:文学百年,鲁迅的身影从没有小过。谈得越多,有时越觉得离他远,历史的线头太远了,拉到我们这儿,稀稀薄薄的,最后也不知还剩几分。毕业之后,反倒有几个瞬间,算得上"近"。我开始讲课的第一个月,主题就是鲁迅。课前我打开旧书,发现扉页的角落里有来自小学六年级的提示,让我在即将以一种不够准确的个人方式来传达鲁迅的时候,看到自己的过去,打通现在的自己。

原来读书认字至今，每一时段的我，经验中都有他的存在。另一桩事，是重读几年前写的小说，《吴赌的故事》讲一位常年蹭公交的话痨，爱赌博，许久不见，人们才晓得他死了，《地藏的故事》讲一位意外丧女又意外丧母（都是车祸），带外孙女过活的老太太。两个人物在我的生活中都有原型。适逢在讲鲁迅的课，对着读，总觉得这位吴赌多么具有孔乙己的神韵，地藏王过寿又多么像祝福的习俗。写作时从没想过要致敬或是模仿，然而这样的真人真事，竟有如此多相通之处。不自觉的东西，往往是内化了的。再者，鲁迅的人物，本身充满着普世的概括性，这种特性甚至是不受历史拘束的。这时便感到一种很近的距离，置身其中的回望并不需要依托时间和辈分，和过去的对话竟是可以面对面进行的，以个人经验的方式，以平等的方式，以随时可能发生的方式，以无须耳提面命的方式，长期地、潜移默化地进行着。我一直在写的社区系列，都像是鲁镇在当代中国的一个影子，一个分支，这些地域延续着、共享着同一个"云"鲁镇的母题，各式人物无不验证着国民性的历史存在。鲁镇的时空是可以被打通的。我们在书写各自的一隅时，和他便产生了直接的对话。当然，这种对话暂且称不上是"使命"的担当，只能说是一种自然的相干和联结。

庞羽：乍一看，鲁迅先生外面是冷的，看上去比我们年轻人还要酷。但阅读多了，你会发现，鲁迅先生内心是火热的，比我们还要青春，还要热爱这个世界。在我看来，鲁迅的文学精神，在于"在一个人对生命的依恋之中，有着比世界上任何苦难都要强大的东西"。骄傲的人会惭愧，卑微的人也有其高贵。鲁迅知道生路艰难，但他向往火、渴望火，他用自己的文字作火，照亮来人的路。关于比世界上任何苦难都要强大的东西，每个人有每个人的答案，但一切是多么古老，两片云都会有极其相似的瞬间。作为我们90后，我们与70后、80后确实不同，但我们也有一以贯之的共性。靠近火、传承火、成为火，这是最浅显的答案，也是最朴实的谜底。

李唐：我觉得鲁迅精神对我最重要的是独立思考和自由表达。不盲从，敢于站在大众的反面来说问题。只讲"真"，很少诸如道德、情理上的负担。另外，我很喜欢鲁迅的语言，里面似乎有一种深深的自我怀疑和虚无主义，但也有强大的意志力，两者混合在一起，就像是铸剑里彼此扭斗的头颅，非常迷人。

江汀：有一次，我在旅途上随身带了本鲁迅小说集。我随意地翻到了《孔乙己》和《药》，读完后不禁眼眶湿润。这本来是少年时期语文课本上的课文，十几年后重读，我明白自己在时间中理解了他。对时代的观看和认识，对世事流变中人物命运的理解与体认，使得鲁迅始终是读者的"同时代人"。当鲁迅作为一个观看者的时候，对于他者的理解和体恤、怜悯就显现了出来，这一点最为打动我。当鲁迅作为一个现代性的自我主体，进行自省的时候，他的斗争性就显现了出来；我宁愿理解这种斗争为"雅各与天使的搏斗"。

徐威：试图简单地讨论鲁迅文学精神是困难的。至少，我不敢也无法在只言片语中对这一内涵极其丰富的命题进行讨论——它至少包括了战斗精神、民族气概、现实批判、立人追求、自掘己罪……而假如问从如今"90后"作家的创作与现状来看应该如何对待鲁迅文学精神的话，我想至少有两点是值得关注的。第一，"90后"作家的阅读视野（信息容量）与写作技能都并不会令人失望。换言之，他们并不缺乏技术，他们不少人都把文章作得很漂亮。然而，在漂亮之下，我们有理由期待一种比"自我满足"更深层次的东西。比如鲁迅的现实关怀与批判，比如鲁迅为唤醒麻木心灵而进行文学创作的信念。第二，当然现在也有不少"90后"作家已经开始将笔墨与锋芒指向现实、指向恶。然而，愤怒是容易的，批判别人是容易的，承认自己同样是被批判者之一、同罪者之一、懦弱者之一、逃避者之一则是困难的。

于文舲：从切实的角度说，我认为鲁迅文学精神就是明确。在形式上，鲁迅的每一句话都是明确的，落笔就白纸黑字，从不故意制造含混，也不晦涩。而这背后，是作者本人认知的明确，面对混乱的社会，他是有"主心骨"的，因此无论鲁迅文学如何多义，我们仍然可以感觉到他作品中有一个"核"，是坚定地立在那里的。特别对于"90后"来说，我认为我们现在过于强调文学的含混性，过于害怕"主题先行"，其实很多时候是在给自己找借口，因为自己见识不够、思考力不足，就借此安慰自己。实际上，不管作品中是否写出来，作者心里至少要有明确的东西，否则叙事者立不起来，作品也没有筋骨。具体表现在作品中，"90后"的文学内容上往往左右逢源不敢下判断，形式上多用一些精美的隐喻或无关紧要的细节来填充，用散漫迷惑读者，其实都是自身虚空的表现，自己也无法说服自己。

郑在欢：孔子论诗，提出"兴""观""群""怨"四个字，后来成为中国艺术欣赏的基础。鲁迅的大部分作品都契合这四字。"兴"，让人看了精神奋发，激励人心；"观"，体察社会，洞观现实；"群"，不能曲高和寡，要人们都能参与欣赏讨论；"怨"，"怨刺上政"，用现在的话说就是勇于批判，但要有理有据，可以让人心生愤懑，从而激起反思。孔子是在"仁"的前提下倡导这些，人们对鲁迅的印象普遍停留在最后一个字"怨"，感觉鲁迅是个愤青，什么都要批判，而且还没做到"怨刺上政"，只是喜欢批评嘲讽小人物。但是综合这四个字去看鲁迅的作品，他当得起"贤""仁"二字，鲁迅一直在有意识地以文载道，心怀悲悯，对小人物批判的同时引起同情，激起反思。"怨刺上政"容易，毕竟你的交流对象读过书，大家在同一个语境里说话。激起群议却不易，在鲁迅的作品里，他始终一视同仁，也着实担得起国民作家这个重担。

梁辰：如果以一种更时下、直观的观念去理解，我认为鲁迅一名是"反英雄（anti—hero）"创作者，与"英雄"相对应。他笔下的人物是悲观且矛盾，他"解构"人物命运与传统价值观念，塑造出这些与社会"格格不入"的"反英雄"人物。就算放在现在，也绝对是一种超前的理念。所以我觉得我心目中的"鲁迅精神"就是"反英雄主义精神"。而他塑造的这些"反英雄人物"或放荡不羁或与众不同。这一切，理应超出文学的范畴，成为这个时代的潮流。

程皎旸：个人觉得，他的精神可能是又真又狠，是一种哪怕你把我毙了我也得把大实话说出来的倔强。其实心里有什么就说什么是人之常情，作为文化人，就应该敢于表达，甚至是揭露、批评、反抗等，但今时今日，这种"真"与"敢"反倒成了一种稀罕的东西，一种需要被珍藏被讨论的精神……

唐诗人：鲁迅精神对于大多数年轻人而言，其实就是反抗精神，是启蒙意义上的去除天真、反对愚昧，是一种伴随着知识增长而来的主体性觉醒。我个人而言，大学曾特意花了一个暑假去阅读鲁迅全集，把日记之外的小说散文杂文和译文都看了一遍。这种阅读肯定是轻浅的，但它塑成了我的基本性格，就是更加不听话了，读书看问题都会不自觉地带着批判性思维，包括日常生活，都有影响，可以说有好有坏。但经过多年的知识积累，差不多已经把身上那种戾气压住了，更胡适化了。所以，我觉得鲁迅精神对于现在的大多数年轻人而言，可能就是批判性思维表现。

林培源：我觉得鲁迅精神里最核心的一部分，是他对黑暗的鞭挞，就像他在《我们现在怎样做父亲》里说的"肩住了黑暗的闸门，放他们到宽阔光明的地方去"。对于年青作家而言，鲁迅是这样一位肩住了黑暗闸门的精神父亲。

崔君：鲁迅先生对我写作的启示意义在于，他时刻是敏锐警觉的，是一个好的怀疑者，无论多么凄惨凌厉，都让人感觉有宽厚的东西存留。

青年作家们对鲁迅文学精神的思考颇具现代意味和启迪性，他们的写作亦在有意无意的合谋中保持着活性。他们兴许才刚刚厘清自己的思路，究竟要写什么，为了什么而写，旋即又遭遇了认同上的危机，始终摆脱不了失语的困扰。青年作家们将如何承担起宏大叙事的文学嘱托，如何在极具多元的原创性格局下抵达表达的有效性，包括如何从创作到理论地建构一套鲁迅式的适应中国本土文学经验的文学理论话语体系，厘定中国当代文学的本质、剖析文学的观念，并对创作实践产生范导性的影响，我们期待从正在成型中的他们身上生长出绚烂的答案。

实践·理论·创造

鲁迅文学精神的鲜活价值总要通过思想范畴来加以显示，中国的思想界与文学界常常存在于相似的形态中，正如鲁迅传统对哲学、史学、美学的启发，我们也需要从理论和思想的层面来看待鲁迅文学精神，在文学的理论与批评中借助鲁迅的力量。鲁迅曾说，"凡中国的批评文字，我总是越看越糊涂，如果当真，就要无路可走"。鲁迅看批评，同样是其文学精神的重要存在，即使鲁迅不以学者自居，其治学和理论研究也先一代风气，理论著述与作品创作并行，文学、历史、金石、佛学等学科领域并蓄编纂、辑佚、校勘，《中国小说史略》《汉文学史纲要》及论文《宋民间之所谓小说及其后来》、讲演整理稿《魏晋风度及文章与药及酒之关系》和散见于杂文、书信中的若干文学史论断，为我们提供着源源不断的学术思想资源，这种承载着思想观念和文化立场的精彩理论范例,指向当下文学理论建构和青年批评著述的缺失。

近来,相当一部分青年评论家开始写起了小说、诗歌和散文,这本身是一个非常有趣的文学现象,从中传递出青年写作已无法以单一的言说方式呈现内心深处复杂世界的困惑。他们似乎直觉性地把自己引向了鲁迅,试图使自身的创作与理论实践成为彼此的领跑者和助跑者。青年评论家从理论到创作,想看看文学评论的实效,即一己之批评观能否帮助一己之创作,以便从自身的实践中汲取理论的更新,对表达的差异性探索也唤起青年评论家们对同代人写作抱以新的理解和诠释。而如何从创作回归理论?鲁迅研究文学的理论和方法不受某一专业、学科的统辖,其兴趣与知识结构所涉甚广,对文学的研究也是对文学本身的创作,文章之法、立意之本并举,理论性加持以文学性,既有充足的史料支撑,也就作品艺术特质作精确判断、对作家文化心态和时代精神作透彻分析。如此一来自又多出一份缺失:当下青年评论家还不具备丰富的创作经验和完备的知识结构,对历史人生的深刻领悟和敏锐的艺术感觉仍需持续地激活——这是单纯的文学史阅读和学科教育无法涵盖的向度。

鲁迅之后的中国文坛,对鲁迅先后进行过解构、颠覆、还原、误读与借代,染上不同色调的鲁迅变来变去,遗响却未曾断绝。一直以来,我们试图将鲁迅与中国当代作家建立比较研究的联系,通过多角度的比较研究使鲁迅精神不断得到当下的回应,鲁迅鲜活的价值不仅以内蕴的方式融入叙述语态,其表达智慧和渗透文化母体的精神结构成为当代作家创作的思想性源头。围绕鲁迅的复杂性与杰出性,后来者实际在现代化进程中创造了中国人的精神话题,对这一话题的探讨又随着时代的变化而发生变化。亚文化和后现代语境中,青年写作应当如何延续这一精神话题,如何确立中国人的生存意义,这里既有创作层面对人的本体价值的探寻,也在理论层面诉以形而上的渴望。青年作家们之所以弥漫着对生存意义的深切怀疑又无法抵达总体性的观照,也源于同代人内部的异质性尚未形成合力,鲁迅精神话题在他们那里略显抽象和空泛,"各花入个眼"成为一种带有缺失的现象之谜。

当代青年对鲁迅文学精神的思考有其深微曲折的新意,尽管存在似是而非的先定判断和先验概念,我们不能忽视青年眼中的鲁迅精神界定,任何时代都是根据自己时代的召唤把握和肯定鲁迅的一些方面,青年写作中对鲁迅文学精神的延续和缺失并不是文学史全面认识鲁迅的问题。从这一角度来看,鲁迅文学精神的当代转化是必然,而青年写作中对其精神的缺失也存在必然性,就好比鲁迅追求个体自由,当代青年对自由也有着前所未有的笃定坚持,但与鲁迅追求民族解放下的个体自由无疑有所差别。鲁迅的与时俱进始终以民众为主体,而正是由于此,鲁迅应会允许当代青年的这种与时俱进,这又与民族的思想进程相统一。

不光是青年,人们总是易于对鲁迅作品中的显性部分达成一致,而对于那些相对隐含的部分,又需随着历史发展、社会生活体验的变化逐步感悟和深入认识,因而难以超越个人的局限而达成共识。加之鲁迅文学精神形成于整体的生命活动,与个人的内心体验血肉相连,青年们几无可能以文学的经典关系结构置换文化时间结构去接续一种整体的、动态的鲁迅文学精神,他们通常只能以与其相通的维度去努力实现包括自我在内的批判和反思,而若能以文学史意识突破古代文学史、现代文学史、当代文学史的具体分割,不纠缠于理论研究的总结定性,面向当下和未来去抵达鲁迅文学精神所创造的现实性、问题性和既定性——如此展开的至少是青年写作与鲁迅文学精神的真诚、自由、纯粹之对话。

改编的朝向和动画的标尺

以 20 世纪初全球范围内的动画电影热潮为滥觞,中国原创动画电影于近百年的借鉴和发展中,在题材类型、世界观设定、叙事结构、场景表达、角色塑造以及视听技术等方面已有显著突破。聚焦 2019 年暑期档,与现象级的经典动画电影《千与千寻》《狮子王》并立各大院线的《哪吒之魔童降世》以爆炸式的票房成绩引发热议。观众对于"哪吒"原型和国产动画电影惯用的神话叙事和改编模式并不陌生,这既是票房和观影的先天基础优势,又是对影片创新性和兴趣点的挑战。例如,哪吒的出生和返魂神话与人类原始崇拜的复杂关系该做何种情态的当代呈现?其所关涉的角色造型,以及由这一造型展现的中国绘画史、电影技术史和文化心理脉络(心灵史)等层面所集结的人类集体意识和集体潜意识,应当直接指向何种公共价值和意趣?作为艺术文本的动画电影,其脚本创设和制作过程、商业宣发策略、市场和周边开发等内外合力在文化经济领域形成当红"爆款",是偶然还是必然?

《哪吒之魔童降世》并未拘泥于神话原型,而是在改编和重构中塑造出了新型的人物形象及其关系模式。电影将哪吒和龙王幼子敖丙设置为混元珠转世的一体两面,二者作为故事情节的核心人物,一方面象征着善恶本体,其转生错位实际隐喻着善恶观念的对立转化,同时观照人性本质和宿命问题的探讨;另一方面,二者在不同程度上都具有原生的价值阵营烙印，以之勾连起故事关节处的重大抉择，而经由结交、对抗、和解所实现的各自成长和超越家庭师宗教育抵达的精神归位构成动画电影的重要美育功能。与之相适应，在血缘宗法的家庭伦理基础上，电影集中塑造了"太乙真人—哪吒"和"申公豹—敖丙"两组师法亲缘关系，从而引申出父子原型叙事类型的新意涵——师徒关系作为父子关系的扩充，形成文本的复调结构和双重对话，为人物重拾自我、回归圆融心境提供必要的精神矛盾和温情感召，并由此建构起电影的基本内核和价值祈向。

神话传说中的角色形象虽可重构，在动画造型上仍有必须遵循的文化背景和范型，而尊重角色原型也正是其成其为此角色的根本所在。以《哪吒闹海》《哪吒传奇》为开端的哪吒动画造型为例，人物造型虽有差异，却都保持了民间传说和《封神演义》《西游记》等古典小说中所描述的扎丫髻、持法器（混天绫、乾坤圈、风火轮、火尖枪等）的幼童形象特征。《哪吒之魔童降世》也不例外地与中国本土绘画史中的哪吒形象一脉相承，却难能可贵地找到了自身独特的创新点：塌鼻梁的"魔童"哪吒开创性地拥有了一对黑眼圈，通过造型上的"烟熏妆"由内而外地凸显混世魔王的顽劣不恭，无疑又与情节叙事相得益彰，同时也暗指了影片的地域方言设定——黑眼圈与"熊猫眼"相似，国宝熊猫正是四川的名片。

电影上映后，旋即在各类自媒体平台上涌现出有关影片里四川元素的大讨论。从太乙真人操持的一口四川普通话激发的观影乐趣和线下模仿，到青铜结界兽造型对成都金沙遗址出土的黄金面具和三星堆青铜像的灵动复刻，再到导演等主创团队的成长环境和家乡情怀等，都是电影选取四川为文化方位的明证。而这一文化方位的确立亦有深刻的历史文化渊源，据传，太乙真人的炼丹道场位于四川省江油市的乾元山金光洞；哪吒故乡陈塘关所在地也有宜宾、绵阳等不同说法，两地均现存有相关的遗迹和风俗。需要单独说明的是，方言不仅体现了影片在神话原型语境中的特定断想和文化想象中的角色主体性及其身份建构，更为重要的是开启了一个新的问题领域：相对于民族身份和文化关系，观众对影片的语言期待所占据的灵活位置该如何把握？《哪吒之魔童降世》中，方言作为鲜明的幽默策略，太乙真人不紧不慢、举重若轻的语调，既是影片对观众的调动和戏耍，又缔结出人物形象在思维、语言等维度上对当下生活的贴近，连同由方言等新设定而生发的"陌生化"风格，形成了角色和影片的双重艺术吸引力。更为宏阔的场域则在于对具体地域性的超越，在当下的全球化和反全球化语境中，《哪吒之魔童降世》对中国本土神话传说的发展所赋予的世界性眼光正在于对本民族的传统美德和民族自我认同的弘扬。

少年英雄的传奇叙事框架下，命运无法自主的飘摇心态在正邪对立的戏剧冲突中被不断串联，观众主体的儿童心理、获得感和治愈感依赖角色成长的完整过程及其在形式风格上的现代感得到满足，因此，承担着情节的有力延伸功能和戏剧性责任的情感心理脉络，其当下性和本土性就显得尤为关键。具体到《哪吒之魔童降世》，其二元对立的善恶、好坏等观念模式脱胎于中国古代的基本价值判断，而义无反顾的善和毫不通融的恶则多少使得人物的性格变化和行为发展缺乏过渡性和内在依据。此外，影片中对次要人物群的渲染稍显扁平，世界观在作画上欠缺宏大和丰富性，所采用的3D技术在处理观影的距离感、体积感和视野边界感等问题上还显得不够纯熟，受3D电影的剪辑技巧限制，影片在时空跳跃的镜头组接和转场画面的连接方面也存在断裂，伤害了影片的严整和统一。

我们不妨由此思考中国动画电影的未来：动画主题寓教于乐，角色形象作为神话传说和原型母题的当代诠释，其本质在于传递特定的情感和思想，就解释人性的某种必然做整体性的描述。以"哪吒"为例，其原型既是长久的民间智慧与文人创作相结合的成果，又在"五四"以来兴起的民俗学中有所甄别，其演变至今的认识价值和审美价值实际代表时刻处于发展变化中的集体愿望。因而，对任何本土神话原型的复兴和重构，都必须朝向其历史文化渊源和社会心理背景，同时广泛融合绘画、科技等要素提升艺术标尺，进一步完善作为文化商品的动画电影的审美属性和社会效益，以此不断通向"爆款"的必由之路。

转型年代、中国故事与未来期许

我们当下研讨长篇小说经典化的相关问题，一方面是对历史上伟大小说和经典作品及其生成过程的致敬，另一方面则是意识到总体性的文学想象已经难以再次经验，文学史与时间性并立而来的经典建构效用，要获得普遍深刻的共鸣则需要等待某种到访。希利斯·米勒曾在世纪之交发出关于"文学终结"的断言，所谓"新的电信时代正在通过改变文学存在的前提和共生因素而把它引向终结"，此即通向 21 世纪文学的基本焦虑，真正意义上的伟大小说或者经典文学是否还能持续出现？当下，我们必须承认一部长篇小说的问世鲜有电影、电视剧那般的轰动效应，文学本身不处在其燃情时代，经典的理念、框架、路径、现状及其朝向，本身是一个在过去与未来之间的问题。

着眼于近段时间的长篇小说创作，历史与传奇叙事是讲述故事的鲜明追求。徐怀中《牵风记》以 1947 年晋冀鲁豫野战军挺进大别山为背景，汪可逾、曹水儿、齐竞等人物原型源自作家当年的亲历，而汪可逾壮烈牺牲后肉身不腐、保持前进姿态站立于一棵银杏树洞等情节，写得奇巧而出乎想象，显示出清朗的浪漫主义气息的同时，也因人性的高华和强烈的哲思闪耀着现实主义的深沉质地。同样的，阿来《云中记》也以独特的题材定位引发关键的历史性思考：现实主义的想象力如何把握近距离的重大事件和当下生活的本质及其历史意义。倘若最高意义的现实等同于无限接近的历史本身，那些被视为历史的特殊时刻，在近距离的文学书写和政治框架内应当如何通向身处其中且无法逃离的每一个个体，而这些个体所深受的影响及其总量，要抵达何种程度上的普遍性——所谓"深入人心"，才能证明这一近处的事件将真正成为裹挟一切的历史和时间性。

麦家的传奇叙事功力在其转型之作《人生海海》中以十足的戏剧化事件为人性添彩，围绕"文身"编织的巧妙情节与人物形象合谋，甚至先于小说的出版发行时间已然在IP和影视的联合驱动下形成市场和"饭圈"的一片赞誉。而与以往的"天才"叙事相比，《人生海海》则呈现出百密一疏之憾，例如，文身可被清洗祛除的常识在故事的不同关节指向了文本内部的逻辑断裂，而公共领域和全媒体的强势宣发仍使其赢得叫好又叫座的大众口碑。这一现象之所以值得讨论，乃因其昭示了当下长篇小说经典化的基本矛盾：一方面，需要警惕消费文化机制对文学经典话语权和纯文学尊严的嬗变，这也是文学批评和理论建构的困境；另一方面，文学经典的建构实际与复杂的社会建构重叠，在社会引力和消费文化背景下的文学经典，应当关注的首要问题已经在理论研究和传播接受两方面产生割裂——这种割裂指向"经典"标准的实际分层，所谓"终结"，并不是绝对的说法，而是与文学史高标相符的当代文学与大众的审美喜好产生倾向性的严重分离。

翻检自身理论与批评的内面，如果说对包括长篇小说在内的当代文学作品的阐释、解读的重要意义首先在于其对文学灯塔的"点亮"作用，我们有理由秉持一种文学的"相信"，有耐心地等待当代经典的生成——这些作品很可能将站在时间的较远处才能获得广泛深远的再接受和再认识。当下，经济生活成为社会生活的主体，大众审美进入文学生产机制有其必然性，而当集体记忆以全新的方式展开,被短暂抛却的意义向度在换取某种"轻""巧"安慰的同时,又迅速深陷有关终极意义"失重"的困顿之中。

改革开放四十余年的辉煌成果已使城市生活成为当代中国人触摸世界的基本样态,乡土中国既有的秩序、伦理、习俗和价值观念,在强大的现代化进程中悄然离析,对乡土文明变迁的见证也催生出新的文学表述。除却长篇小说长久以来对乡土题材的笃信,乡土错综复杂的关系图谱和转型时期的精神烙印在叙事的整体意义上也存在于城市空间,并经由这一空间性的"巨兽"暗指缺乏理想的现实主义实则毫无意义。徐则臣《北上》和李洱《应物兄》以开阔的结构意境和扎实的资料知识为历史做证,在概括整个当代中国文明史的同时,显示出宏大的文学和叙事理想,两部作品均有现实主义和理想主义的兼容并蓄,并不约而同地将历史性思考引渡当下,探源中华民族精神文明史,以各自的虚构场域整合中国社会在历史各个转型时期的阵痛和挑战。付秀莹《他乡》延续文学地理空间中的"芳村"故事,叙事在其时空的前世今生中展开,小说文本在主体之外纳入的七个短篇,出色地为长篇结构赋新。我们似乎可以由此回望,长篇小说是何时、因何成为现当代文学中占据主导地位的文学体裁,又是如何在乡土与城市的对峙中集体构筑现代生活的全景式图景的,而"世界"及其朝向,又应当在当下长篇小说创作中呈现何种维度和重量?

更具城市精神气质的长篇小说则在"80、90后"青年作家的创作中涌现。石一枫、笛安、马小淘、焦冲、周李立、李唐等青年作家以各具风格化的书写真诚传递出对城市现实不尽相同的切己观照,展现物质生活丰富性和当下性的冲动与时代进程中的青年奋斗和命运沉浮交替结盟,源自历史变迁产生的生活本质上的不可靠感和身份认同层面的反叛与焦虑,被青年作家诉诸以现代技巧、自身经验和面向未来敞开的深刻思考。石一枫《借命而生》以二十载追逃故事致敬《悲惨世界》，警察与逃犯的经典关系范型对应底层人物面向资本市场的逃而不得，渐次溃败的命运结局同时回望《子夜》里延绵而来的实业和资本经济脉络。捷足先登于时代的成功欲同样成为笛安《景恒街》的命题，自然纯熟的情感表达和时间的远近切换牵连出时代和城市背景下的创业故事，职场新生态里的复杂关联和全媒体领域里对粉丝文化的野蛮投机，软件"粉叠"的开发和融资最终描述了资本对人性的彻底背叛，而青年写作和城市文学也浑然于文本的艺术风格。就青年作家笔下的青年故事及其形象而言，"青年进城"这一中国新文学的重要叙事类型，因城市气质和城市性格逐渐成为重要的现实题材而对小说的叙事和审美产生替换。文学史概念的变革和长篇"经典"的生成，从来都发生在社会和历史的转折之际。青年作家书写时代所显现的视域、思考和表达本身同时构成当下青年形象变革中的一股坚实力量，他们敏锐地感知到一种陌生而又熟悉的创作"来处"，并在对尚不明晰之"去处"的探索中觉察有关"重返"之魅的漫长隐喻。当空间的碎片被他们有意识地黏合于时间性的期许，为文学本质赋予的灵动精神之有力回拨，便关涉起城市故事的未来想象，而青年创作潮流蕴含的文学史经典质素，已然触及了时代写作的切实难度和真正问题。

  当文学的存在前提和共生因素一再发生变革，文学生命力将被引向新的美学。例如，"写什么"和"怎么写"同等重要，而诸如真实与虚构、叙事和描写、新知或新意、语境与形式等观念和技法问题在当下获得了通向"标准化"的便捷：科技发达的当下，人工智能又发先声，AI写作已涉及新闻、简评、提纲乃至文学领域的诗歌和科幻小说创作。这种"标准化"的观照方法似乎能够通向任何"经典"本身及其产生的"当时"世界，其不可不谓先锋，亦不可不谓传统。当传统文学想象力严重匮乏甚至落后于现实的变幻莫测，以科技对"经典"的模拟想象和创造性复刻去重申文学的开放态度和审美的不确定，既是建构"经典化"标准的一个新窗口，也同时指向社会进步与人文关怀如何统一、人文价值与人的主体性如何维护和重建等精神内核……因而必须强调更为重要的文学未来期许——

当下，极丰富的信息碎片有赖于文学表述作为一种坐标概念为读者提供了整体性的理解，长篇小说因其体量优势成为其中重要的体裁。作家是否采用科技、新闻等其他要素进行联合创造并非关键所在，这一方面要求作家在认识层面肯定包含科技、媒体要素在内的社会发展现实为文学提供的方法论契机，另一方面也需探讨丰富的介入要素如何真正凭借文学的文学性（而非娱乐性、类型元素等）去激活大众。众所周知，"经典"著作总是"常读常新"，这本身代表着检验经典的方法和经典化标准的互文。显然，"现实""内心""记忆""民间"等任何与情感精神关联的区块在阅读体验上都优于经由前文所述"便捷"抵达的"标准化"。因此，真正值得期许的"经典"作品在发生学意义上仍然依赖作家把理解力、情感性与行为之间密切相关的深层质素作为文学的方法，以基本的情感共鸣缔结小说感和故事性，而不是在宏大的资料数据中侥幸于读者的某种知识性空缺——警惕对最为基本的情感结构的解构，葆养可读性和文学尊严的并行不悖。

事实上，长篇小说的可读性在很大层面需要典型人物形象的支撑，此即，没有经典人物形象的经典长篇作品是不存在的。这是当下中国长篇小说创作的又一关键命题，见群像而不见人物，欠缺好人故事和时代新人形象。此外，如果说作家的创作态度和经典意识多少决定着作品经典性的内在可能与原初素质，那么当代文学运行机制所承担的出版发行推介、思想文化感召和艺术魅力阐释等功能，则是对文学经典秩序的传承和维护，具有阵地作用的纯文学期刊在消费文化背景下实现话语的增值实际是对深邃生命体验、深厚文化底蕴、终极关怀和人文精神的崇高坚守，小溪漫流却滔滔不绝，为读者培铸"经典"的千帆未来……

新标尺的生成与经典之维

当代文学期刊作为文学生态、文学精神的重要现场，其策划、选稿、编辑等办刊实践感应时代号召，成为一种具体的文学理念，其内涵之广博，在文学创作、文学评论、文学的传播与接受、文学格局等诸多层面发挥着建构性作用。以新中国第一本国家级文学期刊《人民文学》为例，其相关研究既有根据历史背景划分而来的刊物阶段性考辨，也有根据所刊发作品的文学体裁、题材、类型、现象、风格等形成的单一问题研究（如乡土文学、长篇小说叙事、青春写作、科幻、非虚构、海外华文文学等），也有就单独作家作品阐发综论者，而近年来，伴随中国文学走出去与世界文学进行平等对话和全媒体时代的到来，《人民文学》相继推出多个语种的外文版和微信服务号的原创内容，也有论者由此探讨文学期刊的转型问题——其引领性和先导性不言而喻。

2018年是中国改革开放40周年，中国文学在历史机遇中不断自我革新，成果斐然。2019年，恰逢新中国成立70周年，也是《人民文学》创刊70周年纪念，我们可从文学的帷幕探看复兴的艰辛和坚定圆梦的宏阔征程。时代精神作用于文学风尚，文学与时代一路相伴，一起见证，一同成长，这些，为我们在岁末盘点2018年《人民文学》提供着更为必要而深远的意义向度。

"新时代纪事"与新文学标尺

检索《人民文学》一年来的选题和栏目策划,深刻的时代渊源和"人"的意义重构勾连起"人民的文学"之内涵,并在原有理念设想与整体建构的基础上不断延展。"新时代纪事"栏目设立于2017年第12期的《人民文学》。2018年,《人民文学》将"新时代纪事"作为重点栏目,持续传导新时代中国特色社会主义建设中的新成就、新风貌、新英雄、新天地,栏目作品紧扣当下现实题材创作、报告文学、纪实文学、非虚构等重大文学命题,在分享人民的新生活、新感受的同时以文学的视界呈现深刻内蕴。

欧阳黔森《报得三春晖》将"攻坚脱贫"写得掷地有声,多次深入乌蒙山区的耳闻目睹使作品于伟大创举的大气磅礴中显现人的真情与真心;《看万山红遍》将社会转型与观念之辨重叠于一方水土,作品经由一种具体思考的形成铺展起更为宏阔的抉择与征程。陈毅达《海边春秋》以小人物为线索展开攻坚克难主题,小说里对现实的洞悉与发问、对复杂真实的虚构、对干部成长与青年问题的关注以及直书其事的价值判断,将海岛的故事写得有"史"有"诗"。赵雁《星空并不遥远》延续着她关于航天事业的报告文学写作图谱,高深莫测的科学架构以文学凿壁引光,艰苦的科研以人物内心的细腻体验形象地在读者面前化开。李朝全《梦工场追梦人》同样关注科技与青年,创业时代与青年梦想在纪实的踏实呈现中被渐次开启,一己之梦汇入国家发展,进而焕发无穷的潜能。

经由一年的编选打磨,"新时代纪事"已从新栏目的创立演进为一种新文学标尺的设立,新时代的文学事业,关于人的本质命题、价值定位的沉雄思考,作品的书写方向、精神坐标、气象格局等,理应回应激荡的宏大现场，文学未完成的历史建构应存活于以人民为中心、以时代为依凭、以家国为根底、以传统为基础、以世界为参照的场域之中。我们也可从其他延续性板块中觉察这一标尺，李彦《何处不青山》发表于"非虚构"栏目，作品以鲜活事件塑造白求恩纯真率性、满怀激情的丰满个性，医疗队在中国抗日战争中的伟大贡献和白求恩的国际精神在人性的复杂深邃中散发切实的光辉。"剧本"栏目刊发了步川、李蓬荻的现代戏《方志敏》，对弋阳高腔特点的创造性继承为人物心理的表达提供艺术便利，浓郁的生活气息把读者的情感共鸣不断引向家国大爱。方志敏崇高的革命精神融于剧本文体特色，以鼓为节、调喧音亢的唱词是人心与信仰之歌。此外，2018年《人民文学》以专号的形式于第6期推出"少儿成长主题"，关注新时代孩子的"成"与"长"；又于第8期推出"强军文化主题"，彰显新时代家国气象。

作家作品与渊源勘探

新时代的《人民文学》树立起自身独特的表达，文学要进入生动丰繁的现实内部，要以审美的样式呈现文学和发展的规律与旨归。而无论是宏大主题书写还是微观生活描摹，我们从中明见着《人民文学》与作家队伍之间长期保持的坚实信赖关系、持续互补能力和在场倾听效用。

从2017年第9期"莫言新作"的推出到2018年第5期戏曲文学剧本《高粱酒》的刊发，《人民文学》以小说之外的文艺样式向读者推介莫言创作的重要资源——民间文化与民间文艺，莫言不局限于"红高粱家族"既有的设定，将新的民间想象和世情伦理诉诸历史的关节，文本的舞台陈设与人物的动作心神活化一体，文学的影响空间在重重叠叠中愈发开阔。

有些缘分则在第 12 期形成巧合,《人民文学》在 2017 年第 12 期刊发了宗璞先生《北归记》(前五章),典雅的文本作为"野葫芦引"系列长篇"东西南北"的压轴之作,再次彰显青春叙事的粲然魅力;2018 年第 12 期的《人民文学》刊发了徐怀中先生长篇新作《牵风记》,小说以 1947 年晋冀鲁豫野战军挺进大别山为背景,汪可逾、曹水儿、齐竞等人物原型源自作家当年的亲历,汪可逾壮烈牺牲后肉身不腐、保持前进姿态站立于一棵银杏树洞等情节写得奇巧而出乎想象,清朗的浪漫主义气息又因人性的高华和强烈的哲思闪耀着现实主义的深沉质地——两部作品出刊之际,两位先生与《人民文学》的缘分正好一甲子,宗璞先生 1957 年发表的成名作《红豆》无疑是当代文学史经典,徐怀中先生从 1958 年第 4 期发表《卖酒女》到 1960 年第 2 期的《崭新的人——记女英雄徐学惠》,再到 1980 年第 1 期《西线逸事》等,当代军旅文学新时期在《人民文学》可亲可敬的作家作品里被不断开启。

《人民文学》的艺术探索也致力于对文学新人的挖掘扶持。我们往往从年轻人那里最先觉察多元化的格局,各种生活与观念相互碰撞、交织,尚未完全成型的现状、理想及其审视正借由文学抵达其探索的功用,关于人性异化、精神困局等问题的审美情感与智性呈现既昭示着年轻人敏锐的文学自觉,也显露出《人民文学》对青年写作发展的独到眼光和包容心态。2018 年,《人民文学》继续设立"九〇后"栏目,先后刊发小托夫、韵竹、谈衍良三位作者的短篇小说。值得注意的是,一方面,《人民文学》注意到这批青年作家的集体登场,创作风格饶有新趣,作品里时代新人形象层出不穷,于是在 2017 年以代际命名开设栏目,以便为他们的写作提供更加广阔的平台;另一方面,《人民文学》作为国刊之所以未率先设立此类栏目，主要在于对命名产生的局限性始终保持警惕和迟疑，而在这一问题上，《人民文学》已有意识地进行了必要的补白和权衡——

2018年《人民文学》的"新浪潮"栏目继续推出各类文体的佳作，李晁的《午夜电影》精致婉转、曲径通幽，吴莉莉对秘密的闯入关联故事的整体深度和人物的心理景深，小说以隐秘的空白诉说某种难以厘清的敬畏心愿；第5期的"诗歌"栏目推出"青年诗人小辑"，年轻诗作者们各自从语言、结构、经验、精神向度等层面展现诗心的纷然风貌，文化经验里的后现代属性及其生活情态的片段化、日常化横生于"诗"与"思"。徐衎的《天边一朵云》和唐糖的《张小野的环球旅行》透露出作者细腻的洞悉力和天然的悲悯心，这也是我们对青年作者充满信心的源泉所在。

文学生态格局：范例与可能

从《人民文学》2018年刊发的各类作品来看，刊物理念作为一种文学想象的逻辑和新的文化创造正与文学现场、文学生产形成着由内而外的良性循环，不断推出的高品质作品不仅促进着良好文学生态格局的形成，也为当前文学发展的诸多问题提供范例。

周大新《天黑得很慢》以生命书写关注老龄化问题，小说以"万寿公园"的七个黄昏摒弃时空关系上的逻辑惯常，文本与现实之间的联系超乎真实生活的直接因果对照，人的精神、生活的荒诞在文本内外和真实与虚构两端呈现出空前的一致性。裘山山《曹德万出门去找爱情》以宽悯之心体恤老境，幽默家常中有隐痛心曲。弋舟《如在水底，如在空中》攸关丧妻之痛和遥远承诺，小说以超高的精神难度跳脱常理常性，彼世界里既实在又神秘的生命图景为变不可能为可能的艺术世界提供写作范式。骆平的《过午不食》同样关注社会热点,"二胎"的孕育剖白家庭成员内心的"公"与"私",从而进行了一场亲缘伦理关系下的深刻揭面。

葛水平的《活水》和陈集益的《金塘河》写山乡巨变,难言的取舍和由衷的悲喜无一例外地回响在历史的延递和时代的更新处,后者的父亲形象饱满扎实。李凤群《大野》同样围绕巨变建构起自我写作的诸多新质,通过今宝和在桃两位主人公相洽的话语方式架构起40年间有关家乡与外界的心况神思,在打破线性时间结构的不期而遇里,个性、生计、尊严与亲情、愿望的疏离,负疚与承担连同自我审视后的坚毅被大野扩容,时代变迁与个体命运的交叠处,总有悲喜沉痛、空谷足音,还原出生命真正的自由和厚诚的余韵。与之相适的还有散文作品,作家深情回眸山川南北,自然志趣、博物取向化为新时代生活里宁定、清透的心境言说。

周晓枫、蒋一谈、刘玉栋、李云雷、李浩等作家将创作转入儿童文学和成长题材,周晓枫《星鱼》关涉梦想、自由、亲情、成长、友谊和责任等人生母题,以幻想为美学核心的童话故事也整合着现实的复杂质素,这当然表明幻想并不妨碍书写现实,而王十月的科幻新作《子世界》也实证着这一点。《蒋一谈的童话》激活着我们关于童话和儿童文学的定义,精短故事里的清爽童趣成为作品耐读的灵魂;李浩《没尾巴的故事》创造性地将读者代入,通过悬念的搁置激发求知心和好奇心——文学,如何面对儿童?

这一年,差不多同代际的笛安、蔡东、焦冲、孟小书、周如钢等青年作家也先后发表新作,"80后"是否已在转型中迎来了正名定义之时?笛安的《景恒街》既以爱情故事延续以往的叙事风格,又于自然纯熟的情感表达和时间的远近切换牵连出创业时代新故事和各有起落的奋斗青年——或许每个人都无法避免职场新生态里的复杂关联,又或许每个人都隐匿于某种非真实社交的群落,北京城市上空是否飘荡有太多的不甘心、爱无力和因成功欲而短暂丧失的理智？这些，都为《景恒街》提供着无与伦比的亲近感，软件"粉叠"的开发和融资、全媒体时代下粉丝文化野蛮生长的利与弊、繁华景恒街和古色灵境胡同的城市气质等在象征的意蕴方位中为读者生活提供了自然而然的映照，而青年写作和城市文学也浑然于文本的艺术风格。

2018年《人民文学》的活力还在于中短篇小说的创作合力。季宇的《最后的电波》，其灵感来自《新四军华东军区、第三野战军通信兵史料回忆选编》，故事围绕着报务员李安本在新四军最艰难时期的经历展开，情态各异的性格和铁打一样的军魂亦是对许多真人真事的凝练和致敬。林森《海里岸上》以"海里"和"岸上"的章节切换作为空间叙事策略，对海洋题材创作的拓展面向人与自然、传统与现代声息共存的现实，看似艰难的处境却不缺乏突围的精神力量。邵丽的《春暖花开》从更小的生活单元体察精微缜密的心思，主人公的全然不自知和时光里斑驳的自尊，最终以人的善意和本质力量抵达当下社会关系的方方面面。邱华栋的《唯有大海不悲伤》是并不多见的具有治愈意味的小说，文本兼有日本"轻小说"的絮语之风。王凯的《楼顶上的下士》以心灵的方式实现对军旅文学有意味地探索。黄咏梅的《小姐妹》写尽活得既不真实又时刻被现实提醒的忧伤和无奈。潘军的《泊心堂之约》、薛舒的《相遇》、晓苏的《吃苦桃子的人》、吴君的《离地三千尺》、计文君的《夏生的汉玉蝉》、老藤的《青山在》等作品也以舒展的文学质地指向成为经典的可能。

此外，2018年《人民文学》着力打造自身的文学评论板块，本刊既有随长篇新作推出的文学对话和"小说家言"、"评论"两大栏目，同时微信服务号又以原创评论栏目"圆桌派"的推出和相关作品评论的同期转载等方式，为发现好作品提供更多途径。

追寻华文文学的新标识

海外华侨作为一个文学创作群体，涵化着中国传统文化的品质和中国经验，其创作囊括原乡、异乡、离散、怀旧、文化身份、国籍认同等诸多精神文化母题。21世纪，海外华侨创作进入喷薄期，以严歌苓、虹影、张翎、袁劲梅、苏炜、陈谦、王瑞芸、陈河、张惠雯等为代表的新华文文学书写，直书中国经验、中国文化与中国身份，以中西文化交融的视角讲述中国人的故事，显示出有别以往的价值征象。《人民文学》曾于2009年第12期推出"新海外作家专号"，时隔六年，于2015年第3期推出"海外女作家作品辑"，她们的创作在情节与人物、结构与视域、经验与情感以及思想等方面均呈现出传承现代文学精神谱系与文学传统以外的新内核，为我们展示了中国经验之现代叙述的全球化视角，同时亦呈现出海外华语文学写作的某种新高度。

从移民体验与身份认同旧题中突围

华文文学作品可谓全球化视域下的一部中西文化融合史。海外作家纠缠徘徊于故乡他乡之间，通过自己的移民体验传递对文化身份的渴望与思考，在各具特色的写作中重建自己的文化身份，以期完成更多文化祈向上的超越。华文文学通过认同感的匮乏呈现出深刻的现实焦虑，通过对自我身份建构的追寻表达出自我身份之解构以及因之而来的焦虑。人们关注的核心不再是如何通过自己的力量去实现自我，而是如何在身份上获得认同。人成了一个非中心化的被切割的主体，无法感知自己与过去、现实、未来的切实联系。

就今年《人民文学》第3期推出的四篇海外小说的作者而言，上述关于华文文学的描述似乎并不贴切。这四篇海外小说分别是于晓丹的《衣鱼》、王芫的《啊，加拿大》、张惠雯的《旅途》、曾晓文的《捞人》，作品显示出四位旅居海外的女性作者对文学、人性的厚重思考与广阔认知，其中亦不乏对异国生活的包容妥协。

伴随日益增长的精神文化和物质生活需求，中国的移民热潮一浪高过一浪。尽管各种国际因素变化使身份焦虑越发成为华文文学描述和深层开掘的主题，新的华文文学在身份书写中却以细腻感性的刻画实现了突围。《人民文学》刊载的这四篇海外女作家作品不再以冷峻尖刻的笔调传达移民境遇的切肤之痛，作品中的异国他乡并不存在生存的逼仄，绿卡已经不再具有浓墨重彩的意义——这是过去每一代海外作家都曾描写过的状态。她们书写的是一番叩问：当信念成为事实，剩下的，到底是生命的绚烂还是虚空？就像王芫在《啊，加拿大》中反复致意的："生活给了我想要的东西，然后又告诉我它无意义。"为什么要移民？移民到国外干什么？似乎任何一条理由都不充分，而任何一条理由一旦成立，就立即显出了荒诞。毕竟这四篇小说都反映出了一个浅显的事实，小说人物们过得都不好。至于"身份"问题，她们似乎已经不那么在乎，至少于晓丹《衣鱼》里的朱陶姐妹不在乎嫁为人妻的身份实现，当然她们极可能是因为害怕遗传性疾病的到来所以先把自己的可能性毁了，她们像衣鱼一样在夹缝中置之死地而后求生存；《啊，加拿大》中的安泊和曾晓文《捞人》中的李静似乎也不太在乎身为人母的身份，她们当然也是自顾不暇的，毕竟上天让人生了虱子，于是各人就有了各人的痒处。张惠雯的《旅途》有意识地从情节中抽离出来，在作品深度、美学风貌等方面的执着与坚持，使得她隐匿在群体经验、重大命题和文字背后的忧患与反思，更加集中于那些自在自为的心灵旅程。总之，这几位海外女作家所关注的身份问题，已经由文化身份、国籍身份、语言身份等精神文化领域转入单纯的伦理身份命题，"文化身份"已浮于外在形式，取而代之的内核是中国经验、中国文化与中国身份，以中西文化交融的视角讲述中国人的故事才是华文文学崭新的标识。这四篇小说不以故事取胜，而是关注故事背后蕴含的生命本体，关注在社会背景变异中的人的命运，《衣鱼》以巧妙的构思在人们司空见惯的现象里发掘出人生的悖谬，这种略显游离的创作姿态在《旅途》中更为显著，这与作者一贯秉承的人文特质密切相连，经过陌生的异域文化冲击之后，海外作家正逐渐探寻着搭建一种超越地域身份与精神藩篱的新归属——这种归属恰存在于中国经验的现代叙述。

在双重边缘下发声

关注日常生活的现实主义写作是女性作家最为普遍的写作选择。几乎每一位女性作家都采用过这种传统的创作手法来表情达意，例如对记忆中的原乡旧土的抒写，或是对异国现状的描摹，都表现出一种对现实生活、日常生活的关切，并且难以自制地吐露出作者的生命体验与情思情怀。毫无疑问，现实主义写作是一种具体的、充满活力的写作样式。海外女作家笔下的故事原型不乏作者对现实生活的自我体验与洞见，她们擅长将这些原型在日常生活场景中修复重现，同时将"女性"置于具体的语境中加以叙述，展露出对民族、文化、历史以及认同感等问题的深刻思量。

"语言身份"和"文化身份"是海外华人在创作中关心的两大主题。语言和文化无疑涉及海外生活的方方面面。《啊,加拿大》表现了在"中国移民母亲"和"加拿大出生的女儿"之间由语言差异及文化冲突所产生的代沟问题。令人欣慰的是,故事人物并没有在这双重边缘下失语,作者没有描写这背后的复杂文化成因,而是注重家庭情感的描摹,尤其注重刻画母亲与女儿之间的多重矛盾与感情纽带。亲情是人类的共性认知,无关国籍与身份,是世界文学古往今来所致力于表达的神圣母题。在故事中,母亲向往梦想之乡,女儿捍卫成长家园,作者在母女二人的冲突对决中又穿插着身处异国他乡的华人对祖国,尤其是对故乡亲人的深情怀念,透露出别样的细腻幽微。作者似乎对日常生活中的样样事物都喜欢思索一番,包括对人性,对现代人的情感持久能力,以及对金钱和高科技是否与人性相悖等问题,而这种思索又是一点都不带书卷气的。

曾晓文是加拿大新移民作家,属于"多伦多"作家群,目前正处于小说创作的高峰期,不断有短篇、中篇小说密集问世。曾晓文的《捞人》描写的是移民背景下的另一种双重边缘情态。作品紧密而妥帖地与当下的生活现实接轨,亲情和情怀都是读者所能经验到的寻常现实。小说主要讲述的是一对分居于中、美两国的华人夫妇的故事,丈夫因在中国犯罪入狱,妻子从美国离职带着小女儿回国施展人脉进行营救,遂至失败而倾家荡产。在海外华人作家的作品中,我们不时看到故事人物在异国他乡或者祖国故土遭遇双重的交流障碍,海外华人面对异国文化和本土文化显露出双重的尴尬。人物的失语已经不再是因为语言的障碍,而是来自不同文化之间的差异和误解。

事实上,海外华侨写作还面临一种更具普遍意义的双重边缘——文学的边缘位置和文化身份建构的困境，经典缺席、文学史叙事的结构与文化政治的悬浮状态，使海外作家的"身份焦虑"加速突显出来。华文文学试图在这种双重边缘的张力下成为某种对文化需求的满足，在残忍的现实面前提供自身的身份幻象，而且更重要的是通过自我建构，超越固定身份的刻板局限。为此，华文文学不妨全面地吸取其他族裔文化之精华，连同中华文化一并熔铸为自己的文化资源与文化资本。既然移民是个世界性的话题，海外作家可以说一直都在试图找寻一种世界性的艺术表达方式，以使他们得到更广泛的认同。

新的华文文学中，故事人物在语言上的多向努力已经显得自觉而强烈，相比之下，人物在生活经验、工作、教育、阶层等更具文化象征意义的领域的融入则显得无效，人物在很大程度上因为这种努力的无效而痛苦。整个海外华文文学所表现的主题经历了从移民身份无所归依；华人历史延伸；身体和精神的离散、分裂；异国的悲凉处境到呈现人性的普遍性、身份的重新建立这一转变的过程。失语往往意味着身份的遮蔽乃至失落，或许海外作家只有在更广阔的气象上进行人类生命普遍意义上的写作，才能在边缘与失落处宕开一笔，将移民文学中的文化属性和文化身份的思考延续伸展到新的层面。

海外作品中的身份颠覆与人性透视

置立于西方文化和东方文明交融的社会环境，海外作家对现代性叙事方式的不断尝试，呈现出作家的生命体验和小说嬗变、文本叙事以及多元文化之间的关系。从最初生存状态的尴尬、文化身份的失落到对他者及异域文化的复杂情绪，海外作家逐渐铸成了在人性善恶问题上秉持的深刻反思,以敏锐的洞见力贯穿着各类人物心态。在东西方文化背景和双重文化身份的影响下,海外作家的叙事主体通常略带暧昧且充满悖论,这或许恰是其他作家对人性描摹难以达到的某种深度。相比于为海外作家直接提供创作的素材,多元文化语境的主要意义更在于激发海外作家的回忆、想象,以及构筑世界的创作灵感和叙事的欲望。

中国的新文学是在域外文学的刺激影响下成长起来的,其间翻译工作发挥了重要的媒介与传播职能。于晓丹曾翻译纳博科夫的《洛丽塔》和卡弗的《你在圣·弗兰西斯科做什么》,译品在中国文学界产生了不小的影响。改革开放后,西方文学迅速东渐,于晓丹在当时能翻译出有气象的译作,学术视野与译笔可见一斑。于晓丹还写过一部不错的长篇,《一九八〇的情人》,展示出作者日常经验化的冷静、克制与极细致。新刊发的《衣鱼》以近乎白描的语调,描写了朱陶姐妹在对待生活、感情乃至家族遗传性疾病上的迥异人生姿态,同时真切地演绎了故事人物各自的感情经历,刻画出女人内心思绪的静水流深,小说结尾对"衣鱼"这一文学意象的哲学处理,昭示出生命的博大与顽强。

张惠雯在叙事方法和艺术形式上也逐渐形成了自我的风格,作为近年来创作丰饶的 70 后作家之一,张惠雯写作的可能性还在不断拓宽。张惠雯早期的作品注重对纯真世界的描写与追忆,擅长通过寓言化的艺术方式呈现自己对精神、情爱、俗世的洞悉。伴随海外生活经验与人生阅历的丰富,张惠雯逐渐将写作重心移向移民题材,与前代海外作家不同的是,张惠雯并不存在过多的历史负累与阴影,也没有要实现国族话语之宏伟建构的宏阔愿景。她以对移民生活与婚恋情感的观察切入攸关人性的叙述,着力书写文化冲突、情感纠葛以及不同伦理秩序下的错位。在张惠雯笔下,人的处境总是充满了障碍与疑难。就新移民而言，抛开表面的漂泊、苦楚与尴尬，那些内里的桎梏更扎实地根植于人与同族、人与异族、人与世界之间，挡在他们面前的是多重的难以逾越的有形无形的屏障。张惠雯的《旅途》着重描写的是女主人公的心理活动，其内容既是一席旅行见闻，又是女主人公与南希的片段特写。张惠雯笔触细腻亲和，主人公一边欣赏着窗外的风景，一边流动着内心的忐忑与姗姗来迟的安宁。

海外作家的生活经历极为丰富，他们小说所架构的艺术场域曲径通幽、感人至深，然而倘若将海外华文小说与当代小说联系起来，整体观照全球范围内的华文小说，还应该从早在20世纪六七十年代，身在北美的白先勇、聂华苓、欧阳子、吉铮、丛甦、於梨华、张系国等人说起。他们在当时无疑向世界提供着华文小说的历史视野、人性深度和艺术风貌，那时的海外华文小说在某种意义上承担了向世界展示中国文学的历史重任——他们的思想深度和艺术水准，代表了那个时代世界华文小说的最高水平。

如今华文文学的标识在何处？海外作家出国后有感于各色境遇下深潜的人性，在创作中逐步将对故事背景的单纯呈现转向对人性与环境之关系的深切追问，进而开始确立起鲜明的文化批判立场。异国的生活情态复燃了海外作家记忆中的生活沉淀，促使他们不得不探讨民族文化积淀和传统思维定式的优劣与自处。遗憾的是，《人民文学》推出的"海外女作家作品辑"似乎还不能完全拉近与我这类读者之间的距离，关于她们的阅读，我始终处于一种若即若离的朦胧状态。

从仙侠传统看网络文学的"正名"问题

"年岁,知识,理想,都不许他们还沉醉在《武松打虎》或《单刀赴会》那些故事中;有那么一个时期,他们的确被那种故事迷住过;现在一想起来,便使他们特别的冷淡,几乎要否认这是自己的经验,就好似想起幼年曾经偷过妈妈一毛钱那样。"老舍《人同此心》里的这段文字像极了我对于网络文学的矛盾态度。近代以来的所有文化,好像都存在着某种表象与实质的分离,网络文学也不例外。这种分离造成了网络文学自身的发展难局,它既以"文学"名之,又不能以文学性成其本所应当的内质,取而代之的是传播媒介、生成模式、娱乐强度、市场属性等其他突显的新特征。那么,要为网络文学正以通俗、大众、类型等"文学"之名,是否应该先从文本的文学性谈起?

"通"与"变"

撇开以教化、审美为导向的文学传统不谈,中国网络文学相较于西方幻想、科幻、朋克等类型文学优化出了更为庞杂且专门的"爽感"体验系统,亦步亦趋又蒸蒸日上。严重饱和的类型化既是网络文学运筹的资本又是其资本再生的壁垒。刘勰《文心雕龙·通变》指出,就文学的演进而言,其不变的内质称之"通",其一日千里的表象称之"变","通"与"变"是文学发展历程中两相对举的矛盾方面。从任何角度看，网络文学都是以休闲娱乐等泄导功能为先，这是其"变"，如何让大众对其保持一如既往的高涨热情乃至持续依赖，这便要回归到"通"。

对于网络文学而言，什么是"通"，什么是回归？纯文学品质及其立意的打磨提升当然是一个答案，还有一个与之关联且在题材内容与故事架构上更可供网络文学借鉴的办法，那就是文学传统的再生。"玄幻""仙侠""盗墓""穿越""同人""耽美"等类型文学，它们之间既有质素的重叠，又存在着彼此无法涵盖的独创，而这些未来式的特征，其源相近，其流渐远，本都是过去的。以玄幻和仙侠两大网络主流类型小说为例，二者脱胎于中国古代仙侠传统，天然具有古典叙事的原型与母题优势，只可惜它们如今驰骋的那片疆场，与考辨源流下本应遵循并不断附加的内涵，不在同一个区块。要给仙侠传统或仙侠文化下一个准确定义是相当困难的，露丝·本尼迪克特认为文化整体能从"周围地区的那些可能的特性中选择其可用者，而舍弃了那些无用者。它把其他的特性都重新改造成为与它的需要相一致的样子"，显然，网络文学与写作者究竟以何种再生方式对仙侠传统中的哪些可用者择而用之，才是当下更需要我们探求的。

为有源头活水来

就仙侠传统中的主体形象而论，形象鲜明的原始剑侠最早出现于唐传奇，他们多是具有神奇剑术与神秘法术的侠客。宋、元、明历代，剑侠形象均无太大变化，等到晚清《七剑十三侠》出，由剑侠修炼而成的剑仙才作为剑侠的新形象与最高存在被确立下来。其后的《仙侠五花剑》将属于剑仙的侠客以"仙侠"名之，虽无开创之力，乃有命名之功，天仙境界的仙侠形态就此完成。从原始剑侠到仙侠，主体形象发生了重大转变，仙侠的性格特征、侠义观念、行为模式、修炼历程、法术能力，乃至其行走的江湖世界，在不同的叙事话语下呈现出一代更胜一代的独创性。例如，仙侠既是修炼成仙的剑侠，修炼历程便往往成为小说精心打造的环节，除了剑术的修习，小说通常还设置有与《七剑十三侠》第六十四回中"魔道试心"类似的"魔考"。练剑者通过完成介乎幻境的"魔考"，脱离凡胎，达到看淡世俗功名利禄、看破红尘贪嗔痴爱的超验境界，从而飞升仙列。修炼历程与境界的架构有助于主体形象的塑造及其相关情节的推动，小说也因此沾染了修真本色。纵观中国网络的同类型小说，《诛仙》《飘邈之旅》《佛本是道》《凡人修仙传》《仙逆》《食仙》等，当属此类。不管怎样设定，所有小说都无一例外设定有特定的修炼体系，如练气、筑基、金丹、元婴、渡劫、飞升等修炼历程。再如，剑术的玄妙是传统剑侠最鲜明的形象特征，剑侠发展至仙侠，在剑术奇绝超前的基础上，新增了剑术与道术两类主要的魔幻法术技能，如飞剑术、五遁法、草豆法、袖底乾坤、御风而行、龟息大法以及飞天术、隐形变化术、预知术、用药术、神行术等。仙侠在对敌时使用的奇策妙计与行阵方术，更是一场玄幻的正邪斗法。网络小说中的修炼者既追求飞升成仙的境界，还着意掌握法术技能，道法仙术在网络小说中更具奇幻色彩，作者通常会就此展开浓墨重彩的刻画，如《诛仙》中的"神剑御雷真诀""诛仙古剑阵法""八凶玄火阵法"，《凡人修仙传》中的眨眼剑法、罗烟步、长春功、龟息功，连同各种丹药、符术等，这些都是这类小说中常用的法术技能。与法术相适，古代仙侠小说中还出现了法宝仙器等法术施展的助力器，它既与主体的法术能力相生相息，还与人物形象的深化相得益彰，成为外化了的形象符号，颇有关公与青龙偃月刀的意味。同样，网络文学中的玄幻、仙侠两类，小说人物的法术能力有别于传统武侠小说中的武功，玄虚之道需凭借法宝威力方能更好地呈现，因此小说写双方对峙，常将笔墨着力于法宝，有的法宝还随主体的修炼进程换代升级，如《佛本是道》中周青即拥有青索剑、天罗化血神刀、翻天印、玄天八卦镜等多样法宝。至于仙侠在江湖中的行走方式，除了与行踪飘忽的原始剑侠一样云游四海、随遇而安，他们还形成了一个个独立的集团组织，或以修炼成仙为合作目标，或以主持公道、维护太平为共同使命。网络小说的主体形象也大体追随着仙侠的形象传统进行创作开拓，其中也多有神仙妖兽、门派教系等元素的设定，因为非比寻常，所以显得玄幻神奇；因为不完全背离传统，所以才有几分可能，对传统进行更优质的再生可能并不能轻易获得，但唯有如此才更加使人想象与向往。

通常意义上，人们更热衷描述演进，演进使人联想到流动的优化，而事实上，本源才有我们的记忆和身份，所有的未来都是从那个有些老旧、有些模糊的源头绵延而来。中国古代的神话传说、魏晋志怪小说、唐宋传奇、明清神怪小说中一直存在大量的奇幻内容的描述。鲁迅《中国小说史略》："中国本信巫，秦汉以来，神仙之说盛行，汉末又大畅巫风，而鬼道愈炽；会小乘佛教亦入中土，渐见流传。凡此，皆张皇鬼神，称道灵异，故自晋讫隋，特多鬼神志怪之书。"就内容风格而言，网络文学显然不是最先将古典仙侠传统的母题及艺术特征援引进文学创作中的。《山海经》中的神话故事，《左传》《战国策》《史记》《汉书》《后汉书》《说苑》《吴越春秋》等史传散文中的游侠散文，汉乐府、文人诗中的游侠诗，《神异经》《列异传》《灵鬼志》中的神仙方术与地理博物，《聊斋志异》的奇侠世界，李白任侠人格下的仙道诗，宋词中结交壮游、建功立业的侠义伦理，由雅入俗的宋元武侠小说，《红楼梦》中的情侠品格，曾朴《孽海花》中的俄国女侠，鲁迅《故事新编》对侠文化精神的融汇与改造,巴金《灭亡》中的杜大心……仙侠传统早已进入诸多文体的发生与演变,并在各自的文体传统下形成了新的表达方式。网络玄幻、仙侠两类小说虽然在类型上分有仙侠传统的因子,但它们的古典"武侠"成分已大幅减少,而玄、幻、神、奇等元素得到了极大的发挥,在与文本叙事进行充分融合的基础上,形成了特定且固定的设定体系与艺术风格。它们追求"天道",充满幻想,在创作中无原则、反常规地架空世界,创造出既虚无缥缈又让人热血沸腾的世界,不断升级制胜的情节使人欲罢不能。中国传统神话中从开天辟地到诸神战争的丰富奇幻素材为这类小说所用,例如《诛仙》对《山海经》的直接化用,《星辰变》对神话背景的借用,与晋代干宝《搜神记》同名的网络小说,于上古洪荒之下,呈现出光怪陆离的古代神话世界。小说借用神化形象与神话元素,将叙事空间扩大到仙境、神界、九幽冥间等任意场域,故事人物乃至花草虫兽均可长生不老,上天入地无所不能,武器、法术各显神通,神灵鬼怪纷至沓来。例如《七界传说》,小说的故事情节在人间、仙境、鬼蜮、海底、九幽冥间中穿梭交错,奇特的修炼方式以及频频出镜的奇人怪事极大地增强着小说的新奇感和刺激感,取材空间的无限扩大臆造出虚幻世界的无穷尽,古往今来的任何场景都可被这类小说架空、复制。尽管这类网络小说就神奇玄幻展开了千奇百怪的叙述,曲折离奇并不能消解故事模式的趋同:拥有"主角光环"的主人公,无论遭遇何种磨难都绝不会倒下,历经重重考验得到至尊秘籍、法宝,修成无量神通法术。有的还会在修炼期间遭遇单个或多个女子的喜爱,或两情相悦,或大开"后宫",最终从出身平凡或资质愚钝的草根脱胎成仙界至尊。《诛仙》《星辰变》《凡人修仙传》《仙逆》等修真小说,以主人公的成长推动故事情节,而情节作为作者讲述故事和安排事件发生的方式,亦有复仇、争霸、修炼、夺宝等模式。事实上，这种叙事上的叠加以及同质同类的重复早已在古典武侠小说中大量出现，"侠客行侠"即是这一模式的具体呈现。"侠客行侠"时，武力是解决矛盾冲突的唯一方案，并由此生发出对武道的探索以及对比武较技的津津乐道，而暴力化和简单化决定着武侠小说中"二元对立"的江湖运行法则，正邪、黑白、爱恨、恩仇、强弱、生死等世间百态均被囊括其中，唐代的《红线》《贾人妻》，宋元时期的《洪州书生》《十条龙》，明代的《水浒传》《程元玉店肆代偿钱十一娘云岗纵谭侠》，清代的《三侠五义》《儿女英雄传》，近代的《近代侠义英雄传》《十二金钱镖》等莫不如是。时代的发展决定当下网络小说写作者在建构小说的故事世界时吸收的不完全是仙侠传统中的隐逸山林和地下社会等系统原型，其思维近于神话思维，而与神话传统的合流恰恰是仙侠传统的经典范式。神奇玄幻的内容与风格置于全媒体时代的语境下，总是切题、时尚、使人拍案称绝的，它们易于趋附、标榜和风靡，而网络文学本身的交互效应也呼应并满足着各方幻想。但网络文学并不该因此而傲慢。或者说，网络文学的傲慢并不该源自定型与趋附。

瓶颈·改造

仙侠文学是仙侠文化的文学载体。仙侠文化在本质上作为人们回归某种原始的一种实现方法，为人们提供着实现深层渴望、获得心理安慰的亦真亦幻之路。仙侠文学结合这一精神实质，发展成为一种满足人类深层渴望并且为之提供心理安慰的文学样式。而仙侠精神本质的诞生及其与文学创作的结合均有着深厚的文化土壤。在原始剑侠向仙侠过渡的进程中，既有诸如三教合一、秘密宗教、崇鬼风气以及帮派文化等文学外部因素的浸染，又有源自文学内部的质素影响——两方面的作用并未完全形成合力,相反导致了侠客形象在唐代以降的分化:一类侠客仍继以原始剑侠的形象,在庙堂、社会之外,专于血性义气;另一类成为义侠,逐渐被纳入正统社会。而仙侠形象的确立,巧妙调和了两种形象的矛盾,它与仙侠文化的精神实质有着根本性的一致,既能符合常理性的接受尺度,又可以满足读者的企慕心理。同样的,中国网络的修真类仙侠小说,依托古典道教文化,以修道成仙为境界追求,讲述主人公的修真历程及超凡仙法等内容。这是来自文学外部的影响。修真,即学道修行,实际是道教文化的核心理念之一,它以求得"真我"、"本我"为基本修炼方式。而对"天道"的追求则是以老、庄为代表的道家在精神领域的终极目标,所谓"玄之又玄,众妙之门""玄者,物之极也",追求"天道"乃是对万物本源及本体的探索。而"道"作为一种精神状态,与"心斋"、"坐忘"等工夫论紧密相连,强调注心自我、与"天"合一的"逍遥"境界。当然,文学并非对文化的单纯阐释或演绎,只是网络小说在更多情况下,对文化的吸纳实际上是鲁迅所谓的"拉大旗作虎皮",借所谓修真,来构建小说的基本内容及其结构,这尽管是来自文学内部因素的作用,但文学载体与文化实质的相去甚远,或许正是网络文学发展的瓶颈所在。

  当文学传统处于不得不进行自我革新的时期,我们真正渴望探究的是新一代写作者的文学信念与文化改造思路,即他们将怎样对待一种可能的文化资源,又将如何在文学创作中实现对这一文化资源的创造性转化。战国中叶曾出现一批"以善辩为名"的"辩士",他们从汉代开始被称作"名家","欲推是辩,以正名实,而化天下",借着端正名实的关系,想要为天下人立一种教化,然而一直未能如愿。推古及今,若网络文学与"文学"的名实关系得以真正的端正,名实相副的时候,更远一点的远方,是我们所能眺望的。

文学现象随感十五题

一、"生命书写"的意义

　　当下的青年作家在各自颇具风格的创作中，已开始以青年视角思考生命、衰老以及人生的终极价值与意义。事实上，青年作家们实属年轻，一旦亲历死亡，将对他们冲击巨大。生命与衰老的主题也相应在某种生命意识的焦虑之中汇入青年作家们的文思才情，成为某种叙事策略。

　　尽管青年作家们已然开始对衰老、死亡和孤独等生命主题有所关注和追问，每个人多少经历了生命的坎坷和无可奈何，但是他们还难以发出"哀吾生之须臾，羡长江之无穷"的感叹。他们对生命经验的诗意表达和对衰老的现代性凝思还侧重于"来路"，"归处"离他们相对遥远，他们的换位思考还不够设身处地，欠缺立足于"归处"的对"逆生长"的深刻渴望。

　　2018年第1期的《人民文学》刊发了周大新的长篇小说新作《天黑得很慢》，这是一部与生命和衰老紧密相关的小说。继《安魂》之后，周大新再一次试图就生命与衰老这样的重大主题展开救赎，这或许是作者又一次为真正理解生命意义所做的努力，也或许是对自我精神枷锁的又一次开释。作者在小说的时空关系上摒弃真实生活的惯常逻辑，创造出一种更为真实的"真实"。"万寿公园"的那七个黄昏,与现实之间的联系不单单是小说外的真实生活的直接因果对照,更多的还在于人的精神、生活的荒诞在文本内外和真实与虚构两端呈现出的空前一致性。作者通过内真实呈现内因果,以此反观和抵达现实世界的人和社会——生命尽头不能提前知晓,衰老进程本来习焉不察。小说的内部世界成为一种超越现实的更为真实的存在,读者由此得以确切体认主人公萧成杉已无来路只剩归处的生命困境,意识里关于死亡的概念被本能地、无意识地具象化了。

"方生方死"方可彰显苦难中生命的尊严、感恩值得珍重的人世,中国古代生命意识的觉醒和发展早已成为一道温润的文脉。如何处理衰老、死亡这样恒常的生命经验,用作品烛照人心、进行终极关怀,对于青年作家而言亦是切近的文学课题。

二、军旅文学的时代感与现实性

中国古代就有战争文学,《左传》有言:"国之大事,在祀与戎。"战争构成了春秋时代的重要特征。《左传》《战国策》的战争描写以事为主,战争形态真实详尽,记事中也夹杂一些人物随战事而流走的情形。其后的战争文学在集锦式的描写基础上将单独的将士作为主要表现对象,通过典型的战争事件来突显将帅、英雄的风采与作用。而再往后的《三国演义》《杨家府演义》等作品则在浓墨重彩的战争画卷里凸显人物的智谋、胆略和风采。

相比之下,西方古代的军事文学作品则表现出了强烈的尚武好战精神。充满诗情画意的《荷马史诗》同时饱含对战争的无节制的纯粹的直观审美,《伊利亚特》中也有力与美的平衡,想象、比喻、夸张、移情等艺术方式的运用过度强调了英雄的强悍与残忍,这与东方文学对仁厚德行的尊崇有很大差异。

进入新时代，军旅文学创作格外强调时代感和现实性，在对历史和现实的重新审视中构建文学与现实的关系，客观而生动地记录中国的发展历程和我军现代化建设步伐。一代代军旅作家的接续探索，为"新生代"军旅作家的创作提供了雄厚强劲而又切近的参照。这些珍贵的活的传统需要得到很好的传承，也需要在新时代有所超越。新时代的军旅作家置身强军兴军的现场，以文学的方式深入体察与思考新时代革命军人的职业理想与人生追求，张扬军人最为闪光的精神品质，也展现出强军文化的强大感召力。不同类别的军旅题材文学创作各具特色，创作观念不断更新，题材内容不断拓展，思想底蕴不断丰富，共同昭示出现实题材军旅文学创作强大的时代概括力和生活穿透力。

三、文学发生与"新古典性"建构

当下的文学批评中存在一种强大的、直奔现实而去的内在逻辑，从作品、现象与文学理论、文学史的对应关系及其内部结构发力，生成某种推进文学发展的表面循环。而其引发的思考范围则更广：文学理论是否已被文学现场遮蔽，其自身在文学批评中是否还具备有效性？文学渊源及其理论的历史生成，在批评实践中是否只能成为一种尴尬的对应痕迹？如果说文学理论已不能直接作用于文学批评，我们如何要求批评的整体水平反映一个时代文学理论的价值维度？

若从文学发生学和文学史的意义上追问，范式与经验的转移存在某种必然，但在历史上不同的社会结构中，这种"转移"的性质却有不同，无论是传奇小说与"十七年"革命历史小说的嫁接，还是80年代以来的文学创作，古文论及其资源已经具体地进入当代写作。我们对文学传统的重视不单因其内容、形式与结构上的可借鉴性，而更可能在于其人文性的介入也往往催生内容、形式与结构发生改变——我们不得不追寻这种古典性的未来发展与学术增长点，寻求文学与文学理论的又一昌明。

围绕古代文学传统与当代文学进行讨论，以期从文学的发生中建构"新古典性"，无不与当下的文学现场发生关联。全媒体时代，读者对文学的接受日趋多元，文本的限制被一再突破，图像文学、网络文学、手机文学等的兴起实证了文学正在走向自身的开放性，这自然说明了现代性对当下的观照比起传统和经典来说显得近亲，同时也意味着传统和经典正经历着复杂挑战，其中重要的一环便是对文学理论及其作用的诘问。现代性与古典性、传统性的并存交织，理应在长期的理论跋涉中成为社会、文化与文学之间的血肉联系，并以此缔结文学理论的自生性，为文学创作提供新的思想可能，进而为审美之上的社会价值努力。包括古代文学传统在内的文学理论，其作用到底如何，甚至已经超越文学理论的规定性建构机制，涉及社会的整体文化水平和现代文学现场的建立。

四、融媒时代与文学生产的几副面孔

从"全媒体"到"融媒体"，昭示出一种从"总体性"观照到"可能性"迭代的新趋向：人的世界观、人生观、价值观的新体验、新感受不断发生，同时在文化、文学版图上渐显出其重要性，逐渐以可觉察的多副面孔形塑着文学生产的当下及其向未来敞开的机制和历史建构。

依托文学体制的创作研究、作家培训教育、门户媒体阵地和现代大学的学院学科批评系统，就文学生产话题的研究展现出话语鲜明的多义性，这一方面是由于相关主体本职地参与了当下文学生产和文学史建构，另一方面由研究者的主体性焦虑延伸出当代文学正在经受的内在思想洗礼和外在实践渗透，诸多有待言明的可能性是否指向我们所期望的可被通约的文学的现代越界——在变动的文学关系下，坚守并抵达一种历史与现实的自觉追求和中间状态。

就纯文学期刊与文学生产之互动而言，当代文学的文学观念、审美风貌、文体规范等关键问题相继在纯文学期刊上呈现其探索与建构期，并在部分基础性层面为文学的基本形态"打样"。尽管文学创作与公众阅读之间不再以期刊作为必经的桥梁，纯文学的生产系统依然生产着至今仍占主导地位的文化形式，这是其他任何媒介无法替代的。这一点，我们也可从期刊的个案研究来获得明证，例如，文学选刊与文学经典化在文学生产中形成的互相成就关系；又如，从期刊专栏对当代中国文学的"差异性"策展，呈示期刊策划对"可能性写作"的横向挖掘和可能性理解，这也促成纯文学期刊与当下多样态文学生产的互惠。

尽管文学创作被更多地视为个人行为，体制化的文学院模式作为文学生产关键一环，作家的培养——由创作主体、创作本身以及经由体制平台形成的良性循环，在推动中国当代文学发展、促进中外文学交流等方面有着不可替代的活力。若立足生产关系和生产方式本身，文学编辑与脑力工作共有某种工业化意味，但审美劳动相对松散的状态实际约束了其通过完全机械化生产而带来彻底解放的可能。有意思的是，作为人类智能衍生物的人工智能等，恰恰是在精神生产领域里不断尝试着要解放人类，因而对人类的本质持续产生着冒犯，同时显现出人类既有语言系统的某些风险。若文学的存在前提和共生因素一再被科学技术及其所变革的媒介打破，文学的生命力将被引向何种创意和价值，连同不断生长的城市与未来，新的美学觉醒在何处？

五、"先锋"一种：科幻与现实

我们经由文学生产的几副面孔引出了一个或可谓由时代赋形的新的文学命题：当文学的存在前提和共生因素一再受科学技术的广泛影响而发生变革，文学的生命力将被引向何种创意和价值，新的美学觉醒在何处？

我们率先从一种新的创作趋向中获得启发。简单举例，科技发达的当下，人工智能又发先声，AI写作已涉及新闻、简评、提纲乃至文学领域的诗歌和科幻小说创作。过去的科幻小说里有层出不穷的机器人写作桥段，如今，这些旧日的"先锋"早已过时为"现实"之一种，并由此衍生出科幻写作和现实主义二者从晤对走向接合。

关于这种"接合"，已有"未来现实主义""科幻现实主义""软科幻"等诸种命名的指称，其"硬核"所在仍被类型文学和纯文学之复杂关系的前世今生所囊括，因而显示出明显的"穿越性"：一方面，这种创作既有科幻文学的类型元素，又不过多指向一种未来时空或先进文明的世界观设定，其核心仍然是对"人"和"现实"的观照；另一方面，这种观照并不仅仅经由通往未来的单向时间轴来反观，而是出现了对"此时此刻"的平行世界以及历史的现实性乃至当下性的模拟想象和创造性复刻——其不可不谓先锋，亦不可不谓传统。

当传统文学想象力严重匮乏甚至落后于现实的变幻莫测，我们不妨以这种新的创作趋向重申文学的开放态度和审美的不确定：在对全知全能和实证的痴迷之外，那些不可知的、带有神秘主义色彩的文学要素经由"科幻"与哲学、伦理学、心理学等交融产生相似性，并由此表达对人本身、对宇宙本身的艺术性思考。这种新的创作趋向在应对现代化的同时实现着对现实世界的建构与解构，其关键性的人文精神和英雄形象塑造有赖于科技进步与人文关怀的统一，而科技与人如何共生、如何维护和重建人文价值与人的主体性，如何看待以科幻小说为蓝本的原创电影，其中的科技观、时空观乃至更为深刻且广泛的"真实性"则应当与时代的进步、变化了的社会语境形成精神上的同步。

六、悬疑推理与文学创作

我们研究某文学类别的流变，必须考量时代因素对文学风貌的具体影响，即便是同类题材的作品，因时代精神气质不同，也大异其趣。与科幻元素类似，悬疑推理作为类型文学因子对中国文学最早的介入，应属中国古代的公案文学。

例如，唐宋文言公案小说的实录性质，既是出于艺术的切实需要，更是追求真实的时代精神之外化，史家笔法秉承社会生活中执法故事的原形原貌，所谓当世的故事，时代特点烙印其中；往后，文化重心下移，作为民间叙事的白话公案小说（话本）兴起，宋代白话公案小说增添虚构性，文学性也随之加强；元公案剧则依照本事、虚实相生，情节曲折动人、人物形象丰满，意在托古言今。由此，唐宋文言公案小说重精察，宋白话公案小说重案情、冤情，元杂剧重社会公正，无不以时代风尚为先。

再如，晚明兴起的明代公案小说以清官决狱断案为主题，使用浅近的文言叙事，以状词、诉词和判词为结构，既有鲜明的文学特征，又有诉讼的实用功能；到了清代，公案小说的创作方式向民间说书回归，承接宋人话本余绪，同时出现了公案与侠义合流的公案侠义小说，将清官办案与侠客除恶相结合，价值取向和叙事方式又与之不同；公案侠义小说在光绪年间极盛，书坊竞相刊印、续作迭出，掀起出版热潮；至维新变法前后，时局又新，困境反思与西学东渐导致社会、政治、法律等观念随之又变，在西方侦探小说的译介和新小说的提倡等诸多时代文化因素影响下，小说创作开始发生重要转型，公案小说的新气象便是其中一例。

中国古代小说在清代有了实际上的雅俗分野，及至上述晚清小说创作的转型期，这种雅俗之分依旧存在。一方面，知识阶层在本土文学的沉淀和西方文学的浸润下，对小说创作进行全面革新，他们的文学创作与主张被视为时代的主流，在某种程度上是雅的一类文人小说的延续；另一方面，民间白话小说在纯粹的自然状态下延续，晚清到民初，公案侠义小说的续作一出再出，部分续书逐渐偏离公案侠义合流的模式；与二者均有关系的则有，新小说的作家在创作时对西方侦探小说的借鉴，或插入侦探故事片断，或以新的手法改写公案小说，新的结构方式与叙事技巧使作品呈现出新的文本形态。

显然，从内部分析，这种创新是基于传统本位的创新。我们在面对新的文学样式时，因专注于新的一面，而容易忽视其中更为深刻的积淀，即那个潜在的对话者——传统小说。中国悬疑推理小说的发生，经历了由译介、仿作到自创三个阶段，抛开本土文学的简单模仿已是可见的一条尴尬之途，公案小说如何找到它的活的日常态，如何在自创中实现它的当代生成，便不得不聚焦于这个潜在的对话者。

从外部环境看，在欧美文坛，记录人类法制生活的侦探犯罪故事历史悠久，甚至可以追溯到古希腊罗马文学。而1841年4月，爱伦·坡发表《莫格街谋杀案》，标志着侦探小说的诞生。侦探小说以犯罪题材推进，与当时欧美资本主义制度的健全和司法警察制度的完善密不可分。同样的在日本，松本清张的社会派推理小说与日本经济的高速增长同步。1980年代起，改革开放后的中国译介了大量松本清张的推理小说，中国读者从日本推理小说中对照由社会各领域的发展不平衡所引发的犯罪故事中的相似之处获得的启发具有别开生面的时代意义。

中国悬疑推理等类型化小说的发生蕴含着启蒙思想和现代科学精神，而传统小说赋予的历史的精神气质沉淀还未重新显现。当下，悬疑推理等类型元素对纯文学写作尤其是纯文学小说的介入，有的是在神秘主义和陌生世界里造设谜团，尽管谜团不再是单一的案情，而是被转换为纯文学里叙事氛围的不确定性。有的则借用侦探小说手法，制造一本正经的预言和征兆，激发读者的阅读期待和好奇心……而此种介入不论对于类型文学还是纯文学，倘若缺乏审美意蕴、伦理价值和终极意义的实现，关于"人"的一致抵达仍然难以被真实地确认。

七、青年形象变革：时空、想象与未完成

切近地看，城市气质和城市性格已作为重要的现实悄然替换着小说的叙事和审美。一方面，现代性以猝不及防的速度裹挟着过去宏大叙事所根植的乡土文明发生裂变；另一方面，城市力量的坚固与野蛮并置，城市空间以建筑物的高度、密度、拓展速率和醒目的单位面积价格所关涉的区位资源标识——文学史概念的变革，从来都发生在社会和历史的转折之际，小说中的青年形象也不例外。

城市与美学，文艺与技术，这些相关性极强的话题在中国独有的古典气息中映衬着小说的不同比重。就青年故事及其形象而言，

"青年进城"这一中国新文学的重要叙事类型,因文化纠结所生成的多元文化身份,在从乡土文明的深处走向城镇的青年形象身上催生出对乡土精神的创新表达,从而形成了独特的艺术风格。城市新生代作为现代化的土著,集知识分子和城市青年的双重身份于己身,在精神层面有更多的诉求,并有意识地葆养某种理性的自律品格,而这种理性又暗含深切透彻的虚无性和无力感。青年本应是城市中极富活力的角色,却不乏在成长中无意识地坍塌和扁平化,诸多关于青年形象的文学想象都指向自我价值和身份尊严的确认焦虑,指向归宿性的情感、精神漂流问题。

青年身份已在城市生活写实中呈现新变,尽管阅读中不可遏制的代入感和映射而来的心理效应使我们对小说中的青年形象产生亲近和可言说之感,我们却仍然无法经由文学的现实意涵通约自身角色的疑虑,其中一个关键的问题则是青年形象发散于多重时空下的个体幻想和局部观照而缺乏整体性的建构,而这也实证着小说中青年的主体形象的未完成性:城乡结构认知是否只能通过既奋斗又失败的青年形象类型来确立?对于社会进程中的青年发展困境和成长危机,小说家在呈现痛苦之外提供了怎样的精神力量?生活在无边无际的物质世界里,迷茫的青年形象一个接着一个,小说家则将这一世界命名为"城市生活",不禁让人疑惑文学的现实主义精神是否竭尽全力?已趋成熟的青年作家如何突破创作与批评的局限实现转型?

有必要关注的是,随着青年作家写作时间的延展,他们一方面开始以愈发饱满的文本形态捕捉同代人的复杂生活和切己的精神难题,形成了一种以对当下和历史的整体性的思考拓宽青春叙事的观照。另一方面,文学建构模式局限了青年作家作品的理论研究,信手拈来的几个既定的概念区块:校园、青春、城市、私语化——部分青年作家近年来的写作实际早已溢出这些约定俗成的方位并且不断走向纵深——这既表明批评的失语，同时也暴露了批评功能本身的限制性。

在自我的主体与历史、国家、社会之间建立文学性的联系，青年作家出于自由意志做出的创作选择要抵达极致的艺术审美和精神力量，或许是青年作家和作品中的青年形象接下来要面临的"破"与"立"。

八、成长小说的"长"与"成"

成长小说，其舶来属性早已被学界给定。莫迪凯·马科斯曾定义成长小说呈现的是年轻主人公经历了切肤之痛后，或改变原有的世界观，或改变性格，或两种改变兼有，从而使他摆脱童年的天真，并最终步入一个真实而复杂的成人世界；按照巴赫金的经典归纳，成长小说大约有五种基本类型——纯粹的循环型成长小说、与年龄保持着联系的循环型成长小说、传记型小说、训谕教育小说、现实主义的成长小说。值得一提的是，西方启蒙运动时期，"成长"被迫从本然的现实意义中抽离，演变成一种时代的象征，这种象征意义既昭示此时代同彼时代之决裂，亦包含同代人与他者之间的断裂，由此，文学叙事获得了广阔的空间，深邃的思想内涵引领了现代性的充分表达。19世纪末20世纪初，成长小说得以突破传统叙事，成长为现代主义文学。中国的成长小说，作为此种现代性话语分裂产物的晚期变体，理应在一定程度上因承袭西方的现代性传统、叙事策略和批判精神而一往无前，却宿命般地在自我成长中遭遇了长成难局——时代新人的积极完型尚未完成，被过剩书写的成长阵痛却先验地导致反成长、虚无主义、自我放弃等模式的文学早熟。而中国的成长小说理论,尽管从冯至、杨武能等翻译家们最初的译序文章到近年来专门的研究著述已历经数十载,对于成长小说的探讨仍倾向依托于一个"类"字,其结果便是在"类成长小说"上长出"类成长小说理论",缺乏本土的系统的成长小说理论建构。

关涉当前中国的成长小说,顾名思义,故事主人公经历一场身心的危机,方才真正长大成人,得到实现自身价值的社会定位和历史角色的自我确认,其中,成长是叙事过程,长成是情节终点。顾颉刚在《〈古史辨〉第一册自序》中曾道:"我能承受我的时势,我敢随顺我的个性,我肯不错过我的境遇:由这三者的凑合,所以我会得建立这一种主张。"此类心情固乃产生于现代学术本身及其与世道人心的碰撞,却也以一种特殊的方式概括出了中国语境下成长的现代性内核——一种主张的建立——以对危机的克服来提供某种精神资源。

因此,中国的成长小说逐渐集中于一种固定的表达方式:在日常生活的既定秩序中叙写成长。即便年轻一代的"80后""90后"作家们极富灵性,他们也正面临将青春、成长等基础性生命体验转化为文本精神内核的重要时刻。他们戴着各式的镣铐起舞,或逆反或隐忍,小说里叙写的主人公们依旧表面正常,插科打诨,嬉笑怒骂,一如往常。只是他们大多提不起劲儿,不太想活,也不太敢不活,因而也就不知成长到底为何,如何成长,又凭何长成。对于一部成长小说,我们并不欠缺成长的仪式,甚至仪式本身早已可有可无,我们真正缺乏的是构成成长的关键性因素,即一种对"永久性"的确认——文本需要内在判断依据来显现某事件、变化、经历等对主人公心理和行为造成的影响是"永久性"的——缺乏内在判断的成长往往难以被认定为主人公的长成,尚未完成的成长也就不能被视为真正意义上的成长。中国成长小说的个性彰显,恰恰依赖于文本中对于这种"永久性"的具体生成，个人的成长史终归是要表达个人精神的存续。欲望面前的挫败、生存状态下的妥协、生活的静观疏离者，几乎都不通向最终的长成。成长所拥有的心智复杂体验和更为强大的精神力量，有待中国成长小说的更进一步。

九、文学，如何面对儿童？

如果按照一种对儿童文学的惯常理解，创作主体是成人，接受主体是少年儿童，那么就不能避免其与生俱来的困惑：成人与儿童之间的文化代沟及其在文学接受层面的差异性应当如何处理？

于是有必要厘清儿童文学的一个根本性问题，即儿童观的问题。20世纪中国儿童文学的发展思潮，经历了从五四前后鲁迅、周作人倡导"儿童本位"的儿童文学观；到二三十年代郑振铎、茅盾提出儿童文学要帮助儿童认识社会和人生；与此同时还有"配合一切革命斗争"的儿童文学观；六七十年代，鲁兵、贺宜提出儿童文学是教育儿童的文学；及至八九十年代，以曹文轩为代表的一批作家将儿童文学与民族性格的未来关联起来，尊重儿童个性的儿童观出现，中国儿童文学史由此从发现儿童、解放儿童到尊重儿童，反映出社会文化的深刻变革。

如何看待儿童、对待儿童的根本观念也相应影响着儿童文学观的嬗变和作家在不同时代的具体创作。儿童文学作为一种颇具可能性的精神资源，对读者产生着持久的启蒙和审美意义，而儿童文学自身特有的艺术方式、写作立场和内容表达——以理性文明承载童年精神气质，培养对历史、人生、社会、人性等人类基本生存命题的感悟和洞悉——与其说儿童文学是为儿童的，倒不如称其实质是为人类的。

当下，社会文明与儿童文学的联系已逐渐清晰可辨。一方面，儿童文学作品蕴藏作家对现实的深度理解，作品中关于现代化进程里城乡复杂关系的表达，呈现出作家的人文理想；另一方面，儿童文学尽管在艺术方法上注重审美的理想和诗性的向往，作家在关涉爱、童年精神气质、自然等特定美好维度的基础上也开始侧重表达理想愿望和现实之间的矛盾。属于儿童文学的不一定就是现实的，但根植于作品深处的语境、气质和审美等因子，也无不以一种隐秘的方式切实地反映着现实。

　　正如我们在格林兄弟童话集和安徒生童话里可以觉察到现代社会的兴起和民族意识的自觉，其内容也颇多现代的城市化题材和古典的乡村生活题材的相互掺杂，甚至在写作方法上，也与市民阶层的阅读习惯和生活方式息息相关。卡尔维诺《意大利童话》里面也不乏意大利政治、经济和社会等方面的内容，童话虽以幻想叙事，但仍是时代和时代精神的真实写照。再一脉相承地看，卡尔维诺《看不见的城市》里城市的巨型怪物状态，《通向蜘蛛巢的小径》对意大利经典童话《木偶奇遇记》的借鉴，《我们的祖先》与民间童话之类似，《宇宙奇趣》对科幻和童话故事的融合，卡尔维诺后现代作品里的这些童话元素，正是纯文学作家能够从儿童文学创作里获得有效借鉴的例证。

　　自"半译半创"的中国第一部"创作性"童话《无猫国》标志中国儿童文学的初步诞生开始，中国儿童文学发展已百年有余。晚清到五四时期的儿童文学翻译，文体和样式的丰富性足见儿童文学对儿童的贴近；翻译方法上，有忠于原著的直译，也有便于儿童领悟的译述；装帧印刷方面也颇下功夫。如今，评价儿童文学好坏的标准也未发生大的变化，文学性、认同性、趣味性、教育性与美学性仍是其中应有之意，儿童文学作品虽以远观近、以小见大，其真实的观照面却在不断扩充,更多对人类具有普遍意义的事物及其所预留出的包容性和不确定性,还有待儿童文学作家去进一步接受和创造。

十、"九〇后"创作:建构文学与生活的新关系

　　文学样本的丰富性与代表性,不仅将展现众多成熟作家在书写现实的征程中所付出的不懈努力,还将指向一批作家身份尚未成熟的文学新人,他们正把对生活的热切与疑问诉诸文学的浩瀚。与之相适应的,有关文学个案的扎实分析是提升创作能力、发展理论水平的基础,对新生活的关注也有助于引导和反哺新时代的文学。

　　再优秀的创作也难以与作家身处的现实保持绝对合适的距离,"90后"作家作品透露出的别样的叙事策略,映射了青年文艺思潮的转折,为文学实践提供着未知的无限。他们或以深邃的视域察验生活本身,从家庭内部、父母关系、都市日常到爱情之虚无、城乡之错落、异乡人之挣扎,即便对于"90后"而言,生活尚且未知,他们却也在努力深入。

　　近年来,受新媒体影响,文学观念、文学存在形态以及文学生产、传播和接受的方式都在悄无声息地发生巨变。"90后"的文学与生活既有对文学的单纯体验与认知,又广泛联结了社会文化生活的新样态,他们依赖新兴媒体技术与物质消费模式,对既往主流意识共有着静观疏离的文化症候,他们阐释"城市部落""文化空间""生活方式"等词语的新义项,并从中不断确认自己的独立意识和文化身份。

　　以文学与"时尚"为例,显然,二者的关系必然是有限的。"时尚"一词的基本释义为"当时的风尚",这里的"尚"应指一种被普

遍崇尚的高度。与时尚相关的社会现象,古今中外早已有之。《后汉书·马廖传》曰:"城中好高髻,四方高一尺。城中好广眉,四方且半额。城中好大袖,四方全匹帛。"这番对当时长安市民着装打扮的描写可谓与当下小说里频频出现的"空气刘海""半永久绣眉""设计师品牌新一季高级成衣"等时尚元素异曲同工。《墨子》云:"吴王好剑客,百姓多创瘢;楚王好细腰,宫中多饿死。"西方历史上也曾记载无数的时尚经典,诸如洛可可时期那些假发堆扎起来的高耸发型、羽毛和假花装饰的帽子、精致的蕾丝面具与古典折扇……无一不是彼时代贵族生活的真实写照。可见,社会历史变革、经济文化发展带来了深刻的社会心理和审美观念的改变,尽管社会主体在性别、年龄、身份等方面存在个性化的差异,却始终能在追时尚、赶潮流这一具体行为上高度趋同。

文学"时尚化"之所以成为值得讨论的问题,其深层文化原因在于人文精神的缺失。相信很多人都看过奥黛丽·赫本主演的《蒂凡尼的早餐》和安妮·海瑟薇主演的《穿普拉达的女王》,两部电影毫不避讳地把时尚奢侈品牌嵌入电影名,影片中也充斥着与时尚相关的资本渲染,然而这两部电影成为经典的原因并不在于以女神级演员呈现出一幅幅消费主义和物质主义极端兴盛的图景,而是这两部电影共同表达出一个良性发展的现代社会对建构完善的人文精神系统的迫切需要。文学作品也是如此,当"90后"作家作品里呈现出一些时尚的元素并受到广泛关注或好评,其原因一定不是其中的时尚元素单单只作为一剂兴奋剂给人以丰富的精神幻觉,而更大的可能应当存在于时尚成为某种文学质素,传递出真实、有尊严、有价值的人文精神信息。

大约在魏晋时期,这种对时尚潮流的"追赶"得以在文学版图中明确。刘勰《文心雕龙·序志》云:"去圣久远,文体解散,辞人爱奇，言贵浮诡，饰羽尚画，文绣鞶帨，离本弥甚，将遂讹滥。"颜之推《颜氏家训·文章》亦云："时俗如此，安能独违？"关于文学与时尚关系的讨论逐渐丰富起来。而就当代小说创作的"追赶"而言，中国显然晚于西方起步，且伴随这种倒挂而来的是一些中国作家对某些西方文学案例的热衷效仿：在较早的 20 世纪八九十年代，西方文学、西方价值范式对当代中国文学创作影响的显现就已发生了多元的分裂，一些作家背后不仅站立着诸如马尔克斯、博尔赫斯等灵魂级的文学导师，还排列有颇具符号意义的作家，如马格丽特·杜拉斯与女性"小资"文学和"身体写作"，又如村上春树的忧伤与青春文学。对这类符号本身及其象征意义的崇尚一经发酵，时尚风格的写作便喷薄而出——这些作家们不仅开始把时尚本身作为写作的对象，更进一步把写作本身"进化"为一种时尚，以惊世骇俗的腔调书写惊世骇俗的生活，再把这种"惊世骇俗"彻底活成现实。甚至，一段时期以来，对这批作家作品的阅读竟也成为一种文化时尚、一种品位的象征和站队。阅读本身被悬置，文学消费由此被完全"时尚化"起来。

因此，回归"90 后"等青年作家的创作话题，新的生活审美趋向应当成为文学风格趣味的提升，培育文学的诗性和想象力，将文学的人文关怀和艺术的原创力与时尚的美感和趣味进行有效融合。生活"时尚化"对于文学深层次的影响并不在于以时尚元素点睛，我们如今对街景、专卖店、灯光和阴影以及有关消费社会的一切描写已经能够保持客观态度，而越发精细的审美感知方式以及在唯美主义等时尚风格下蔓延出的小说叙事和写作观念的改变本身，才是我们必须保持强烈文学嗅觉的对象。

十一、地域因素与文学的关系

20世纪，伴随小说地位的提高，小说和小说家得以在研究领域被进一步细化，相关的代际、职业、学术背景、生活经历等因素无一不被纳入考量，文明史根深蒂固的文化熏染、民族心理文化的嬗变也作为一种具体的区隔，命名出地域文化小说及其前世今生。刘师培《南北文学不同论》载："南方之文，亦与北方迥别。大抵北方之地，土厚水深，民生其间，多尚实际；南方之地，水势浩洋，民生其际，多尚虚无。民崇实际，故所著之文，不外记事、析理二端；民尚虚无，故所作之文，或为言志、抒情之体。"这既是中国文学"接地气"之天然，也是中国文化"究天人之际"传统的发扬，中国地域文化小说以地域、群种、小说为基本标识，其中地域因素以其鲜明的历史和时间意义建构文本，丰富的文化内涵和巨大的话语空间双向吸引着文坛和学界的注目。

细数有关此问题的研究，其参与者众。有分阶段者，将20世纪地域文化小说的发展分为三个阶段：第一阶段是70年代末至80年代初，在伤痕文学、反思文学大潮下重估本民族赖以生存和延续的生命力量；第二阶段指1980年代中期的"寻根热"，作家写一方水土一方人；第三阶段则是80年代末至90年代初，地域小说异彩纷呈，既有人性批判之冷峻，也有哲理感悟之玄远，时而跃动时而悲悯，创作逐步走向辉煌。有将地域作为精神原乡者，与乡土文学、城市文学建立联系。不同的叙述语言、描绘场景、人物图谱呈现出思想观念和美学风貌的个性成长，正如美国小说家赫林·加兰描述百年前的美国社会景象时提出，"地方色彩可以比作一个无穷地、不断地涌现出来的魅力。我们首先对差别发生兴趣，雷同从来不能吸引我们","地方色彩"即"差别"的一种。事实上,中国乡土凝固的文化形态也正面临着裂变,都市的风景线作为新景观正在被广泛书写,然而,地域文化小说要从以乡土小说为中心转向以城市物质印痕为基点,如何在呈现差别的同时避免同质化,仍须反复思考。

此外,还有从地域空间划分出发把旅居海外的作家和华文文学纳入讨论范围者,茅盾《文学与人生》里谈道"不是在某种环境之下的,必不能写出那种环境;在那种环境之下的,必不能跳出了那种环境,去描写出别种来",华文文学从故乡地域性书写转向如今的智性哲学书写,大致也经历了一番心随境转。同样,也有重点考察童年地域印象者,因着故乡、家庭、民族等作者早期的生命体验,童年记忆具有多重的深化和外化可能,为地域小说提供源源不断的创作原型和深层心理资源。再有,方言小说自90年代以来逐步成为一种"时俗",本土化的方言叙事彰显现代汉语艺术,地域文化特色、民间立场也得以获得一种确立。当然,还有站在创作外围和相反层面的研究者,如地域文化因素对文学鉴赏的影响,小说中具体的地域文化形态、读者的学养和经验、阅读所处的外部环境等多方面因素共同作用于批评鉴赏环节;又如,文学创作的内返性、超越性、时间性等特征对地域文化形态的消解,这种消解打破"出生地——地域——地域文化——作家——作品"的文本产生过程,甚至形成一种"反地域文化"的文学气质。

然而,无论是追怀、寻求般地向后回溯,还是"觉今是而昨非"式的继往开来,这些文学意绪关涉地气与民风,其指向还在自身记忆情愫以外的人文理想,独特文学地域世界呈现的是对生存发展的惜重和人性与生命之光的隽永。说到底,文学世界的根本还是怎么看世界、怎么想象世界的问题,从这一点出发,地域小说自有其场域下的魅与惑。一方面,地域因素为写作提供了一块勾连现实与想象的开阔地，另一方面，小说里对世界的假设不得不有所规约——当想象之门虚掩，一扇精神的窄门忽现。地域因素与文学的关系尽管耐人寻思，其基底仍是不受地域因素限制的普照式情怀，福克纳的约克纳帕塔法县、多丽丝·莱辛的南部非洲、莫言的高密东北乡、阿来的机村、苏童的香椿树街……刘勰所云"文之为德也大矣，与天地并生者"，其此之谓，优秀作家凭借建构专属的文学地理空间，获得灵感飞舞的自由。

十二、文学与"自然"

综观中国文论和美学传统的发展史，存在一个较为普遍的现象：相当一部分对后世具有深远意义的重要观念，尽管广泛见诸历代学者在不同领域的著述，我们却始终难以在其传承和发展中找到如西方那般鲜明的理论体系。若作横向和纵向的理论梳理和综述性研究，不难发现这些观念存在着两端——一方面，其着重揭示了合乎某基本内涵的意蕴；另一方面，又在此意蕴外不断延展出某种统一的趣尚——且合二为一地，影响着中国文学的本体论、创作论和风格论。这些重要观念中的一员，即"自然"观念。

概言之，"自然"观念涉及文与质、华与实、体与用、本与末等诸多文学命题，中国崇尚自然的美学精神、作者内在情感的真实自然、"直寻""妙悟""伫兴而就"的自然而然、从"味""丽""沉""雄"到"气""清""远""淡"的审美旨趣等特质无一不被其统摄，我们从中可以摸索出一条"自然"由纯粹的自然概念转入审美价值范畴的大致脉络。跟今天一样，自然和社会是古人的两大生活区域，从与自然的相生相克时期，到市民生活的兴起，再到无意于世俗生活时主体精神向自然的回归，"自然"观念的生成，得之于人对自然的认同性阐释，而文学正好充当起最佳的媒介。然而，等到通俗小说兴起，这种认同性已经发生了明显的变化。小说以景观状态下的山水、城池、市井作为故事背景，又以诗、赋、词等文体对其作细致的描写，无论是话本阶段的《大唐三藏取经诗话》《清平山堂话本》还是《西游记》《封神演义》《韩湘子全传》等神魔小说，乃至《水浒传》等绿林文学和《警世通言》等世情小说，景观描绘层出不穷，还夹杂极尽铺排的骈赋化风格，工整的对偶和齐巧的句式再重以夸张比喻，"自然"之于文学仅以客观的描写对象为存在方式，或作为小说的环境描写，或成为渲染情节的艺术处理技巧，其艺术表达则逐渐脱离"自然"观念下的审美旨趣。

一脉相承地看，若仅把"自然"作为客观性的存在，现代社会及其经济的发展无疑导致其生态的巨变，同时在景观上呈现出城市与乡村两种文明。从浪漫主义对自然的歌颂到现实主义对资产阶级的嘲讽，再到现代主义对物质主义的拒斥和控诉，生存状态的变化相应导致人类思维的转向。当代小说创作中，不仅展现了伴随现代社会发展产生的疼痛与焦虑，还以各不相同的方式对自然生态系统的局部或一环进行了或隐或显的观照。自然元素除了作为描写对象和叙事技巧出现，还在文学内部承担起生态意义——当自然逐渐退出城市，乡土和荒野开始与自然等同，甚至转化为一种关于本土和原乡的象征——相应的修辞和象征系统似乎是作家在尝试修复某种复杂的关系。

事实上，早在阿来等作家的作品里已有对这些问题的反思。以《尘埃落定》《空山》为例，阿来巧妙地以生态叙事的眼光将藏区独有的自然风光和民俗文化连同经济的快速发展、文明的消长以及人类心灵的迷失一一呈现，作者怀揣着对人与自然和谐相处的深刻认同，呼唤修复人类内心深处的良知和善意。这种修复当然也是世界性的，美国威拉·凯瑟的《啊，拓荒者！》、英国多丽丝·莱辛的《三四五区间的联姻》、加拿大玛格丽特·阿特伍德的《可以吃的女人》《浮现》《使女的故事》，无一不在对生态问题、人与自然的关系进行叩问和反思——关怀其他生命即是关怀人类自己。我们不禁也要由此发问，我们今天关于文学的审美理想，能否也找到一条路径去实现对现实的超越，并由此重回和谐的"自然"之美？

十三、神话志怪传统的继承与新变

中国古代的神话志怪传统在当下小说创作中有着多种呈现。尽管神话、寓言、鬼怪传说之间有其区别与联系，然而不管如何定义，它们都试图解释世界和生命的起源、天体与季节的规律、万事万物的盛衰，所谓"诗的形而上学"和"诗的智慧"的结晶，涵盖了历史、文化、语言、社会、哲学、艺术、文学等多重质素，既是信仰观念、价值取向，更是思维方式和层累的民族集体无意识。

中国古代首部系统叙述神仙的《列仙传》，集中描绘了上至远古、下迄汉末的七十余位神仙，其中如黄帝、老子、吕尚、介子推、范蠡、东方朔等是真实人物，大多数则属无稽可考者，这类虚幻的神仙相较于《山海经》中西王母半人半兽的形象显然有所变化，但仍保持着神与人的区别。到了干宝《搜神记》，从神灵感应、妖怪灾异、物怪变化、鬼魅魂魄到历史传说、神仙方术、报应效验等，其涵盖之广，令人叹服，与之同时代的葛洪在《抱朴子·论仙》中也说："按《仙经》云：'上士举形升虚，谓之天仙；中士游于名山，谓之地仙；下士先死后蜕，谓之尸解仙。'"古典中国叙事史中出现了一个相当反讽的现象：人与神怪相分的时代难得一见，反倒是人与神怪相杂成为常态。鬼魅流窜于人间，似乎提醒我们某种现实裂变的未有尽时。

概言之,传统的神话志怪故事不仅以某种虚构和信仰为内核,更直指古典叙事中写实观念的流变。与神怪相连的叙述早在六朝就有高峰,其后数百年间又屡有创新,明清时期的"剪灯三话"、《聊斋志异》《子不语》《阅微草堂笔记》《夜雨秋灯录》,包括通俗文学中的"三言二拍"等,尽管在世界观、风格论等方面各不相同,但频现以糅合神怪与世俗为能事之佳作,显示出探讨人神鬼怪之间虚实关系的复杂本质。时至现代,此一传统中道而止,现代的知识论加之以科学等为号召的文学指向,神怪被视为封建迷信与颓废想象。然而,等到80年代,此一传统又卷土重来,声势更盛且享有广大的传播市场,不可避免地发人深思:一方面,文学传统的继承并非单纯的外在,我们甚至更倾向于赞赏那些看不出形式意味且切实回归传统的作品;另一方面,尽管中国小说出现恢复传统的趋势,这些传统却迟迟未完全获得其现代形式,对此中国作家也还有一种不肯罢休的劲头。就后者而言,当下小说的神话志怪写作或可谓也深受西方从志异小说到魔幻现实主义的影响,同时还包括后现代思潮关于历史和人文的诸多观念。

但我们仍要肯定,传统中国神话志怪的想象已经重焕活力,作家们在这一传统向度上发展时代情境之下的独特灵异叙述,不单是经典叙述模式的变迁,也更代表一代作家从文化源头、思想源头探究中国现实的文学例证。当下这种写作或是一种"新",其中闪烁的内在逻辑则去古未远,正如晚明清初之叙述,不论是修辞还是观念,显示的仍是庞大的奇幻想象与人间世俗色彩的内在平衡。从学理上分析以神话志怪传统为滥觞的当下小说中的新兴社会表意系统,从小说创作实践里的奇观展览场出发,探寻这类写作中文明的罗列;关于神怪的想象和写实,既有批判,也有谐仿,如果将现实主义置于某种非实体的物质性中，真理、真实的源头是否可以如期获得？当下的神话志怪写作，是否还能导生出古典小说那样的强大感染力？又该如何从形式、内容、风格、叙事等方面完全营建起文本专属的情境与实感？换句话说，倘若读者感到一种完全的"无中生有"，"信以为真"则难以建立，小说指向的真实，不论是现实世界之"无"还是虚无世界之"有"，就都难以抵达。

十四、学养与写作：小说的品格

关于文学理论范畴的研究，学者们的视角触及了理论体系的方方面面。相比之下，"学养""才性"等深入中国文化肌理和文学创作主体的复杂观念，在当下文学研究中略显冷落。古人秉持天人合一、才学相须之论研讨文才，也有"读书而后能诗文，世莫不谓然。抑知惟能诗文而后可读者，则读者又乌可轻言乎哉"的思辨，从审美境界的本然需要、从主体成为真正作家的高度针砭。"学养"，多指某种可以被后天影响和习得的素养，既洞悉学力的限度，也关联才情、德行等意涵。

以当下小说创作为例，文本在讲述故事、再现经验的叙事性基础上，还是一种形式的建构和语言的创造，我们今天重申文学的精神创造性和审美的理想，便是在这一向度上自我展示的必要。同时，这也几乎构成中国当代小说的困境：当经验和叙事被悄然辨析，小说本身成为更加复杂的精神事务，我们需要作品中藏匿着的那个道德的我、理性的我、生命的我和真我。现在看来，"学养"在解决文学的艺术危机、价值危机等方面有着长期的精神效果——写作格局遏制消费主义的趣味，附庸于利益的煽情在气魄张扬的新精神下难以颠覆文学的抱负——在现有秩序中主动寻找新的创造，在任何时代都不可或缺。

文学由此提供了一种"自觉"的可能性：对文学创作所依托的主体核心素养的体认与尊尚，构成自我重新建构的自性。所谓文学自觉，其根本不是文学作品本身的自觉，而是创作主体的文学创作行为之自觉。这种素养是审美创作必须依赖的共同资源，其认定权利属于作家自省与文学理论的共识。例如，杨修的《答临淄侯笺》与曹丕的《典论·论文》里都对创作主体的才性气质重视有加，追溯根源，所谓的"自觉"还在于创作者的自我认知，主体才性、学养的自觉及其对创作关系的明悟乃是重中之重。"文学自觉"论由日本学者铃木虎雄提出，后经鲁迅先生《魏晋风度及文章与药及酒之关系》的演讲发扬光大。对创作主体产生空前认知与尊尚的魏晋南北朝成了文论兴起的时代，也自然而然地成了文学自觉的发轫时代。发乎主体、见于作品的主体素养，也成为考量"自觉"与否的标准之一。

此外，传统知识观念和知识结构的近代化转型使知识真正成了值得信赖的社会力量，这是人类不可须臾或缺的精神财富。这种"不可须臾或缺"的理性也应属于文学，然而需要警惕的是，艺术归根结底是有意味的形式，学养的知识层面在文学作品中更应体现为一种"不识庐山真面目，只缘身在此山中"的魅惑。这些知识的呈现，尽管能唤起人们共同的智力储备，我们仍难以容忍其在审美形式上的反客为主，优秀作家当然选择以某种经验来化解，而在具体的写作实践中仍暗藏着不可通约的矛盾。不管如何，当下的文学创作不得不面对个人经验进行写作，而生活奇观、精神死角、极端叙事又使这种写作方式陷入瓶颈，我们由此寄希望于他者，而他者又该以何种姿态复归其中？在生活的边界、艺术的边缘乃至人类记忆的尽头，文学还将呈现何物？

历史上素有德本才末、德为才帅、德立而文明的思想，对学养与文学的关系进行理性反思之余，我们还心生一种社会道德、社会规范的操守。直至今天，商业化、货币化、娱乐化所形成的市场交换原则不可避免地对道德约定形成了动摇，而这恰恰关乎文学发展的必由路径，此即人与文之间统一与否的关键所在。

十五、长篇小说与现实题材创作

已有统计数据显示，近年来国内长篇小说的年均产量多达近万部，"有数量缺质量、有高原缺高峰"不仅是学界对中国当代长篇小说的整体判断，在大众审美中也形成了类似"可读性差"的印象与共识。诚然，长篇创作出版现状交织着众多复杂成因，长篇小说自身体量和文本形态的表达优势、学界在当代文学评价体系中对长篇小说文体地位的推崇、作者建言立德的写作理想、出版和外部市场的各种可能性等，诸多要素共同作用于长篇小说的意义与价值——必须承认其中存在文学本质、个人梦想与商品经济的合理同盟，而对经典的怀疑、对高峰缺席的焦虑，则主要受作品在文学性上呈现的局限和难局所致。

当代长篇小说发展沉淀至今，在文本形态、叙述手法、艺术风貌、题材主题、思想格局和精神气质等诸多方面已暗含某种共鸣与朝向，以近年来茅盾文学奖评选所折射出的新时代文学和当代长篇小说的范例性为例，作品在处理历史、现实与时空关系、架构现实主义与理想主义之并行、发挥长篇美学特质、打磨文体尊严及长篇小说特有的辽远壮阔境界方面，各有优势。而围绕长篇小说产生的期许与焦虑，实际指向"经典"标准的分层，此即，与文学史高标相符的当代文学与大众的审美喜好产生了倾向性的分离。这既是以长篇小说为例的文学经典如何解决自身与社会建构的复杂关系的问题，也是文学批评和理论建构的困境。社会引力和消费文化背景下的中国当代长篇小说，一方面得以摆脱某种刻板印象，不断探索和呈现突破；一方面又累积着长期的内部不平衡，有待回归初心和艺术规律再出发——

长篇小说去向何处？将在何种朝向中生成时代的新经典？将长篇小说置于整个中国文化语境之中考察，兼具文学研究和文化研究的双重维度，如文体论、作家论、语言论、文学思想论、批评方法论，以及小说研究专论中的史诗性、叙述者、典型人物、小说的伦理与自由、语言与形式、小说心理学等。而文学的外部研究，如社会学、美学、伦理学等方面的批判性思考方式，在更为宏观的层面，有助于探寻长篇小说及其对各种文学思想的自证向度。长篇小说中的新时代现实题材创作，则是对作家能否保有新鲜的思想敏锐性、能否具备足够的创作完成度、能否秉持初心并在对时代生活的真切体验中生成无尽的创造力的考验。

中国的现实主义精神早已根植文学传统，正如郭绍虞先生所论："在中国全部文学批评史上彻头彻尾，都不外文与道的关系之讨论。"儒家强调"文以载道""诗以美刺""劝善惩恶"和"审乐知政"等，传统儒家的现实主义精神深刻影响了各种体裁的文学。白居易提出"文章合为时而著，歌诗合为事而作"，中国古代散文强调"文以明道"，韩愈、柳宗元乃至其后的桐城派，都注重对"道"的阐发。

中国古代小说，从上古的神话传说到六朝志怪、唐人传奇、宋元话本、明清小说等，无一不侧重社会功用，在史传传统上绵延出浓烈的劝诫意味。魏晋时期的《搜神记》，虽以志怪闻名，其实不乏传奇历史故事、传奇人物故事等现实题材故事，反映当时的社会民俗、人情、思潮等。陈寅恪先生曾以文史互证的方法推论唐人小说的现实内涵,将小说置于时事,探讨其复杂意义,从而探究小说中的真实与意图。史传传统重实录,这使文人为文更重"经世致用",体现出强烈的社会责任感,而这一审美标准,相反影响着文章自身的艺术表达和文学审美。及至中唐,小说趋于成熟,逐渐摆脱实录传统开始虚构,虚实之间,这些以现实为题材的小说不乏神异色彩和独特的观照方法,因而显现出别致的美学风貌。明清现实题材白话小说中也存在着大量的神、怪内容,这些内容作为书写现实的外衣是否会削弱小说反映现实的力量感,是否会阻碍情节发生的逻辑与连续,是否会伤害小说的现实主义风格,都是我们在今天的现实题材创作中仍可能面对的问题。

现实,既是自然、社会、历史和思想等实际存在的总和,也是事物变化发展过程中的现象和规律。如果把历史小说作为现实题材创作发展中的一个重要支脉,作家从历史中挖掘与现实相呼应的精髓,反映对现实的关注和批判:从上世纪20年代鲁迅《故事新编》中的《补天》《奔月》《铸剑》,郭沫若、郁达夫等创造社作家的历史小说,到30年代茅盾、刘圣旦等作家的古代农民起义题材小说,再到四十年代孟超、罗洪等人的爱国主义题材小说,无一不与当时当地的社会现实紧密相连,小说沟通历史和现实,不断获得新的生机和活力。

此外,现实主义的当代命运,在新中国成立以来的乡村、城镇现实题材小说中突显,我们在《创业史》《平凡的世界》等经典作品的启发下不断自省,现实题材创作在整体上容易出现的主题先行、艺术表现单一、情节设置雷同、美学底蕴不足等问题逐渐明晰。新时期以来,文学对现实的呈现则以伤痕文学、反思文学、寻根文学、先锋文学等为代表,小说叙事的转向在情感基调、理性色彩、文化意蕴、写作策略等方面均有体现。当下,现实题材创作出现了勃发的态势，从题材观念到艺术风格均显示出更加多元的发展趋势，重新总结和研究现实题材创作的经验与教训，也就成了推动其创作的重要环节。

新时代的现实题材书写，作家需要将现实主义传统、重大题材、重要典型等纳入视野进行综合创作，这也是真实反映时代精神、提高思想艺术水平的关键命题。国家文学的兴盛，必然与现实题材文学创作的勃兴相伴，在这个文学领域中也必然需要一批经典作品和一支不断壮大的作家队伍。现实题材创作拥有繁荣的现实基础，而国家形象与中国故事紧密相连，如何在文学中树立与实际相匹配的国家形象，以文学形成积极的国家软实力，书写新时代，在现实生活的土壤中汲取题材、主题、情节、语言和审美自觉——这是对新叙事的召唤，也是对新叙事的挑战。

近来，一些作家的现实生活题材小说呈现出艺术的嬗变，引发各界讨论。其嬗变的主要方面，说到底是作家从对生活的真诚写真转入功利化的媚俗表达，这虽是作家的艺术追求、创作意图和市场经济、影视业等合力作用下的结果，但也实实在在地昭示出提升作家使命感和引导大众审美的必要，而这对于新时代的现实题材创作无疑也是一个深刻的警示。

我们时代的文本细读
——乔伊斯《死者》叙事爬梳

  西方的乔伊斯研究已有百年历史。作为与伍尔芙、普鲁斯特与福克纳并置的现代文学彰著的流派代表,乔伊斯执着在小说中描述那些重要瞬间的无尽可能。正如当一个完整阅读过《尤利西斯》的人试图去谈论这部作品所面临的难题时,从哪里开始谈起,都将是一个艰难的选择过程。中国的乔伊斯研究,尽管有关于乔伊斯的美学思想正在实现体系化研究的构想,其"流亡美学"等思想内涵逐渐经由理论进行阐释,乔伊斯前后期的观念转折也尝试建构起了逻辑性的分析,但要谈论乔伊斯的世界观、人生观、语言哲学、诗学思想、创作实践与20世纪西方文论的互动关系,以及乔伊斯的意识流小说技巧、象征主义等,仍然容易脱离具体的文本走向一种不言自明的空洞。当下,我们又似乎热衷于在探讨小说创作的相关问题时把小说指向一种经典化。对经典建构的当代效用和普遍的文学共鸣等所产生的疑虑,在长期的理论跋涉中,使我们总是愿意并且不得不去重读经典,在思想渊源和精神路径中,把"阅读"作为重要的方法。

  基于以上考量,本文选取乔伊斯《都柏林人》中的最后一篇《死者》(校读《都柏林人》及《死者》诸多译本,本文论述从智量先生译文)进行细读和分析,以期从阅读经验出发,在经验的对话、校正中来寻找某种确认——作家身处的时代与内心的关系、小说与世界的关系以及作家的内心与小说、读者的关系。还有，我们想成为怎样的读者？我们能成为怎样的读者？我们真正拥有什么？

一、叙事特征

（一）线索与主题

《死者》的故事情节并不复杂，主要讲述了主人公加布里埃尔在莫坎姨妈家惯例举办的圣诞晚会上的情形，以及晚会后他和妻子格莉塔回到旅馆后所发生的事。小说因乔伊斯不动声色且苦心经营的叙事技巧抵达了深邃的象征内涵，受过良好教育、懂音乐、会写作、工作体面的加布里埃尔在晚会上先后在与莉莉、艾弗丝小姐的交谈中遭受精神打击，接着在旅馆房间里想和妻子亲热时遭到第三次打击，从而对生、死以及存在的真实产生了顿悟。细数小说主要的叙事线索大致有：

一是主人公加布里埃尔和妻子格莉塔去姨妈家参加一年一度的圣诞晚会。关于这场舞会和聚餐，小说开场就将场景定位在一个活泼、快速的动作节奏上——"看楼人的女儿莉莉简直是双脚离地在飞跑了"，从莉莉对客人的迎接铺陈开莫坎家的格局设置，"餐具室的天花板"、"上面地板上的脚的踩踏和拖曳"连接着参加宴会主角出入的楼梯，将阁楼分割出独立的空间和故事场景。这里，随着加布里埃尔夫妇的到来，故事人物基本有所交代，"套鞋"和"雪"等，作为文化倾向的象征和文本的主要意象纷至沓来，旋即爆发了莉莉与加布里埃尔的对话交锋，并以后者的意外挫败告终。乔伊斯将晚会场景的叙事重点放在人物的观察、对话和态度上，暗示的敌对情绪揭示了故事人物各自的经历、选择和立场。

二是艾弗丝小姐多次对加布里埃尔不加掩饰地进行批评,"没想到,您竟是个西布立吞人",直接指涉爱尔兰民族主义及其文化上对英国殖民主义的态度。稍后,加布里埃尔试图修改自己将在晚宴上发表的演说以回击艾弗丝小姐的偏激,不料艾弗斯小姐断然离场,使他毫无机会。

三是通过丈夫的眼睛,格莉塔的侧面轮廓获得了神秘雕塑般的宁静优雅,这个女人站在第一段楼梯的顶上,也在阴影里,她的脸不被看到,却催生加布里埃尔的燃情时刻,叙事由此转向人物的内心并走向冲突爆发的顶点。告别晚会回到旅馆,格莉塔没有迎合加布里埃尔对激情的期盼,反而透露了自己埋藏心底的秘密:在爱尔兰西部尼姑岛的高尔韦度过少女时代的格莉塔,与迈克尔·富里相恋,他常给她唱爱尔兰民歌《奥格里姆的姑娘》,这位患了肺病的情人伫立在准备动身去都柏林的格莉塔的花园里向她告别,不久后因淋雨加重病情故去。

四是格莉塔感受到了感情、记忆和疲惫的爆发,并在丈夫的注视下进入深度睡眠。加布里埃尔站在窗前,无言地凝视着飘飞的雪花,投身到与精神实体的一次新的相遇中,捕捉着死亡与存在的某种真相和意义。在一个充满狂欢和骚动的故事的结尾,要实现如此完美的静止,需要的艺术能量是深刻的。乔伊斯的《死者》通过神乎其技的结局塑造,增加了小说在主题显现方面的诗性张力,使表层意义下潜藏宗教、哲学、社会文化和批判性审美的深层意蕴。

《死者》所描绘的圣诞晚会全然没有节日的欢乐气氛,与"瘫痪"主题相适的是各个厅堂的人们以无聊为有聊的虚妄。出席的客人、舞曲以及晚会程序都一成不变,循规蹈矩的生活和自我麻痹的心态正是爱尔兰人在英国控制下的真实写照。而正是这种真实,使《都柏林人》的出版因受到严格的审查而推迟了八年多。

（二）背景与手法

1904年，乔伊斯在母亲去世后被朋友推荐在以爱尔兰西部的乡村和地方色彩为特色的农业报纸《爱尔兰家园》上发表小说，先后写了《姊妹们》《伊芙琳》和《赛车以后》便被拒稿。显然，农业报纸与乔伊斯小说的风格并不一致，而乔伊斯事实上也一直瞧不起报纸，从《死者》中对《每日快报》的暗嘲便可见一斑。

从1904年10月乔伊斯离开爱尔兰到1905年11月，乔伊斯完成了12个故事，并把它们编成《都柏林人》，寄给了英国出版商格兰特·理查兹。1906年2月，乔伊斯创作了《两个浪汉》并由此引发对故事内容不道德、语言不雅的强烈反对，使《都柏林人》推迟出版并被要求修改手稿。后来，在1906年和1907年，乔伊斯继续创作并完成《死者》，最终与都柏林出版商签订了合同，却在长时间的谈判和妥协中仍被该出版商拒绝出版，其原因主要是小说中"反爱尔兰"内容的不良影响。甚至印刷商把未装订的散页书稿销毁，致使愤怒而痛苦的乔伊斯在同一天晚上离开了爱尔兰，再也没有回来。

直到1914年，审查制度稍微放松，乔伊斯再次与格兰特·理查兹联系，《都柏林人》终于得以问世。一方面，乔伊斯因流亡对祖国产生了"乡愁与仇恨"并存的矛盾情感，为他提供创作主旨和深层动机；另一方面，《都柏林人》所遭受的严厉审查，在很大程度上促使乔伊斯对小说进行反复修改，同时从中进行了自觉的叙事创新和形式探索。

在《死者》中，与加布里埃尔精神成长相关的语料形式，除了潜隐的叙述者以框架叙述提供背景，还嵌有对话式的直接引语、意识流式的自由直接引语以及自由间接语。在非叙事性的嵌入文本中，直接引语本身将观点、态度限制于说话人的表达，类似于叙事学的"模仿"，使小说人物展示自己的意识并将其区隔于作者意图；而自由间接语作为一种叙事策略,具有模糊性和不确定性,将解读的责任转移到读者身上,使叙述者得以在叙事中摆脱无所不知的地位并合理地放弃评论和判断;叙述中既没有明确的陈述,也没有超然的价值审视,只是对现象的客观描述,所以文本的真实意图非常模糊。加之流亡者身份所提供的多重、双向的视角,乔伊斯小说的整体叙事效果往往强调不同的话语层次并传达不同的叙述目的,使人物、叙述者乃至作者的意图都拥有十分开阔的话语空间。

此外,乔伊斯在修辞、景物、结构方面的象征技法已趋成熟。莉莉(Lily)以百合花为名,既象征纯洁,又是送葬时的传统佩花;梅勒里山修道院的修士们每天睡在棺材里,玛丽·简称这"是提醒他们要记住自己最终的结局";两位姨妈住在幽冷的阿雪岛上,英文Usher'slsland,本意为"荒岛";加布里埃尔住在Monkstown,格莉塔从Nuns'sIsland的奶奶家动身,地名中包含修士和修女,席间谈论歌唱家,凯特姨妈偏爱Parkinson,说他是"最棒的男高音嗓子",乔伊斯使他与帕金森和麻痹症关联。小说结尾,加布里埃尔那句著名的向西出发,西部究竟象征着死亡还是希望,至今众说纷纭。

安葬迈克尔·富里的教堂墓地、十字架、墓石,连同叙述中若有似无的幽灵以及既象征纯洁又象征死亡的雪,渲染了小说中充斥的压抑、沉溺和迷茫氛围。尤其是雪,作为点亮晚会、加布里埃尔时时眺望的唯一景物和覆盖这座城市的最后一个象征元素,究竟是对净化的某种暗示,还是仅仅意味着一个因自身死亡而沉寂的世界,又或是埃兹拉·庞德漩涡主义推崇的超越语言表达的瞬间综合物,还是代表着一个更为强大的、不加区别的否定力量?

前文已述,《死者》的开场就将场景定位在一个活泼、快速的动作节奏上。事实上,乔伊斯在《死者》中采用大量爱尔兰音乐素材,除了以此提供文本的互文性,还经由音乐性搭建叙事的节奏和秩序。

乔伊斯于1907年出版的第一部作品是他的诗集《室内乐》，诗集的音乐性得益于乔伊斯的音乐才能和天赋。按乔伊斯自己的评价，诗集中的三十六首短诗，每首诗皆可诉诸曲谱。乔伊斯在小说中对音乐的痴迷是有据可查的，乔伊斯作品中的第一份音乐目录由霍奇特和沃辛顿编撰，并以《詹姆斯·乔伊斯作品中的歌曲》为名出版。这项艰苦的工作记录了乔伊斯所有小说中歌曲的实例，无论是直接引用的歌词还是简单的对话引用，均有收录，同时分析了节奏模式在乔伊斯写作中的特殊意义。乔伊斯对音乐理论的应用也远不止于插入典型的爱尔兰民歌或模仿民谣或抒情诗韵律的诗意语言。有外国学者认为年轻的乔伊斯从19世纪晚期瓦格纳的热潮和文化逆旅中滋养出他的审美视野，理查德·瓦格纳赞扬未来的音乐中"不断增长的沉默"，乔伊斯可能受其影响，所以在《死者》的最后几句强调了这种艺术效果。

互文性指不同文本彼此在结构、内容等方面的相互模仿、关联及引用等情况。以《死者》为例，小说中任何的单独文本都不完全独立，其意义是在与其他文本以及小说本身的交互映照、指涉过程中生成的，如小说中的罗伯特·勃朗宁和莎士比亚。具体到《死者》产生互文性的关键要素——小说的音乐目录及音乐性，爱尔兰民歌《奥格里姆的姑娘》显然作为加布里埃尔走向"精神顿悟"的重要转折和故事线索而存在。通过加布里埃尔的眼睛，格莉塔的侧面轮廓获得了犹如神秘雕塑般的宁静与优雅："如果他是个画家，他就要把她这个姿势画出来""要把这幅画叫作《远处的音乐》"——这个女人站在第一段楼梯拐弯的地方，也在阴影里，她的面容和神情全然不被丈夫看见，可是却颇为讽刺地激发了加布里埃尔的情欲。这里，不仅距离和音乐成了叙事的装置，楼梯同样是一个核心的象征元素，连接着参加晚会的小说人物的出入，它通向紧接着的狂喜，通向旅馆里的房间,通向回忆、睡眠、死亡和顿悟,小说的叙事节奏也相应从这里开始打破均质,开始释放高低起伏、散乱参差的叙事激情。歌剧《迷娘》《狄诺拉》《鲁克列齐亚·波尔吉亚》也暗示着加布里埃尔对妻子怀抱的不对称的情欲,而格莉塔在后文中即被实证为心在别处,与歌剧的故事内核同构。《打扮新娘子》是茱莉娅姨妈献唱多次的曲子,但她从未拥有自己的婚礼,如今已"两鬓灰白""老成那样了",加布里埃尔觉得不久就要参加她的葬礼,这既是对茱莉娅姨妈渴求浪漫却毫无建树的人生的否定,也再次关涉"存在"与"死亡"的主题。还有"那些日子"的某个晚上,男高音唱了五遍的"让我像兵士那样倒下",与加布里埃尔敏感、犹豫、妥协的绅士形象悄然形成对比,这也是他与决绝赴死的迈克尔·富里的显著差别。

二、意义增殖

正是由于《死者》具有的审美张力和象征寓意,使阅读主体对小说的解读存在极大的能动性,这一方面是不可多得的阅读乐趣和审美快感,另一方面也导致了修辞价值和小说文本的意义增殖。

(一)能动与猜想

本文得益于清华大学中文系格非教授的小说叙事学专题课程,在课堂研读的诸多文本中,我们似乎可以对《死者》的解读达成一个基本的共识:类似于《死者》这样天然携带着广阔阐释路径的小说,读者对它的理解既不会出现大的偏差,同时又看上去怎么理解都对。如果我们借用本雅明《讲故事的人》中的理论,"一个故事或明或暗地蕴含某些实用的东西。这实用有时可以是一个道德教训,另一情形则是实用性咨询,再一种则以谚语或格言呈现。无论哪种情形,讲故事者是一个对读者有所指教的人。"[①]理论评论作为直接对文本进行指教的文体，今天我们之所以或多或少对它产生困惑，一个重要的原因是"经验的可交流性每况愈下"。有关阅读经验的建构从文本细节逐步走向对宏大事物进行发言，导致了几乎等同于"我们对己对人都无可奉告"的相似结果，毕竟脱离文本的言说总是相对容易一些，从信息到信息的传递，不及物的表述和复制使阅读背离自身而染患"现代的"病症。因此，相较于那些不言自明的理论生产，倒不如以文本细读去开掘那似有若无中能"瞥见一缕新型美的可能"。

一是加布里埃尔从一次例行的聚会中跌入绝望的境地，整个晚上，他和妻子这对本应紧密联系的伴侣明显是分隔开且自顾自的。从这个角度来看，小说所着力描述的这场晚会，究竟是呈现了一场真实具体的集体聚会，还是为了象征乍看之下具有亲密联结的人与人之间实际隔着巨大的距离，从而预见精神上的孤立和毁灭？

二是倘若如此，乔伊斯在叙事结构上所安排的加布里埃尔走向顿悟的功能性的三个回合，尽管是精神之旅的框架，是否存在于一个统一而可靠的线性时序的"整体"？

从《死者》渐次展开的加布里埃尔与三个女人的交锋来看，给小说的叙事范式贴上"时间"或"线性"的标签多半是无可厚非。但是，意识流和象征性的小说美学又启发我们思考：这个统一的线性文本是否是乔伊斯有意设置的阅读错觉，读者其实是在对不确定性的暗自去除中，替文本构建出了一个"整体"实体。毕竟，《死者》的结尾丝毫不具有传统意义上的封闭感，小说时间并非完全是自然的物理时间，线性也不是小说应信奉的绝对逻辑。所以，是否存在着一种对《死者》的普遍误读：由作者刻意创造的碎片化片段所结构的小说，被读者有意无意地整合到了一个象征性的网络中，从而消弭了有关支离破碎的真正意蕴；而那些伪装成开头、中间和结尾的部分，满足着读者对"整体"的欲望——它提供了一个短暂却完整的一瞥，在所谓的故事高潮中结束，使主体体验到阅读的酣畅，而这个"整体"也正符合批评家所希望赋予叙事能指的某种秩序。

三是在《死者》的最后，格莉塔陷入熟睡，加布里埃尔"奇怪自己在一小时前怎么会那样感情激荡。是什么引起的?"如果我们坚信作家在创作中对每一个细节（尤其是在精确计量上的描述）都有所设计，我们就有必要引起自身对这"一小时前"的注意。倒推这一小时，是从楼梯拐弯处对格莉塔的侧写开始，还是从离开莫坎家的时候算起，又或是从进入旅馆房间以后才开始？假设是从加布里埃尔瞥见阴影里的格莉塔或晚会散场、众人离开的时刻来计算，互相等候并作道别、穿戴整齐后出发，再走到酒店转角租了马车，然后乘马车抵达旅馆，再进入旅馆房间展开一系列的动作和对话，直到格莉塔进入深度睡眠，一个小时是否足够？如果不够，就需要在进入房间以后的整个夜晚中寻找这一小时。格莉塔的剖白和加布里埃尔的询问、回应，显然为这一小时留下了余裕，于是，这里很可能出现了一个暗藏的叙事空白——除了格莉塔脱衣服和她与丈夫对话的时间，是否还发生了其他事情？有学者认为加布里埃尔仍然完成了和妻子的亲热[2]。还有一种可能，格莉塔并没有马上入睡，而是接近早上才睡着，睡着之前与加布里埃尔有着亲密行为，这符合小说文本在"她睡熟了"这句话之前的空行和分节[3]。因此，加布里埃尔可能彻夜未眠，他看着妻子进入熟睡，然后站到窗前，这时已经天亮；结合加布里埃尔此前让旅馆守门人八点叫他们，才有了那句"该是他动身去西方旅行的时候了"。

还有，格莉塔认定迈克尔·富里是为她殉情而死，正是那句"我想他是为我死的"，使加布里埃尔"感到一阵朦胧的恐惧"。我们都知道，迈克尔·富里患有严重的肺病，本身就饱受病痛的折磨，尽管他在淋雨后的一个礼拜内去世，小说的叙事事实上从未确认迈克尔·富里站在花园里是出于何种动机、目的究竟是什么。相较于殉情，有没有可能迈克尔·富里主要是为了从病痛中解脱、从无意义的人生中进行自我放逐？格莉塔关于"他是为我死的"这一判断，是基于客观事实、情感主体乃至道德标准等生发，还是一种有关"自我"的复杂臆想？

叙事空白使作为叙事接受者的读者参与文本意图的建构，文本与读者之间由此形成了持续且深入的双向交流：读者因介入文本、催生意义并填补文本中的空白而实现与作者意图的对话，并通过这一系列的对话活动建构自身与作者的对等关系。

（二）批评与政治

从 20 世纪 90 年代后期开始，对乔伊斯的研究呈现出了强势的政治关怀，即将乔伊斯的小说与爱尔兰的民族历史、为争取爱尔兰民族独立和自由斗争联系起来。乔伊斯的作品当然有着深刻的时代烙印，从后殖民主义理论的角度对乔伊斯及其作品进行分析和阐释，也是当下乔伊斯研究的热点之一，并成为一种意义增殖的主要场域。例如，从《死者》中的女性形象分析出发，既能在乔伊斯生活中进行索引，又有着独特的批评与政治的向度，昭示出理解《死者》的多种路径，而有着明显政治意图的文学解读所呈现的脱离文本与材料的倾向，以及它所导致的误读和无效性，是我们始终需要警惕的。

一是生活索引。《死者》可能起源于乔伊斯和诺拉·巴纳克尔的故事。1904 年，在都柏林，诺拉·巴纳克尔这位从高威来都柏林的酒店女佣，性格坦率而不羁，与乔伊斯相遇之前已有两个爱慕者。后来，乔伊斯说服诺拉跟自己一起去里雅斯特，《奥格里姆的姑娘》是诺拉在他们到里雅斯特的第一年里为乔伊斯唱的歌曲之一，而这首描述女仆被她的情人抛弃并带着婴儿的忧郁之歌，对他们两人都有双重含义④。尽管他们之间的感情是坦率的，而且欣赏对方的某种野性与彼此间的互补，乔伊斯的嫉妒还是威胁了这段关系，显示出年轻的乔伊斯的某种胆怯。此外，使用精神分析法对乔伊斯的作品进行研究存在天然的合理性，部分原因是乔伊斯的女儿露西亚曾有一段时间是荣格的病人。

在理查德·艾尔曼《乔伊斯传》中记录了乔伊斯与叶芝的初次会面。会面时，叶芝三十七岁，乔伊斯刚刚二十岁，两人在街头巧遇，叶芝邀请乔伊斯到奥康奈尔街一家餐馆的吸烟室聊天。乔伊斯在两人关于文学、文化的讨论中频频顶撞叶芝，叶芝写有一篇关于这次会见的文章，并长期与乔伊斯保持着书信联系，说明他很喜欢这个与他顶嘴的年轻人。乔伊斯几乎反对叶芝做过的每一件事，说叶芝为什么要关心政治、民间传说、历史事件的背景等，最为重要的是，叶芝为什么要写意识形态、为什么降格做概括性的论述。叶芝当时为爱尔兰戏剧界写戏剧，这些戏剧所抒发的感情、描写的故事都是从民间传说中提炼而来，乔伊斯对此尤其表示反对。当乔伊斯起身离去时，问叶芝多大年龄，然后叹一口气说："我早就想到你是这个年纪了。我见到你已经太迟了，你太老了。"意指叶芝已经无法被改变。

有意思的是，尽管与叶芝有着完全不同的创作动机（叶芝主张以"非政治性"的文学来统一深度分裂的爱尔兰，使爱尔兰共同体在文学中率先构筑精神蓝图，在文艺复兴早期提出"到西部去"和"凯尔特朦胧诗"等将土地、语言与古老神话结合的创作方法。乔伊斯对民间传说、历史材料的使用更多是出于叙事创新的需要），乔伊斯后来写出的代表性杰作《尤利西斯》，正是借用民间传说等典故，以荷马史诗《奥德赛》为框架，把当时爱尔兰社会的俗人的平凡的一天及平凡琐事跟荷马史诗嫁接,二者的主要故事几乎能够一一对应,尤利西斯即奥德赛的别名,乔伊斯由此使得凡俗的故事具有史诗的力量和戏剧性。乔伊斯和叶芝的会见发生在他写作《都柏林人》系列小说之前,《死者》中艾弗丝小姐的形象与当时曾担任过"民族戏剧社"副会长的激进民族主义分子茅德·冈(茅德·冈,演员、爱尔兰独立运动战士、女权运动者,新芬党的创始人之一,也是叶芝发起的戏剧运动的早期成员。叶芝在1889年与茅德·冈相识并爱上了她,多次求婚均遭拒绝,但却终生爱慕。《当你老了》即是叶芝为其所作)相似,而这位爱尔兰坚定的女民族主义者也是叶芝长期追求的对象。

二是性别政治。《死者》中的三个主要女性形象来自不同的社会背景:出身新教优势民族的格莉塔、来自社会底层的莉莉以及民族主义知识女性艾弗丝小姐。在叠加了性别政治的原型视域下,格莉塔不仅属于西方文学陈式中的母亲形象,而且也是爱尔兰民族所谓"母亲式"的"包容"特性的象征,忍气吞声又固守传统,既受人压迫又压迫他人,这种"母性美德"也是导致爱尔兰民族"瘫痪"的原因之一。看楼人的女儿莉莉处于爱尔兰社会的下层,她易于受男人欺骗,"身上能骗走的东西"全被骗走,既被解读为西方传统文学中的"荡妇"形象,又在使加布里埃尔无地自容的对话中反映底层的爱尔兰人在民族矛盾和社会矛盾中长期挣扎的怨恨,同时莉莉也代表了爱尔兰人"记仇"的特性[⑤]。

艾弗丝小姐的形象与爱尔兰当时的政治环境、社会氛围和意识形态联系得最为紧密。爱尔兰社会弥漫着这样一股情绪:"真正的爱尔兰性意味着是具有凯尔特血统的爱尔兰人……针对更加狭隘、专断的民族主义,'英—爱阶级'(Anglo-Irish)这个词开始被使用……用以区分一部分不是那么纯正的爱兰人。"青年爱尔兰运动与军事民族主义联合，主张用暴力反抗英国统治，并参与了1848年暴动。始于1845年的大饥荒造成人口大量流失、爱尔兰面临严重衰退，空前激化了民族矛盾，土地和民族问题更加突出。爱尔兰的民族主义文化在19世纪末到20世纪20年代间达到高潮，许多中产阶级知识分子献身复兴运动，以复兴爱尔兰语言文化为目标的各类团体与组织一时百花齐放。因此，艾弗丝小姐的言谈举止具有极强的现实性，而对话中关于"西部"的指涉还包含一种风景的政治。

三是爱尔兰文艺复兴运动与风景的政治。这场关系着文化民族主义的运动，主要议题是以创造新的民族文学为己任，在历史继承下来的多种文化遗产与乡土背景中寻找真正的民族特性。以海德、叶芝、格雷戈里夫人为代表的中产阶级知识分子，试图通过"非政治性"的文学主张来统一深度分裂的爱尔兰：夺回土地已经不可能简单凭借武力，有必要通过想象来构筑一条比殖民文化更协调的民族认同道路。爱尔兰文艺复兴运动主张在乡土中找寻真正的民族特性，正如萨义德认为的"领土和占有是地理与权力的问题"⑥，乡土背景意味着领土、空间和权利。通过土地的地理空间与凯尔特神话的结合，爱尔兰想象的共同体在文学中有了蓝图。叶芝等人在文艺复兴早期提出的做法是"到西部去"与自然诗意的神秘化，风景可以看作是现实的索隐，刻写物质现象的历史或当代意义，叶芝的"凯尔特朦胧诗"是土地、语言与古老的凯尔特神话结合的体现。同时，正如《死者》里的针锋相对，辛格、奥凯西和乔伊斯等人都曾对"凯尔特薄暮"过于笼统的"爱尔兰特性"进行了抨击和讽刺，认为这种主张过于理想化和神秘化。

《死者》写就于爱尔兰文艺复兴运动和民族主义运动高涨的1907年，乔伊斯认为当时一些所谓的爱国主义作家完全不顾创作的基本规律，唯政治标准是从，为了维护爱尔兰的民族自尊心而不惜放弃文学性和艺术性，将文艺作为政治斗争的工具。在乔伊斯眼中，对缺点的视而不见无助于维护爱尔兰的体面，相反会使爱尔兰民族失去再生的希望，拯救爱尔兰民族，就得进行精神革命。所以，乔伊斯在《死者》中设置了多处有关"西部"和"乡村"的复杂指涉和直接讨论，所呈现的并非是乔伊斯对民族的背叛，而是一种反对狭隘民族主义的文学立场。事实上，乔伊斯等人的批驳不无道理，等到爱尔兰成立独立联邦以后，强烈的重农思想使说盖尔语的农民被提喻为爱尔兰的国家形象，西部农村被美化为最具凯尔特传统特色的伊甸园，代表时间与空间维度中乡土社会的核心领域。加布里埃尔决定回到西方，居住在西方的活人是爱尔兰传说中所特有的[⑦]，却又与死者迈克尔·富里相连……

三、尾 声

在并不缺乏学术成果和建构方法的当下，我们对小说的阅读、审美和接受，应该在多大程度上引入作品的创作背景和前理解，在阅后的自我沉淀中怎样生发出真正值得体悟和交流的文本意义，已经成为更为重要的课题。

以世界文学的研究观之，乔伊斯与艾略特、伍尔芙、劳伦斯、鲁迅、托尔斯泰、果戈理之间的比较研究成果丰硕，涌现出诸多值得借鉴的方法、视域以及理论增长点。具体到乔伊斯《死者》的比较研究，无法忽视的一部小说是同一时期鲁迅先生创作的《在酒楼上》。当时中国的处境与爱尔兰极为类似，而《在酒楼上》关于"雪"的意象，"墓地"与"死者"，"爱情"与"工作"的丰富情节，以及吕韦甫遭受三次挫折的结构设置，与《死者》呈现出诸多的相似性。两位丝毫没有现实接触的作家，不约而同地试图以文学拯救人民的思想，我们有理由去惊叹作家所处时代与其内心世界和小说创作之间存在的通约。同时，有必要在对这种通约的觉察中挖掘深层的差异性及其产生的原因，而读者真正拥有的，恐怕正是作家在创作之前对他们的想象，并经由实现这种精神连接的文本，以阅读为方法，获得到访的特权，去与伟大的作家面对、思考同样的问题。

【参考文献】

①（德）阿仑特著，张旭东、王斑译，《启迪：本雅明文选》（现代西方学术文库），北京：生活·读书·新知三联书店，2008年版，第98页。

②参见 MichaelFinney，WhyGrettaFallsAsleep：APostmodernSugarplum，StudiesinShortFiction，Summer1995；32，3；ResearchLibrary，P475。

③（爱尔兰）乔伊斯等著，杨武能主编、智量等译，《死者》（世界中篇名著文库现代主义小说卷），贵阳：贵州人民出版社，1997年版，第152页。

④BrendaMaddox，Nora：TheRealLifeofMollyBloom，Boston&NewYork，Mariner．1988．P53．按，Maddoxnotes："thatmelancholysongofaservantgirlabandonedwithababybyherloverhaditsowndoublemeaningforthemboth"。

⑤FallisRichard．TheIrishRenaissance：AnIntroductiontoAnglo—IrishLiterature．GillandMacmillan，1978．P13．

⑥爱德华·W·萨义德：《文化与帝国主义》，李琨译，北京：生活·读书·新知三联书店，2007年，第6页。

⑦AlfredK．Siwers，StrangeBeauty：EcocriticalApproachestoEarlyMedievalLandscape．NewYork，PalgraveMacmillan．2009．P189．

视点·现场

《繁花》的可能性难局

2012年,《繁花》亮相文坛,上海的容貌、表情和氛围跃然纸上,一时间成为一本"史上最好的上海小说"。《繁花》贴上"上海"标签有其历程,它最初从"弄堂网"的分论坛"文字域"进入读者视域,其"上海人讲述上海人自己的故事"之标语昭示了小说于吃谈间通过上海闲言诉说沪地记忆的艺术风格;其后发表在《收获》上的《繁花》中,金宇澄将主人公"腻先生"和"沪源"代之以"沪生",进一步强化了文本中的上海城市市民意识;而上海文艺出版社出版的《繁花》更是新增了十七幅手绘插图,意味着"上海人的上海地图"之具象,呈现出上海市民的空间意识。《繁花》热相应在学界掀起了一场持久发酵的研究评述浪潮,更有学者以《红楼梦》比之。毫无疑问,《繁花》确有惊艳之处,它以方言起"兴",着实是上海文学艺术生命之激活、新世界之开启。在沪腔沪调的叙事策略下,上海的市井碎屑统统变得真实动人,轻而易举地赢得了上海人和上海文艺界的赞赏与共鸣。

《繁花》不好评,大概是因为它写得舒缓自由,这部小说如果真像《红楼梦》,张竹坡、金圣叹式的点评也许更适宜作它的评论方法——烹茶煮酒,字里行间,三五成言。金宇澄自况为"旧时代每一位苏州说书先生",在《繁花》里实现了"做一个位置极低的说书人"的初衷。《繁花》三十五万言,采用以对话压缩叙事的言说方式,平静讲述阿宝、沪生、小毛三个童年好友的沪地旧事,以十岁的阿宝开始,以中年的小毛去世作罢,"口语铺陈,意气渐平,如何说,如何做,由一件事,带出另一件事,讲完张三,讲李四,以各自语气、行为、穿戴,划分各自环境,过各自生活。"

因着金宇澄对"各自生活"的这种写作圈定,《繁花》才展示出一种它所独有的故事与伦理、人与世界离散后的破碎:有人据此归《繁花》入"俗文学",也有人称其为"先锋文学"。小说人物于各自的人生中步履艰难、停滞不前,终是一个零,归于一场空。人物的虽生犹死、向死犹生,矫情地打发着对孤独个体而言过于隆重和深沉的时间。《繁花》的前半部分让人深以为这种人情世态的合理与必然,可惜小说并没有《红楼梦》高贵闲远的格调,越到后面越给人一种颓然的喋喋不休之感和一种强加的难以认同的自我宇宙中心论。"上帝不响,像一切全由我定……"其实"我"也"不响",人生某种虚无和错失总是过于沉重,所以李李才削发为尼。不可否认,《繁花》与《红楼梦》一样有着繁多的小说人物,但前者中的他们大多相貌混沌,甚至连群像都谈不上,很难在读者心中留下什么痕迹,太多人物只像是淡淡的水印,绘成一片也还是淡的。

这或许又恰恰是因为金宇澄在叙述策略上借鉴了古典小说传统,并由此开创出属于自己的独特叙述风格,《繁花》代表着当下小说形态与旧文本之间的夹层,小说于从容散漫间囊括了现代都市与地方性知识这相对的两极,说书人的叙事方式传递出某种难能可贵的腔调和节奏。但是《繁花》到底能为当代小说创作代来什么?它的韵致与光环都太特殊了,特殊到不可重复,倘若其他作家再要写出一部地域或方言小说,难免滑向《繁花》开辟的舒适轨迹。当下长篇小说若要借鉴《繁花》,恐怕也很难超越其自身的地域意义,《繁花》的上海想象尽管并不单一,但它诚然是一部特殊的城市小说,其对近代市民生活和市民理性之形成的标注总归是上海叙事化的。《繁花》以静观疏离的姿态描写近代城市，金宇澄也和当下几乎所有城市小说作者们一样难以解决城市生活和市民心理的诸多病症。《繁花》的成功之处更多的还是在于它以一种地域的语言形式激活了一种旧语体和与旧语体有关的日常生活观、历史观与美学观。但是如何将《繁花》这种对传统历史观和美学观的重新忆取与延续进行再忆取与再延续，《繁花》似乎并没有提供太多的可能性，而中国当代文学的陌生经验与时间意识不应当仅仅停留在对某种传统的重新召回，要多一些瞻望才好。

"逃离"与失落

不知是否有人和我一样，读书时喜欢揣摩作者的意图。这种揣摩在阅读短篇小说时尤为明显：作者在何处着意构思，又在何处着力用墨；小说是否有所隐喻或象征，又是否旨在揭示或告诫。否则，小说的文学性在哪儿？思想性又在哪儿？这几乎快成了我的偏见。不过，我一直明目张胆地抱持这一偏见，因为它总能让我在欣赏小说叙事之余，着眼于细腻幽香深处。

我便是这样读完了吴文君的短篇小说集《红马》。刚拿到书时，我翻了又翻——没有书序和后记，我只在作者的博客找到了一篇题为《还要找下去——代〈红马〉后记》的文章。这种纯粹激发了我的揣摩欲：偏要在小说所及生活的破碎与完整中追索它的意图与缘由。过去的十二年，吴文君发表了四十多篇小说，它们散落在《人民文学》《收获》《十月》《北京文学》《大家》《上海文学》《中国作家》《钟山》《山花》等刊物上，直到今年才由其中的十六篇汇成这本名为《红马》的集子。在小说日子式的结构里，吴文君写得从容淡定，情节不紧不慢，人物则不慌不忙，梦境与现实的切换，感觉与意识的流动，都在神秘空间下的日常感觉中变形并完成。她的作品中，越是纯粹善良的人越具有命运的悲剧性，对任何人、事、物都不直接言语任何认真的态度或想法，如同对什么都拿得起也放得下的没落贵族。

加拿大短篇小说女王艾丽丝·门罗著有一本《逃离》。书中八篇小说的主人公都是具有相同命运的平凡女人，她们一面寻觅真爱，一面又因之不知所措。"逃离，或许是旧的结束。或许是新的开始。或许只是一些微不足道的瞬间，就像看戏路上放松的脚步，就像午后窗边怅然的向往。"门罗写世上女人天天都在经历的生活细节，细节背后的情绪缓慢而富有心理层次，这失落已久的细碎成全了小说淡然隐忍的故事特征与审美风格。门罗极力表达女性内心对现代社会的疏离与抗争，逃离不仅包含逃离本身，还包含无处可逃。"一次次逃离的闪念，就是这样无法预知，无从招架，或许你早已被它们悄然逆转，或许你早已将它们轻轻遗忘。"我揣测，吴文君大致也是在讲"逃离"。

《还要找下去——代〈红马〉后记》写的是作者个人阅读史中的两个片段。文中，"十岁的我"被反复提及，这仿佛是吴文君写作的真正源起。"昔日模模糊糊的东西，横加进三十年岁月后，清晰了"，四十出头的作者与十岁的自己在阅读中进行超越时空的对话，并且由此获得灵魂深处的统一。阿根廷作家阿尔维托·曼古埃尔将阅读定义为"我们的基本功能"，他说："我们每个人都阅读自身及周边的世界，俾以稍得了解自身与所处。"吴文君便是这样。她借助阅读和对人世人生的理解追寻生命真相与创作灵感，她的故事人物无一例外过着平淡无奇的一生，却又往往对成长的痛楚以及生命的残酷等人生母题有着淡漠的隐忍与厚重的释然。这里，小说本身朴素细腻的日常感觉逐渐淡出，一个统一的概念开始在场——"逃离"，或作一次时空的转换，或是一瞬简约的留白，作者幽微的触须尽可能细而深地伸向生活与人性。

在这本《红马》里，"逃离"的办法形色各异。作为故事情节最重要的发生方式，它在中断小说叙事的同时，吞吐着作者对周围人世以及自我的认知。

吴文君的小说题目很有意思。《圣山》《红马》《在天上》《轮回》《后屋》《一点》……原本作为小说引子的意象，在人物与时空各自或交错的对峙拉扯下，慢慢悠悠地具象为"逃离"的归宿。作者写了一群善良的不幸之人。小维娜做着餐厅服务员的工作，她的人生因老芮苴的死而被再一次中断，平实、朴素、节制的性格使她无法把握王弗对她的单刀直入和漫不经心。她关心起楼下新来的猫。小说的结尾，小维娜在意识中脱身成了那只猫，不久，又因饥饿感将意识全部拉回——"逃离"是一瞬的，也是失落的。一如"我"在重阳洞中的静坐玄想（《在天上》），或是宜春在后海之夜的精神出轨（《在后海爱上马丁》）。《一点》中这样描述"我"的"逃离"：在停止以前我无法知道，地上所有我看得见的东西，是否统统归于一个点。未知状态下的实际出逃，是多篇小说主人公的共同选择。洪武在家与家之间反复他的困兽之斗（《虎皮鹦鹉》）；"雅娜"的乘马而去与格桑的乘兴而至（《红马》）；西渡在生活的阴影下不经意地消失（《听阳光穿窗而过》）；百灵在后屋摆脱童年的孤寂与成人世界的杂乱（《后屋》）。活着，就无法彻底逃离，好比石榴、蚂蚁、"苦"草三者的"雀化为蛤"（《蚂蚁》）。因此，死亡与轮回成了作者采用的又一"逃离"办法（《圣山》《轮回》《银灯笼》《上肢》）。当然，不能一切都以死亡逃开，作者笔下的死亡是命运被动的不幸。所以就有了那些令人无从逃离的禁锢，故事人物静默隐忍，也是逃到尘埃中去了。

小说的"逃离"感中断了缓慢绵延的叙事。琐碎静止的生活、沉闷乏味的男女、无法把握的命运构成了亟待逃离的真相。相逢、相离、相爱、相杀、出逃、归来、错失、轮回……都不过是一个个跳跃的生活片段，时空或视角的切换。实际上，作者在神秘空间下营造出了格外浓郁的日常氛围，如同平行世界之间的重叠交错。这多重视域下的碎片化叙事，为"逃离"的发生提供了上佳的试验场："逃离"通常无迹可寻，却又能被瞬间地看见。对于故事人物而言，对"逃离"的一次次践履，在霸道打断小说叙事骨骼的同时，又温柔地勾连起其间的筋络，他们开始在神秘空间下的静止与流转中，字正腔圆地诉说起小说的张力——"逃离"，并遗失着。这种得不全也失不完的茫无头绪，恰似"我"逃向梦境躲避带儿子出游，只怕微风一瞬，木西安老了三十几岁（《微风一息》）。

　　生活、人性以及世界本身，是吴文君写作的核心。日常感觉与缓慢叙事似乎天生更属于女性作家，这源自女性情感方式、思维逻辑以及表达习惯的特殊。《红马》中，传记化与私语化的写作倾向十分明显。相比之下，我更欣赏作者在小说中缔造出的一个又一个的神秘世界，她曾自白道："小说如同建筑，它能满足我对未知空间的好奇心。"这或许是吴文君对先锋情结的致意——对时空复杂关系的探索，对神秘世界与日常世界的平衡，以及对完美主义与理想化的逃离与失落等。日常并没有成为束缚吴文君这样的女性作家的符咒，现实世界借助神秘时空延伸向了不可能到达的彼岸。

　　吴文君是在诘问与辩驳的自我拉扯中开始写作的：我究竟是谁？我为什么在这里？如果我不在这里又将在哪里？在别人面前的我是那么的不真实，那么真实的我又在哪里？作者以对世界的独特看法和理解，在"另外一些书，另外一些人，另外一些处所与经历"中不断"找下去"。事实上，这些写作旨归，在小说中都有片段化的完整呈现：主人公都喜欢阅读，而书中世界本身就是一处"逃离"的好去处；作者酷爱在小说空间的非真实与非写实中表现意识与梦幻，并由此反复致意自我的精神获得。

　　从任何角度来讲，直面人生、正视命运都非易事。吴文君笔下的主人公们既轻盈又笨重,最终生拉硬拽出"逃离"的不彻底,而这恰恰是小说最难能可贵的一隅。

可惜,"逃离"的不彻底还失落在别处。作者意欲对这不彻底性作更深邃的表达,不踏实的叙述却仅在复杂时空与人物思维的真核外踱步流连,小说的意义多少消解在了一种能指的不确定性中。如果说,作者原本希望借由"逃离"对人物内心作深层的揭示,表达人性中无法填补的缺失,超脱某些无法超脱的东西,那么,这种感觉式的跳跃呈现,又会不会成为对"逃离"本身的逃离?

不得不说,揣摩吴文君的小说是一件费心思的事。我投射不清那些微妙处的静水流深,于是将这些灵光的闪现、瞬息的感悟留给了自己。这么一来我不也是在逃离吗?假如吴文君也在逃离,我想,她的姿态要比我的更具观赏性。

《声音史》的"器"与"道"

21世纪初的中国小说家中,有相当一部分致力于"底层"叙事与"苦难"书写,力图呈现所经验到的时代影像和抽象历史。撇开文学命名问题,四川作家罗伟章自2004年始,以个人成长的专属区块为沃土,滋养出小人物、边缘者的人生悲欢和命运选择,多重生命线与可能性的交织在小说中由点及线,再以线成面,最终溢出其本来的视域,辐照更为驳杂的城市与社会,因而迅速以此类题材的写作向文学界昭告了自己小说家的名与实。今年《十月》第1期推出的中篇小说《声音史》则表明罗伟章在自己以十余年笔力搭建的写作基石上又添玄妙之笔,其玄其妙或可以王弼解《易》的三个层面来诠释:言——象——意。

"声音"三重奏

正如罗伟章对此篇小说的命名,"声音"在文本中的重要地位昭然若揭:从回溯开始,小说主人公杨浪将一己的童年和成长、追求与幻灭,以及相关的所有生命光影和家乡全部色泽的荣枯——以声音的形式记取。在明净的声音世界里,杨浪听见万物的周而复始,也觉察那些逝去的鲜活:学校倾圮,人去屋空,土地荒芜……小说开篇的亮点正是人物形象的设定,杨浪天赋异禀,对声音有着超自然的敏感和绝对的模仿能力，并凭此孜孜不倦地提供着叙事的策略。事实上，"声音"在《声音史》中拥有三张面孔：一是杨浪所能洞悉的一切声音本身；二是声音本身同时作为讲述故事的"声音"（voice），"变声"为叙事学话语层面的概念；三是作者罗伟章的声音，这也是杨浪真正想要发声却又始终失声的部分。这种"声音"三重奏的形式就好比"言象意"说中"意生象"、"象生言"，"意"借"言"、"象"彰显自身，而"得意"则须经由"言"、"象"。

　　小说中，"声音"的前两张面孔既出任"言"，也表演"象"。在作者对事态现象与人物心理历程展开丝丝入扣的铺排之下，杨浪仿佛身不由己，一瘸一拐，转过院落，又走过山林，耳边翻腾的都是那些永远无法忘怀的浅吟低唱，声波振动出"普光"土地上细若游丝的斗转星移，每道波动都辉映着现代化征途中轰轰烈烈的喧嚷，每个阅读者眼前都浮现出一幅张力无穷的现实图景。而这"言"的描摹刻画，一如其对"象"的全方位呈现，都使我们欣喜于作者日益精进的语言审美和写作能力。作者在熟知并钟情的乡土世界里辛勤耕耘着时空的细微与宏大，文本的每一寸土壤都填塞着个体生命的真实，丰盈其中的是人性的光影交织，小说因而得以在其朴实的基调上渲染出一种磅礴大气，最终指向"声音"看不见的第三张面孔——变迁，无论指个体的成长，还是指时代环境的改变，对于身处其中的绝大多数人来说，变迁都是一个悄无声息又震天动地、一经觉察便或惧或喜，意欲言说又无可解释的复杂过程。《声音史》试图作为这一阶段的样本和载体，在特定的文学地理空间上陈列出与现实某节点同步的裂变，叙事节奏尽管舒缓，字里行间弥散开来的切肤之痛也绝难使读者称其不蛮横。一次洪水退却，村子冷清寂静，宛如遗址，昔日生机勃勃的乡土上终于仅剩杨浪和夏青两个老人还在执着地坚守，埋藏在他们心底的悠远回味以一片沉寂中的孤影相照作为最后的抵抗……这场变迁最终走向了无声,"大音"本"希声",这或许就是杨浪面临时代巨变难以发声的原因,现实的宏阔既难归入一隅的模仿再现,更难凭少数者的自我放逐而稍作拖延。

游走在"言象意"之间

优秀的写作者往往都拥有洞悉世界、揣摩人生、思考活着的专属视域和独特方法,这也构成罗伟章笔耕不辍的重要向度。《易经》云:"形而上者谓之道,形而下者谓之器。"《声音史》以形下听觉写形上之时空意识,这种象征手法成为作者于该向度上"在场"的最佳证词。如果说作者的世界观是小说之"道",那么文本形态便坐实成小说之"器",具体到《声音史》这部八万余字的中篇小说,则涵盖了"言象意"三个具体的层面,其成功架构乃归因于作者罗伟章逐渐激活的叙事奇才。

叙事学话语层面的"声音"(voice)概念,指各种类型的叙述者讲述故事的声音,具有特定性、符号性和技术性等特征,是一种重要的形式结构。《声音史》中,作者将杨浪作为主要叙述者,同时将其形象设定为具有超凡的声音收发禀赋,而杨浪对故事的讲述总是围绕其关于声音的能力展开,从而声音本身被作者巧妙地幻化为叙事的首要策略,"声音"作为一种概念的集合由此建立了小说的叙事模式,它游走在"言象意"之间,交代着"乡音"式微过程中的呐喊与彷徨。

杨浪在小说中同时担当着故事人物和叙述者两大角色,"声音"作为两种角色的主要交集,为他们分别提供着巨大的便利:它一方面使主人公杨浪真实可感,具有明确的主体性和强烈的抒情性;另一方面又使他能够随时随地凭借对声音的记取任意切换叙述时空,以此获得在文本结构上的开合自如。通常情况下，作者会有意无意地将自我的价值取向、情感体验、生命思考、艺术感悟一应投射到叙述者身上，而《声音史》的巧妙之处正在于，小说是在杨浪对逝去声音的记取中追述虚构的乡土，声音的客观性顺理成章地屏蔽了叙述者被作者文化价值取向赋予的主观性，营造出一种自然的故事场面，并且使杨浪得以进入全知视角的知域范围：这些故事大多不是发生在杨浪身上，但是杨浪通过听见"声音"获得了全知的能力，他甚至可以出入不同人物的内心，对故事做全方位的把握，同时又不显得生硬。

在这种虚实相生的叙述结构中，叙述者杨浪作为艺术创作的客体更多地成为理念的产物，与小说中的其他虚构人物分属于两个错落的本体存在层面。尽管这不可避免地带来了杨浪在人物形象丰满度和鲜活度等方面的欠缺，但罗伟章到底是通过"声音"为故乡历史虚构做好了叙事的人称视角和叙事空间准备，"普光"或许离高密东北乡和香椿树街那样的文学地理空间还有一段距离，但它已然进入了我们的视域。

关于"意"

作者之"意"乃小说之"道"，好的小说常以言外之意的隽永营造意犹未尽的艺术效果，《声音史》也不例外。小说正是通过全方位的现实描写烘托出一种超现实的力量，它致力表达宏大历史潮流中个体力量的微弱与坚守，我们从中不难体悟作者审视文化和理性，反思现代性，批判城市化，从而呼唤某种永存本真的用意。

当下的中国农村，农民面临的真正问题是资源分配的不平衡，因此他们格外热爱个人奋斗所蕴含的可能性，他们愿意过好日子，并愿意为此努力劳动，这既是基本认知也是基本事实。可怕的是，对差异性的否定导致了对极端本身的拥护，这是民粹主义与反智主义共同存在的危险性。更可怕的是其来源，即民粹主义在精英笔墨中挥发出的优越滋味，在自我满足式的写作中，小说人物趋向理念，与现实中活生生的劳动者丝毫不亲近，所以被书写者不认同书写，他们与其接受这种被俯视的憋屈，倒不如在冲决中伤痕累累，然后走向开阔，走向兴盛，走向未来。

《夜妆》与小说里的爱情表达

如果你正在因爱或无爱感到生而为人实在多变,付秀莹的小说很可能可以确切而不虚妄地宽慰你,生活的伴随状态往往是:寻一个人,免遭颠沛流离——只可惜爱情到处流转,然后春夏秋冬。

生活剜下的伤个个大如碗口,几乎无法痊愈到不留痕迹。付秀莹的小说就在描写这种伤疤,小说里致力呈现的是一种情绪过后的情绪。以新近出版的小说集《夜妆》为例,收录的八篇小说都吐露出一股时过境迁的看淡,伤疤已经形成,如何受了伤便不再值得纠结,小说的重点聚焦在往后的岁月里,每一次新的触碰下,那些因旧伤隐隐作痛的瞬间,我们该如何面对。有想要再去触碰和弥补的,比如《刺》和《夜妆》,结果就是二次伤害,牵连更多;有无法面对的,《旧事了》和《花好月圆》写到死亡,但死亡从来不是最痛的,活着的那些目睹者才是;还有生活中非正常的常态,《绿了芭蕉》《无衣令》《醉太平》三篇写关系的混乱,混乱并不使人难堪,妄图厘清才招致生活彻底的冷嘲热讽;还有生活看似最难以承受的循环往复,小说《出走》可能是小说集里相对不起眼的一篇,但却是我最喜欢的一篇。有多少人的生活寡淡到快要对不起人生的须臾,没有减分项,也没有加分项,在庸常里饱受煎熬,于是不免想要做点儿什么,去逃离、去改变、去惊天动地,最终在生活的难局里被巨大的无力感淹没,枯燥的安稳何尝不是现世给予的最恰当的馈赠。

在这部小说集里，所有的一切，付秀莹都喜欢通过爱情来表达。爱情在一种波澜不惊的状态下发生，没有大的起伏和大的冲突，却也倏忽明灭，因而有了生活的样貌和启示，这即是最平凡的日常，迷茫和不幸也在这种平凡里悄无声息地铺开发酵。付秀莹习惯以一种古典的审美去描摹生活里的诸种细节，这大概也符合她对爱情的理想，缓慢抒情的诗性表达展示了美人儿的相貌、服饰和体态，张弛有度的笔法潜藏着人性的幽微和隐痛。太多关于爱情的描述同样适用于生活的凶险与复杂："谁越主动，谁就越被动。谁爱得多一些，谁就弱势一些。没有办法。感情这件事，就是这样残酷。"生活也一样。"待要真的深究起来，五官倒是极平常的，最致命的，是她的风姿。"过日子的状态也是一样。小说被一种别致的意境笼罩，结果不重要，如何发生的也不重要，结尾也并非真的是结果，生活就是这么支离破碎，但是它仍然以一种巨大的圆滑在面子上的楚楚动人和里子里的千疮百孔之间维持了一种勉强的平衡，人们在各自的利益诉求里对这种表里不一视而不见。当爱情都在低头的时候，对生活的复杂渴求是否还重要？或者是，当爱情因生活矮化，那些所求是否真的如此重要？

付秀莹关于城市生活经验与社会场景的叙事提示了与我们无限接近的现实存在——爱与恨、渴望与绝望、进入与逃离……，然而她并不回应某种惯有的期待，拒绝对人物的命运与归宿做一镜到底的探究，她所陈列的是现代中国人的日常生活和普通情感，任由读者把自我的想象投射到这种因细致和不完整而产生的开阔中。付秀莹的表达含蓄蕴藉，像极了真空状态下的声嘶力竭，再奋力也听不到一丝挣扎的声响。她的疼痛美学避开了小说故事里的真相、结果与未来，读者在对确切痛点的不可及状态下看不清事情和人物的本来面目，不得已在疏离的、碎片的、外部的叙述里格外专注地感受那些最真切的痛楚、无望与迷茫。正是得益于付秀莹的这种隐去笔法，小说生发出一种遇见读者、与读者生活同步的伴随感：我们同样普通地生活着，同样对生活尚存理想，对情感与心灵葆有渴望，我们同样面对异常微妙的人际关系，也同样因眼界的有限而不知来路又难寻出路。小说的留白与读者的生活同步于同样的未知中，小说温柔蕴藉和毫不执着的价值取向在这种同步下现身说法似的唤醒着人性的包容与坚韧。这种伴随感逐渐成为读者的自觉体认，它不单单是小说人物和读者个人的生命体验，更是这个时代里我们正在经历的精神症候和某种可怕的集体无意识。

付秀莹小说里的深层内核指向一种隐秘的真实，事关盛气与耻感。大时代下，条件越平等，人际间事实存在的差异就越难得到解释，因此个人之间和群体之间就更不平等，于是付秀莹选择在未竟的表达里形成新的语境，我们读到一个个层层包裹起来的故事，叙述者无一例外地因爱或无爱在生活中遭遇磨难而复归平静，如今，她们把自己安放在故事的最外层，娓娓道来的释然里透露着作者重情、崇雅、尚逸的古韵，隽永的情怀绵延不已。读到小说集《夜妆》的时候，北京正好入秋，周末下起了雨，断断续续，却一场接着一场地大起来，如果没有什么要紧事，相信你会跟我一样待在家里做一些没有意义又很有意义的事，比如睡觉，比如阅读。而如果你又恰好跟我一样容易被天气影响，那么略微阴郁的心情似乎能被《夜妆》这样的小说集疗愈，因为所有内在的自我都有了陪伴者，这里有一群人跟你我一样经历挫败，然后努力趋向从容，就像一首歌："一直走，到欢声驱散愁容，到心中郁郁葱葱。"

莫言新剧：且壮且歌，更进一碗《高粱酒》！

2018年《人民文学》第5期，刊发莫言新剧《高粱酒》，此剧改编自长篇小说《红高粱家族》。诚如莫言《〈高粱酒〉改编后记》所言，他之所以要亲自改编，一是要避免原著里"麻风病"搬上舞台产生不必要的不适感，同时想赋予小说里影子式的人物单扁郎以鲜活的生命；二是要解决原著里土匪式的主角余占鳌"杀人"的合理性，并增添新角色凤仙与刘罗汉搭配，使刘罗汉成为新剧的主角式人物。刘勰在《文心雕龙·通变》中提出"文之体常有，文之变无方"，"文辞气力，通变则久"，揭示出原著改编的无穷可能，我们衡量剧本好坏的标准，除了其必要的文学性，更在于其是否具备成为舞台经典的可行性，剧本是否能常演不衰，使观众喜闻乐见，显然，剧情是否具有可表演性，语言是否符合舞台表演规律，是两项核心的判断要素。

文学传统为新剧附灵：病·离合

中国文学史上，有众多文学化的疾病，且往往因传染性和不治性成为超出世俗理性之外的一种，麻风病和肺痨病同属此类。莫言新剧《高粱酒》，把单扁郎的麻风病替换为肺痨病，既切实考虑了舞台演员的观赏性和观众的审美需求，又通过肺痨病获得了叙事语境中某种特殊的修辞含义。

众所周知，肺痨病伴随着咳、喘、吐血等病症，这些极具代表性的病症为戏剧性的言行举止提供了便利，表演起来也很容易让观众代入，单扁郎咳嗽着索要人参蛤蚧汤、刘罗汉唱词里对"东家只有半条命，不知如何上喜床"的担忧等情节，都在病的因素里自然地铺开。肺痨病也与其医学含义构成相互关联又相互疏离的复调，单扁郎虚弱至极，但他到底是个活人，他可以娶亲，也能妄想"老夫要发少年狂"，因此，病入膏肓的单扁郎迎娶年轻貌美的九儿构成了剧情的基本出发点。剧中，余占鳌向单扁郎和盘托出自己与九儿的夫妻之实，单扁郎吐血而死，刘罗汉所谓"杀了人要偿命，气死人不偿命啊"，"好像无法定罪"，解决了原著里余占鳌的杀人问题。气死人合不合理？当然合理。肺痨病的诸种症状及忧虑、恐惧、暴怒之类的情志因素都能导致死亡的发生，只是单扁郎最后不是病死，而是因病气息奄奄遂被情绪激死，他与余占鳌、九儿，包括刘罗汉、凤仙的对话逻辑缜密，"吐血"、"气死"的情节设置又让人联想到高鹗在《红楼梦》后四十回续本里写黛玉听闻宝玉成婚的欢庆之声，心痛与病重交加，直至气绝身亡，单扁郎的形象也如此一般地骤然鲜活起来。

新剧《高粱酒》的剧情也由单扁郎之死转向复杂和高潮，前半部分叙述余占鳌抬轿迎娶九儿路遇日军曹图谋不轨，不得不杀敌救下九儿送至单家院，又喝下凤仙下的蒙汗药错失大闹洞房时机，最后在九儿回娘家路上与其成就好事，单扁郎得知后被气死的故事。如果说前半部分的剧情里余占鳌和九儿还算作为主角出现，莫言在接下来的叙述里，无疑想让观众更多地瞩目围绕在二人身边的刘罗汉：刘罗汉起先是个唯唯诺诺的人，既然余占鳌都要被迫与九儿分离，那么他也不用再做他想，可是等到余占鳌从土匪山寨回来再与九儿出双入对时，刘罗汉的自我又一次开始觉醒，他想以逃离单家院来反抗这种生存状态，他不忍再看着自己喜欢的九儿与余占鳌相好，逃离之时恰逢日军前来搜人，刘罗汉则毅然决定牺牲自己，让余占鳌带着众人逃走。接下来，无论是日军逼供并且要活剥人皮的剧情，还是余占鳌、九儿乃至凤仙报仇的设置，在小说、电影、电视剧及这部新剧里都有不同形式的精彩表达，而不同的是，新剧《高粱酒》将刘罗汉的形象抽离出来，观众可以清晰地看到一条人物涅槃的线索，刘罗汉的性情从暗恋九儿的老实懦弱，脱胎换骨成了为保护他人可以牺牲性命的大无畏，而刺激刘罗汉涅槃的，正是九儿与余占鳌之间的离与合。

　　离别是中国文学的重要主题之一，也历时地形成了一些感情模式与写作方式，而戏剧化的离别场景有其自身特点，在剧本情节建构中发挥着重要的铺垫作用，不同于文言及才子佳人小说中诗性的离别，《高粱酒》剧中九儿与余占鳌在感情表达上并非文人化和高雅化，莫言笔下的格调并不纤弱，笔力也非绵软，因而场景中的动作性较为清晰，剧本虽不乏动作性词语，实际上却对人物性格的塑造有很强的辅助效果。戏剧化的离别以一个戏剧性的细节为核心展开情节，节奏紧凑，富于悬念，人物形象和情感思绪在对此细节的层层推进中得以生动展现。

　　《高粱酒》全剧共十一场，前面七场以九儿与余占鳌关系的离合为核心线索，抬轿路上发生的种种，单家院里余占鳌醉倒、九儿拒绝单扁郎，高粱地里两人的重逢与欢好，单扁郎之死与花脖子绑走余占鳌等情节都是围绕这对爱侣即将被迫分离又努力抗争而展开，唱词里"我与那余占鳌从小要好，他竟然领头来抬花轿"，"听九儿在轿中饮恨悲鸣，余占鳌我心中愤愤不平。我与她心心相印两情相悦，也曾经指天为誓指地为盟"，"你既然有胆杀鬼救我命，难道你无胆救我出囚牢？"等，都如同元杂剧里一个个具体而微的戏剧化离别场景。

"入洞房"作为场景核心，同时也凝聚成了一个情感的核心：这既是九儿盼着余占鳌来救，同时也包含她"与这老头儿动剪刀"的决绝，人物对自我的坚持和信仰，配以剧本节奏的明快，场景设置与中国文化根深蒂固的乡土情结相呼应，极富戏剧性。单扁郎死后，九儿表面上责怪余占鳌"心狠手辣无法无天"，实际上也出于保护让花脖子将余占鳌绑入匪巢，虽似分别，却是回归。只是作为二人关系的局外人，刘罗汉与凤仙在第七场才看到两人的相好，各自又产生了微妙且强烈的心理变化，剧情在第七场也逐渐以刘罗汉和凤仙作为主要人物。

值得一提的是，单从剧本看，里面精确地刻画了某种差异性的情感表达方式。九儿将"情"的因素摆在突出的位置，她不想被玷污，但她更期待余占鳌鲜明的态度；余占鳌则更加强调"理"的意义，即，他首要关心的还是贞节问题，"不许那个痨病鬼子碰你！""单扁郎没沾你吧？"差异性的思想观念和伦理选择也塑造着舞台剧的趣味性和艺术性。余占鳌与九儿的关系其实也是全剧观念系统的枢纽，不同的人物出于不同的立场和社会身份秉持不同的态度，两人关于情感的场景因而成为各种思想观念交锋的舞台，揭示出各个人物伦理选择背后的复杂动机，预示着未来情节发展的走向。

剧情附体于精神镜像：高粱·酒

在这些场景中，观众会看到一个嘀嘀咕咕的刘罗汉形象，他心里有想法，但他不会行动，他甚至希望通过说服余占鳌来安慰自己。因此在九儿与单扁郎的洞房外，刘罗汉不停地劝余占鳌更进一杯高梁酒，高粱和酒成为场景中的关键物，设置人物的离合，也成为结尾情节的铺垫和情节高潮到来的重要道具，并从结构上将开头和结尾紧密联系起来。

改编将小说虚构叙事的策略取消，取而代之的是观众的亲历在场，在情节设置上塑造酒色财气与英雄崇拜的矛盾，同时旧梦新知式的灵魂救赎突显了全剧的思想深度。《高粱酒》全剧以生命力作为审美基础，通过对高粱、酒以及大碗喝酒的人物的呈现营造美感的升华，原著里生命哲学和酒神精神的表达既与尼采的哲学相通，也是 20 世纪 80 年代中期寻根文学热潮的余绪。此次改编再一次在新的文艺形式下展现莫言的个性与风格，他对中国的历史与传统作不断地探索和挖掘，以舞台热辣的表现力展露高密野性的生活。正义唯有倚仗侠义和匪气伸张，这是当时历史逻辑的民间表述，以绝对的精神"自由"来深刻反思现实生活所谓的"文明"，高粱地是生命的诞生地，也是生命食粮，而高粱酒则是精神的象征，是个性的解放和自立的典范。舞台剧表演注重呈现人物情节的情感渲染和整体的审美意蕴，既有意境之美，同时也是抽象化的艺术，需要视觉上可见可感的舞台形象，红色高粱地、酒曲、酒坛等物象，配以厚重悠远又极富民俗色彩的曲乐，舞台脱离单纯的叙事格调，转为叙事美学和舞台语言的双重更新，一方面继承和吸收民间艺术和传统戏曲的精华，另一方面在尊重故事原型的基础上，将各式艺术元素作画面性地融入，诠释了剧本对小说故事的传承和创新。

高粱作为隐喻和象征的符号，莫言在原著中已赋予其能动性的灵魂，高密东北乡血红的高粱地里生长出一群不受传统礼俗束缚、敢爱敢恨、豪迈奔放的生命典范。《高粱酒》剧本里保留了意象与色彩的渲染，莫言用舞台道具连缀时间和场景的变化，红色的运用带给读者血色的震撼，红高粱地、喜床、红绸红布、血迹斑斑的木桩，营造的是人的野性与豪气，惹眼的红色以强烈的感官刺激向观众表达着生命的意志与活力。《高粱酒》剧中采取歌舞结合的形式，舞台两侧设有可以自由移动的红高粱道具，道具背景将人物感情与舞蹈融为一体，形象鲜明、风格淳朴。红高粱道具渲染情感的直率表露，与莫言活跃、奇诡、恣肆的叙事感觉相得益彰。剧中人以一切官能乃至身体的全部品评世界，开阔、灵敏、鲜活、粗粝的性情以人的生命意识为底蕴，酒成为一种依托，昭示酒神精神正以特定的形式在场。尽管各路英雄或冲动或盲目，仍饱含着生命的强力之美，传统文化中的善与美因一种不节制的节制抵达理想之境。

剧本之魅：语言·传播

自元杂剧、明清传奇创作兴盛，戏曲语言研究亦日渐丰富，"本色""当行"均乃其高度的概括。晚清近现代以来，又涌现出数以百计的剧种，中国戏曲语言的结构、样式、风格也相应发生变化。《高粱酒》剧本的语言俚俗晓畅，可作散曲和剧曲，散曲只清唱，剧曲则是戏曲中的唱段，表达剧中人物的情怀和意绪。散曲和剧曲都结合白话文、衬字的运用，语言自然直白，不过分苛求文采，表达效果淋漓朴素。《高粱酒》剧中的语言正是如此，如一段众人的合唱："九月九，酿新酒。好酒出在咱的手。要问咱为何能酿好酒，只因咱家井里有龙游。要问咱为何能酿好酒，咱家的酒曲有来头。要问咱家为何能酿好酒，咱家的高粱第一流。要问咱家为何能酿好酒，掌柜的芳名九九九……"尽管文学作品都追求文采，但是舞台效果追求本色表达，唱词需如街谈巷议、直说明言，初闻则见其佳。

此外，剧曲可以用道白，所谓曲白相生，同时追求戏剧性、动作性和诙谐幽默，也多有巧体的运用。如第八场刘罗汉："（唱）他二人情投意合眉目情传，我何必在这里招人厌烦。（白）罢了！（唱）耷耷肩跺跺脚我走了吧。"可见，剧本语言的舞台性重于文学性，剧本通常以对话为主体，理想状态的剧本应该是戏剧性与文学性的和谐统一，然而，演出来的文字和写出来的文字在现实中存在着矛盾，老舍曾道："文字好，话剧不真；文字劣，又不甘心。顾舞台，失了文艺性；顾文艺，丢了舞台。"而《高粱酒》的剧本语言满足了舞台剧对音乐性、动作性、个性化、贵口语乃至对方言的恰当运用等要求，因此无论是中国古典戏曲，还是民间小戏，都有可以与之搭配的戏种，剧本因其语言的成功大大加强了自身的传播可能。

事实上，原著小说为改编提供了必要的素材和艺术方面的基本质素，而改编则相应提供丰富的表现形式，在一致的美学和文化趋向下，我们有理由让文学与多种语言展开对话。通常情况下，剧本的阅读比纯文学小说的阅读要简单，大段生活化、通俗化的人物对话、简明突出的人物形象等都为阅读和理解提供着便利，因而剧本的某些特质和艺术元素也不妨为小说所用，小说与剧本并生，彼此拓宽展现的舞台，这种互动既是记录现在，也能昭示未来。正所谓：义无反顾莫回头，热血洒遍自由路。

湫兮如风：周晓枫《星鱼》里的现实与幻想

2018年6期的《人民文学》刊发了周晓枫的童话新作——《星鱼》，如她所言，这是一个关于梦想、自由、亲情、成长、友谊和责任的故事。童话以幻想为美学核心，这一方面表明幻想叙事可以为整合现实的多元化质素提供便利路径，结构和叙述层面的任意开合以及出入不同人物内心的抒情自由都可以由此抵达；另一方面也强调幻想性文体中蕴藏着具有现实主义精神的审美，幻想并不妨碍书写现实，即便突破现实的幻想世界不必受空间及其文化等因素限制，创作主体仍身在现实，体验到现实语境对叙事话语的先验性支配。例如，城市发展对现代社会生活的开拓，现代性对人的个性的发现和确立，在与城市的疏远和间离中，童话主人公的个性被真正确立，并因这种个性的确立来对抗环境对其的同化；再如，城市生活增加了儿童对人和自然的不同生命走向等复杂命题的理解难度，当下尤其需要一种生态批评视野，对人们遭遇的生态危机和精神危机加以表达，从而加强当代儿童对生活的本真理解。这些，都确立起言说《星鱼》的必要。

童话内核：趣味与意义

好的童话必须是有趣的童话，可以老少咸宜，但又符合儿童的心智和兴趣。《星鱼》里，小驽和小弓是天际里一对星星兄弟，受到许愿天使的点拨，小驽决定奔赴地球，坠入大海，成为一条大鱼鲸鲨。原本计划留守的小弓在小驽出发的最后瞬间选择了追随，却因速度、时间、角度、轨迹等的错落，与小驽在地球上失散。于是小驽开启了在地球上寻找小弓的旅程，而寻找的故事可以分为两部分：

第一部分，像极了公路电影，寻找是没有目的地的远行，小驽护卫鱼医生方刀刀、搭载鲫鱼阿甲阿乙、解除海龟斑斓和缤纷之间的误解、陪同白鹤七天重获新生，一站又一站，遭遇不同的对象，听它们的故事，给予帮助然后结交朋友，而这些朋友也都成为寻找小弓的信使；第二部分是从与七天的分别和满月岛之约的建立开始，小驽有了一个站台。这里有希望，也是可能的目的地，有约定便有安慰，有约定就还有归途，小驽不再是被动遭遇，而是获得了寻找的主动，它赶赴鲸鲨的聚会，卷入捕网又逃脱，它去往深海和极地，仍无所获，它得到琵鹭的线索去往淡水的潟湖，遭遇渔船误捕又被人类少年释放，最终找到奄奄一息的小弓……《星鱼》拥有一个称不上绝对正确的美好结局，小驽向人类求救，小弓活了下来，失了忆，兄弟俩一起生活在了水族馆。

童话以寻找和被迫流浪为主题，反映的是原本作为一颗星星的主人公小驽对存在的怀疑和对自由的向往，从而以一种生命意识的觉醒显现出现代社会中人与空间、人与人之间的复杂关系和内心世界，"所谓的耀眼，那是你疼得厉害的时候""这种活着就像死了一样的活，不值得歌颂"，从星星变身鲸鲨，小驽拥有了对时间的知觉，也有了疼痛感，这才是作者理解的真正的活着，"它是否会在那痛不欲生的折磨下屈服？""但假设不去尝试，那它现在立即就会后悔。"上路才是开始，通过"逃离天际—海洋遭遇—重逢回归"的形式，作者建立起主人公小驽精神上的延宕感，并由此形成了旅行反映人生、探寻生命真谛的童话内核。

鲸鲨小驽本身就是动力澎湃的交通工具,沿着绵延的海洋公路,在无边的深蓝里孤独地驶向远方,或作暂时停留,或遭遇不同类型的朋友,在碰撞与冲突中凸显生命的境遇,同时关涉特定时空内的深层社会文化和生态内涵。这种叙事方式构筑起互文语境中的对话关系,在天际与深海、星星与大鱼这两组通过"许愿天使"的功能具体搭建起来的基本对应关系里,周晓枫展开她的幻想。正如所有优秀的童话,自然和动物的世界里,最终关怀的还是人心,只不过,《星鱼》的故事里,周晓枫还切实地关心自然和生态,也切实地从人类与海、鱼乃至宇宙的关系里,抽象出人类存在于自然界的不同形态,是力量的顶端和可怕的传说,既有成人世界的捕捉、杀戮,也有少年的善良和温存,因此强大的人类在他者生存的紧要关头却只沦为一种关于冒险和依靠的博弈,此意识贯穿故事始末。

空间不仅是地理概念,更主要的还是文化概念,因此童话里对海洋空间的还原并不是再现式的,而是想象式与建构式的。旅途构成的时空载体呈现出社会文化精神和时代历史主题的转换,其中容纳的是作者对历史蕴含和当下诸多现实问题的意义探寻,尽管这在表层叙事层面是模糊且淡化的,却未妨碍叙事"能指"和"所指"的连贯和真切。周晓枫通过在旅行中去寻找这一开放性叙事,强化了符号和隐喻的功能,借以表达现代人的生存困惑,将人类生存空间带入海洋乃至宇宙中,由此抵达深层次的反思和意义的多重建构,现代城市意义的空洞以及城市生活的奇观化及荒诞状态以旁敲侧击的方式展现在童话里。

童话精神：人性与希望

周晓枫擅于营造紧张的语言氛围，将人类与自然界的故事嵌入一个巨大的背景之中，我们充分感受到作家的悲悯情怀。马克·吐温说："善良，是一种世界通用的语言，它可以使盲人感到，聋子闻到。"善良无疑是我们希望儿童在成长中葆有的重要品质，童话中的小驽在旅途中不断给予其他生物帮助，旅途是寻找之路，也是疗伤、治愈之旅，承担起弥合创伤、释放焦虑、沉淀心灵、抚慰情感的作用，其中有对善心的召唤，也有一种趋向善良的因果，正如"小驽帮助过白鹤，竟然，也是在帮助自己"。

周晓枫笔力所及有一种浪漫世界里的观影感，琳琅满目的灵性描写，充满想象力的多元，也有繁盛图景的多样化呈现。对于鲸鲨小驽而言，生活的迷失感、爱与死亡的沉痛感，是必将面对的现实，周晓枫以情感的真实来传递现实的真实，而生长着的希望、回忆与想象，又是对内心美好最中肯的形容。在既定的故事中，周晓枫将人物形象和情节细节赋予独特的光辉气质——真诚助人，勇于冒险，并且永远不丧失希望——"绝望的尽头，总有希望和拯救""小驽不知道光明何时到来，只要在希望之中，它的内心就不会彻底黑暗"，也正是未知和希望两端拉扯的张力，提供着故事中矛盾与冲突发生的可能，失望和希望的强烈对比增加着小驽内心的冲击和层次，并以一个个细节深入到故事的各个关节。

童话里除了几个典型的生物形象构成与小驽的相遇，还有以群像的形式出现的海洋生物和飞鸟，周晓枫对语言的精确把握，支撑起精彩而饱满的形象描写，配合字里行间对情绪和画面的控制，读者可以迅速而简洁地记忆各类生物而不觉阅读的疲劳。初读之下，语言的表现力已对这些灵动生物的性格做足展示，它们的性格和理想截然不同，作者也并不介意暴露它们的缺点。例如两只乌贼，并不要紧的缺点反而充盈着它们的可爱与真实，而所有这些生物在小驽的成长过程里都有作用，一次次经历之后，小驽将逐渐开启对自己命运的主体性掌控。

关于结局，周晓枫表达着现实性与幻想性多元共生的创作新格局，她放弃提供一个完美的幻想世界，取而代之的是现实世界里复杂矛盾和无力感的渗透。实际上，这也是当下儿童不得不面对的生活本然。童话里的小驽终将在某一空间里徘徊与延宕，若它选择留在大海，大海因为没有小弓便失去了本来的面目；若它选择陪伴小弓，水族馆里的空间禁锢和小弓失忆造成的情感缺席就无法避免——两者都是迷失域。曾经作为星星的小驽对时间没有知觉，几乎是永生的存在，它为了梦想和自由承受灼烧的剧痛和可能殒命的风险。而出于对小弓的亲情和责任，小驽甘愿放弃自由和大海里梦想的一切，责任或许令它窒息，但这几乎等同于良知，即便活在水族馆里，像场馆雕塑般地日复一日，有限的空间仍可因一场爱的教育提供无边的自由和可能。

童话里不管是否以人作为主人公，书写的还是人类和人性的问题，这里面并不存在行事的绝对正确，正如周晓枫对平衡关系的认可，"亲密可能带来爱意，也可能带来仇恨；最残忍的关系里也有唇齿相依，最美好的感情里也有筋骨撕扯；捕食者对猎物也有致命的关切，牺牲品对谋杀者也有血肉的贡献……"《星鱼》的结局因不是绝对的正确而格外美好和正确，亲人的存在和陪伴，日常生活的继续，本就足够可爱和美好，以周晓枫的童话观之，当下儿童成长的心智已然可以对平等和残酷有所认知，而更为重要的其实是，如何使他们内心始终保有爱、相信和希望。

新的童话：现实与幻想共生

《星鱼》不同于一般意义上的童话，周晓枫拒斥一味地将现实转化为某种纯净的幻想形式，她倾向于以一种理性的光芒重新照亮真实，童话里捕获的丰富的心灵内容，让读者得以体悟自身存在的实感，从而传递出更为深邃的人性和精神之互融。那些被放大的日常中我们视而不见、习焉不察的世界里的角落和细节，以及背后的另一重世界和细节，在叙述之外潜藏现实的逻辑与真实。

中国儿童文学史经历了发现儿童、解放儿童、尊重儿童的历程，促使这种变化的关键性因素是我们如何看待儿童、对待儿童这一根本性的文化观念的发展。《星鱼》里没有真正的反面人物，然而不完满还是这样发生了，童话里或以善良遭遇不公，却因内心对善良与希望的葆有复归于另一种美好。反倒是，完满的童话，势必存在与现实违背的逻辑。而在表达矛盾和不完满时，儿童文学仍应关涉爱、童年精神气质、自然等美好维度，呈现审美的理想和诗性的向往。

优秀童话因其内在的认同性、教育性与美学性肩负着多重重任，其中重要的方面与儿童的启蒙相关，而在拥有复杂现实的今天，启蒙尤应具备时代精神和现实意义。童话虽然是幻想性文体，但幻想并不妨碍它书写现实、传递现实主义精神。我们所呼唤的童话里的现在性和当下性，需要作者提供现实语境里真实的品格与精神气质、文化底蕴与经验方式……徒然解构世界的真实，并不符合童话之"真"的多重内涵，文化价值理性过早地审视、判断和干预童话对世界的呈现，童话也就难以真正为儿童承载起对生活的本真理解，童话里蕴含的新的文学表达活力，应指向现实与幻想的共生。

文化空间与"新人"想象

陈毅达长篇新作《海边的钢琴》一经刊发,旋即给人以丰富的先验猜想与期待:继《海边春秋》后推出的又一部长篇故事,再次以"海边"为题,似乎存在某种共通的精神血缘关系等待读者的探访;《海边春秋》写"岚岛"建设项目的筹划和落地,"扶贫攻坚"的时代背景与淳朴的乡民乡情互相赋形,青年干部和时代新人的成长成才在"返乡"情结中相辅相成,《海边的钢琴》里则以中年丧偶的男教师金大成的个人生活重建为中心,故事开启于"重返"童年故乡之后;《海边春秋》以题名"春秋"昭示的"史才"为章法,勾勒变迁中的"岚岛"的人、事、物,《海边的钢琴》则极可能以"钢琴"起兴、寄寓,暗含音乐的叙事策略……

"留学新人"想象与多元文化整合

正如《当代·长篇小说选刊》导语:"一个海边的小城,在大变革的浪潮中,经历了怎样的变迁和人世代谢?一个中年丧偶的男教师,在目不暇接的新生活的喧嚣中,怎样守住了他的钢琴的梦?"《海边的钢琴》的故事更为个体经验化——主人公金大成的妻子离世后,受过国外名校留学教育并已在国外定居工作的独生女金小可,一返传统,帮父亲安排工作调动和婚介服务,责令父亲离开旧地铁城的牵绊，必须去海龙屿寻找新生活；新生活则出人意料地骤然发生，金大成在与相亲对象大 A 碰面前，邂逅了误入投资圈套而身负巨债的年轻女性杜品，在半推半就中迅速确立了与杜品的实质恋爱关系；音乐专业硕士毕业的杜品弹得一手好钢琴，受过高等教育，本应理性自持而不会被轻易"洗脑"，却在对"翻身"的极度渴望中丧失判断力，寻找到她的快速致富之路，干起了保健产品"神古"的假直销，并为了迅速在传销体系中"升级"，两次向金大成借钱；大 A 实为婚介所的媒托，却被金大成身上的茶文化气息吸引，实现了自我拯救；最终，金砖会晤在海龙屿举办，金小可即将携所在外企的重要项目回乡落地，无法办理暂住证的杜品必须离开，提出要去金大成居住的高档小区"琴岛华庭"留宿一晚，把金大成的文化分裂和瞻前顾后推向顶峰，故事戛然而止。

　　显然，如果没有金小可，整个故事便无法成立和开展。金小可的眼界、格局和对原则的坚持，与她的知识分子家庭氛围、哈佛留学深造和国外多个市场的工作经历密切相关。作者一方面把金小可放置于留学人才归国建设的时代机遇中来考察，在全球化的大背景中参与时代新人的文学想象，构筑起文本的现代性质素和民族文化心理，金小可作为中国与世界的众多连接点之一，本身成为一个多元文化的整合空间，其居间性和实干精神反映出多元文化交锋互动中的复杂情态：当市领导试图通过金大成引导金小可的决策，金小可打断了父女通话，尽管彼时金小可早已通过客观分析做出了与市领导所希望的结果相符合的决策倾向，却依然义正词严地向父亲表明公正性对持续发展的重要意义以及自己内心深厚且坚定的家国情怀——金小可的形象预示着更多新人崛起后将要迎来的能力社会对人情社会的接管，这也是国家社会健康发展的必然趋势。另一方面，金小可兼有中国传统家庭观念和西方式的"开放"心态，得以设身处地思考和引导金大成个人生活的重建,实际上取消了这一进程中金大成可能产生的最大顾虑,同时呼应金大成的矛盾心理——金大成既无法完全摆脱自己对传统文化根深蒂固的认同感,也明白女儿的"优秀"和"先进"根本不可能接受杜品这样游走在法律边缘的失足者,更何况杜品还在婚内且因债务无法离婚。因此,金大成面对杜品时,时常犹豫不决、喜忧参半,比如借钱给杜品时收获的存在感和想到妻子留给自己的钱被杜品借去产生的内疚感,比如对杜品"事业"的反感和对其处境艰难的理解,类似的两种相斥的情绪不可遏制地并置,从根本上无从派遣,金大成内心羞于承认这样的关系,却又在中年孤独中愈发产生依赖——作者敏锐察觉到一批生活产生变故的中年人独有的危机感与边缘感,渴望经由小说叙事的讨论,将这一还未受到广泛关注的社会课题引向生命书写的自由表达。

  金大成身上的传统文化根基在小说中有着丰富的呈现:他大量阅读朱熹著作,关注理学,也研究李纲、严羽,读《聊斋》、写论文,也懂茶文化,煮水品茗、坐而论道……因此金大成为人刻板地正直,无法放任学生不管,自然也就难以不顾社会道德公约和人情世故地对待杜品和大A,她们似乎就是《聊斋》里的狐女,自己则"有点像《聊斋》里的一介书生","面对万象迷离,不知何去何从"。中国古代文学中的狐女故事比比皆是,作者并未选取《阅微草堂笔记》式的士大夫"劝惩遣怀"作为金大成形象的主要特质,而是以《聊斋》里的书生形象进行当代"改写",正如蒲松龄以文学幻想呈现中国封建社会道德与色欲的矛盾性,大量合乎男性心理且颇具神通的完美狐女形象挑战着固化礼教对人性的束缚,《海边的钢琴》同样突出的是蒲松龄笔下的书生"才气",教师金大成职业身份的社会功能和"劝惩"意义退居其次,小说以传奇故事的方式展开叙事,在现实冲突中发掘人物的精神内蕴,美丽动人、善于变化、宽容体恤、不受限制、来去自由的杜品,填补着金大成过去生活体验的空白,同时也是金大成急切盼望的心理调剂。

金大成与杜品的故事大多发生在杜品租住的远郊蜗居和承办"神古"会议的高级酒店,正如《聊斋》中地理空间与情爱故事的内在关联,广阔的现实空间对应"俗世界"及其伦理观,狐女所在的"异空间"对应真实的内心世界和诗性,伴随叙事的展开,空间场景往往从较为封闭的"异空间"被迫切换为敞开的现实空间,人狐恋由此走向离散和破碎的悲剧性结局。道德标准通过空间切换渐次地加强着金大成的紧张感,在杜品的出租房和酒店,金大成安心地享受着相处的时光,而要到杜品"神古"工作室则会担心被学生宋水月撞见,去水中央小区帮杜品的宣讲会凑数时撞见大A,金大成立即出于本能地逃离,杜品两次提出要去金大成的住处,一想到房子是女儿和妻子共同购买,金大成便兴致全无地陷入犹豫……被暂时屏蔽隔绝的社会伦理道德一旦解锁,自由舒展的金大成便隐匿消失,小说按照人物心理建构起不同层级的空间隔离带,金大成在不同空间的心理作用下也切换着自身的表达真实和话语体系。借用《聊斋》原型进行改写,背后的现代主义焦虑涵盖了众多传统诗学的概念以及批评性的注解,一方面继承发展着中华文学传统并以丰富的叙事保证其存在的深远价值,另一方面则以作家的创造性和反叛策略形成巨大的话语空间,使文学经典在流传中始终保持对他者的开放和延续性扩容。

此外,金大成对武夷岩茶情有独钟,并从这一生活爱好上生发出对茶文化的了解,充盈着他身上的传统文化魅力。初见金大成,大A已经知道他对茶的兴趣,"说道,喝茶是很高雅,并体现生活品质的,不然为什么连英国皇室俄国女皇日本皇室,几乎全世界文明的皇室都选择喝茶。"事实上，古今中外文学经典中不乏茶文化的身影，《红楼梦》中即有百余章回都写到茶，对名茶、茶具、择水、茶俗、茶礼、茶诗文、茶联皆有涉及，精茗叠见，亦雅亦俗，塑造出独特生动的诸多人物形象；茶由中国传入英美等国，作为物质文化形态的茶，成为贵族彰显地位和财富的引申意象，由此进入小说中常见的生活场景，茶文化折射出的文学性与英美文学的价值文化相融合，增添其文学品相的庄重与雅致。在中国人的待客雅集、日常生活中，茶都是情感交流的媒介，茶与事、茶与人融为一体，烘托氛围，渲染情节和人物，喝茶既是金大成与大 A 的相处之道，也是实现精神沉淀、自我排遣的文化空间。

"岛"与"琴"：从听觉空间到生命书写

陈毅达近两年先后推出的两部长篇小说均以岛屿为叙事场域，显示出全球化背景下，岛屿发展的先机与可能。同时，有关岛屿的地理环境和自然风光的书写，与世界生态思潮的演变密不可分，勾连着海洋文学的诸多特点。沿海区域的未来方向与岛屿的发展经验存在着同一性，岛屿题材的写作意义亦尚待进一步挖掘：在相当一部分与岛屿有关的文学作品中，与其把岛屿作为关注的对象，倒不如深究作为方法的岛屿，如何在文本中对叙事产生影响，岛屿如何成为看待问题的一种方法，人物又是如何通过岛屿看待整个中国和世界的，岛屿的历史与本土的概念如何共同作用于文化主体……《海边的钢琴》中，"钢琴"既是音乐的本体，还是"琴岛"这一地理名称的由来，既隐喻人物的情感心理，也成为小说展开生命书写的策略。

金大成与杜品相识于一场偶然的班得瑞即兴演奏，《爱的纪念》

曾是妻子临终前的一段时光里最爱听的；更早的岁月里，母亲在海龙屿的小学获过钢琴比赛的第三名，后来因为家庭成分问题，当童年的金大成第一次看见有人弹钢琴时，母亲只能叹气说"那架琴我们家一辈子都买不起"，这也成为母亲终生抱有的遗憾和亏欠；再有，海龙屿的龙洲仔，"静卧在海面上，四周海礁嶙峋，海岸线逶迤，岛上山峦叠翠，砖红瓦绿，绿树掩映，远看去就如一架立在海面上的钢琴"，因而也叫琴岛……当金大成邂逅弹钢琴的杜品，杜品天然的对他具有多重的情感吸引。钢琴乐作为一种叙述策略，以私语化的听觉空间推进着故事情节，傍晚的酒店大堂、播放《阳光海岸》的餐厅、龙洲仔钢琴博物馆边的琴房，都有金大成最喜欢的杜品形象，听觉催化着情感的生成，也解构着不必要的过分伤感，对钢琴曲的听觉感受成为金大成生存境遇的隐喻，它所表现的人物内心情感的不可遏制和固有文化观念和理性的自持，文学作品本身与音乐艺术形式的联系，都为小说探讨中年人重建未来的可能性提供了缓冲和策略。

抛开音乐的复魅，金大成的中年危机有其必然性。社会变化骤然发生的时刻，金大成夫妻各自忙于教师和医生的使命以及对女儿的抚育责任，当妻子因病早逝，女儿已在国外定居，金大成不仅在生活上孤身一人，精神上也与社会发展的诸多新变存在着长期隔膜和不适感，他不会手机支付，也不会使用网约车软件，对消费文化不了解，与女儿的思想观念也不同步，明明回到了故乡，却又分明生成了新的乡愁……而这也将一个当下较为普遍且日益严峻的新命题提上议程：当独生子女远离父母异地生活时，代际沟通如何保持其有效性，而面对年轻一代结婚率走低的现状，他们在异地如何赡养父母？很难说他们中的绝大多数都能做到金小可的神通广大，而金小可对父亲尽善尽美的周到安排，也无法避免金大成误入与杜品情与理的纠缠和婚恋中介的重重圈套——如果金小可与金大成生活在同一个城市，很多事情是否能避免发生，而金大成的生活是否会好一些？当然，金大成绝不可能如此思考——父母不会束缚子女去施展才华实现自我，那么子女又该如何考虑父母呢？

如此的义利之辩和情理难局，同样发生在杜品和大A身上，她们曾在某个时空节点深陷，退不出来也迈不过去，在个人的悲哀中不断沉沦，看透了世情规则的现实和底线乍看之下的无效性，对自己愈发放纵和宽容，最终走向情与理、理与法的破裂边缘。杜品的离开，大A的醒悟，不外乎是此种边缘性可能导致的两例结局，她们形形色色的惶恐、羞愧和抗争中的踉踉跄跄，最终在虚妄中再次翻滚，尽管并不无辜，她们承担起个人选择和历史时刻叠加的错落，挫败和伤痛归于对生活的持续寻找，也让读者忍不住猜想金大成与她们的未来。

毕竟，脚下的路还远不及尽头。暂时的告别，还将迎来更多的踟蹰与徘徊，反复的开启和落幕，上演着生命个体的彼此同构，挣扎着要对生活实现摸索和跨越……

军旅小说的气象与超越

——以《楼顶上的下士》为例

2014年以来,《人民文学》每年的第8期都以系列军旅文学原创作品向"最可爱的人"致以节日的敬礼,历史上的《人民文学》第8期,曾刊发刘白羽的《勇敢的兄弟》(1951年)、王愿坚的《长征路上》(1977年)、朱秀海的《在密密的森林中》(1982年)、邓一光的《天堂》(2007年)等颇具影响力的军旅题材作品,英雄主义的旋律一直回荡。今年《人民文学》第8期更以"强军文化"为主题,以文学的笔触书写革命军人的战斗、训练和军营日常,呈现令人敬重且亲近的审美。中篇头题刊发的王凯新作《楼顶上的下士》,展现军旅作家对军人内心的细致把握和对有意味之形式的自觉,小说以心灵的方式实现强军主题在思绪、脉动、实践等层面的丰富表达,并由文学的精微探索激发出深沉坚实的强军足音。

现代意识与取舍之辩

《楼顶上的下士》与王凯众多中短篇小说的创作趋向一致,采用军营日常为结构推进故事、聚焦连队主官与部分小人物,书写人性事实与职业伦理交织下的精神、心理与选择,小与大、个人与集体、微观与宏观,多重辩证关系搭建叙事在人文向度上的宏阔,从中不断生发小说的新意。《楼顶上的下士》在连队合编的大背景中,以指导员为中心视点,在干部的业务素质和担当意识中铺展情节,看似平淡日常又互不相干的琐碎小事一齐指向合编合心的总目标,而故事结构的发散性也不禁让人细究起小说题目与叙事的关联:

小说的前半部分,楼顶上的下士——姜仆射,并不作为叙事的核心,他若隐若现、形象模糊地出现在连队管理、任职分工以及军营内外的生活现实。自然而然的铺叙中,读者率先通过李金贵、王军围绕复原的一些现实逻辑和世俗方法建立起对指导员的信任感和同理心。及至小说的后半段,姜仆射作为故事里的"小",形象逐渐突显,与以"大"为重的指导员互为各自转变的线索,"大""小"之辩将有关自我价值、个人权利与义务之间的权衡和盘托出。

姜仆射对个人尊严有着高度的敏感,即便睡岗犯错也无法接受辱骂式批评。尽管读者早已从指导员对待李金贵的诸多细节里确认了他的尽职与善良,即便读者充分理解指导员寄希望于姜仆射实现转变时的苦口婆心,他们仍然普遍共情于姜仆射的坚持。姜仆射是个兵,应以纪律为重,但他又有实实在在的性情与个性,正如小说里的话,"难题都是给有本事的人出的",作家王凯抛出一个难题,在部队里,他先是兵还是人?指导员把楼顶上了锁,姜仆射失去了独处的空间,他因个性的被压制时常精神性高烧。

王凯小说的结局从来不是大团圆意义上的好结局,却往往是极其适合的好。现代社会里,军队组织结构里的现代意识该如何认知、认同,个人价值与自我实现、对个性的尊重该如何获得?指导员从最初的点名和屋顶谈话就决心将姜仆射这位"神仙"请下神坛,最后个体作为自由取舍的权利主体,姜仆射主动上交退伍申请,而这也意味着指导员多番尝试的失败。他在结尾处也耐人寻味地自嘲起来,指导员始终不能从屋顶上的枯燥景观中捕捉姜仆射所觉察到的诗意，复杂精微的矛盾以一种审美意识的差距被具象地表达出来——或许是最好的调和，人格发育、个人道德与社会伦理潜藏军营生活的方方面面，个人不能凭借一种对自我的完全丧失融入集体，而集体也无法容纳无法做出任何妥协的个人。

细节·背景·困境

王凯擅于描写当下军人的现实生活和内心世界，以普通军人关于军人职业与生命本质的思考彰显理想主义情怀与英雄主义情结。现代生活多少削弱了军队生活的传奇性，《楼顶上的下士》中，王凯选择直陈专业名词和相关知识术语，专业的姿态和军人职业标识经由日常化的简约笔调叙写，避免因艰深晦涩产生的阅读负担，同时又在陌生疏离中实现军人职业的荣光，并以此勾勒故事背景的可触摸性。

同样的，小说里有关姜仆射精神性高烧的情节设置延续了王凯将医学心理学介入小说的表现手法，我们由此洞悉作家创作行为上的自觉及其学养在解决小说艺术危机等方面的精神效果。心理学与王凯小说里关涉的内心救赎和人性伦理等精神困局颇为关联，而浓郁的抒情意味也与人文意义上的心灵建构一脉相承。

王凯的写作正是以对某种边缘性的观照显示出独特的理性与判断力，生活化的语言、平静地叙述，透视出作家对军营生活现实的细致探察，这也成为其小说破解军旅文学写作惯性的重要关节——军人作为普通人的人性光辉、军旅小说作为题材创作的文学性，个体内在世界的呈现不依赖宏大历史和时代背景的营造，而以"小"见"大"的叙事策略恰如其分地展现出特定的文学品质——不停地将故事人物置于困境之中，在解决困境的同时提供更为独特、更为本质的反观视角，以小人物内心的现代性焦虑激发读者关于伦理、责任、自我与他人等关系的思辨与探寻。

　　这种创作趋向不断拉近读者与特定题材文学之间的距离，正如《楼顶上的下士》，即便小说以连队合编为背景，作家也隐去了宏大叙事的必要，小说腔调仍是个体经验日常的、世俗化的娓娓道来。而作家则应先于读者意识到一种相反意义上的侧面，小说在通过个体及其事件建构了军营的整体性之外，有责任以文学的新气象实现强军文化、军人格局、职业光荣等复杂维度上更为崇高的超越。军旅小说的应有之意还在于对特定气质与内涵的宏阔呈现，我们喜爱军营里小人物内心独白的真实可感，也呼唤有灵魂、有血性的史诗式叙事和深植其中的爱国情怀、英雄气概以及生命哲学的重建。

《海里岸上》：空间叙事与意蕴敞开

　　人类与海洋的关系曾伴随经济、政治、科技、文化等社会文明的历史嬗变不断变化，从利用海洋、征服海洋，到尊重海洋、亲近海洋，人类的海洋观念相应历经由求生到求真再到求善的探寻。同时，海洋题材的文学作品相应呈现有经济上升时期人类顽强生存、不畏挑战的进取精神，拓展征服时期的掠夺欲望与不屈意志——而这类作品近来所展现的人类对海洋愈发的敬重与亲近，则显示出作家更为深层的生态伦理思想和对生命意义的本真祈愿，人类与海洋和谐共处、海里岸上的美好前景等核心内容构成海洋题材创作的新风貌。《人民文学》于 2018 年第 9 期刊发的林森中篇新作《海里岸上》便是这一向度上的佳作，不断切换的空间叙事和义利之辨的现代意义，以及平民英雄的朴素情感，构成小说的文学张力和精神难度。

从空间叙事到文化含义

　　人生存、生活于具体的空间之中，并以行为方式与空间建立复杂联系。人对空间的经营与思虑决定着人的空间经验，空间的历史亦即人的空间经验的历史。与小说题目《海里岸上》一致，林森以"海里"空间和"岸上"空间的章节切换作为推动叙事的主要策略：

"海里"各章写老苏的出海故事，有旧时回忆里的冒险和收获，人与人之间的羁绊因生存时期的患难真诚而深刻，老苏与父亲和祖辈之间的代代相承，大吨位渔船的失事，出海岁月里对妻子的记挂，曾椰子溺亡事件中长久的自责以及不出海之后老苏对大海的向往和自我的回归等，构成小说海洋题材的主线。

舟船是海里故事发生的重要场景，构建情节与叙事的具体面貌。古代小说中，舟船空间曾有严格的等级秩序与文化含义：船头为外，船舱为内；前舱歇男，后舱歇女；客人入舱，船户当艄。与古代舟船故事里的文化界线相重合的是，《海里岸上》延续着渔村多年的习俗，"女人不能上船……因为女人上了渔船，导致渔船如何出事的传说，从未绝过。"壮年时期的老苏，妻子是他颠簸劳顿中最苦的渴望。年纪渐大，妻子则是老苏讲述海上遭遇的忠实听众。小说写老苏一人的相思和遭遇，却也映衬着岸上女人可以想见的孤苦和担忧，渔村老百姓的生活便是如此平凡与动人。以舟船空间界线为切入点的还有曾椰子溺亡后的描述，为把尸体运回渔村，老苏把一艘挂在渔船上的小船抬上甲板，把曾椰子放进去，再以大量海盐覆盖，再用铺在船上睡觉的木板把小船盖住，并以绳子将小船捆住……我们习惯于从叙事学的角度探讨空间因素在小说中的作用，小说《海里岸上》中，舟船空间紧密勾连小说情节的展开，而舟船空间的文化属性则更为重要，隐蔽的情感与思想，生存与生命的承担，无不成其为值得瞩目的文化含义。

"岸上"各章则以木麻黄林（林里祖屋）和镇上间次区隔开来。阿黄、庆海爹的死，连同老苏的木根雕塑，代表着一代渔民的精神归宿和平民英雄的傲气与尊严；镇上的产业转型和老苏大儿子的生计直陈渔村传统的没落，宋记者的采访和书法家的收藏均纠葛其中，而老苏的言行取舍又生发出义利之辨的现代性光辉——面对祖辈与传统，义是《更路经》和旧罗盘；面对儿子与亲情，义是帮衬、解救和自我牺牲。《海里岸上》以故事人物自身的价值取向和价值追求传递出作者自身深刻的价值认识和伦理思维，渔民海事的扎实叙写中透露出传统义利观发展变化的内在必然性——纵是利以生义，最终也义利同一，把"义"作为立人之本，以义取利。

以人文性敞开

　　林森擅长以地域元素点缀小说的内在精神韧性，作为海南本土作家，林森的书写对象受一方水土点染，虽不作铺排的文化景观呈现，文本最终映射的文化结构和精神内里却难免保持原乡情结里的地域书写惯性。新作《海里岸上》则实现了对此惯性的超越，作家以宽容的笔触叙写乡民精神状态和传统礼俗文化的裂变，脱离文化保守主义思维模式的影响，静观疏离的体察态势展现出作家逐渐博大的气象。现代性难局中，固守符号化的碎片并不能使传统的乡土重获生机，细碎的日子需要继续，而生活日复一日的展开本身就已足够慰藉。正如小说里老苏为儿子生计被迫出卖祖传之物时对自我的精神开释："人最重要。要是人都没了，留着那东西也没用。卖给懂行的人，可能保存得比留在我们手中还好。《更路经》比人活得长，我早想清楚这事了。"

　　《更路经》和旧罗盘是文本中最为突出的文明象征，同时也是现代义利之辨下精神危机的直接表征。小说里，砗磲加工产业在镇上发展了四五年后被突然叫停，优化的生态观念和经济结构在一时间也造成了本土投资者的生存窘困，正如传统无法抵挡现代性的强势进驻，陡然的物质解放也必将迎来纠错时的阵痛。小说里，镇上的乡民尽管哀号，却不抱怨，就像老苏的大儿子尽管逼仄，却无法向老苏开口变卖传家宝,一如老苏卖掉《更路经》和旧罗盘而不多言自我内心的煎熬与疼惜,反正这两件东西真到"自己要递出时,眼前空荡,没人接手",不禁锢于具体物件去谈文明的接续或许更具有现实的人文性,这也是小说里飞扬的大气象。

正是海里、岸上的时光,勾勒出老苏的一生,小说在不断的插叙中使老苏的人物形象逐渐丰满,故事结尾极富感染力,渔业成为小镇旅游的新特色,暮年的老苏用手抄的《更路经》和新罗盘主持了祭海仪式,登上现代渔船出海的老苏抱着自己亲手打造的船型根雕竟然像少年时那样晕船,最终,巡访于自己既定的海上坟墓。

林森以往的小说侧重于民俗传统的真切回归,而《海里岸上》的叙事立场则有着鲜明的时代特征。渔民在南海活动已有千百年,家家户户的《更路经》记载着这片海域的历史地理,礁盘、暗沙和岛屿,它们之间的距离和方向,包括针对南海砗磲、珊瑚等的开采禁令,无一不宣誓着主权:"不说别的,我们一个小渔村,这些年就有多少人葬身在这片海里?我们从这片海里找吃食,也把那么多人还给了这片海,那么多祖宗的魂儿,都游荡在水里,这片海不是我们的,是谁的?"老苏在传统渔业的退却和小镇旅游业的兴起中之所以能稍显从容,无疑也源自对南海主权的坚决捍卫和对这片海域发展的渴望与热爱,心中有落寞但更有理解和支持,渔村有遗失却更有发展和收获,这也是人类与海洋在现代背景下的和谐共处新模式。

此外,海洋题材的创作中素有海洋民族传统和爱国思想的底色,其中不乏象征着民族凝聚力和自豪感的海洋英雄形象。《海里岸上》中,老苏这一类的渔船船长形象,承载着船员的家庭生计和生命安全,随时准备迎接可能到来的死亡,有自珍自重的尊严和深入骨髓的傲气,却又懂得急流勇退、敬畏海洋,因而得以避免大吨位渔船那样的悲剧。这样的平民英雄,经年累月专于生存本事,情感朴素,举止坚定，即便在潜隐的转型潮流中面临人伦传习的不可通约，仍以更为根本的人文性思虑迈向博大——小说昭示着海洋的自然空间与人文空间的新拓展。

　　近代以来，海洋题材的文学创作未能得以迅速发展。20世纪80年代，受时代潮流的推动，此类文学创作虽未脱离对固有文化的因袭和对西方文学的模仿困境，却也一度获得发展的契机，开始超越功能性的束缚而趋向文学艺术的审美境界，作家的文化积淀、思想深度也随之迎来逐渐完备的可能。当下，中国的海洋题材创作已走上独立发展的文学道路，随着对海域自然空间的深入探索、人文空间的拓展和海洋观念的科学化，现实题材的海洋文学也呈现出光明的前景。林森中篇新作《海里岸上》面向人与自然、传统与现代声息共存的现实，看似艰难的处境却不缺乏突围的精神力量，日常事体里的道义危机在潜隐的开阔中得以和解，而新的生活方式也显现出敞开的必要。

一切不坚固的也都看不见了

于一爽有一本书叫《云像没有犄角和尾巴瘸了腿的长颈鹿》。这给了我描摹她的灵感：于一爽像没有尖鼻子和白肚皮拔了刺的大刺猬。她爽朗却内向，直接但不爱装，几乎没有停顿地对我说着话，仿佛片刻的沉默会造成对彼此的怠慢，在言语终了之前始终低头蜷腿不曾看我，黄色餐布被她反复地抖落开又叠起来。性格两面抻出的张力是随处的，一如她穿黑色紧身裤和带点朋克的做旧牛仔高腰衬衫，最后又用粗棒编织的暖色大围巾和长外套严丝合缝地包裹起来，一如她笔下的所有人物。不谈于一爽的文字，她本身就是一个很好的评论对象。她天然带有很多无所谓的态度，供人们任意粘贴标签：酒仙、烟鬼、爱写性的……而一切标签都是可供模仿趋附失去独特性的。越是有特点就越容易与他人重叠，越是有特点，就越容易失去自我，而只剩下特点。更何况，抛开说者对女人这一性别的异化，喝酒抽烟做爱，都不是值得说的事儿。于一爽对我说了一句很重要的话：我还是希望大家看我写的东西。

海德格尔说："生存性的首要意义就是将来。"于一爽的将来是和老公好好生活，拒绝庸常，向往日常，要一个宝宝。而她的小说人物则无一例外在懦弱性格中平静了心情，既回避过去，也拒绝思考将来，并随时间的流逝而消亡，于一爽说，这是丧失了爱的能力。以逃避、放弃以及宿命来消解意义，以冷漠、刻薄以及算了吧来深悲时代和城市给予的单薄，小说中呈现出一种只能通过消逝的他者来定位自身所处的生存状态。不得不说，读多了以后，心情会差。我们对小说中的这群人总不免同情或厌烦，然而当我们对他们的随便和自我否定发表意见时，我们对于关系的把握以及自我定位的准确态度又该如何？

对此，于一爽的写作伦理鲜明且毋庸置疑。她说：真实的想必总能有几分深刻的可能。就好像我第一次见到她的时候，她向另一个人宣扬着对我的态度——我不讨厌她哎。我想，真实是不会在吸引力上面枯竭的。她笔下的人物总是那群人的真实面相，即使他们并不具有关心自己的能力，我们也是在意的。于一爽说自己不会构造故事，只是顺其自然地将故事本身复述出来。这让人想起马利坦的美学："艺术家光辉思想的最好部分，仅仅被他在肉体存在的奥秘中所捕获，从而向我们的眼和心传达词语不能传达的某种无价的真实方面的表意符号。"如果说故事本身没有结尾，小说是否也不妨不设结尾？在我看来，于一爽的小说是一种呈现，一种状态，一个场，自然会有人说这不是小说，因为缺乏叙事，但我想，这样的小说可以不将叙事作为核心，成其为一种新的小说风格。甚至是小说的一种诗性精神？喝酒吃肉，以文才见长，魏晋名士不也是这么尴尬风流的么？

于一爽再三致意：这是一个追求速朽的时代。她偶尔失眠，发几条微信朋友圈，不知道这是不是与此有关。但她的小说是并非速朽的应时而作，或者说我希望是这样。通常意义上，我们习惯于不证自明，当然，这需要时间。这使我联想到前段时间看的电影《超体》，影片中唯一真正存在的就是时间，只有时间能证明存在，这种第一性解构了人类的价值。真可惜没和于一爽一起去看《超体》，我是真想听听她怎么说电影。她说，因为怕死，所以总想留下点儿什么。其实就是这个理儿，人类说到底还是依赖时间，尽管我们审视并审慎时间，但是我们干不过它，这既是虚无主义，更是存在主义，无论是速朽还是永垂不朽。我也很喜欢于一爽抛出的另一个问题——逃避欲望的方式是不是先满足欲望。尽管我也不知道是不是，但我想起但丁《神曲》里的一句话："看，我是怎样撕开自己的胸膛。"于一爽在某篇创作谈里说："那些年太年轻，二十三四岁，被他们和他们这种失败的抽象的生活吸引，甚至是一种性的吸引。"于一爽似乎是在面对某种精神困惑，在写作中进行着克服认同危机的探索。率直坦白自己灵肉秘密的勇气，奔放不羁的精神姿态，被压抑的丰沛情感，都是我喜欢的。记得在哪儿看到过一句话，觉得用在于一爽身上很合适：我不是鸟我不需要南方，春天的灵魂永远附在我身上。

　　法国作家玛格丽特·杜拉斯说："每次我有欲望，我就有爱情。"对于于一爽在内的很多写作者而言，这之后还有故事和小说。于一爽的新书叫《一切坚固的都烟消云散》，书中的人物往往"对自己感到了深深的失望于是对世界整体瞧不起，偶尔也幻想自身的改变，但是已经没有了改变的能力"。尼采曾说："使人发疯的不是怀疑，而是确信。"不知道书名是否指向的是这种确信。这些人物的精神世界里没有准则，没有严肃神圣的东西，没有让他们执着的存在，只有日子侵蚀下的日夜消亡。生活就是使自己尽可能地不受伤害。而要做到这一点，就已经很不容易了，哪儿还能在乎更多。于一爽的小说表现了现代人在精神缺失下的悲观主义，这或许具象成了某种中年危机，挥之不去的是那些虚张声势的无所谓。如果说一切坚固的都烟消云散，那么一切不坚固的也都看不见了。

从"渠潮"到"浪潮",班宇何以似标识?

我们乐见任何激活文学新生的机制——传统文学期刊以普遍的敞开性接纳新媒介带来的文学话语再分配——日益醒目的文坛新力量由豆瓣、微博、微信公众号、文创类 APP 等网络新媒体的自发性写作发端,并迅疾伴随与文学期刊和图书出版颇具颠覆意味的交互建构获得了新质生长的契机,我们意欲在发生学和文学史的意义上对其进行追问,也同时关注到传统与新生并行不悖的可能与必要,如此局面,其美好循环的根源还在于相互角力之下的双向融合。青年作家的文学新美学正在崛起:一方面,其书写对象必然在传统向度上进行延伸和裁取;另一方面,被遮蔽的可作为文学生产、传播、交流、消费的元素和载体日益彰显。这便是我们每每谈及班宇都要重述一遍他的横空出世之首要缘由,接下来又有更多的专项加持,来自沈阳老铁西工业区、前毒舌乐评人、"85 后"作家、《渠潮》作者,班宇。

不光是《渠潮》,也不光是班宇,个人生活经验与作家创作路径总有或隐或显的关联,班宇的小说与东北老工业基地及其青年形象有着天然的贴合,说班宇写下了八九十年代中国现代化进程中那片土地与时代同步发生的更迭,写下了社会转型、经济体制变革、教育体制改革大背景下的个人命运和一批生长于斯的青年成长故事,不如说班宇写下了自己与同代人"我们"。娓娓道来的生存实际、精神状态和青年成长所面对的彷徨,班宇从容地呈现却放弃给出答案,幽默又伤感,平淡又锐利,蜷缩又癫狂,我们如何去理解过去和未来,这是小说给予的现实关怀;若社会发展速率远超个人进而成为一种切实的残酷,区域不平衡加剧产生的错落使青年们长而不成,那么广阔天地和大有作为便很难与他们有关,他们在生活之初已然成为一种现代性的遗迹。

《渠潮》里就有这样的惆怅与宿命。班宇处理题材的笔力非凡,四万余字的篇幅细腻雕琢每一处画面与转场,故事嵌套、人物呼应,稍作缕析,就有历史的、政治的,如典型的曲天圣和红卫兵之属;有文学和阅读史的,如福楼拜、《青春万岁》、阿雷奥拉、《桃花源记》等,以及相关的文学环境和文学观念意涵;有具体改革背景和地方志的,比如跟恢复高考不无关系的东北工业基地里的那些师徒们,比如法律宽严松紧与正义公平,比如老工业基地的污染和海南到沈阳的"看"与"被看"之差别;当然还有现实的,比如老舅这样的大师,比如施晓娟的信、"鹦鹉的影子"和"淳朴的心",以及与冯依婷和调度的女儿相关的那些爱无能和相亲条件。

我们通常喜用"清明上河图式的结构"来形容一部全景式的、群像的、某一历史时期的小说,这一评价自然暗含对作品延绵不绝之美学风格的赞许,但也隐约提示出小说叙事对中心视点的忽略。班宇《渠潮》则难得地在处理多重题材的同时集中塑造了李家父子形象,"出门去找李漫"甚至可作小说的浪漫别名。李家父子和《渠潮》的主要人物几乎都困于情与法,正如文本先前建构的钟馗和警察故事的对照,班宇实则将"情"延展为一切关心处,将"法"引渡于一切不甚合理中,"老舅"的"功"虽无理却有情,满晴晴的草率婚姻无情却有理,李老师的消失于情于法皆有所伤,连同李漫的病,亦是对情与法的回应,李迢呢,在情法两端看似安全,实际活了个空空荡荡。

班宇的许多小说都透露出个人的阅读轨迹，加之偏重元典的编辑身份，我们不难理解班宇小说语言的诗性来路。同样，我们也不难窥探《渠潮》结局里的李漫是否疯癫、为何疯癫。类比二十世纪五六十年代美国青年所经历的"沉默一代"和"反叛时代"，基于寻找自我、解放本能和反叛精神所呈现的疯癫状态，其负载的文化内涵和差异性精神症候与青年成长经历中对主流社会文化的拒斥相适，我们能从二十世纪中期美国小说中青年形象上获得大量印证——尽管疯癫的表现形式存在差异——文化断裂的内核在二十世纪七八十年代依然彰显，疯癫成为他们成长过程里共同的文化符号，疯癫状态下的真自我、非理性和自我反叛，也拉扯出如今李漫疯癫里的真真假假，这也未尝不能成就一场向上升格为希望的救赎。在中国古代小说中，疯癫是典型的文学化疾病，超出世俗的非理性行为是这一小说主题的逻辑起点，并在叙事语境中演绎出特殊的修辞含义，相对于美国小说里侧重的文化符号性质，其疾病性质仍然是人物、故事相互勾连的又一复调，所以需要抓紧时间带李漫看病，"他每天晚上都在大声喊话，天上地下，前后不搭"。福柯《古典时代疯狂史》已有洞见，"疯狂本身不变，变的是人对它的认识"。班宇写李漫，表达的是作家对自身和他者处境的认识和思考，疯癫里有沉默有反抗，有梦境弥漫的美学。

读班宇的小说就像进行一次久违的漫谈，故事林林总总，文本内在闭合又向外开放，读者任意挑起叙事的线头都能顺延着摸索出共情和想象的理路，不多言作家深入的观察和描摹，仅《渠潮》里李迢乘坐小客车的段落，复杂的情节模式，细腻纵深的环境呈现，人物性格、动机的持续深耕，已重叠出作家写作的基本态度。班宇曾在微博上坦言："朋友们谈我的一些小说时，总热衷在东北语境里去分析，对现实的还原度，对记忆的复制与刻写等……写小说并不是通过展现个人的历史来确认彼此，记忆与过往叙事只为此刻存在……我们只能在此刻才会被连接在一起，并不存在其余可能性……"

　　正是这种与读者此刻的"连接"，我们在班宇的戏谑里总能发现一种悲欣的超越，"有道是，站在高楼往东看，一帮穷光蛋，站在高楼往西看，全是少年犯。世界看沈阳，那是越看越彷徨啊，再来一瓶，再来一瓶……"《渠潮》的"此刻"，环抱过往与当下，暗存的微弱希望尚未脱力，以意象延续的生命流淌状态与读者建立关联。而"此刻"的氛围里，已倾注进班宇极大的耐心和真诚，这是写作成为作品的重要保障，是"渠潮"，更是"浪潮"。

簌簌有声　庄重悲悯
——阿来《云中记》的"执"与"成"

诚如阿来在新长篇《云中记》开篇的自白，小说如庄重而悲悯的"安魂曲"，献给"5·12"汶川地震中的死难者和那些消失的城镇与村庄——文本叙事极富诗意，是"边地书、博物志与史诗"，更是从近处历史所生发的宏阔如空山的回响。

从题材上看，中国古代文学的每个时期都有独具魅力的灾害文学作品，如先秦的灾害神话和故事传说，两汉魏晋的灾害诗歌和散文，唐宋的灾害诗歌，元明清的灾害小说和哀民散曲等，其中不乏对自然灾害的真实反映和对社会心理的切近描摹。若放眼世界，在神话传说、史诗和宗教经典中类似"毁灭传说"的灾难主题比比皆是，古巴比伦的《季尔加米士史诗》、古希腊的《荷马史诗》、柏拉图的《克里特阿斯》《提迈奥斯》等都同属此类。在地震灾害频发的现代日本，村上春树在《神的孩子全跳舞》中对自我文本方式的颠覆，对日本人日常生活的纹理和由地震引发的包括幸存者在内的人类精神危机的展示，在现代意义上的地震题材之小说风格及其象征性上都有开创。阿来的小说也在身为作家的社会责任中悄然发生新变，古老闭塞且一度自足的土地上，民族身份和传统信仰与现代文明不可避免地发生错位，悲剧和苦难的力量成为一种复杂又单纯的旋律维系着生活的某种平静表象，人们在这种常态中似乎还来不及、不愿意去直面、回忆和思考——于是阿来觉得是时候了,现场展示、生命书写、精神探索、命运感、历史感,早已如小说结尾处的那"一只蓝色的精灵在悄然飞翔"……

"安魂":记忆与延续

《云中记》集中塑造了苯教非遗传人阿巴这一人物形象——阿来将其作为主要的叙事策略——以时间及其节奏性为章的长篇文本结构中,小说细数了阿巴从移民村重回地震灾区云中村的半年时光,阿巴在遗迹中寻找旧人留存之物度日,以特有的"告诉"方法和"祭祀"仪式安抚、祭奠、超度灾难中逝去的乡亲,不单是这些情节写得细腻悲壮,与这一切关联的万物万灵都被一股巨大的情感涡流席卷,而随着阿巴不断深入灾区、直面生死、思考灵魂与信仰,他最终以自我生命和全然纯粹的灵魂献祭深爱的故土——此之消亡走向彼之回归,读者在多重的命运选择中体悟"安魂"的复杂深意,而这也正是在告慰生者。

笔者彼时身在成都,作为"5·12"汶川地震的亲历者,在《云中记》开篇便能捕捉到阿来近年来颇受关注的非虚构写作:作为区域地理象征的岷江水和如今作为新地标的移民村们,已经被更为宏阔的历史感裹挟;"他叫了一声山神的名字"——我始终铭记在最初的那一秒钟是如何意识到这是地震的爆发;"当他们看到江边公路上那些等待转运灾民的卡车时,一些人开始哭泣,像在歌唱"——后知后觉的悲伤再次为灾难的巨大和突如其来做证,多少人如那颗老树般宁可"死意已决";再后来,相信所有读者都曾在新闻里看到,解放军、医疗队、救灾物资和重建规划……

阿来的"安魂"直面记忆和现实,非虚构笔法和细节的真实不乏史书实录之感，这亦与小说围绕藏地文化、安魂须仰万籁相通。于是我们在小说里"俯察品类之盛"又广识"草木鸟兽虫鱼"以赋比兴，连同诸多民族文化习俗，关于圈养还是跑山放养，关于饮酒，关于碰头礼和"告诉"，关于抖开袖子袖管里比画手势议价，这些笔者曾在四川阿坝亲见的真实，一齐形成了文本融贯的文化气质风貌。也正因了此种风貌，阿来独有的幽默感才有的放矢：始终喊不对自己称号的"非物质文化遗产传承人"；"老子是汉族大哥"等细节透露的名实之辨和荒诞的英雄感；阿巴对作为"政府的人"的仁钦的为难和体恤；云中村人不会唱的《感恩的心》和加上的哑巴比画动作；地震遗迹摇身一变成为骑马上山看的风景和如今包括收费厕所在内的景区价格乱象……这些源自作家悲悯心的幽默感关涉无处安放的自我认知焦虑，存乎整体与局部、宏观与微观、政府关心的受灾群体和各不相同的灾民个体生命之间。

这场"安魂"，与阿来的历史感和对当下的关怀相系，小说以民族血缘为纽带建构文本稳固的伦理传统，同时将以之为基础的藏族乡村生活中民族精神空间和文化心理结构中的裂变、阵痛和盘托出，"安魂"成为重要的历史时刻和现实节点，对阿来而言也是人与乡之间无法隔绝的血脉。由此，小说主人公阿巴的信仰在一己执念之外生发出坚实的合理性、正当性与必要性，小说的边地书、博物志性质亦是对中国社会转型的史载。不妨细数由己及众的"安魂"层次：阿巴的自我回归和以身殉乡情、重拾旧日程和记忆重演——祭祀山神阿吾塔毗、云中村招魂和安抚亡灵——以及生者各自生活的告慰和延续。总之，"不让悲声再起"，就需要精神枷锁的逐层开释，"天与地""神与人"互相感知，我们从中看到了如《格萨尔王》般的藏族英雄个性化"重述"和现代性视野，关于生死灵魂处境的讨论在理想信仰与文化的场域中成为一场"相信"的哲学思考和信念转化，这些同属于阿来的生命理解系统,当阿巴践行了这种应对苦难的精神,苦难者就会"复活"。

时间、节奏与重述

阿来写作的起笔总是倾听时间,颇多研究意趣:"那是个下雪的早晨,我躺在床上,听见一群野画眉在窗子外边声声叫唤。"(《尘埃落定》);"那时家马与野马刚刚分开。"(《格萨尔王》);"那时是盛世。康乾盛世。"(《瞻对》);"早先,蘑菇是机村人对一切菌类的总称。"(《蘑菇圈》);"海拔3300米。寄宿小学校的钟声响了。"(《三只虫草》);《空山》六个中篇的开头——"那件事情过后好几年,格拉长大了……""多吉跃上那块巨大的岩石,口中发出一声长啸,立即,山与树,还有冰下的溪流立刻就肃静了。""达瑟,我将写一个故事来想念你。""刚刚解放,驼子就成了机村党支部书记。因为他当过红军。""拉加泽里初来双江口时,镇上还没有这么多房子。""机村人又听见了一个新鲜的词:博物馆。"

《云中记》的开篇也不例外:"阿巴一个人在山道上攀爬。"紧接着是极富画面感的镜头式描写,关于山川道路、关于藏地风貌、关于两匹马……插叙、预叙、倒叙等多重的重复性叙事,加之由"天"到"月"、由"月"及"天"的章节节奏控制,叙事密度调节着情感浓度,时而是全景镜头下的场景呈现,万籁巨响,时而以时间让渡叙事,斗转星移。

阿来独特的叙事时间观控制着叙事节奏和叙述时序,不完整和不确定的文本状态通过重复叙事填补无限可能性,重述之魅就好比古典名著《三国演义》中的三顾茅庐、六出祁山和九伐中原等,叙述者一遍遍烘托渲染,一方面深入刻画着人物和事件,同时使叙事本身获得解放,刚柔、动静、顿续、疏密并构,兼避扁平与杂乱之弊,审美风范与情节元素随时对应,而时间的节奏性成就小说的音乐性和诗化,节奏本身又具有某种形式上的重复性。《云中记》里,法铃、两匹马、云中村寻访等故事架构和细节铺设打乱时序,通过不同场景下的重复性叙述牵连更为广阔的叙事枝蔓,各自的叙事功能逐次递进,叙述现实、重拾记忆,同时创造性地介入集体创伤。而重述带来的统一中的变化、变化中的统一综合为一种小说语言的散文化倾向,意象和声和谐伸展,使小说获得精致而复杂的声音结构和文本形式。

所谓精致,尤在细节。无论是"马匹用力爬坡时右肩胛耸起,左肩胛落下",还是鞍子木头关节处的声响以"咕吱咕吱"拟声,以及荨麻、鸢尾、马先蒿、金莲花、龙胆、溲疏、铁钱莲、丁香、白桦、云杉、杜鹃花树等植物的指称,又或是震前震后风物变化和繁复的画面整体营造,都可以看出作家深厚的生活积累、日常洞见和语言功力。毫无疑问,小说在讲述故事、再现经验的叙事性基础上,还是一种形式的建构和语言的创造,这也是长篇小说理应昌明的精神创造性和审美理想。我们从阿来的创作中可以明辨"学养"和"知识性写作"在解决文学的艺术危机、价值危机等方面所具有的长期精神效果,而作家归属于自省与理论的共识对文学创作行为的自觉是审美创作必须依赖的资源,在任何时代都不可或缺。

《云中记》颇致力于画面感及其真实性的建立,此即阿来对历史性灾难创伤的正视和呼吁:共同的"安魂曲"并不仅是局部或区域性的记忆重拾。阿来使世人再度面对那个悲惨的灾难性时刻的前世今生,呼唤他们去努力寻求可能的解决之道,去留意、体悟他人的苦难——通过文学创作的艺术呈现抵达广泛的深入的持续响应,阿来必须为读者提供一幅幅可感可想可见的画面去超越时间和历史的目击时刻——对灾难的承认、再现与和解,构成谱写"安魂曲"的创作动因与可能。

时代新人形象深化

阿来在小说里呈现了一批正在成型中的时代新人形象,他们大多类似《三只虫草》里的藏族少年桑吉,在社会转型的宏大背景下不得不面临生存、信仰和知识等复杂层面交织而来的困境。《云中记》中,阿来以人物为叙事策略,并深化着对此类时代新人形象的文学探索。

尽管我们也读到央金姑娘和祥巴等人物形象在重建各自震后生活时的短暂迷失,但他们到底不同于以往的文学颓败青年形象,到底还是走在了成为有为青年的艰难征途上——而更难把握的青年形象是小说里仁钦这样的藏族干部,一来,好人的性格、品质比较难以实现活灵活现的文学呈现,人物形象和故事情节相对单薄;二来,仁钦身上包含亲情与职责、信仰与文化、义与利的矛盾及其所关联的思与行的深度追索,这种新的复合型困境不同于桑吉类型,人物携带的情绪和所处的工作生活环境,还有政府救灾重建工作等,相对来说都较为独而新。

《云中记》中的仁钦是回到云中村的大学生村干部,是共产党员,一度因阿巴作为移民回流被停职。仁钦这一人物形象的创造性设定,可以视为阿来"文化认同—身份认同"双重命题下的艺术形象捏合。

仁钦有干部的素质和年轻人普遍共有的职场抱负,也受亲缘关系、共情心理和民族文化影响对阿巴始终心怀慈悲。正因如此,阿来笔下的仁钦有血有肉,而人物形象一经真实地确立,小说后半部分关于景区乱收费的新媒体曝光事件的叙述就更加深入人心——这场成功的危机公关透视了青年干部的个人成长、能力提升以及面临生活的心性转变，而成长背后对生活依然秉有的信心，以及如何负重前行，如何创造自己的信念和持守内心的价值，同样是《云中记》留给年轻读者的一个至关重要的问题。

同样地，阿来的这部新长篇也为解决中国当代小说的困境提供着思路：当小说本身成为更加复杂的精神事务，我们依然需要作品中藏匿着的那个道德的我、理性的我、生命的我和真我。当文学创作不得不面对个人或集体经验进行写作，生活的边界、艺术的边缘乃至人类记忆的尽头，文学还将呈现何物？我们是否应与阿来一样，心生一种责任的操守。

创伤叙事与逃而不得

——《平伯母》侧写

编辑老师约稿时说，《平伯母》塑造了一个"苏大强"式的人物。谁是"苏大强"？是受悍妻压迫进而主动放弃自身家庭责任的无所承担者，还是沉溺于耻感同时又被迫压抑自我需求的假性妥协者，抑或是伺机将长成的儿女作为偿债杠杆的自私、冷漠、吝啬和利己者？事实上，鲍贝的中篇新作《平伯母》讲述的故事并不拉杂——

平伯母通过花露水的气味发现丈夫鲍庆山出轨，自此开启了"失控"的一生：先是鲍庆山因平伯母的过激行为最终选择离家与"花露嫂"生活，再是平伯母放弃重建生活而将余生希望全然寄托于一儿两女成人后为她"报仇"的可能。最终，从破碎的原生家庭和平伯母的异常情绪中成长起来的儿女既厌恶、惧怕平伯母，也放弃了自身抗争、修复和建构主体性的尝试；两个女儿迅速出嫁，儿子天赐虽曾进入"书斋"短暂地拥有梦想，仍然在平伯母的劝导下结婚；媳妇林寒露凶悍不孝，天赐却不作为，并最终随林寒露搬离；故事落脚在鲍庆山去世时平伯母再次以其妻子的身份主持丧仪，她不许"花露嫂"参加；悲愤的"花露嫂"拒绝透露那份存疑的"遗嘱"，导致林寒露再次因平伯母间接遭受经济损失；林寒露没通知平伯母来参加孙女婚礼，主动登门的平伯母以陌生人的身份被狗咬伤进而加重了暗藏的病情，不久后孤寂离世。

从创伤经验和原生家庭模型等方面进行人物形象分析,平伯母和"苏大强"确有共性,而在更大的文学范式中,以五四新文化运动为标志,一种肇始于乡土中国的家庭伦理道德变革和以妇女问题为突破口的思想文化领域的现代性转型问题首先值得关注。被侮辱、损害的乡村女性形象在各历史时期的文学文本中反复出现,既"哀其不幸怒其不争",又从中挖掘出极富启蒙性的文学主题。稍作提示,乡村人物形象历经20世纪80年代前期的伤痕文学、寻根文学等再到80年代后期、90年代的新写实、新历史写作,并在90年代中期的乡土叙事和"底层文学"中趋于兴盛。诸种立场下的文学叙述塑造了不同时期的典型形象,而面向当下更为充盈的社会生活、更多元的社会文化以及转型中的乡土现实,这一重要的文学形象资源如何在当代作家的写作中确立恰当的叙述方式和叙述姿态,如何书写农民形象,尤其是如何书写乡村女性形象,并以此抵达现代性叙事及其意义诉求和具体反思,便是《平伯母》一类小说带来的重要思考维度。

起初,平伯母也没有多爱鲍庆山。相貌中下的鲍庆山是最为普通不过的配偶,而等他担任村治安主任,成为具有政治权力的男性甚至化身为乡村的律法时,平伯母才由崇拜萌生爱意——故事由鲍庆山男性主体身份的重建来开启,而这一介于暧昧边缘的既可疑又合理的社会身份与平伯母这样的乡村女性的悲剧处境已然合谋。平伯母身上的乡土经验、底层经验塑造了其性别变量的介入方式,"庆山伯父弯着腰,看了好久,看得浑身战栗。这个女人是他的妻子,天天要睡在他身边,在同一张床上,要是哪一天她的剪刀对准的不是那些衣服,而是他的身体……"而将性别身份前置于地域、阶层等经验,使三者间错综复杂的联系简单呈现为乡村女性处理问题时的歇斯底里,也是绝大多数乡村女性难以进入女性主义和现代性叙事视野的关键症候。

相较于平伯母,"花露嫂"则具有一定的现代性意味,"每次只要她一来,就要把庆山伯父给带走,还留下一股浓郁的花露水加狐臭的味道。"类比欧洲小说中的气味描写,人物自身或周围事物的气味和人物的阶级属性互相映照:中产阶级女性、中产阶级下层和下层社会的上层群体是可以发出气味的人物,因为他们本身和所处的工作、生活环境提供着可被识别的气味,而脱离了生产和商业活动联系的中产阶级上层群体的男性则一般不发出任何气味。尽管"花露嫂"的气味特征不能与之相提并论,我们仍然可以通过气味描写来诠释她的形象和性格。一方面,她身上有着原始自然且令人反感的体味;另一方面,她又以精心涂抹的人工香味来吸引男人,并于举手投足间形成浪漫诱人的整体气息,"花露嫂也有五十多了。在农村里,活到这个年龄已经算很老了。在这个村子里,有比她年轻的女人,有比她漂亮的女人,也有比她富有的女人,但她可能是这些女人当中活得最自我、最自信、也是最有姿色的一位。"

当然,我们不能以现代性意味来全然合理化人物身上的非道德因素,正如处于全知视域中的"我"作为叙述者在小说中坦言:"我忽然明白,庆山伯父为什么选择了花露嫂,可又对平伯母充满同情和怜悯。"而这一态度也恰好映衬了乡土小说中被普遍书写的法律"边缘观"——"平伯母多次去找村书记,又找村主任,让他们管管这件事,但就是没人站出来管。他们每次都对平伯母说,这种事情不好管的,再说也没有证据。""从法律来说,她从来都没有失去过什么,她还是他的妻子,他也还是她的丈夫。他们没有办过离婚手续,虽然当初也没领过结婚证。"——我们可以从中国古代文学中找寻这一观念的历史脉络,例如明清小说中屡见不鲜的"无讼""厌讼""惧讼"心理,"无讼"观的实质在于官方正统和士人阶层所代表的文化大传统的理想与追求,而"厌讼""惧讼"心理则主要反映出平民百姓所代表的文化小传统的局限性。这一矛盾的大小两面具体到《平伯母》中的鲍庆山身上便是治安不自安,这既可从思想、社会结构等方面做深入探讨,又指向了乡村政治权力私有制结构的特例,平伯母的个人悲剧也由于缺失的乡村制度建设而贯通于乡土小说普遍观照的共性。

至于平伯母的儿女,被迫见证了父亲出轨离家、母亲持续崩溃的家庭破碎史,日日受窒息氛围的笼罩却又逃而不得,到哪里都没有家的感觉。平伯母尽管是苦了一辈子的可怜人,但她仍然属于那些受伤害和折损的乡村女性形象,是沉浸于旧事而断然放弃生活并始终无法成长起来并确立自身主体性的"旧"形象——养儿养女养的是自己的复仇欲,说到底还是自私的交换——这也难怪在平伯母儿女的身上会出现类似的青年成长和身份认同焦虑。而从小说的内部逻辑分析,平伯母的悲剧性命运是否真是必然?

以原生家庭系统和创伤叙事理论来审视,平伯母儿女身上卑微的自我价值感和初阶的自我分化水平无疑都能成立,因而他们在心理上极其渴望逃离,并主要依赖从家庭以外的重要他人(配偶)那里获得亲密关系来作为逃离的办法。然而,如此的逃离,其结果只能是逃而不得,人物的深层心理既无法由此抵达疗愈和希望,逃离行为还成为人物情感彻底决裂的催化剂:旧有问题非但没有得到解决,人物与原生家庭生活的表面性隔离也不可能使其获得真正的独立,这也是平伯母的儿子天赐对媳妇林寒露听之任之的根本原因。缘此,平伯母对生活的绝望感不断加剧,最终陷入生命状态的极度低潮而走向灵肉的双重消亡。

起源于现代性暴力的创伤叙事,事件因素会以记忆和心态史的形式留存,因此受创主体的痛感往往在家庭生活的波澜中趋向于代代相传。也正因如此，我们恐怕不能忽略一个重要的事实，此即，在心理学的学科领域和文学的人文关怀场域中，从未断绝过与创伤和解、复归于平静、重建生活内在秩序的温暖可能——假使平伯母的儿女能够直面创伤、与创伤达成和解、重构平静稳固的家庭生活，平伯母是否能够得到稍许的救赎？相较于受创主体及其创伤事件的延展和重复叙事，与创伤达成和解或许才更能沉淀起文学的精神力量和人文价值，而这也可能成为小说观照现实的更优选择。

梁平诗世界的时间、转义与审美

二〇二〇年初,诗坛宿将梁平推出了他的第十二部诗集《时间笔记》。这部诗集一经问世,便因为它与梁平个人经历与生命的紧密关联,被视为梁平新近的代表作,是传记经验、理想主义精神和智性思考下的又一巅峰之作,是对时间与生命、历史与个人的一次归结与和解,经得起时间和读者的翻检。另一个鲜明的文化坐标系在于,《时间笔记》中的不少诗歌坐落于成都杜甫草堂,与杜甫这样的诗人在地理方位和心理史上的双重贴近,使梁平的诗歌有着鲜明的朝向。我们对杜甫的崇尚,不仅因为杜诗代表着过去,更因为杜诗能使读者更好地理解自身所处的当下。正如在不同的人生阶段,我们对杜诗的理解和所爱各有不同,读梁平的《时间笔记》,也会发现诗人在不同时期有着不同的面貌,适合不同情境中的读者去品读,从而在诗人身上找到属于自己的内容。

时间的三重奏

《时间笔记》将梁平近年来的诗作划分为"点到为止""相安无事""天高地厚"三辑,从中,我们能体会到梁平的心境变化。如果说正面强攻现实是文学创作的重要法门,那么梁平在第一辑中的诗歌灵感便是源自与之一致的生活态度,要去追求诗歌的理想,率真、坚韧、无所不及，要去回应诗性的根源，包容、突围、点到为止；而随着渐次开阔的性情，诗人开始对相安无事不停产生着新的理解——并不是某种妥协或回避，而是天高地厚任逍遥的快意，让人联想到杜甫当年也曾写下一句"人生快意多所辱"，借以开释人性真理。

从第一辑《我肉身里住着孙悟空》等诗中，梁平就开始"清点身体内部历经的劫数，/向每一处伤痛致敬。"而能斗、善战、制胜的孙悟空之所以被封为三十五佛中的斗战胜佛，关键之处就在于"佛"所代表的"觉悟者"意味。而在《投名状》等诗里，诗人则正面表达着激昂的坦荡胸怀，"老夫拿不出投名状，/……/不如相逢狭路，见血封喉。/所以，一笑而过的好，/他走他的下水道，/我写我的陋室铭。"到了第二辑，诗人以《耳顺》自白道："逢场不再作戏，马放南山，/刀枪入库，生旦净末丑卸了装，/过眼云烟心生怜悯。"诚如《卸下》以后，"看天天蓝，看云云白。"往下的第三辑，诗人便真去游历山川，写作姿态因此逐渐谦卑，活色生香的烟火气与梁平独特的诗歌美学相伴，使人读来不由得更加理解生活、热爱生活。

不单是心境的三个阶段，几乎每一辑，梁平都在诗作里呈现了昨日之歌、明日之事和此时此刻三种时间维度，我与我自己、我与故乡、我与世界的多重关系在时间的流转中不断叠加。例如《我是我自己的反方向》，"我是我自己的错觉。/跟自己一天比一天多了隔阂，/跟自己一次又一次发生冲突。/我需要从另一个方向，/找回自己……"不仅是诗人之"我"的自我指认，还关联读者这个"你"，"你"对"我"如何进行辨认的问题。例如《老爷子》，"以前他说经常梦见我，/我无动于衷。现在是我梦见他，/不敢给他说我的梦，/害怕说出来，他心满意足，/就走了。我必须要他一直牵挂，/顺他，依他，哄他，/与他相约，百年好合。"诗人与父亲呈现的转换，也是亲缘关系上诗人之"我"的根源与自反,也是这个曾经依靠"水上行走"养活的"兵工厂的家族",对故乡的回望和想象。

对此,梁平在《别处》中做了更加清晰的勾勒,"别处被我一一指认,/比如我的重庆与成都。/重庆的别处拐弯抹角,/天官府、沧白路、上清寺。/成都的别处平铺直叙,/红星路、太古里、九眼桥。/我在别处没有一点生分,/喝酒的举杯,品茶的把盏,/与好玩和有趣的做生死之交,/与耄耋和豆蔻彼此忘年。亲和、亲近、亲热、亲爱,/绝不把自己当外人。"故乡的世界是如此,诗人的世界眼光也写下莫斯科、巴黎、梅斯、阿姆斯特丹、贝尔格莱德、布达佩斯等城市的历史风景和人文意涵,物的时间状态沉淀着对话的永恒——致爱斯梅拉达和卡西莫多,致米沃什,致辛波斯卡。由诗性精神支撑着的心境转变,连同时间里回响的传记与故事,以及诗心所向的风景和历史,梁平悠然缔造出个人经验与公共世界的理解空间。

如今,诗歌的发布模式聚合了多渠道媒体资源,诗歌创作和传播的效率大大提高,融媒时代也是全民可以读诗、写诗的时代,这同样是《时间笔记》时时面对的当下。当梁平穿梭于成都红星路的文学地标,就升腾起《八十五号》里的自我指认,"鲁迅雕像上的黑色素,/从红星路梧桐树倒下以后,/沉着了。比门卫更像门卫的先生,/在那里不动声色,那里有/花边与野草登堂入室。"已过耳顺之年的诗人仅自认"在先生面前只是过客"。青年诗人、青年读者从中似乎接收到了诗人有意无意生发的精神性对话,诗人既是自己的反方向,又在自反性中对青年有所指引。诗歌的传记经验并非旨在呈现事件的编年,诗人对生活的态度、为人的率性、对诗歌的真诚,以及不急于表达、不惧于喧嚣的性情,作为与心灵史相关的精神向度,我们初读《时间笔记》便能获得一种和解的力量。而倘若读者稍作沉淀后再以倒序的方式对《时间笔记》进行重读，这份和解便也能自反于一份适时的昂扬与朝气，使青年们在砥砺奋斗中拥抱点到为止的锐气，在相安无事的岁月里锻造天高地厚的胸怀，在不同的阅读顺序里与时间的笔记一同唱和……

语言的即兴转义

梁平在《时间笔记》里再次展现出独特的诗歌艺术创造力，以语言系统的转喻功能接续诗意的纵深和奥义，既对宏大叙事有所拆解，又以私语化的生命体验与它产生整体意义上的呼应，诗歌的抒情话语被诙谐的智思替换，诸多关于日常和时间的叙事以及散文化的表达，重构起四川方言的当代诗学活力。

一道虚实交错的别样风景存在于梁平诗歌对世界名城风光的透视，在《我的俄国名字叫阿列克谢》里，梁平将旅行的日常叙述转义为人的姓名与认同感之间的名实之辩：

"有七杆子打不着，/第八杆讲究中文翻译的相似，/我就叫阿列克谢了。/我不能识别它的相似之处，/不明白我为什么不可以斯基，/不可以瓦西里，/不可以夫。唯一相似的是我们认同，/……/我在莫斯科的胃口，/仅限于对付，有肉就行，/也不去非分成都香辣的街头，/眼花缭乱的美味。/所以我很快融入了他们，/还叫我廖沙、阿廖沙，/那是我的小名。"

对于这场命名背后显形的那些我们所熟知的伟大姓名，梁平暗示出一种精神上的牵挂，又以内心的自足再次转义于外部世界，以食物呈现现代生活里的差异与融合。这种求同存异的核心，包含人与自我、人与他者以及历史文化等多组关系的共生共融，例如《巴黎有个蜀九香》：

"巴黎的蜀九香，/与成都蜀九香没有血缘和裙带，/在圣丹尼斯168街很火，很成都。/我蘸碟里任性的小米辣，/暴露了自己的出产地。老板亲力亲为，/毛肚、鹅肠、肥肠、血旺、五花肉悉数伺候，/那叫一个安逸。/老板知道成都蜀九香，/但不知道有个法国总统去过，/我说这也是一道招牌菜，可以招摇。/老板大喜过望，连声说感谢，/我确定他会采纳这道菜，也确定/不会打折我的大快朵颐，/真的没有。"

梁平借助日常叙事及诗歌的分行和分节来实现他对多维度意义关系的追求。在读者对诗歌逐渐产生阅读激情的基础上，梁平务求超越，与读者经由已读部分生发的期待和猜测保持距离，并致力于沿着自己所倾向的另一层隐匿的逻辑，发挥诗歌的表达作用。在诗歌叙事的日常话语里，梁平将一次大快朵颐从头写到尾，从同名的餐厅转入成都饮食习惯，从成都餐厅有过的政治文化效应转入巴黎餐厅老板对经营增值的兴奋，最后转入对老板行为的预判和验证，通过某种程度上的丑与欲望的移植，实现诗歌意义的完整性和美学上的陌生化。

梁平的诗歌创作思维和他对语言的天然敏感之间，不仅存在互补与同步，还由于思维寓于诗歌语言的特性，呈现出了鲜明的地域风格。不时出现的巴蜀语言习惯和具体的方言词汇，以鲜活的口语特点中断了约定俗成的语言秩序，从而实现思维情境的转化，所带来的跳跃式的审美效果，智慧而深刻，拓宽着诗意与诗性的可能。诚如梁平自己所题，"拒绝肤浅和妖艳，把诗写进骨子里"，这也是梁平写诗四十余年找到的安逸。《流浪猫》《从巴黎到梅斯》《罗浮宫我没去见蒙娜丽莎》《意外》《我不方便说羊》《长春短秋》等作品，将诗还原成日常经验与现实生活，通过诗歌的及物性驱使想象力的运行，借以领悟存在的本真和生命的彻底。

一方面，梁平诗歌里的日常生活呈现出诙谐的思想意蕴，与作为诗歌创作起点的现象学、语言的自主及真实的生命保持一致；另一方面，诗歌的叙事性始终在形式上进行创新，启发读者不断捕捉诗意与诗性，与作为诗学前提的诗歌的"暗示性"相契合。因此，我们能从一只流浪猫的身上反观人与人的关系和为人的道义，从巴黎到梅斯的片刻休息中意识到历史文化对现实的深刻介入，从羊的失语关切到话语的意义，从短秋的街景延伸至现代文明的烙印……具有深刻意义的诗人视界和诗歌向度，在对语感和语义的双重追求中构思提炼，最终以自然言说的语态向读者展示出诗与思的同构，成为诗人"唯一想做的事"。

丛生的奇异审美

梁平显然不属于被动的诗人，他的诗歌总是在能动地创造新的美学，不仅奇巧，有时也变形为一种怪异，力求打破习以为常的美学规范。在貌似怪异的审美背后，深藏着诗人对诗歌创作的严肃关切，对固有的思维逻辑和固定的形式进行诗歌的越界，在跨越中不断游移、安放、塑形着诗歌美学的边界。

梁平的诗歌中，新异的意义主体和临时的意象接续都能在诗意中显形为顺理成章的情境表达，这种出乎自然而又自然而然的美学风貌之所以得以成功创造，一个重要的原因是诗人长久以来葆有着的写作话语的活力。例如，《我对成语情有独钟》是一首具有元诗歌意味的诗作：

"我身边很多朋友，/一直反对在诗里面用成语。/我不明白这是不是说，/成语是先人创造的，/诗歌的语言不能拾人牙慧，（对不起，来了）应该唯我独尊。（又来了）/汉字也是先人创造的，/写诗是不是可以不用汉字,/用鸟语,或者飞禽走兽说的小语种。(又来了)/我从来不认为钟情于成语,/就老态龙钟,就迂腐。(又来了)/先人的智慧是因为有先人在先,/……我的诗歌只讲究说人话,/包括先人留下的成语,/可以以一当十,包罗万象。(又来了)/只是我在使用它的时候,/会把它嫁接在别的枝丫上,/节外生枝,死不悔改。(又来了,对不起)"

梁平透视出的当代诗歌创作中的某些征兆,包含着他对诗学理路从未间断的探寻。诗中的标点符号从属于诗人的语言系统,阐释出诗人自己的价值观念和创作定位,诗歌从梁平与友人的谈笑逐渐转向语言共通性和诗歌审美承续等关键性议题。这在《我不方便说羊》中也有映现:"与羊对话,/说它们的小语种。/现在我在黄甲过麻羊的节日,/也只能说这样小语种,/不方便用普通话,/说羊。"与羊的"对话"本来是对少年记忆的回望,诗人在诗歌的结尾却直接把它表现为具体语言的互动,从而促成了诗歌语意的蔓延和关于语言更为果敢的跨越。

不单是写作话语,诗歌中的奇异审美作为创作心理的接续现象,呼应着诗人的诗心诗性。梁平的诗歌,审美的独特与精彩的思维互相成就,丰厚的人生情境显现于能动的创意,以观照、体认与感觉,拓宽语言的可能性,并以此作为行动,暗示一种无止境的展延和一种生命本质上的开阔。例如《南岳邂逅一只蝴蝶》中的物我关系:"那只蝴蝶应该是皇后级别,/在南岳半坡的木栏上,望着我。/……/那是一只打坐的蝶,悟空了,/对视只是我的幻觉。"不同于惯常的描绘状物,诗歌的起点直指物象存在的等级与秩序,既是诗人深刻的洞见,又因在禅意的氛围中宕出一笔异质感而增添起诗歌的趣味,也类似《惠山泥人屋》中的心斋:"他手里的老渔翁正在收线收杆,/我是被他钓起的那条鱼。"《在西双版纳》中,多重时空重叠以文化景观，物我关系的对峙和转换被呈现得更为惊心动魄，诗歌贯通以一种生命意识，"齐物我、齐生死、齐大小、齐是非、齐贵贱"："热带的雨说下就下，/老虎不会说来就来。/……/晚宴上的虎骨酒，姓孟，/……/我和那只倒下的虎，素不相识，但我知道，/有一双眼睛在丛林的深处，/望着我。"

梁平的妙想异趣也出现在一些生活情境下的群像描写，例如《破局》中以棋局描绘饭局："无关心计，无关尊卑，/……/现场演变成棋局，有点乱——/马失前蹄可耕田，/象瞎了眼敢日天，/当头炮东倒西歪满场跑，/过河的卒子横冲直撞，/自己当了将帅。"拟物的准确使动作有了彻底性，构建出应接不暇的画面感，酒足饭饱的人天真可爱，人与人的交往重拾了朴实与纯粹。《白喜事》一诗中，人与人的关系被圈定在郑重的场合："吊唁的人闻声而来，/认识和不认识的，/只一句'节哀顺变'，/就自娱自乐。/……/露天手搓的麻将，/……/几颗星星掉下来，/被当作九筒扛上了花。/披麻的戴孝的围了过来，/夸上几句好手气。/一大早出殡的队伍走成九条，/末尾的幺鸡，/还后悔最后一把，点了炮。"在这样的事件中，有必要懂得克制悲恸、尊重传统，在生活中继续寻找乐趣和有意义的瞬间，同时，诗人也以静观疏离的暗讽，将自我放置于有关生命意义和情感真实的思考当中。

时而，诗歌以紧贴表象的方式切入，浮现出直接而大胆的戏谑与幽默。如《草的市》里，"我就是你的爷。/那一根压死骆驼的草的遗言，/在旧时草垛之上成为经典"；《心甘情愿》里，"从做爷爷那天开始，/我就当孙子了。"时而，诗歌以叙事和散文化的手法实现变形，搭建现实实然世界与诗歌应然世界之间的联系。如《海寿岛上》，"岛上的水文刻度是海的生辰，/海在隔壁。岛上种棵树种几行诗给海，/我最后一行结尾在路边，/那个满头灰白的老太太，/脸上沟壑交错，一看就在深水区。"元诗歌的意味通过古怪奇异的转喻，形成强烈的表达效果，在这样的美学风格下，人人、事事皆有诗。如《琼海那只鳌》里，"我与那只鳌最近的距离，/就是这首诗，一尾从长江入海的鱼，/在博鳌。"如《趣味青青农场》里，"夜色里我与别院擦肩而过，/一首诗尾随而至，最后一行，/掉进泥土里，节外生枝。"

  本文的最后，必须向梁平《时间笔记》里的一个关节致意——有诗题为《墓志铭》："我叫梁平，省略了履历，/同名同姓成千上万，只有你，/能够指认，而且万无一失。"我们知道，任何写作都包含作者如何想象读者的问题，或寻求认同，或寻找理想读者。对诗人梁平而言，已在写作过程中实现着他对读者的想象与交流；那么有关诗人与《时间笔记》的真正指认，则需要留待不停到访的读者去探寻和追问；而这种发掘，必将无处不在、一直持续，并始终处于未完成之中，与中国诗歌的对话精神同构。

互文与行动

——关于短篇小说的"锻炼"

叶迟写《少年》《少女》创作谈,受到了我的稍许逼迫。这一越俎代庖的行为还要从我尚未收到小说试读时说起——

猝不及防地,叶迟问我能不能聊聊他的短篇小辑,我立刻感叹好久没见他的动静,同时反问他,为什么不写一个中篇。

一个答案由叶迟给出:写短篇特别锻炼人。

叶迟推崇的短篇的"锻炼",与《少年》《少女》中的奇想和特殊叙事保持一致,熟悉的平常世界复魅为陌生的异质感受,文体及其文学模式经由非静止的相关时空呈现出短篇小说生命力的理论测绘。

另一个答案则由读者的阅读体验自然显现:两个彼此关联又完全独立的互文性短篇,其文学性和表现张力远超那个想象中的可被确切黏合的中篇故事。

无论是以少女心事多方牵引的《少年》,还是凭借少年追逐而被迫清醒的《少女》,尽管借用着彼此的人物和故事,却诉说着时空转换中的不同心境。时空叠加出与之关联的无限头绪,一方面使时空本身成为永不消亡的探讨区块,另一方面也昭示在这一穿梭的不确定性中探寻"爱"的必要,此即,以倏忽明灭的不可琢磨去接近某种不对称的爱的真相。因而在创作谈中,作者慷慨地续写故事,同时回溯性地强调着两部独立短篇的互文性与超文本特质。

超文本与互文性

这里我们并不打算谈论那些在电脑显示器等电子设备呈现的超文本以及与之相关的主要内容,而是属意向其中一个重要特质致意:超文本凭借其包含的可链接其他字段或文档的超链接,实现了从当前阅读位置直接切换到超链接所指向的文字——这种非线性的结构在人的思维和所有知识之间创建了新的关系,而博尔赫斯的《小径分岔的花园》正是其公认的灵感来源之一。若将《少年》《少女》视作互为超链接的两个文本,其彼此的故事时间相应不存在任何的统一性和绝对性,从而叠加出时空的多重乃至无限。这一文本的特殊叙事因子,为作者就"爱"的主题进行反复描摹、阐释和评述提供跨时空的并置平面,小说所展现的日常,排除对毫无缺陷的理想家庭的文学想象,而是与"家家都有难念的经"的生活真实同构,小说人物与现实中的绝大多数青年一样,终将学会如何与原生家庭或多或少的缺陷及伤痛共处,并在这一过程中接纳迷茫困惑的自我,获得对"爱"的理解和去"爱"的能力,通向重要的成长母题。由此,《少年》《少女》保留着敞开的阅读体验,无限的时空想象勾连读者各自真切的回忆,既不受作者思维的影响,也能获得选择、比较乃至补充、延续的机会。

彼时《小径分岔的花园》之于超文本,类似《麦琪的礼物》之于《少年》《少女》,《麦琪的礼物》成为叶迟灵感的枢纽,亦是其短篇小说的形式可能和实验性探索的具象化关节。两部小说中,由于学校组织国庆表演,班级演出名篇《麦琪的礼物》,在故事中将时空割裂为舞台上的演出场域和舞台下的观众场域,而观众和演出的天然联系又从观演行为的纽带扩充至生活中纷繁人物的复杂关联,既拆解着文本的深层结构又以无序、非整体性和不确定性探讨着人物的情感和情怀走向——小说关于"爱",人物"谈论恋爱",却未曾在"谈恋爱",作者借用《麦琪的礼物》却经由表演的情节设置促成巨大的反差,让看似对称的两个故事绝非尽在任何人的掌握中,偶然性与随意性及其本身的不均等性,让青年们无所适从……在他们所倾心呼唤的主题上,我们看到那个被超链接的"礼物"的反复出场,它不仅是项链,也是橘子的气味,不仅是被扔掉的彩色包裹,也是偶然丢失的珍贵蝴蝶,而"爱"与"礼物"如何产生关联?经由不被觉察的日常赠予、不明来源而被错爱的蝴蝶项链、正式却被轻视厌恶的生日包裹,作者展现着自身认知的"爱"的辩证定义,"到底什么是爱呢?接受是爱,那么拒绝是不是也是爱?喜欢是爱的话,那么不喜欢也同样是爱吧?"作者从《麦琪的礼物》之爱情观反观当下"爱情"现状,小说中类似理想主义、虚无主义、悲观主义、英雄主义的爱情力量总是与小说中那个与现实一致的内部真实角力于方方面面。

　　叶迟无意于经营小说情节上的浑圆自足,相反追求将情节放置为一种若有若无、背景式的互文性状态,以此显现心境、切中情怀。正如《少年》《少女》的意旨并非要讲述怀抱伤痛的青年们如何在"爱"的主题中经历误会、互舐伤口,而更多是要借助叙事来表现"世上所有的男孩女孩们"的内心世界,同时连接作者、你我和未来所有到访读者们的曲折、颤抖和律动。因此,叶迟的小说往往凝聚着浑然的情韵和氛围,跟随难以抑制的抒情的跃动来抵达对象世界和主体自我。更为重要的是,少男少女们在青少年时期内心经历的跌宕起伏和扣人心弦,那些想要奔逃却因年少还无法出走的困顿,这些全部的哀愁,一旦他们长大成人便会忘却,或倾向于选择忘却。

而当时的抒情画面所描绘的个体通向自我的独特情思和绵长意绪，那些诗意盎然的情感结构，值得在小说的腔调中实现对生活的透视，与人物的精神世界紧紧相连，并造就小说时空由外向内又彼此叠加的"万水千山"，而这最大限度的留白，亦是完全敞开的可能。

叙事、行动与完成

"互文性"由法国理论家朱莉娅·克里斯蒂娃提出："任何文本都建构得像是由无数引语组成的镶嵌画。任何文本都是对其他文本的吸收和转换。"除了前文所述关于时空、主题、情感、背景等文本镶嵌因子的互文性，单一的小说整体亦往往相互吸收、转换为彼此的阅读前提和先验期待。

《少女》中，表弟离家出走后归来，在与表哥"我"的对话中讲述了那天观众席中与汪海洋由爱情观的差异引发的争论和推搡，从而引出偶然参与张王飞送生日礼物的故事。在对话体中，表弟讲述故事，"我"以提问、猜测、评论不断插入，推进小说的叙事，并将隐匿着的作者时时带入。如果说行动是"爱"的充要条件，推汪海洋是行动，在红灯区动弹不得、丧失行动，同样也是行动，"0代表无，也代表无穷尽"，叶迟以少年的性启蒙直逼其对爱的认知，爱的"形式"为何，"0"等于"无"，有等于没有，得到等于失去，那么失去是否也是爱的形式，而不被爱可否也被确认为其中一例？《少年》中，张王飞的爱的形状已然在《少女》中借表弟之口转述揭晓——三角形，容易受伤。不同于对话体那般可随意调动叙事、建构情节、解构情绪乃至暗示另一篇小说情节的便利，叶迟在《少年》中完成着两部短篇小说意欲互相解密的文学设想和美学祈向：以彼此延续作为互相的回答，着重烘托小说的意旨，同时留下某种悬疑……爱的瞬息万变，直觉情感与关系经营的两难，张王飞一直在行动，却离少女愈发遥远，尽管在创作谈中作者延续以和解、相爱的结局，谁又能在如此的行动哲学中获得确知，得到会否突然等同于失去？

在这一点上，《少年》《少女》以哲学层面的思辨精神实现着文学内质上的极高完成度。终于，我们在惯常的"青春文学"边界地带发掘到全新的"少年性"及其表现手法，作家对自我意识、独特个性与身份认同的探寻，已然挣脱了青年作家普遍的焦虑情绪和急迫感，沉着践行着文学创作的主体精神。

文学创新的方向和动力，即如《少年》《少女》所映射的多重奇想与特质，既以浸入式的经验做正面强攻，对生活的理解又不因对独特和个性的过分坚持而放弃任何开阔的可能，即便是伦理叙事和心理表现，其时空感的无限也接续文学母题的深层超越，呼应着短篇小说艺术结构由简到繁、由平面到立体、由平行到交错的生动历史过程。而诚如叶迟所言，短篇小说"锻炼"人，如何在当下锻炼锻造短篇小说，并以此重新唤起人类为艺术地掌握世界做滴水穿石的努力，如果说我"逼迫"叶迟写作也是一种行动，我期待并相信这种行动终能贯穿同代人的文学理想，互持微火、互相点亮，延续为青年精神图谱的某种互文。

经典的牵引

当下，我们似乎热衷于探讨长篇小说的创作和经典化的相关问题。对经典建构的当代效用和文学普遍深刻的共鸣是否终结等产生疑虑，同时，在长期的理论跋涉中，我们也总是愿意重返经典的当时，去找寻答案，以此思考当下、展望未来。有趣的现象是，经典的当时、现在与未来，往往呈现出截然不同的映照，因而便有必要领悟先行的作者在当时的创作初衷，思考演绎轨迹对于今天甚至未来的思想价值。在如此的思想渊源和精神路径中，"重读"成为重要的方法，在"重读"经典中研究文本接受中的诠释、改写和破局情况。

印象与初读

前不久，汪兆骞在《我们的80年代：中国的文学与文人》中详述了《当代》杂志与张炜的几部长篇作品的故事。彼时《古船》陷入一种宿命，张炜在自我提振中重新面对身处的时代，终于在1987年底动笔、1991年春定稿，写就长篇小说《九月寓言》。《九月寓言》本来是《当代》编辑部的约稿，拟发1991年《当代》第五期，然却遭到退稿的变故。为此，汪兆骞专门写有《兆阳先生与〈九月寓言〉》，交代退稿始末。如今，年轻一代的作者和读者成长起来，从

《古船》到《九月寓言》,他们更多关注叙述策略和对现代性观念的转变,而文本对外部事物的关注、文明与物质文明的退守,与年轻人所占有的历史和经验碎片相对,激活着不同于当时的想象、诗情和乡愁哲学。

作为年轻一代中的个体,笔者必须承认自己初读《九月寓言》时的懵懂和似是而非。十多年过去,依稀记得中学时代对于这部长篇小说的大致印象:进入困难、意象丰盛、人物怪诞却又各自有理可循……断断续续读了一个星期,还做了不少梦,有人物也有动物,有关于绵延的平原、山区和大地凹陷的画面。如今重读这部作品,阅读体验依然奇特,同样做了几个梦,却已大致知道可用《文心雕龙·隐秀》中的"隐之为体,义生文外,秘响旁通,伏采潜发"来表达,作者的话已说清,其情其意仍有待于读者在言外之意中去领悟。所谓"神思""妙悟",所谓"见仁见智"和理想读者,此番余裕指向文本的敞开与未来性,读者由此及彼,启发想象,文辞无须直露,读者仍可直觉到一种不清楚的清楚,或可谓"秘响"的后味,也难怪催生了梦境中氤氲而来的那种不明确的明确。

伴随社会转型的进程,长篇小说在经过众多尝试、震荡和调整之后,张炜仍然选择回归人类心灵和精神旷野,隐秀兼济、美而不浮,以理性的浪漫展示人类并存着的焦灼和期待。我们今天所愿意承认并频频指涉的经典作品,几乎都有着历史和现实的复杂交织,同时提示着理想主义与生命及其命运的同构性。《九月寓言》中关于农村与矿区、农业文明与工业文明的对举也不例外。张炜实际在向历史语境中的挣扎发问,并以自身信念做惊心动魄的捍卫,坚强姿态相应呼应着文本对苦难本体的承载。从《古船》到《九月寓言》,从当时不断有声音追问张炜对现代性的真实态度,到细究其中历史、道德与审美关系的把握,以及那些愚昧、残酷和悲惨现象的描写和处理,今天我们可以平静而客观地说,一切思考都是"为了"现代性,无碍于单一文本中"进退"的具体化,叙事在瞩目的文化意味下创造出的独特意象系统,现在读来又有民族叙事、命运共同体和生态文明的新意涵,倒逼并检阅起当下长篇小说创作的精神血缘和思想毅力。

无论是在"融入野地"的传统视域下,还是在诸如"忆苦"等情节提供的叙事狂欢和复调中,连同那个潜隐的叙述者对全知和限知视角极富自由的诗性调度,张炜对小说所打造的抽象集合体叠加着向度不一的价值判断,有批判也有歌颂,怀疑的精神和浪漫的热情持续在场,这种丰盛的艺术觉察又出奇地弱化着建构宏大叙事的冲动,缔造文本在文体特征和叙事美学上的悖论。小说中并蓄的情节、现象及意识结构使作者对历史延续性和精神理想的思考不断游离于叙事的基本范式,抒情诗化的段落作为主体意识和文学审美本质的结合,叩问作者在当时对于未来的求索,以及自我生命本身的较量——如今是否得到了不绝的回响?

重读与当下

据张炜的散文、访谈、写作课讲稿和学术著作等,读者不难体悟张炜学养型作家的身份归属。张炜小说中精雕细刻、琳琅满目的语言张力,与他选择对话的古代经典等对象,以及由此积淀的学养、知识和思虑相关。一方面,我们不妨借用张炜重读经典的办法来重读张炜;另一方面,我们也从此类实践中觉察到张炜式的重读策略的难度——以兼及知识分子式的精英文脉和农村、世俗等诸多传统为基础,立足当代,介入传统,并不断通向对自身所处的动态反思。

张炜写作《九月寓言》时,理论评论界已经形成自二十世纪八十年代以来叠加意义项的阐释惯例，使《九月寓言》与以农村为题材背景的乡土文学形成了难以区隔的联系。《九月寓言》对现代性的反思被视为对抗和批判的姿态贯彻，以及从热烈直接到含蓄诗性的情感表达。本文中，笔者再三致意的新一代读者，他们的生长环境已然在巨变中依托于另一种文明，乡土文学中的知识分子式乡愁与当下的城市乡愁哲学在各个方面存在实质性的不同，那么新一代读者在当下重读《九月寓言》等长篇经典时，将以何种观念鉴别文学叙事的导向？换言之，当缺乏乡土记忆的年轻人被叙述中强大的历史细节和诗化意象覆盖，传统文化视域里忧郁寻梦般、田园牧歌式的图景，连同相对遥远的民间质素，是否能转换为拥有异质现实生活之当代人的精神心理，从而在城市崛起的土地空间中生成这部文学经典更为广泛和开放的理解语境。

《九月寓言》中来自民间、日常生活的情节不绝如缕，读者无论从今天平底锅的寻常可见去赞叹千里寻"鳖"的壮举，还是从当下对"颜值"的过度关注而感慨小说中"独眼"形象的破与立，乃至将思绪发散到如今农村、小镇和城市日常里夜间生活的"点亮"，抑或是"打老婆"在情、理、法层面的当代惩戒，甚至细微到公共澡堂及其服务的现代化等，都能看出社会生活的波澜巨变始终牵引着文学意蕴的因时而动。而从文学大传统论之，当离不开农村土地、乡土文明的小说叙事脱离其对读者产生观念性影响的环境可能，张炜《九月寓言》中对历史、社会和人的思辨审美意欲不拘囿于同读者个体情感和经验的直接对接，产生持续性的理解和共鸣，其诗性和寓言化的小说语言系统便尤为关键。

诗性精神是中国人的精神大传统，《九月寓言》给予读者的启迪正是经由诗性语言系统作用于心性向度的知觉与智性，同时蕴涵由形下到形上的哲思。关于张炜创作的研究，学者们的视界已触及其理论体系的方方面面，本文此处并非要以"行吟诗人"等有关张炜语言特点的共识来讨巧地以其诗论其小说，而是必须强调"学养""才性"在读者层面同样有其重要性。张炜对中国文化肌理的深谙无须赘述，重读经典，其在动宾结构中重点昭示出的读者与文本进行对话的深层意涵——我们往往忽略读者主体及其复杂观念对于经典的"改写"。

不单是《九月寓言》等经典长篇小说，任何作品一经发表，便不可能仅从属于作者个人的表达。《九月寓言》的经典化及意义结构历程，已经走过中国当代文学发展的三十余年。令人欣慰的是，直到近年，国内长篇小说的年均产量仍然多达近万部，而阅读资源的庞大体量也相应成为读者对于经典作品总是怀抱苛刻态度的普遍原因。古人秉持天人合一、才学相须之论研讨文才，也有"读书而后能诗文，世莫不谓然。抑知惟能诗文而后可读者，则读者又乌可轻言乎哉"的思辨，而在当下更加拓宽的理解和阅读语境中，读者指出一部作品难读，能否成为鉴别经典的标准之一？若从读者阅读审美的本然需要和主体经验的贴合程度出发，抵御"晦涩"，似乎有其合理性；而社会历史、人类文明对于经典的期待，同样存乎于作品对读者的启蒙——作家在解决文学的艺术危机、价值危机时秉持的学养及其精神效果正是其中一例。当小说本身成为更加复杂的精神事务，我们需要作品中藏匿着的那个道德的我、理性的我、生命的我和真我去抱持现实洪流中的自我。而那个"我"，时时在某种秩序中潜行于学养的创造，又在任何时代都不可或缺，经典作品因之提供着一种"自觉"的可能：对作品中依托的主体核心素养经由阅读的体认确认尊尚，从而构成读者重新建构自我的心性。

未来与复魅

　　传统知识观念和知识结构的近代化转型使学养真正成为小说中理性的力量，其在文学作品中以"不识庐山真面目，只缘身在此山中"的意味存在。正如《九月寓言》里，作者以叙述者和各人物间的切换替代自我的直接判断，或长或短的内心独白夹杂感受、情绪和想法的慨叹，时而难以分离叙事的视角，语言的凝练、诗化赋予民间故事以异彩，同时又抵达生活浑厚的本真。《九月寓言》以融入大地、民间和传统拒斥世俗化、工业化对人的挤压为主旨，代后记《融入野地》颇多张炜自白，成为与小说构成互文的关键性研究文本——这不光是小说《九月寓言》中那个理想民间与散文《融入野地》中作者真实意图的通约，在焦虑于文体界限的当下，《融入野地》以后记的"我"向读者和盘托出作者关于小说创作的补白，从文体的角度拓宽着经典的又一外延。

　　有意思的是，与城市文明更为亲近的新生代读者，读到"城市是一片被肆意修饰过的野地，我最终将告别它。我想寻找一个原来，一个真实"时，将怎样思考和看待自己身处的"真实"。尽管《九月寓言》不以人物直呈态度，知识分子式的价值立场退居于民间日常背后，一场民间的叙事狂欢在小说的复调结构中凝结为神奇、美妙的本真状态，契合着一切生命的原始本质：大地、山脉、村子都"有自己的生命、质地和色彩，它是幻化了的精气"，一种自由自在、内心涌动的生命氛围被悄然激活。由此，生命群落在张炜梦想中的世界里重获行动的能力，神话与现实交融，自然诗性的草木生灵都带着质朴灵动的气息，人的感知能力在深秋季节的民间被再次唤醒：人以外的存在并非人的附庸，而是生长为张炜小说的又一主题世界——人与大地、自然的交往渐次展开，情感丰沛又不易察觉的作者叙事被异彩内容反复挖掘、恢复，和谐、寓言性的景观勾连着小说人物的形象、心理和语言机制，追溯起意象的生态渊源……

而无论如何，我们已经告别了二十世纪九十年代。张炜《九月寓言》等经典长篇小说所提供的新的文体和叙事因子，已经在作家作品评论及文学理论研究中形成经典维度的诠释论证，抒情性叙事不可遏止的精神力量，独特想象空间的文化凝聚力，作者对自身思想学养和情感的驾驭等，无一不构成当代长篇小说经典化的重要环节。张炜在变化中的坚守和他持续前行的足音，依然在读者的重读和新解中，继续沉积着有关时代的思考。

当年张炜写作和发表《九月寓言》的独特经验，通常以《古船》为对照，以便消解小说本身在叙事上的魅惑，这也成为这部经典长篇在初读时被广泛采纳的阅读理解路径。如今，在张炜小说的渊海之中，新的"陌生感"经由全新的读者群培育，《九月寓言》的主题内容、叙事结构、语言形式和民间经验等，连同具体人物的形象、情感、心理和行动，终于被复魅为文学生命的"原始"和"本真"。正如古人常以《太平广记》为"小说的渊海"，五百卷浩繁卷帙所载的七千则故事中，不乏"预知"叙事的诗性文本，蕴含了当时文本接受者的认识态度和文化内涵——总归是出于对未来的美好祈愿和对痛苦隐忧的防微杜渐，其中诸如"梦境""先兆"等神秘、非逻辑和超现实的因子，以其象征和暗示性成为民众深层心理状态的寓言。如此，正与《九月寓言》中对精神生长、玄虚之思和本性牵引的追逐遥契。

结　语

张炜《九月寓言》发端于现代文明所引发的人的"行动"困难。

小说中极富生机的民间大地，映射个体存在的实际依凭，而这些与乡土自然连接着的全部"依凭"，如何在当下的城市生活中赋生于读者主体，经典作品中的精神追求将如何在重读中生长？

——并非线性的延伸才等同于精神的发展。《九月寓言》所展示的文化血脉，那些无法被割舍的联系，正是在不断产生变化的社会热潮中生长为历久弥新的思想资源，其内在的原生活力还将焕发新的魅力，如同大地上生生不息、急剧循环的万物，一旦叩问确有什么永恒存在，便是文学生命的舒畅与平衡。

袁劲梅小说论略
——以理性的抵达为中心

笔者曾以拙文《追寻华文文学的新标识》(《雨花》2015年22期)探讨《人民文学》2015年第3期"海外女作家作品辑"及其相关文学命题,以期关联海外华文小说与当代小说,从而对全球范围内的华文小说主要文本进行整体观照,追寻向世界展示中国文学的新标识。同年,首发于《人民文学》的袁劲梅长篇小说《疯狂的榛子》上榜中国小说学会2015年度中国小说排行榜,小说以《战事信札》结构故事中的故事,并呈现出社会语境中对自我的现代选择。对袁劲梅的研读即是在对新移民文学之可能性的继续探寻和对创作主体之差异性的具体确认中不断开启。

袁劲梅,生于南京,母亲是南外的名师吴玉璋,父亲是南大教授、生物学家袁传宓。袁劲梅现为美国克瑞顿大学(Creighton University)哲学教授,主要研究领域有比较逻辑、符号逻辑等。在袁劲梅的写作实践中,可追溯、可辨识的知识分子家学、哲学学科特征、文化原乡印痕以及伴随海外经历形成的精神地理气质,以一种纵深、丰厚且可通约的审美内涵贯穿多元化的文学表达。具体到她颇具代表性的小说作品,或将人和信仰诉诸时空的远方,自历史、传统、家族与宗法绵延而来的是现代社会的复杂与隐秘之痛;或以破碎的真相澄清"看"与"被看"之间的遮蔽,自身的完整和古典的气韵由此回溯；或以自觉、自主的对话勾勒时代症候，文明和文化内外，也有因爱和他者错置而成的悖论，并不缄默的细节浸润话语的秘密角落——有意识的经验书写和逻辑论证彰显主体精神建构的理性，这是袁劲梅的文学标识，也是关于华文文学乃至当代文学新质的思考。

新时代文学：意义空间的拓宽

过去我们讨论袁劲梅等新移民作家，因其视角和立场的特殊与关键，习惯在多种对话关系中对文本进行分析，比如作者用西方的视角"看"中国的历史，而历史则在一种相对的静态中"被看"，小说不仅着眼中西文化比较的当下视野，还融进了中国内部不同时代、不同人群在价值观念上的古今之变，以此呈现当代中国社会的复杂性。对于新移民文学，小说背后的人文精神自有谱系，"即使是一些关于'终极'、'永恒'等巨型语言，同样是被叙述出来的，背后未尝没有具体的历史企图，未尝没有暧昧的历史情境"[1]，而当企图和情景在一定程度上支配着主体的叙事精神，我们虽能因文本形态直观地对其作历史的理解，却不能忽略其中更为重要的本质的理解，所谓"事出于沈思，义归乎翰藻"[2]。

细数袁劲梅的小说创作，中短篇小说集《月过女墙》以三部曲的形式聚焦中西文明、中西文化之"墙"，各个篇目里充斥着非主流文化的"他者"试图在寻找出路时自觉或不自觉地保持着自身文化

---

[1] 陈晓明：《人文精神：一种知识与叙事》，《上海文化》1994年第5期。
[2] 陈宏天，赵福海，陈复兴主编：《昭明文选译注》第1册，长春：吉林文史出版社，1987年，第5页。

传统的印痕，这种拉扯通常导致人物在世态炎凉下支离破碎，话语背后则是作者哲理模型里缜密的思考——为某种新的融合寻找可能。同样的，中篇小说集《忠臣逆子》中的五部小说，各自独立成篇又内在关联。向人性和社会性发问的《忠臣逆子》，是地道的家族小说，视角和立场仍是小说反思性得以确立的关键因素，小说以培根的哲理名言为引言，戴氏家族几代人的经历升华出人生的况味。《九九归原》写美国华人知识分子的众生相，人物在爱与自由的背离里无法突围。《明天有多远》从曾爷爷一直讲到曾孙子，历史就这样发展，却仍有太多根深蒂固的迂回。《罗坎村》与《老康的哲学》也延续"拆墙"的理想和二元对立思维下的结构方式，但小说并未再次将有关融合的寻找作为叙事重点，小说将异质性前置，就差异共存进行理性思考，两部小说以各自特定的主题呈现批判与启蒙，宗法制度、儒家文化、等级制观念等被重述，尽管存在于不同的故事，却是袁劲梅一以贯之的思辨系列。长篇小说《青门里志》也有与前者类似的结构，青门里象征着"文明"，剪刀巷象征着"传统"，却在国民性分析的话语框架外自创新意，横向构设的双重文化场域里纵向排布多个历史时期，以知识分子、城市平民为主的不同生活群体在其间呈现各不相同的标志性行为模式，理性的缺失和相应的化解之道再次被提出。《疯狂的榛子》以大浪淘沙的历史碎片撑起了家国，伦理的悖论、人的生存、种族的生存，以及文明的高度与历史的反思再次展现理性之思。

  诸多创作实践表明新移民作家一方面在流散中普遍接纳了西方文明系统里的价值判断和思维模式，另一方面他们也因这种接纳产生了文化与身份认同的焦虑，并在焦虑中趋向审视自身的生存境遇、历史记忆和国内现实。袁劲梅在此基础上还具有超群的哲学思维和逻辑能力，她审视中西差异性的文明与传统，同时对历史、传统的重述，文明、文化的探因，国民性、现代性的启蒙叙事保持着极大的赤诚和责任担当，这也是她在"文以载道""兴观群怨"等中国文学传统影响上延伸出的自我创作理性。超越地域文化空间等限制，袁劲梅以个人化的视角，挖掘被遗忘的存在，重塑文明与现代的意义，叙事在逻辑中甚至更进一步：充满象征意味的时空体中，袁劲梅以题记、标题关键词以及哲人语录的引用抛出问题，并且丝毫不吝啬答案，完整的文本逻辑开拓了小说创作的意义空间，在充满复杂命题的现实中，小说除了发掘问题，也开始以理性之思去回应、解决问题。

文学与现实：对话关系中的新定位

正如刘复生所言，《罗坎村》"在题记中就竖起罗尔斯的旗帜，把公平与正义作为衡量尺度，不管是中国还是美国都要受到它的度量"①，新移民作家需要在全球化背景下对纷繁复杂的现实做准确把握，作家除了葆有悲悯和感知，还应具备理性的洞见。今天，我们正在实现中华民族伟大复兴的目标，如何融西方于中国已不是新移民文学关注的主要问题，新时代的中国已必然地与世界产生着必要的、有影响力的相互联系。胡适曾道："当注重'历史的文学观念'。一言以蔽之，曰：一时代有一时代之文学。"② 新时代的中国为全球范围内的华文小说提供了巨大的空间，新移民文学在对话关系中相应更新着中西差异的深刻变化。

---

① 刘复生：《罗坎式现代化的启示》，《文艺理论与批评》2009 年第 1 期。
② 胡适：《历史的文学观念论》，《胡适文集》卷 3，北京：人民文学出版社，1998 年，第 32 页。

例如,《罗坎村》中老邵的案子,袁劲梅的叙述视角以罗坎村式的亲情为基准,"我"无法完全认同美国式法律的绝对主宰,并以法律之外的价值标准和道德体系为老邵争取减轻惩罚,最后以"法"与"情"的调和作结。袁劲梅将如何实现现代化的惯常思维引向思考什么是现代和现代文明的本质及其存在形式,显然,中国在解决这一问题上有情与道的传统优势,并且在这一向度上已经开启了自身依法治国的革新。在相对与绝对、伦理与法制、平等与等级、无限与有限等命题的阔大探索里,准确判断历史进程与中西文化坐标中的中国现实,作家就中西文化差异、中国内部不同时代、不同人群进行多元价值的理性分析,小说里的"我"在美国式的法律思维中重新回忆起故乡亲情伦理的灵活与温情,实际上提供了中国传统文化的历史可能性,现代化进程中产生的不适似乎还要依靠传统来解决,人们所需要的现代和文明,连同正义和公正,在不同文化中存在定义和理解的差异性。《疯狂的榛子》在宏大主题下也蕴含概念的相似因子:历史的苦难源头与"法"的缺失密切相关,浪榛子因此投身法律事业,人物被历史伤害的同时也难免伤害别人,情感、伦理、人际的纠结之下是一己的无力感与命运的可叹,归伏于"法"的人物结局正是袁劲梅的坚持与思辨。如果说《罗坎村》里需要用传统的精华去解决现代性的弊病,那么对改造无序、混乱、非理性乃至疯狂的旧有问题,则需要以开阔的心胸对现代性建立期待和理想。

新移民文学作为中国当代文学整体的一部分,不仅需要在"史""法""道""情"等观念上具备一种整体性的力量,还须对当前生活的变化和流动及其在时代图景中的定位有共同意识,"新移民文学与当代中国文学有着千丝万缕的血脉联系,它是中国文学的延伸、发展、补充与变异，与中国文学有着天然的互补互动关系。"① 受家学影响，袁劲梅有着深厚的传统文化底蕴，写作的初心依然连通中国传统，有着传统中国人对待生命与自然的方式。许多被称为"深刻小说"的袁劲梅作品，并不同于西方哲学提供的现代性与后现代主义的思考范式，反而以小规模的方式怀揣总体性书写的志向，而袁劲梅的文明之梦也不乏回归田园自然、返璞归真的老庄哲学传统的渗透。《蓝鸟啾啾》里男人和蓝眼睛女人结婚，却用弹弓将女人喜爱的蓝鸟打死，女人因此离开。男人和女人的冲突既是文化认同上的焦虑和人的欲望所致，也是对文明存在根本上的分歧使然，蓝鸟代表的是自然、纯朴的文明。《绿豆儿》里，绿豆儿有个傻儿子红豆儿，她的男人也弃她而去，她对"自由"却有着道家式的理解，虽疾病缠身却坦然承担沉痛的生活，中国传统的理想主义自由观不同于西方实用主义自由观，它指向人性之美而意境开阔，而不仅是西方所关切的人权问题，"自由只不过是一个意念，就像一束光，一缕云，属于你，可又不是你的。"② 《胡天八月》中也有类似表达的延伸，红枣儿、黑枣儿对礼查进行爱的启迪，因爱才有灵魂、情感、人性之美，这也是生命之美的真谛。

  袁劲梅的小说，既有文化寻根意义上的人性追问与哲理升华，还有诸如"阴阳大化，天地自然"③ 等传统文化的深厚积淀，小说在多种对话模式的切换中为当代中国提供经验借鉴，同时着眼于保持本民族的优秀文化传统，试图以传统的方式去化解、协调现代化进程中的矛盾、冲突，小说的故事与叙事作为鲜活的案例为传统与现

---

① 江少川：《中西时空冲撞中的海外文学潮——论新移民文学的发生、特征与意义》，《世界文学评论》2011 年第 1 期。
② 袁劲梅：《月过女墙》，北京：中国工人出版社 2004 年版，第 131 页。
③ 袁劲梅：《月过女墙·自序》，北京：中国工人出版社 2004 年版。

代的互识互补提供着方案模型与逻辑论证。尽管作者的天平两端并不总是能准确地保持平衡，新移民文学作为中国文化全球化的特殊精神载体，已是西方社会解读中国的途中之径，并且，作为新时代中国文学的一部分，新移民文学也以一种文学的整体性力量浸润中国现实，为现实把脉，在中西文明、文化、社会等多重变化的对话关系中不断更新，小说蕴含的答案也必将更加丰盈而切实。

知识分子叙事：小说的腔调

袁劲梅的诸多小说在一个公共时空中并置历史与人，浑然整体的叙事里既有文学向外部的延伸，也有个体在群体中的显现，这是一种知识分子对自身异质性的觉察，济世载道倾向下的隐喻和多元文化视角里的复杂呈现，同样关怀人的心灵、成长以及不知如何放置的异化。

许多年来，袁劲梅更多地从个体经验和理性认知出发，传递出一种更具包容性的价值观念，小说里明确的现代启蒙意味和知识分子的人文理想，纵然有由于二元对立的思维对小说审美表达产生伤害的情况，但理念的本身及其重复性却实际指向了袁劲梅对精神向度的珍重。叙事里展开生命经验的真实，时空和意义场域下的矛盾冲突传递出对人的精神处境和疑难的丰富表达。袁劲梅以知识分子情怀守护人对世界的感知，敏锐而理性的感知力里呈现陌生又贴近的意义世界，作家在对可能性的不懈探索中审视个体与人群的精神失效，小说独特的腔调建立起内在性的表意系统。

2018年第1期的《北京文学》刊发了袁劲梅的短篇新作《案例街》，袁劲梅坦言因为生命短暂，"就是医生、科学家、官员、富人，往天底下一站，也是渺小的。想超越有限的个体生命，人总在寻找比自己更大的东西。案例街的普通人寻找自己的来处,叫'根';也寻找未知的无限,叫'宇宙';还寻找自己的力量,叫'帮助人'。"①在案例街,"无家可归"的好人考瑞、善良敬业的菲利普医生、物理专业女大学生凯丽,连同三色堇和人类探知的三种中微子,因"帮助人瘾"在命运的发酵下逐渐关联。小说在智性的奇幻里保持理性的从容,天马行空的对话饱含袁劲梅的哲理思辨,小说表达出关于生活状态的诗性向往。

2017年第7期的《雨花》在"短篇小说"栏目刊发了《做人,做学问——一个美国教授写给被开除的中国留学生的信》,作者笔名木铎。这封信的作者,正是教授袁劲梅。关于这封信,且不论由发表方式和路径引发的诸多舆论讨论,也暂不就"短篇小说"的栏目归属进行文体的辨析,单从信的内容和行文,说到底展现的还是一个地地道道的知识分子对自我价值观念一以贯之的坚持。这种坚持,贯通个体的生命诉求和历史、学科及认知本身的理性,叙事之中是自由伦理下的个人话语,"是某一个人活过的生命痕印或经历的人生变故。自由伦理不是由某些历史圣哲设立的戒律或某个国家化的道德宪法设定的生存规范构成的,而是由一个个具体的偶在个体的生活事件构成的。"②

米兰·昆德拉在《小说的艺术》中指出,"小说有一种非凡的融合能力:诗歌与哲学都无法融合小说,小说则既能融合诗歌,又能融合哲学,而且毫不丧失它特有的本性(只要想想拉伯雷和塞万提斯就可以了),这正是因为小说有包容其他种类、吸收哲学与科学知

---

① 袁劲梅:《唯一应该的活法?》,《北京文学》2018年第1期。
② 刘小枫:《沉重的肉身》,北京:华夏出版社2004年版,第10页。

识的倾向。"① 知识分子叙事擅于构建感性和理性的统一，在对人物及其处境的感性描摹中蕴藏思辨的理性。袁劲梅小说里对"存在"的反复探寻，使得小说直接具备了哲学的底蕴，而理性构成袁劲梅小说的主要腔调，尤其是那些并不直接托出的理念的图解，在抽象的时空中呼唤人文价值，也即将在叙事与理念的更好融合中，抵达更为灵动的远方。

---

① 米兰·昆德拉：《小说的艺术》，董强译。上海：上海译文出版社 2004 年版，第 82 页。

跨界写作：思维、创造与心之所向

著名批评家张柠教授近年来高频次地出版、发表小说，昭示出一种正在到访的形象优化——不学院派地师心自用，也不自诩为优越的启蒙者或明道的极少数智士，假使与他者有所出入，也依然饱满于多样态的自我进程。这一自我优化进程，显然不存在某种知识性写作热潮中的必然选择，而是指向"在场"的批评家将历史文化视域投射于跨界写作的文学自觉。批评家张柠自证新锐作家身份，不单是那些有精神谱系可寻的知识分子式纠结和情感背叛、灵肉之死，那些旋即愤然出走或被放逐、继而又回归再复活的新型人物形象，连同现实主义、浪漫主义和现代主义并举的文学"应然"世界，把有关日常和传奇的理想，逐一结构在小说之中。

语言、视点、叙事、描写等维度绵密交织，无论是长篇小说《三城记》，还是以"罗镇逸事""幻想故事"系列为代表的短篇小说和其他长短不一的小说创作①，娴熟的技法和灵动的形式，提供着文

---

① 张柠中短篇小说集《幻想故事集》于2019年8月由中信出版社出版。该小说集收录了"罗镇逸事"系列短篇小说六篇、"幻想故事"系列短篇小说八篇和囊括在"旷野见闻"题下的三个女性故事（短篇小说《六祖寺边的树皮》《黄菊花的米兔》、中篇小说《普仁农庄里的女人》），以及作者后记《幻想故事诞生记》。因《幻想故事集》中收录的多篇小说已由《人民文学》《花城》《作家》《天涯》《青年文学》《文艺报》等报刊首发，部分小说的首发题名与《幻想故事集》所录之名存在差异，本文今从小说集，统一使用《幻想故事集》所录题名。

本可供探寻的更为深层的意味：一者，小说的具体形式和表现技法再次牵引读者思考文本形态的意义，小说形式作为对话的可能，成为值得探讨的主体，同时，这一形式和技巧的具体策略，与小说的社会性形成内在的合谋；二者，除开人性"第一性"和性别"第二性"等经典文学母题，"青年性"因其身居其间的过渡性，以及青年在成长现实中呈现的诸多新样态，已被小说家张柠敏锐捕捉，无论是无意识地被迫坍塌和自我扁平化，还是社会价值和身份尊严的确认困境，乃至更为根本的情感归宿性和精神漂流等问题，都在张柠的小说创作中寻求文学的终极关怀；三者，一系列中短篇小说，形成知识青年成长话题以外的复调。主题、风格连同叙事模式，按作者的话说是"城市故事""乡下故事"以及旷野中的女性"复活故事"。正如《三城记》中以不同城市地域的发展成本诱发青年展开行动，其他篇目同样展现张柠在多重时空下进行的整体性文学建构和统一的创作思路，有关个体的幻想和局部之观照，将历史、文化和现实的复杂秩序化身为对峙于个体内在的沉默大他者，重回"旷野"，才有"复活"的机会；再者，顾明笛集高等学历教育和城市青年形象于一身，这种重叠特性已经在当下的城市生活中生长为普遍。就笔者及其同代人而言，我们在生活中极可能遭遇顾明笛的同类，也同样可能成为顾明笛的同类——我们担心顾明笛，也长久地对他表达不满——阅读中不可遏制的代入感和映射而来的心理效应，使我们对自我的疼惜连同一种自我厌弃一齐拥抱。而我们解决实际面临的自我认同、身份焦虑等困惑时，能否像顾明笛一样做断然的抉择？我们放眼望去的"实然"世界的道路似乎要更加复杂和漫长，而这种身临其境的难局，不断为我们提供着有关《三城记》的复杂言说立场和推心置腹的可能，进而成为《三城记》难能可贵的读者优势。

与之相适应的还有，后现代理论视野中的批判性、坚决追求的尊严感和其他绝对价值，以及新技术和新兴领域里对相关创造性的认可难度等，都宣示着青年在工作和发展场域里对新定位的必要需求和迫切渴望——有了真正的问题，才能进行源以泉流的严肃思考。顾明笛崩溃于激动人心的时代生活，沙龙、职场、学院、创业、"归隐"等纷至沓来的人生关节，演绎出一个"入"与"出"的闭合循环：顾明笛先崩溃又复活，看似幸运实则绝望，骤然到来的再度崩溃便是印证了复活的虚假属性，以及所谓的正确生活的不可靠。缘此，《三城记》或是一个面向未来敞开的未完待续文本，"最终的话语由不得你说"①，顾明笛还将如何，可以肯定的是，那里必不缺少无人知晓的喜与悲。

表达思维与有效叙事

一个不可否认的事实是，融媒体时代正在创造新的表达可能和思维方式，理论建构的重要维度，即是一种进程中的授权和启蒙，因而必须相应自我革新出有效的话语。

正如 20 世纪八九十年代的学术思想从对历史、传统的审视，转向对自我和自我时代的审视，伴随社会变迁，部分关键性的范畴与话语出现转型，深层的社会文化因素与各种深层思考，既有承接而来的延续推进意义，又在新的态势中生发广泛性，学术思想与研究范式开始与人的生存现实、精神心态和社会文化环境紧密联系；内在思维、话语及其形式与方法等研究，以及研究的外部，日益突显

---

① 张柠：《现代与古典：两种类型的开头和结尾》，《文艺报》2019 年 3 月 1 日，第 3 版。

出复杂性与多样性，由此生发出的对差异性重组和自我审理的迫切需要，发展为有迹可循的经验借鉴。循迹于当下，重要的借鉴意义便是其作为思路的直接踪迹，成为回应学术课题、研究转型、直面根本性问题的坚实基础，而文学领域新近勃发的批评与创作的"跨界写作"便是题中应有之义。

所谓"倒行逆施日未晚"，正是"思维也开始摆脱僵化逻辑的束缚，返回到形象思维活跃的状态……语言开始摆脱'因为所以，科学道理'的惯性，开始自由地生长"①。以创作的表达思维抵达批评理论的有效叙事，联合批评家和作家的双重思维，长篇—短篇—中篇，文体的创作节奏和系列意识，无不体现着文学本应具有的对话性与敞开性，统统"符合'逆向而行'的生命诗学"②，也"将碎片生活变成意义整体"③。

应当说，文学理论层面，批评家和作家各自已有相当的认知，例如现代技巧和重返传统，先锋品性和发生学意义，话语的独立性和作品风格论等，因而问题的重要向度便在于如何在共有的认知基础上，形成兼容式的文学形态，并由此反观各自文体领域里的文学表达——批评家的小说叙事似乎由"命"而"道"，其不断自我修改、调整、优化乃至"变异"的先天思辨能力不仅当仁不让地承担起这一重要的纽带功能，也在创作实践中被不断赋予了树立某种榜样和典范的职责与期许。同时，"跨界写作"这一日趋勃兴的创作现象，从客观上昭示出错综复杂的文化形态、精神内核和价值判断等文学存在的前提要素，已然无法经由单一文体获得整体性的透彻表

---

① 张柠：《倒行逆施日未晚》，《三城记》，北京：人民文学出版社，2019年版，第461—465页。
② 同上。
③ 同上。

达，而当批评理论的表达思维转为以小说叙事的方式来呈现，小说的内容、结构和形式等，无一不在具体且及物地查验其中的真相和有效性。

这种有效性，根植于文本的对话精神，而对话的具体频次和带宽，相应成就于作家精神谱系里的深层文体意涵。诚如张柠的理论处女作《对话理论与复调小说》①与长篇小说处女作《三城记》以"对话"与"复调"的精神在文本及其本然层面形成共鸣这般，又或"'媒体派批评'不能框定张柠一样，'海派批评'也只是触及他的一个面向。因为从张柠的学术起点看，他其实走的是'学院派批评'的正宗路子"②这般，《三城记》里嵌入的文体类别——信、日记、诗歌、小说和实验文本等，情节叙事的外部——书单、文论、语言学、哲学、宗教和神秘主义等，连同想象世界和现实世界、梦与自我意识及其所观照的真实，新闻出版等行业态势、高校"院、系、所"生态、城市气质与个人选择、知音的真实与"乌有"，以及伴随地理漂流而来的爱情转移……乍看之下被映射着的触手可及的现代日常琐碎，具体的踪迹则羚羊挂角于知识场域的尖锐探讨和小说人物的主体性对话，读者于智性阅读和叙事激情中获得浑然一体的审美感受，同时在成长主题所关联的方方面面中觉察出可求诸己的不谋而合。

《三城记》在《当代》杂志2018年第6期首发，旋即有作者创作谈和作品评论陆续发表，小说的成长主题以及关于这一主题的诸多学者论述成为当代长篇小说理论增长热点，例如"现代小说从本质

---

① 张柠：《对话理论与复调小说》，《外国文学评论》，1992年第3期。
② 赵勇：《批评进城与学术还乡——张柠的学术之路与批评之旅》，《文艺争鸣》，2018年第7期。

上来说,都是成长小说,或者是成长受阻的抵抗小说";"现代小说既要给'日常生活'予意义,还要让'个人经验'充分展开"①;"把一种批判与审视的矛头对准了正处于急剧转型过程之中的各方面依然不尽合理的社会现实"②;"人和时代都在变,当代中国人,尤其是年轻一代的中国人,他们如何与时代形成一种互动,这样的时代给予揭示出的道路在何处"③;"一种行动、一种实践、一种选择,他们的迁徙史、奋斗史和情感史正是在书写着自己的成长的历史——一个书斋人到社会人的成长"④;"指认出我们这个时代文学知识分子的根本命运——主体未完成"⑤;"一个开放式的结局,意味着未来具有很多可能性,实际上这种开放性的结局是指向复活的。它有无限的可能,有另外的故事可能发生。所以开头和结尾的方式包含了开头和结尾时空维度的思考本身就带有大量的精神内涵不仅仅是纯粹的文章学意义上的技术问题。这个问题就延伸出了另外的问题,就是叙事和描写的问题"⑥……

《三城记》里,小说的表达实效得益于叙事和描写的理论实践,潜行着的思辨和逻辑,通过语言和意蕴的灵动点染,避免了主题先

---

① 张柠:《倒行逆施日未晚》,《三城记》,北京:人民文学出版社,2019年版,第461—465页。
② 王春林:《立足于个人成长的社会现实批判——关于张柠长篇小说〈三城记〉》,《长篇小说选刊》,2019年第1期。
③ 陈晓明:《张柠长篇小说〈三城记〉:大空间里的小历史》,《文艺报》2019年3月1日,第3版。
④ 潘凯雄:《从书斋人到社会人的成长——看〈三城记〉》,上海:《文汇报》2019年2月14日,第10版。
⑤ 岳雯:《主体未完成——读张柠长篇小说〈三城记〉》,《文学报》2019年2月28日,第20版。
⑥ 张柠,朱永富:《从形式史到精神史如何可能?——张柠教授访谈录》,《当代文坛》,2019年第6期。

行的刻板,成就了小说之所以为小说的表达思维和有效叙事。笔者在此必须向一种幽默感致意——事实上我们的作者和小说大多缺乏这种艺术表现手法——

"他们两人交往的风格很特别,没有小资产阶级的那种温情脉脉,更没有巴洛克式的奢侈和洛可可式的夸张,而是直截了当的简约之美。张薇祎多次试图回到巴洛克之前的古典风格,都没有成功。这既有她自身的心理障碍,也与顾明笛的坚持有关。然而最近,张薇祎似乎有点把握不住了,决定要回到18世纪的浪漫主义时代。这是顾明笛最不能接受的风格。哪怕是回到19世纪的批判现实主义风格也好啊。"①

两性交往之所以在成长故事中必不可少,一方面当然因为这本身是青年成长的必经领域,另一方面则是,像顾明笛之类出生于城市小康家庭的青年,在"睡袋"的滋养中天然缺乏抵御现代社会生活接踵而至的挫折、焦虑、困惑等精神疑难的策略工具,仅有的一种常见办法就是寄希望于他者或爱情,谁不希望拥有一个精神避难所或者未经周折地被拯救呢?这既是古今中外文学经典的"王子""公主"式的童话原型力量,也是一种面向日常的英雄主义和骑士精神期许。"上蹿下跳的版面编辑,只接三种人的电话:记者的、领导的、生病老娘的。男友此刻打电话进来,立刻挂断,骂都没有时间,留待下班再补骂。"② 等情节,啼笑皆非间又如此真切透彻,幽默一旦有了讽刺与恐惧的对象,便能在混乱与无序中成为完整的思维框架,从而与读者的现实经验晤对,乃至发散为既可怕又可笑、既险恶又滑稽、既痛苦还又勉强快乐着的复杂切己感受。这种幽默感愈

---

① 张柠:《三城记》,北京:人民文学出版社,2019年版,第52页。
② 同上。第90页。

是平静，其所根植的真实愈是与之不相称，残忍与柔情并列，成为颇具表现力的语言技巧和颇多表演性的对话方式，从而使作者不断捍卫着自己对语言和思维"僵死"的拒斥。

除了劳雨燕，顾明笛所关注的其他几位女性与他在本质上有着同类属性。他们自身缺乏主体性，并且具有精神的极不稳定性，其结合势必短暂，也无法成就他们真正向往的那种如正义般的伟大爱情或如伟大爱情般的正义——而情感选择和爱的方式上的不彻底恰好佐证了张柠在小说中反复致意的"行动"哲学，诚如《幻想故事诞生记》中所言，把"在思考和行动之间没有平衡能力的人甩出去，留下那些平衡术超强的人，那些人能一边小跑，一边食嚼，一边搵银纸，一边想鬼点子，既不头晕，也不摔倒"[1]，顾明笛穿梭在三个气质鲜明的城市，表面上试图"寻找沉思默想与积极行动之间的平衡点"[2]，大多数情形下却仍然是"行动能力有限"[3]，谈情说爱起来如"剧烈的语言抽搐"[4] 似的一阵疯癫。

顾明笛的文学和新闻理想，为其内在矛盾和外在冲突赋形，人物自身的多面性与小说中的他者、作家、读者乃至学术界、社会话语体系之间，构成了对话及潜对话关系。抛开具体的人物交流、内心独白和写作及方言、地域区隔，乃至诸如鸟语的拟态等真实意义和语言学意义上的对话，潜对话关系的存在和表达则更为丰富，张莉称之为张柠小说语言的两个层面，"表象的语言和暗流涌动的语

---

[1] 张柠：《幻想故事诞生记》，《幻想故事集》，北京：中信出版社，2019年版，第355—364页。
[2] 同上。
[3] 同上。
[4] 张柠：《三城记》，北京：人民文学出版社，2019年版，第55页。

言"①。诚如张柠在《批评和介入的有效性》中所言:"介入的冲动是批评诞生的根源,但'冲动'并不等于'有效'……不同时代必须有不同的批评和介入方式,才能保证'有效性'的持续"。② 我们既能缘此将张柠小说作为批评和介入的一种有效性表达,亦能从对"冲动"的执着中明了思维的活力:不光是《三城记》中频繁出现"写作的冲动"③"讲述的冲动"④"跟他人相融合的冲动"⑤"自暴自弃的冲动"⑥"冲动力量"⑦ 等,我们还能在"幻想故事"系列短篇的《鸟语》中读到"草率冲动"⑧,中篇小说《普仁农庄里的女人》中读到"隐秘的逃离冲动"⑨ "解密冲动"⑩ "拥抱她的冲动"⑪ 等,这些胡乱行动或不行动的"冲动"大部分在故事的结局层面都不知所终,却在小说中抵达语言、叙事和情绪心理等多重向度的有效性,并与小说在知识场域和情节推动中建构的行动和实践哲学、道家理论、《易经》卦象、星座、宗教等观念形成依托和对话关系。

张柠不乏使用文学史和艺术史的概念来叙述顾明笛的多段情感,抽象思维和一针见血的准确表达,则恰如其分地取消了这些感情的可靠性,扑面而来的荒诞和讽刺成为具象的幽默感与其所揭示的严

---

① 张莉:《众声喧哗,杂树生花——评张柠的短篇小说》,《青年文学》,2019 年第 1 期。
② 张柠:《批评和介入的有效性》,《文艺研究》,2008 年第 2 期。
③ 张柠:《三城记》,北京:人民文学出版社,2019 年版,第 50 页。
④ 同上。第 61 页。
⑤ 同上。第 38 页。
⑥ 同上。第 69 页。
⑦ 同上。第 60 页。
⑧ 张柠:《鸟语》,《幻想故事集》,北京:中信出版社,2019 年版,第 122 页。
⑨ 张柠:《普仁农庄里的女人》,《幻想故事集》,北京:中信出版社,2019 年版,第 268 页。
⑩ 同上。第 286 页。
⑪ 同上。

肃问题保持着适当的美学平衡。说到美学，便不能不提及小说频繁关涉的艺术史、艺术观念以及具体作品的当代意义和艺术圈生态的镜像，《三城记》里不乏拍纪录片的、搞实验小剧场话剧的、哼唱诗与歌并高谈阔论的真假艺术家，但正如短篇小说《赞美诗》里所述，"这里是流浪诗人、流浪画家、音乐人、歌手、记者和自由撰稿人相聚的地方，只要到这里来，就能认识很多臭味相投的江湖朋友"①，艺术的当代意义无法脱离一个所谓的江湖或生态场域来确立；那副爱德华·马奈的《草地上的午餐》复制品②，将神圣的生活融化在世俗生活场景中，不光是这幅经典作品在绘画史上的透视技法，张柠更加注重它对于小说里那间卧室里具体氛围的助益与通灵，此即艺术于日常的点染和启发；而"北面的蒙古高原群山连绵，浑圆的墨绿色山脊，镶嵌在淡蓝的天空中，飘浮的白云像散漫的游客一样匆匆走过，东西向起伏的褶皱有种动感，像一幅'万里江山形胜图'"③，"岸边很多残荷，圆圆的荷叶，瘦长的枯枝，干瘪的莲蓬，随意地歪倒在冰面，像一幅水墨画。整个淀子像一幅巨大的画，金黄和灰白的底色上，点缀着松烟般的黑色。顾明笛望着这片土地，脑海里浮现出一幅辛勤劳动的画面，内心涌起一股暖流。"④ 文学青年若顾明笛者，倘若能在庸常中不忘那双艺术之眼，面前的生活也就自然能多一种维度、多一条去路；中篇小说《普仁农庄里的女人》里，画的那幅"泸沽湖走婚"的壁画，经常被王子得指着"给来吃

---

① 张柠：《赞美诗》，《幻想故事集》，北京：中信出版社，2019年版，第193页。
② 具体情节见张柠《三城记》，北京：人民文学出版社，2019年版，第52—53页。
③ 张柠：《三城记》，北京：人民文学出版社，2019年版，第121页。
④ 同上。第445页。

饭的客人讲解纳西族文化、摩梭人婚俗。客人在吃饭的时候，同时就像在参观纳西民俗博物馆。"① 短篇小说《赞美诗》里"那些挂在墙上的画，说不上是一种什么风格，我的第一直觉就是，毕加索风格与中国古代春宫图的杂交物，人的欲望和人的审美精神，在这种画面上遭受着双重的扭曲，因而显得更加真实。"② 艺术与空间，空间里的边地和中心，地域文化、民族风俗、城市流行与区隔，都天然地与张柠的文学相关，而事实上，张柠在小说里也反复确立着文学与艺术对话的必然。

对话精神，不仅作为作者和文本之间的统一内在逻辑缔结小说整体的复调风格和结构策略，也建构起人物的成长状态。以顾明笛为例，他的形象既以作者的世界观为框架，由此建构小说内真实的形塑，人物的自我意识亦被纳入作者意图的坚固体系，由此抵达心理逻辑和精神谱系的真实观照；而对话的敞开性是否能完全打破封闭式的设定，当主人公自我意识被描绘为作者意图的局部，顾明笛从内部突破作者意图、实现文本意图的纯粹和独立，这一阅读期许能否实现？诚如人们在谈及批评家的小说创作时所热衷指出的惯性行为，以思辨消解虚构、以议论入侵叙事等思维，其"介入"的痕迹无法回避。而以顾明笛的阅读魅力论之，除去他身上处处与我们相关的血肉联系和由此抵达的艺术感染力，小说中的知识场域和作家自述等要素，既是小说对话性"在场"的现实，也是等待未来到访的读者的必需——回望世界文库经典，我们的确感恩于伟大作家在小说中介入的丰富议论和知识性写作，并且伴随阅读经验的积累，

---

① 张柠：《普仁农庄里的女人》，《幻想故事集》，北京：中信出版社，2019年版，第275页。
② 张柠：《赞美诗》，《幻想故事集》，北京：中信出版社，2019年版，第188—189页。

我们愈发感叹其可贵的价值。正所谓小说的叙事，写"实"抑或写"意见"，都是表达和风格，只是如何经由对《三城记》意义整体的具体体悟来探寻个体自身的真实前路，意犹未尽中如何知人论世，亦与当代成长小说的完整形态之持续探索同时在路上。

主题、形象与探索

对话性与语言的灵动暗示，构成张柠小说的底色。丰富的题材及跨层叙事，描绘出作家创造力与文学母题的关联性拓展。如果说人们对长篇小说的期待之一是从宏大的叙事中了解历史纵深和社会文化建构，那么对中短篇小说的期待则更倾向于在诗性精神的延展景观中切身地进行一次流淌和体悟，如此，便有叙事、观念与模式，主题、个性和含义的广泛讨论——如何在当下显示出难能可贵的新意，以便在保持意义整体的基本活力时，培育文化趣味的多维空间。

孙郁曾论及张柠的批评文风，"善于将经验具象化为肉体的动作，杜绝抒情的醉态，有意将批评的现场冷却为手术的现场"①。如今这一现场重叠于小说，文本中的"张老师"或隐或显，理论体系自成文体的又一复调。比如《三城记》中的"乌有"先生，这类毫无生活感官的道具式人物，既是中国古典哲学的当代化身，指向"新"道家、"真"道家和现代生活真正缺乏的精神力量，又承担着作者"张老师"意欲推动叙事和输出理念的功能，并具体地寄托着当代青年在成长焦虑中对坚实可信的引领者的依赖渴望；而在《黄

---

① 孙郁：《关于张柠的人与文》，《文艺争鸣》，2018年第7期。

菊花的米兔》中,"张老师"作为真实的小说人物出场①,是一场乡镇"*me too*"的倾听者,是《卡拉马佐夫兄弟》中沉默的大法官,不直接下判断,也不过分表达态度,将短暂的时光完全给予小人物,以供她从完整、敞开的诉说中获得片刻安慰;隐藏起来的作者,通过将黄菊花的难局和盘托出给予温暖,为她和更多现实中的"TA"们发声,此即是"真实故事的'转述'和艺术化"②,而身在高校,时刻处于这场运动的前线之一,亦理应以文学的担当"对近年的'米兔'浪潮"进行"一次呼应"③。而此类"现场",还有具体的行业特性和新闻性,例如《三城记》中重复出现的把书卖出去又买回来的图书"打榜"行为;又如"罗镇逸事"系列短篇中的医院,这一真实的"手术的现场"一再被"转述",既是新乡镇故事中创造性的始发地,也是小说作者进行尖锐"批评的现场"。至于《普仁农庄里的女人》里的"张教授",则"是个文学批评家,说话比较尖刻,为了追求批评效果,就故意把'诗兴大发'说成'兽性大发'"④——作为小说配角的"张教授"彻底做起了自己。

  由此及彼,《三城记》中同样多方"在场",却并不包含从题名便使读者先验联想的有关《双城记》的取法,其具体的场域不单是比"双城"多出一城的上海—北京—广州的三城位移,《三城记》集中反映的是沙龙—世界—书斋—民间的文化空间想象。不单是空间

---

① 具体情节见张柠《黄菊花的米兔》,《幻想故事集》,北京:中信出版社,2019年版,第219—245页。
② 张柠:《倒行逆施日未晚》,《三城记》,北京:人民文学出版社,2019年版,第464页。
③ 同上。
④ 张柠:《普仁农庄里的女人》,《幻想故事集》,北京:中信出版社,2019年版,第258页。

场域,具体人物形象在成长主题之外宣示出的精神场域和文本对文学经典化的探索,提示了文学母题随着时代发展所能被激发的人文价值。例如,无论是《三城记》里的顾明笛,还是《普仁农庄里的女人》李雨阳,都经历了从生活重创到精神疯癫再到回归和复活的历程,而关于后者,作者自证"一个女人的命运",一个"死了一次"的女人如何"复活",作家在想象之中拯救生命,"写作的确是功莫大焉"①。

这一"复活"之功,如何在小说的叙事、结构以及主题的侧重等合力中具体地实现,可行的思路是在浸入式的读写状态中与故事人物保持高度的贴合,并从中不断回望经典、反观当下。就顾明笛而言,我们虽无法确切得知他的未来和最终结局,却不意外于他会再次面临疯癫和崩溃,并大致能从文学原型中提升这类猜想的正确率。一方面,顾明笛在情感上与唐璜有着相似性,这一西方文学传统里不灭的形象母题,从不停歇地要去征服那些他多少有些钦佩的女性,同时又忍不住要去蔑视她们,好比他们既追求自由又嘲讽世界,既否定确定的价值、寻求孤芳自赏,又无法忍受由此招致的悲哀、质疑以及难以超脱的存在境况;另一方面,古今中外文学经典的"疯癫"形象中,既有以"疯癫"的外壳行侠仗义或重生涅槃者,又有因格局之小遂至穷途的既自私又受损的可怜可恨者,还有真实病理上的"疯癫"和源自反抗精神和文学隐喻的清醒的"疯癫"者等类别——因而我们怀疑顾明笛的"疯癫",正如我们怀疑城市里的青年们是否真能如此恋爱一般,他们恐怕既难以像唐璜一样拥有非凡且绝对的吸引力,更做不到像顾明笛一样为了一场尚有可能变异

---

① 张柠:《倒行逆施日未晚》,《三城记》,北京:人民文学出版社,2019年版,第464页。

为精神"抽搐"的"喜欢",而甘愿追随对方、放弃城市生活。

同样地,我们从李雨阳的形象和农庄的设置等方面看到了中国古典文学中的"招魂"原型和《红楼梦》缩影,"她的'魂魄'回来了。木妈妈什么也不说,只是抱着李雨阳,轻轻拍着她的背部。那时候,我真的相信有一种前世姻缘。我怀疑李雨阳跟木莲枝就是前世的母女"①,"万舒依也不赖,关键时很有点王熙凤的架势。做事那叫一个大手笔,大大咧咧、大刀阔斧,什么都敢想、什么都敢干"②,小说里"普莲居"的命名和满篇的"姐姐弟弟"相称也与之相适。读者的更多期待则在于,尽管李雨阳的"复活"在小说里已然确立,我们仍然或多或少地因为一种不可思议的善意和过于彻底的精神力量而去怀疑小说内部的逻辑真实——当城市生活以毫无规则的野蛮方式诉诸李雨阳全面而疯狂的反噬时,"普仁农庄"作为反城市文化的空间,乡土魅力、地域文化和其人其事,是否真有"复活"之力?——这一疑惑同样留待《三城记》里的顾明笛来回答。

"罗镇逸事"系列中的《民歌手二喜》③也是一个众人疯狂的故事,尽管疯狂不同于精神崩溃式的疯癫,其精神指向亦在所谓"真实"的虚伪性,歌唱比赛虚伪、逐级指导的人虚伪,被胡乱拼接的民歌也沦为赝品,而歌唱者无所适从,"真实"的声音不知所终。这一疯狂,正如阿多诺在《论流行音乐》中揭示的流行音乐的整体结构、形式和细节的"程式化"和"标准化","人们可以随时替换节

---

① 张柠:《普仁农庄里的女人》,《幻想故事集》,北京:中信出版社,2019年版,第284页。
② 同上。第315页。
③ 具体情节见张柠《民歌手二喜》,《幻想故事集》,北京:中信出版社,2019年版,第95—106页。

奏、速度、节拍和乐器的编排，这就导致了虚假的个性"①。"幻想故事"系列中的《赞美诗》也是如此，"她就像一片美丽的云彩一样飘走了，不知所终"②，小说中关于 DJ 音乐的基本观念便是"即兴创作"的"真实"，而当有关"真实"的探讨被纳入艺术观，连同作为此种观念局部的小说艺术本身，都在指向人的生存和精神境遇。于是，张柠小说的艺术一方面试图颠覆旧的真实观，为表达生命体验和社会感受提供观念上的实验，另一方面又不得不服从文学史的强大支配作用，和某些主题、形象和模式形成固定化的联想。

　　好在张柠以批评家得天独厚的知识体系建立起新生的可能，"'罗镇逸事'短篇系列，采用的是传统现实主义手法，但略作了变形，用喜剧手法写悲剧，或者用悲剧手法写喜剧，写人心的崩溃和悲伤，以及表现悲伤时的错位导致的滑稽喜剧，试图呈现出现代乡土文明背景上的奇葩"③，"'幻想故事集'系列，采用的是现代主义文学的基本手法，注重幻想、变形、象征、潜意识这些现代病症，是对城市病的关注，叙事成了治疗手法，主要病根，是现代欲望和人心。这两个系列短篇，调动了我的乡土经验和城市经验，是写作的两极，我将持续不断地写它。"④ 此番自述并无夸大，我们不妨从不同小说的内在连续性中查验。

　　例如"幻想故事"系列⑤中叙述视角的转换，多个故事都以"安

---

① 格非：《文学的邀约》，上海文艺出版社，2019 年版，第 50 页。
② 张柠：《赞美诗》，《幻想故事集》，北京：中信出版社，2019 年版，第 197 页。
③ 张柠：《倒行逆施日未晚》，《三城记》，北京：人民文学出版社，2019 年版，第 464 页。
④ 同上。
⑤ 为避免读者混淆小说集《幻想故事集》与"'幻想故事集'系列"，本文以"'幻想故事'系列"指称张柠所著八个城市梦幻短篇，即《身世》《鸟语》《蓝眼睛》《故事》《修梦法》《遗产》《骑楼下》《赞美诗》。

达"为人物,安达时而提供第三人称视域,时而成为限知的"我",时而又从"我"再到"他者",切换不时发生,且不知不觉地完成,"安达"、"我"和那个如作者般俯瞰的"他者",承担起"自我"完整叙事的主体功能,连同重复性叙事共同形成了小说自身的节奏感和时间感。还有"旷野见闻"中的短篇小说《六祖寺边的树皮》,故事的整体性以"我"的女性视角做外部呈现,写了春娟、济生和树皮的缘分,张柠说它"近佛系",亦是更加微妙的潜意识和幻想变形。

再比如地域书写和方言叙事,"两人虽然不是一个省,但却是一个方言区,大别山古楚语方言区,口音和习俗都差不多。比如,韵母 a 统统读成 o,'妈妈'就读'莫莫','挖'读'窝','辣'读'咯'"①,还有《三城记》中频频出现的"打的士"和"坐出租"的区隔使用,包括"苏北人"的特点等叙述……如果说批评家的理论建树成为其小说创作的一种"原罪",使得读者对其天然具有更为严苛的评价标准和心理上的疏离感,即便小说中对城镇空间和乡村文明做如此的精确把握,读者也不过多褒奖学者型作家对不同方言的对话模拟,以及经由拟态所呈现的人物形象的地域性差别;那么"幻想故事"系列中的《鸟语》一篇则不可不谓张柠打破偏见、给读者惊喜的范例。《鸟语》主要讲述了安达为撰写《词语的奥秘——对鸟语的诗学解读》所做的种种尝试,张柠在小说中调动起自己身为教授、学者的经验,通过"鸟语"关联切实的语言学学科和诗歌语言的驳杂奥秘,在对一种与众不同的身体姿态及其符号意义、结构方式及人物结局的想象中,张柠实现着对文学、知识和话语本身的大胆"冒犯"。而"鸟语"和诗歌语言虽都难以在自身的理论体系下

---

① 张柠:《三城记》,北京:人民文学出版社,2019 年版,第 322 页。

被清晰地解码,却能以小说叙事完成知识层面的通约,这不得不说是某种新的方言叙事的故事模型和实验小说的文本探索,而这又与张柠其他小说中的官能叙事形成通约。

"罗镇逸事"系列中,《妇产科医生杨红》①便是围绕医院放大官能感觉,嗅觉、听觉和对"脏"的知觉,以及由此引发的日趋夸张且严重的洁癖病症,杨红和谭丽华在一系列不受控的官能影响下失去了生活的秩序和日常性。"罗镇逸事"系列的故事场景都在介于城和乡之间的"镇"上,因而有着前现代性和现代性的双重症候,这里的医院本身也是分裂和病态的——《农妇刘玉珍》②是个生命悲剧故事,张柠用他的讽刺笔调把刘玉珍的生死沉重和生活方方面面的破碎呈现为没有希望也拒绝绝望的破罐破摔,"农民们却笑着说,死了好,死了好,早死早转世,来世宁愿变猪变狗,也不种田,哪怕是转生做个医生也不错啊。"③只有在这样的文化区块中,某些物象才能成为意象,某些行为才会具备隐喻。《流动马戏团》④续写医院的人和事,小说结局正是题名,而马戏团究竟是否来过,是幻想还是梦境,人们错过和追逐的究竟是什么,生活中有多少人只能"朝着马戏团来的那个方向赶去,一边走,一边哭起来"⑤。"镇"上的生活暗潮涌动,"无常"作为最为普遍的日常,在各个文本中被小说家

---

① 具体情节见张柠《妇产科医生杨红》,《幻想故事集》,北京:中信出版社,2019年版,第37—55页。
② 具体情节见张柠《农妇刘玉珍》,《幻想故事集》,北京:中信出版社,2019年版,第3—16页。
③ 同上。第12页。
④ 具体情节见张柠《流动马戏团》,《幻想故事集》,北京:中信出版社,2019年版,第17—36页。
⑤ 同上。第36页。

张柠一击即中。《唿哨和平珍》①虽写了平珍经历的几段"豁得出去"的爱情,却实际讲述了人物在不自知中如何背离"爱"的故事。小说里人物复杂的心理交错,有人打唿哨,有人听响,而平珍迷失了自我,她到底需要生活的真相还是宁愿沉醉于自以为的"真实"幻觉,唿哨既是瞬间的点亮和希望的通感,也是空无一物的本身,更是关于虚无和逝去的隐喻及象征。

结构、维度与意义整体

通常意义上,长篇小说有着作者独特的历史文化视域并以之为内在的精神结构,同时关涉其当代意义和现实向度,此即,顾明笛在谈及社会时所言"书本之外、思想之外、观念之外的一切"②;短篇小说则具备诗性精神,有意在言外的灵性脉络;而中篇小说趋向于两者的中间感觉,拥有一种平衡的美学。具体到张柠的创作实践,则是凭借其广博的理论视野和敏锐的艺术感觉在不同体量的小说文本中不断完善着历史和时代精神场景中的整体观照,试图在文体篇幅的差异中抵达整体的小说叙事,并在系列意识中结构出意义整体,其方法论意义不仅在于小说创作的文学训练层面,亦在于学术理论的建构层面,小说人物形象,小说要素之间的对话关系,不同小说之间的内在连续性等,写什么和怎么写的问题,存乎于"行动"和"沉思"两者的并行。

这种"并行"勾连着作者的文学态度,并以真诚为最重要的标

---

① 具体情节见张柠《唿哨和平珍》,《幻想故事集》,北京:中信出版社,2019年版,第73—94页。
② 张柠:《三城记》,北京:人民文学出版社,2019年版,第91页。

准,"只有在此基础上,内容才会新鲜而重要,形式才会惊人而精准,而不至于'虚伪和做作'"①。诚如张柠正在创作的"采梦计划"系列,短篇小说《玛瑙手串》②延续作家写作的真诚,在形式和内容上以"梦"和"意识"不断追忆父亲和少年情怀,同时以非虚构的笔法将近年的丽江游历故事纳入其中,并经由禅意和象征,实现风景的再发现。同样的真诚还在于,张柠笔下的城乡并不非此即彼,从"幻想故事"系列和"罗镇逸事"系列中,我们看不出城里和乡下的哪一种生活更好,哪里的人更文明先进和纯粹善良,只是"罗镇逸事"系列里的故事人物更加年轻,他们经常挨打或挨骂,那些挨批斗的情节和反动标语则反映出了较早的故事年代和作家的生活记忆;而"幻想故事"系列建构的是城市空间特有的某种秩序、距离和陌生化,这一系列的诸多短篇故事仍然在书写成长,城市与成长,一方面映衬着作者自身的生命体验,另一方面则是其一以贯之的创作理路和文学观念,而这些长短不一的小说的"最终的检验标准,就是艺术的感人程度,它能否让人在被各种类型的暴政分割的地方,重新和解,拥抱在一起。"③。

长篇小说《三城记》里的三座城市各有特点,"沙龙""世界""书斋""民间"既对应不同的城市景观,由各自气质指向的章节命名也蕴含着作者对城市格局的判断,并显示出主人公生活的主要社会场域,文学地理空间的切换成为小说的主要结构,而人物的迁移也随之成为叙事的主线。由此,《三城记》的文本形态显示出重要的启发:现代化进程稳健加速的时代步伐中,如何在长篇小说中描写

---

① 张柠:《有信念的艺术与胆小鬼艺术》,《文学报》2019年2月28日,第19版。
② 截至本文完稿,张柠短篇小说《玛瑙手串》已被某文学期刊留用,暂未刊发。
③ 同上。

中国当代的一线城市,它们所关联的特有的全球性,其文学想象如何建构,生活其中的人物形象及其关系如何确立——其中不乏顾明笛这类"土著"的城市新生代和知识青年,同时兼有劳雨燕、彭姝这样具有乡土和异乡成长背景的城市新人,他们在城市的行业领域和生活场景中如何共生、碰撞并展开故事?

《三城记》中,顾明笛和彭姝有过一次意外的争执,彭姝问顾明笛"到底是什么意思啊?如果你什么都没有弄明白想清楚,就不要瞎掺和。"① 顾明笛回她:"你给我的最初印象是那么敏感、善良。……你让我失望!"② 这本来是日常生活中随处可见的年轻男女的口角,之所以让人感到意外,是因为顾、彭二人从未确立起恋爱或者暧昧的关系,甚至没有暗示过任何萌生的情愫,摩擦冲突却倏忽而至并陡然升级。张柠捕捉到现代人的普遍脆弱性和交往中的界限感缺失等症候,并将其准确地附着在有着不同成长背景和处于人生不同阶段的两个年轻男女身上:他们彼此吸引,又都毫无信念,瞻前顾后实际上是一种被不断放大的怀疑,连同内心自私的顾虑将原本的吸引作为牵制彼此的交换和杠杆。类似的还有施越北对唐婉约的"判词":"不过是唤醒了我内心另一种生活的渴望而已,是她让我敢于正视过去的生活,所以我特别感激她,她是个好女人。但是,我们俩并不合适,这也是我要离开北京的一个重要原因。"③——现代人生活的功能性和趋利性被不留情面地呈现,在职场和行业中并肩作战产生的情谊中,有几分是最终得以抱持的真诚与纯粹,又有多少成为单刀直入的借口和利害考量?而现代人在社

---

① 张柠:《三城记》,北京:人民文学出版社,2019年版,第179页。
② 同上。
③ 同上。第209页。

会身份中的动弹不得,让读者再次记起"行动"哲学与现代小说之所以产生的重要渊源。

小说的艺术亮色在人物对话的细节和盛宴中交织着作家内心奔涌的感伤,而关于城市空间的整体性叙事及其总体的审美积淀,张柠创造性地采取了经由文学地理建构学科定位的叙事策略:以学科(文学)的知识场域充盈起城市空间的不同文化气质,并以此恰如其分地抵达城市的文化书写。这一叙事策略的实现,不仅有赖于理论、方法与体系的整合,通过代际的文学、区域的文学、城市的文学、文人和知识群体活动等学科理论为小说人物的知识框架和思维逻辑提供资源,还需要设置顾明笛等文学青年形象,他们既有文化知识又有情怀理想,既能形成爆发式的交流氛围又可被轻易地拆解遣散,既在务虚中有所坚持又在务实时善于妥协,在时空交融中成为立体的心灵地图,进而成为小说意义整体的象征。因此无论是市井气、现代派还是反讽性或粗鄙的生活情态,作为小说主人公的顾明笛都不能改变文学的必要立场,对社会生活的浸入或模仿,对精神世界的探索或追求,不仅是当代知识分子面临的重要课题和修行,更是中国文化的历史境遇之缩影。同时,这一文学立场作为小说的叙事艺术和设立人物形象的新方法,随时提供着真实的城市文化感觉和认知矛盾,例如诸多小说涉及了对当代诗歌和当代艺术的讨论,作者不放弃故事人物的知识体系和精神维度,文学立场成为引发读者共鸣的又一重维度,直指日常生活中可能的文学性以及当代文学在城市空间中与其他维度对话的可能。

这些可能的维度,不单单结构于小说中被普遍关注的信息密度,作者对感觉、想象、对话以及瞬时的时间性的重视,成为传递情感和希望的更为重要的艺术向度,托举出"对应然世界的信念"①。无论是"幻想故事"系列里嵌套的安达手稿、音乐观念、鸟语诗歌、歌词和"罗镇逸事"系列里的审美倾向,还是《三城记》中的书信、日记、口语诗、绘画作品和写作与评论情节,包括作者罗列的书单和习惯性地按条目阐释说明的叙事风格等,都是小说复调的结构方式和文本在对话关系的实验性层面所做的具体尝试,并以此激活城市文学的某种经验基础。不光是小说中多样呈现的日常生活本身,日常生活展开受阻的故事,处理的是"人类永恒的棘手的问题"②,"比如生死,是非成败,成长或蜕化,苦难和罪孽,信仰和救赎"③。

希望和信念是如此重要,正如张柠选取的"沙龙",在20世纪二三十年代的中国作为流行的文化现象主要集中在上海和京津地区,文化人自由聚集和交谈,也不乏核心的主持人从中脱颖,尽管沙龙之间也有合辙和歧异,但亦是沉潜岁月中深入良知、情怀、历史承担和现实关切的时空记忆。与前文所述一致,张柠小说就"沙龙"等诸多文学现象的成因和形态所进行的隆重描述,或许使当下读者的故事性阅读遭受削弱,其将知识场域这一本然世界中的"存在"纳入小说艺术的有机成分,凸显知识场域中理论的仿真性和对话关系所焕发的艺术生机,并使文学以文学的方式回归读者和大众的视野,才是更为真实而重要的意义,用《三城记》的话来致意,就是文学还没向世界"抛媚眼",又如托尔斯泰所说的那样,作家应该"确知什么事应该有",并且坚信它。张柠小说中那些以文学的方式呈现出的时代文化状态和青年成长境况,其不断深入与指涉的当代

---

① 张柠:《有信念的艺术与胆小鬼艺术》,《文学报》2019年2月28日,第19版。
② 同上。
③ 同上。

精神的方向、目的和意义，已然跃然于小说叙事本身而葆有思想的可能，进而成为一种文学的相信。

结　语

全面观照张柠的小说创作，其完备的文学理论体系见诸表达思维的集中转向。

一方面，历史和时代精神场景中的意义整体在叙事的创造力和有效性中被不断扩充完善，不同篇幅、不同系列、不同风格的小说中，故事主题既彰显作家有所承担的心之所向，又在文学母题的渊源和流变中抵达当代意义，人物形象在对原型传统的继承和重塑中凝聚起精神力量的"此在"和当下性，连同其他小说要素和不同小说之间内在的连续性，形成了张柠小说的独特艺术感染力；另一方面，复调形态和对话关系作为张柠长短不一的诸多小说所共有的叙事结构和表达思维，其意义维度经由内在场域在总体上呈现的丰富性超越了小说艺术和审美本身，成功牵引起我们对应然世界怀抱的理想，同时指向作家张柠对美和完满，对人和未来，以及对文学本身的坚定信念。

正如文章开头所言，张柠的小说创作昭示了一种形象优化，而如何饱满于多样态的自我进程，张柠本人及其跨界写作都已然为我们提供了一条坚实可信的成长路径。

论《北上》的长篇范式与新发现

2016 年 8 月,作为《王城如海》最初的读者,我曾就这部新作访谈过徐则臣。三个多小时密集的问答之余,徐则臣透露在创作《王城如海》时也想写一个关于大运河的长篇:

1901 年的时候,意大利人(小波罗)来找他弟弟,他弟弟(马福德)是 1900 年参加八国联军打到北京来的,当时杀了不少人,自己又受伤了,八国联军有人撤回国去了,他没有撤回去,跑到民间躲起来了。然后他哥哥(小波罗)来找他,这是 1901 年的时候,但是当时不能说来找一个中国的敌人,他就说自己从意大利威尼斯来,对运河感兴趣,沿着运河从南往北走。1898 年是戊戌政变,1900 年是义和团,意大利人(小波罗)航行路上得找苦力和保镖,当时北方有义和团,见洋人就要杀,所以他找了一堆人,这一堆人每个人又代表了当时中国的一种势力,每个人性格也有古怪的地方,往北走时也都有自己的目的,凑到一块儿去会发现特别复杂。意大利人看中国,也是很复杂的事,涉及到当下知识分子在中国的处境,他们是如何看历史。这个小说除了 1901 年这条线还有 2014 年这条线,一个当下的知识分子,也是一堆毛病、一堆事,在讲这个故事,一次讲一段……

2018 年 10 月,第 5 期《十月·长篇小说》首发了这部围绕大运河展开的徐则臣长篇新作,近三十万字的文本依托历史、地理、精神和文明谱系，题名简约而气象格局融贯以出，是曰《北上》。通过历史的北上和现实的南行，古今中西多轨并行，徐则臣以扎实的积累、纯熟的技法建构个人信仰、家族精神与层累的历史之关联，同时以宽广、驳杂、深邃的命运主体将自我引渡深入于后现代语境和全球化背景下的精神回归——徐则臣的观照视野更加开阔，《北上》作为一部具有里程碑意义的长篇新作，以超乎寻常的完成度和完整性提示出诸多当下长篇小说创作的新的可能。

文体范式：引游记入小说

《北上》以题记和"考古报告"起笔，其后分为三部。与徐则臣两年前的构思一致，第一部与第二部围绕小波罗沿运河寻找弟弟马德福展开，且建构有谢家、邵家、孙家、周家乃至马家的世代故事，这些家族史以北上之旅开端，各怀目的与抱负的祖辈们相逢于运河，他们的后代则在若干年后因同一条运河的申遗计划和纪录片项目再次聚集，其中有对家族事业、运河精神与历史真相的辨析与继承，也有人与人之间最为朴素的相知、相爱和相信。而这些生命长河的延续、家族命运的起伏，与当时的国家、社会、政治、文明等历史背景密不可分，急骤若戊戌变法、八国联军侵华、义和团运动，徐缓如漕运衰败、河道变迁、医疗船运技术日显老旧、个人的判断臆想和认知矛盾，复杂背景之合力若以单一形态作用于微小个体，也无一不成为改变命运、决定生死的直接原因。而经过家族历史层累的演绎，这些因素同时锻造出生命的坚韧真实及人性复杂亦可亲近的光辉。小说的第三部围绕一封考古发掘的信件展开，徐则臣在数页的篇幅中为读者建构起重复阅读与意义解构的双重难题，关于游记、风物、历史、地理的非虚构叙述和世代人物之间反复虚构的真实被作者一再打破,而确立其上的,是运河精神的真实回归和运河之子的又一节日。

正如小说频频关涉马可·波罗的《游记》是如何激活了西方文明对古老中国的好奇心和探索精神——诱发了造成深远历史后果的地理大发现——《北上》的重要精神面相便也借由游记视角呈现。中国是有行旅文化的,单就《昭明文选》里设有"行旅"类,并兼以"纪行"赋、"行旅"诗以及与行旅相关的"军戎"诗补充可知,行旅不仅意味着现实的辛苦迁移还包含经商、探险、远游求学等带有现实功利目的的自由活动。"游"作为中国传统文化及其精神的一个重要部分,其概念则更为宽泛,无论是庄子的精神之游,还是徐霞客的地理之游,只要存在某种移动,都属于"游"的范畴。尽管历经文体的流变和文化精神的现代性转向,我们依然能从行旅者的不同身份、旅途的不同体验等基本特质体悟游记文本于叙述中所要表达的行旅新内涵。《北上》引游记入小说,在 1840 年以后的中国,行旅体验已逐渐脱离古典型体验,竹杖芒鞋被轮船火车取代,世界空间概念植入中心之国的概念,此时的行旅体验伴随中国时局的变幻,不再着重于山水的游览和思乡怀人的传统情感表达,而是突出地传递出最直接的现代性感受。我们在小说里反复叩问是什么杀害了意大利好人小波罗,是由义和团运动而来的仇外心态的普遍爆发、是受苦于现世又不知归罪于何处的宣泄、是由本土船运技术落后而导致的医疗时间延宕、是传统医疗在复杂病症前的无知无畏,还是小波罗本就不该在不具备天时地利人和时跨国寻亲?类似的追问还有很多,是谁杀害了秦如玉的父母,又是什么导致了马德福的视死如归……而这些,无疑都与古老中国的现代性阵痛共生。

不同于《耶路撒冷》里的"出走"和文化想象,《北上》对西方器物、制度、文化的更深刻认识切实地发生在本土,并主要通过与意大利人小波罗的亲身接触获得现代体验的意味,北上之旅则直接反映了这个过程。这一故事发生的本土,其范围因"游"的活动而具体集中于船上和运河沿岸,并带有复合的异托邦的特性:行旅的过程亦是"看"与"被看"的过程,自然景观重叠文化景观,游者的心理空间投射进物理空间,现实空间因情感和心理结构而有了状态的痕迹,运河的主体化和精神化由此生成,而当下各故事人物的命运依然受运河牵引,便也是在沿运河北上的精神能量场里形成的集体想象与总体转变。此外,游记作为记录行旅体验和文化想象的载体,曾推动中国现代文学的发生,它所能为当下长篇小说创作提供的视角拓展和结构延伸,《北上》以其丰富的行旅体验和文化想象提供出可供借鉴的新范式。

具体到《北上》叙事的各个关节,由路线和地点两种元素灵活组合的"游踪结构"成为推进故事的基本动力因素,由线及点、以点写面,纵横相交的地图式景观以人物的行走铺展,人物的行走承担起叙述线索的文本功能,并由多个"同路人"展开树状式叙述,从而将"游者视点"统一于叙述视点,读者的注意力被最大程度地吸引到人物的游历遭遇里,叙述线索附着于某个角色这一要素,缔结了《北上》的主要文本结构。与西方游记文学相比,游记文学在中国固然不算缺席,但也是诸多文学强项映衬下的薄弱一环。西方游记文学经典,诸如《格列佛游记》,身兼幽默的冒险小说、挖苦研究与讽刺批评、有趣童话与寓言乃至科幻小说的先驱等典范身份,其间存在的统一原则和审美目的,从文体互鉴的角度提示出一种创作的可能。《北上》中不乏古今中西文明的对话,甚至其文本形态本身也已成为对话的重要参照,差异性的文学传统、自然环境、经济形态、社会结构和文化性格等因素曾经影响中西游记文学落差的形成,徐则臣将游记形式作为长篇小说的基本穿连,一个丰富的游记文本形成于另一种完整的情节小说，并经由人物做统一联结，情节复杂变化、时空关系规模宏阔，报国无门的知识分子、但求安稳的劳苦百姓、亦正亦邪的他者、对祖辈不全然认同的后辈等，小说里或悲或喜的生命个体因游记的性质获得平等的话语权，陌生化体验不断生发，并深及文化哲学层面，被引入的游记因文本的另一重属性凝结为小说的精神和隐喻——丰富的文体功能无疑是《北上》于当下长篇小说创作的重要意义，而我们对小说文体研究的执着，如同《北上》所及，最终会切入到某种历史存在和社会文化中去。

历史学体式与叙事装置

《北上》的主要行程有二，一是义和团运动期间意大利人小波罗沿运河北上寻找弟弟马德福，兼叙马德福从八国联军队伍中逃离的故事；二是当下与运河相关的一群人，出于直接或间接的需要，聚集于大运河，关于这部分内容，徐则臣设置的讲述者以家族史的角度进行叙述，文本的精神张力得以拓展。

《北上》中数次将运河比喻为人的血脉筋络，与家国命运相连。且不说故事时间里漕运对传统经济的重要性，古代中国地理名著《水经注》里一千多条大小河流及有关的历史遗迹、人物掌故、神话传说等，无疑是河流对中国历史和中华民族具有非凡意义的明证。《水经注》结合山岳、关隘、河川、渡口、桥梁、道路、聚落、仓储等兵要地理记载有众多历史战争，有争霸战争、统一战争、平叛战争、安边战争等，根据战争性质的不同，郦道元的行文倾向亦有差别。可见，河的主题与生俱来便有历史性和源头性的意义。《北上》也不例外，小说故事关联历史事件和战乱，洋务运动、戊戌变法、八国联军侵华、义和团运动，作为具体的情节和宏大背景，人物命运既无力抗争也无法回避。

正如以马可·波罗《游记》提供的资料为基础，1375年绘制的加泰隆地图和1459年的弗拉·毛罗地图，勾勒出东亚的海岸线，《北上》中伴随行程而来的资料性叙述，成为小说历史学体式的重要表征。这些资料性叙述，除去繁盛录式的风物描写所提供的想象性意味，在博物学意义上实际成为一种被记载的真实，而信件、照相机、罗盘、笔记本等物象则于一场虚构的考古事件中建构起历史的非虚构性。这便引发两方面思考：一是《北上》所观照的诸多历史学探讨，如陈寅恪先生所言"不在种族，而在文化，其事彰彰甚明，实为论史之关要"，围绕文化想象建构的小说历史学体式，其中虚构与非虚构之关系为何？二是徐则臣建构这种文本关系，所采用的独特文学装置及其安放问题。

《北上》的书写自是面对国家、民族、文明等复杂历史，历史事件、河道漕运、衙门、县治、风物和相关路线及其地理学描写大致都具备文献依据，小说的这种历史性质具有相当程度的非虚构性。而从根本上，《北上》还是小说，在历史事件的叙述方式、历史人物的形象塑造和历史文献的主观选择等重要维度，仍然是虚构的——我们当然可以通过各种展览约莫了解到当时意大利笔记本的基本样态和具体的纸张、开本及书写工具在纸张上留下的墨迹粗细和褪色程度，我们也必须承认这种普遍的知识性无法替代小说中那一本跟随小波罗多年的笔记本的独特性。徐则臣写夜深人静时小波罗在船舱、床畔的窸窸窣窣，写他对记笔记的坚持和慎重，写他的乐观与重重心事，这种独特性甚至造成了笔记本的被盗……这种历史学体式的小说形式，其突破性正在于：以文学的方式无限接近不可被切实抵达的历史本身，对历史文献的主题化、逻辑化以细节化、揭示性的表现方法呈现于小说叙事，或微观或宏大的话语体系下，小说化的历史进程和发展脉络仍不失为事实,而小说家的个性特点与情感倾向在具体的书写和故事深层结构的谋划中成为关键。小说的文学性之完备不全在于虚构,更不全在于重现历史,而恰恰在于《北上》这种审视历史、进而以小说话语争夺历史话语,从而在彼此协调中对文本意义进行重新确立。

这种穿梭于历史和现实的确立方法,是徐则臣长篇小说创作的典型叙事形式与风格。互文、隐喻或者其他,徐则臣运用意象符号反复解构着集体的记忆与想象,因此在故事场景中设置起多个具有"装置"意味的布景和道具,故事人物和叙述者的主观情感、所指的虚妄与荒诞、意义空间的寓言张力,以这些"装置"自身所具有的极强包容力建构起多种解读的可能性。徐则臣曾将苏轼的传世名句"惟有王城最堪隐,万人如海一身藏"作为《王城如海》的题记,这既是小说题名的由来,也是对其故事核的高度概括,城与人的关系探讨被纳入古今视野,从而也生发出新的况味。《北上》同样设置题记,一中(白居易)一西(爱德华多·加莱亚诺),山水、人间、时光、历史,尽归其中,同时和盘托出小说里中西文明的对照性视野和文本的意义结构。《王城如海》里,客栈"菩萨的笑"牵扯出另一条叙事的主线,也成为故事转折和解开谜团的关节。"菩萨的笑"不仅出现在《北上》的现实部分,还成为"小博物馆"客栈的灵感来源,而"小博物馆"客栈,成为《北上》建立人物联系、转换时空场景、衔接古今叙事、分离情节线索的重要装置。而《北上》中的考古发现,如同《王城如海》中的面具,将小说叙事推向最终状态,强化着文本的丰富形态和品相追求,并追问这个时代的精神真实。《王城如海》中有"疯狂"的伦理,《北上》中则有"翻译"的伦理,疯狂不只是一个人的精神崩溃,而是每个故事人物难以逃脱的揭面,如何翻译也不仅是单一知识分子的职业良知,而是整个中华民族在历史背景中如何去看、去辨析、去行动的集体选择,徐则臣以此辐射出贯通于文本的情感价值和叙事性扇面。

文本接受:作为重复的阅读

我们绝不能低估今天的读者。他们再不会因叙事的切换而感到意外,正如他们也不意外于谢望和对孙宴临说出时下流行的"土味情话",可数的步数以减半和加倍的原始方式,精确衡量出两人关系的远近亲疏,若真去计算那些步数,读者会发现徐则臣的准确与用心。因此当读者在家族史的思维惯性下去推测徐则臣的故事走向,以为"起起落落,随风流转,因势赋形",一部分总归是另一部分的补缺完善,且看作者如何自圆其说,一切阅读便成为带有重复意味的阅读,强行赋予文本某种意义和连接。多次出现的淮阴侯韩信和《西游记》,真的就是家族精神的延续吗?每个人的分裂性,无论是身份和理想的分裂,还是生计之于情义的分裂,真的就足以成为其世代关系的明证吗?

若非进入小说的第三部,读者还难以从经由叙事穿插而产生的误读中抽身,继续将有关谢姓、邵姓、孙姓、周姓乃至马姓的人物故事理解为家族史统摄之下的前世今生,将现实里众人的相遇理解为由世代故事接续而来的家族史延续。时间上,现实的重逢故事固然发生在1901年那些"祖辈们"的初相逢之后,徐则臣特意在《北上》的最后章节才揭露谢望和的讲述者身份,一则是出于结构上打破线性的考虑,二则是有意使读者的可写性阅读介入文本。

"我要把所有人的故事都串起来。纪实的是这条大河,虚构的也是这条大河……强劲的虚构可以催生出真实……虚构往往是进入历史最有效的路径;既然我们的历史通常源于虚构,那么只有虚构本身才能解开虚构的密码。"

小说中"我"的这番自白，无疑也是徐则臣就《北上》发表的创作谈。一方面，读者不再对那个"我"的身份产生疑问，鲜明的主体性和浓郁的抒情性以"我"的真实可感而确立；另一方面，徐则臣以"我"的章节性插入给叙述者在叙述时间上的转换提供更大的方便，"我"因讲述者的身份摆脱了规定的知域和视域限制，出入不同人物内心和穿越时空等叙述手段的自由调度，使《北上》无论在结构上还是叙事上均能自由开合。

在抒情自由、结构自由和叙事自由的基本框架下，邵家的水上风俗、谢家的运河纪录片、孙家的绘画摄影、周家的客栈收藏、胡家的血缘与考古等，还为读者劈出一条文史互证的思路，无论是从不可靠叙述理论还是新历史主义的视角去揣摩，对往事的追忆之旅、具体的个人记忆、人物形象以及历史的自我解构，都指向其背后隐匿的虚妄与觉醒之间的博弈，并由此通向个人、集体乃至社会在后现代主义语境下的自我发现之路。

这条自我发现之路是世界性的。北上之旅何其艰难，动荡不安且反复多变的局势、复杂的通航条件和气候，没有小波罗寻亲的十足动机、马可·波罗精神的本源性鼓励以及相对坚实的物质条件，便无法成行。如果身处历史，在那条北上的船上，你会如何对待小波罗和沿途态度不一的他者，从而又会如何认识那段历史和由其生发的深远影响。徐则臣的《北上》给每个人提供了"一个必须更加切实有效地去审视、反思和真正地唤醒它的契机"，"一条河活起来，一段历史就有了逆流而上的可能，穿梭在水上的那些我们的先祖，面目也便有了愈加清晰的希望"。而活起来的不止于斯，一如小说叙事也曾几度由北往南、由运河折向铁路，我们看得见历史的多副面孔、听得见它遥远的声音，更是从中流淌出的活的一部分，历史的不确定性依然存在，如同小说的不确定性一样，我们真正期待的是个体在历史进程中更深层次的自我解读和自我审视，文学悬置于历史与现实之间，最终表达的是深切的人文关怀和忧患意识。

运河题材的书写对中华民族有着精神文明史的探源意义，徐则臣透视传统、现代和后现代等多种文明相互冲突、缠绕、交融的复杂背景，通过"运河历史"和新"运河经验"整合中国社会现代转型时期的阵痛和挑战，质地充盈的文本艺术形态形成现实主义、浪漫主义、现代主义、生态主义和理想主义的兼容并蓄，同时对中国当代小说创作题材的陌生领域进行了有效补白和拓宽。这些经由《北上》彰显的文学新质，也显露出中国长篇小说在未来发展的新动向。而如此气象，也实证着徐则臣正走在通向高峰的路上。

【参考文献】

1. 陈寅恪：《隋唐制度渊源略论稿》，三联书店，2004年。
2. 徐则臣：《北上》，《十月·长篇小说》，2018年第5期。
3. 陈宏天　赵福海　陈复兴主编：《昭明文选译注》第1册，吉林文史出版社，1987年。
4. （北魏）郦道元：《水经注》，线装书局，2016年。
5. 徐则臣：《王城如海》，人民文学出版社，2017年。
6. 徐则臣：《耶路撒冷》，北京十月文艺出版社，2014年。

查验与旁证：从亲历者到时空体
——读周恺《苔》和《侦探小说家的未来之书》

先于小说集《侦探小说家的未来之书》问世，周恺已经凭借长篇小说《苔》获得读者和学界的颇多述评。《苔》梳理地方性写作谱系、运用方言和民俗等地域特色展现革命和历史的发生，并承接"立嗣承祧"的文学母题和叙事结构，讲述世界如何骤然打开地方、地方如何与之充分联系，建立出特殊与普遍之间确定的联结，同时因文本独特的话语风格和方言思维牵引出小说语言的"不可译性"及其检验文本文学性的可能等话题。小说集《侦探小说家的未来之书》则通过十个文本，呈现出周恺对文学本身（具体到文学生态、文本形式、作家写作、诗与小说等）、历史与个人、经验与创作等理念、观念的深思与表达。在诸多文体形式、叙事装置的繁杂融合下，刻意的不合常规与引人瞩目，以及一些偏于敏感、惹人讨厌的风格和字眼，实际上借由"不习惯"的"不适感"不断产生着打破阅读习惯的效用。当读者读完《苔》，往往能够转述出一个较为完整、富有逻辑的地方性的革命历史故事，而读罢《侦探小说家的未来之书》，可能难以弄清或记住哪个人物或故事，但却能对体验到的阅读感受拥有明确的知觉——跳出了常规阅读的逻辑，以某种意识的流动频频关涉内蕴相似的主题，在作家词条、作品摘录以及笔记体悬置出的叙事空白中任意切换叙述视角，随性自由以及毫无边界的艺术效果正在不断反思包括小说文本形式和思维惯性在内的深刻命题……

"间离"的延伸与漫游的"装置"

德国戏剧家贝尔托·布莱希特在《简述产生陌生化效果的表演艺术新技巧》中阐释了一种"间离效果","日常生活中和周围的事件、人物,在我们看来是自然的,因为那是司空见惯了的。这种改变家喻户晓的、'理所当然的'和从来不受怀疑的事件的常态的技巧,已经得到了科学的严密论证,艺术没有理由不接受这种永远有益的态度"。从诸多意义上来说,周恺在小说集《侦探小说家的未来之书》中呈现的正是这种"间离效果"的延伸。在压卷的《不可饶恕的查沃狮》中,周恺运用日记的形式缔结小说,但日记时间并不等同于故事时间,而是反将故事割裂,小说里用来写日记的那个笔记本,其篇幅空间被周恺并置为叙事时间——"笔记本快用完了,还能写十天,也许七八天。""我得放下笔,去欣赏最后的美景了。"至此形成的时间向空间的转换,日记写完的瞬间既是小说叙事的终止、整本书的完成式,那些无数空间叠加出的种种时刻,既是瞬间,更是谱系,与日记中穿插的悬置段落里的叙述主体和他者,共同搁置起未知的留白。在谈到《不可饶恕的查沃狮》和《刺青》时,周恺说:"一个自我放逐的少年'四月十八日'的日记,他为什么会这么想,前后文其实有交代……一个刺青师……算是个属于未来的诗人,他把作品刺在人身上,唯有所有的人皮拼凑到一起,方能见到作品的全貌,实际上就只有解构,重构是永远无法达成的,所以他会列这么多的'反义词'出来。"周恺或许早已觉察出生活的本来逻辑,它天然地遭受切割与分裂,这种与其说是"反阅读",更不如说是"反故事"的创作方法,正是对颠倒、错落乃至混乱的生活逻辑的真实呈现,以便更为清醒地凝视,发读者以深省。从这一点上,又不得不将周恺的写作置于这"现实一种"和无边的现实主义中去审视。

周恺的写作之所以在青年写作中具有典型性,并非他在沈从文、李劼人和先锋作家等影响下有所熟练的化用,撇开语言层面和类似于"叙事圈套""元叙事"的技法,以及将个人经验直接暴露于故事的某些情节中以消弭"真实"与"虚构"的界限,更为本然和重要的,是周恺的小说就这么问世了,继而受到关注,他实证着写作的锐气和小说又可以这么写。好读好懂与否的问题退居其次,最重要的是写作动机与写作方法,"我索性不再考虑发表的可能,尽自己想写的写。""写到《侦探小说家的未来之书》时,阅读趣味转向了外国作家,美国的、拉美的和欧洲的,他们的小说有更强的文体意识,这时候,我才在他们的带动下,去想'小说'是什么?"《侦探小说家的未来之书》这部小说集之所以得以成立,不在于它像《苔》一样把地方性的一段历史传递了出去,使多数读者眼里的"异乡异土"成为"我乡我土",而在于它自身整体成为一个阅读的"装置",不在于它究竟传达了什么意思,装置本身或者说载体的搭建,比其所承载的意义更为关键。

小说集《侦探小说家的未来之书》的叙事语言和人物对话基本上以简单、直白和精准为要,并不过多着意于繁复生动的语言描摹和曲折细腻的情节铺陈,周恺仅在字里行间流露出一种紧密、刻意的建构,从而在文本形态上展示为一种绵延、散漫的审美张力。诗歌、对白、日记、词条、摘录,以及文学现场、期刊、活动的介入,还有"一九八四年的集体自杀"和"孤独者文学运动"的发明等,都是周恺对自身文学观念和写作理念的致意与指涉。十个作品中的大多数都可以作一分为二式的分析，一部分是确有情节、符合逻辑的故事性叙事，另一部分则是模糊叙述者身份的意识流动和思考审视——类比于美国新批评代表人物兰色姆的两个分析诗歌的著名概念：构架（structure）与肌质（texture），前者是结构性、逻辑性的，用以负载后者，后者肌质则是非逻辑的、不可转述的，但它构成诗歌真正重要的肌理、精华和本质——在小说集《侦探小说家的未来之书》中，情节构架恰好相对次要，但却尤为关键地承载了间离、散漫、非逻辑性的肌理和本质。在这种"间离"的延伸与漫游的"装置"中，我们有必要通过周恺的叙事动力和构成因素去再次查验情节、人物和叙事上的诸多特征，周恺到底想要跟读者说什么、传递怎样的思想，以及周恺的写作意义，甚至是这种写作在当代文化中可能生发的意义。

叙事动力：查验与旁证

《苔》将四川方言引入四川地方书写，展现了叙事技巧上的娴熟和处理特殊时代背景的能力，方言化为小说提供着更多的艺术特色、阐释可能和话语空间，但掌故俚语所造成的阅读障碍也在某种程度上削弱了长篇小说的文本表达和主题上的确定意义。这在小说集《侦探小说家的未来之书》中则得到了有效避免，小说集既写琐碎日常中的饮食男女，也有对宏大历史中的碎片打捞，文化、革命、宗教、政治等叠加交错，其中同样不乏地方特色与方言写作，题材选择和叙事上不断冲破藩篱，尽管通读之下不免有作家的自我重复和方言的雅俗之辨等问题，但以十个文本形成的"装置"整体，自如且自然地，将日常处于时代洪流中的普通群体的思想漫游与作家私人记忆的追索进行了呈现，对多数读者而言有着陌生感的方言和地方性,则正好适时地满足了阅读"装置"对流动性和跳跃性的艺术需求。

  对历史、文化的复杂见解,对现实生活的基本看法,观念的散乱对比和无序碰撞,人生行进过程中的阐释,以及面对当下、置身于某种秩序中的态度等,均在小说中被有意遮蔽起明确的浅表逻辑,它们有的甚至还不具备面孔或清晰的意象,却在周恺的生活轨迹中似有来处。"那阵子,我处境很是糟糕,白天去电台上班,念稿子念得磕磕巴巴,总是被投诉,晚上又在家写着这么一帮无望的人,几乎陷入了一个恶性循环,而且更可怕的是,我对这样的困境有种暧昧的迷恋,好几次,我站在窗边上抽烟,脑子里想的就是《杂种春天》里写的那句话,'想翻出去,摔成一堆肉泥。'有好多人处在那样的困境中,可能就真翻出去了,我没翻出去,现在想来,可能还是因为庸俗,在那种对困境的暧昧的迷恋底下还是藏着对好生活的惦记。"——这些遭遇在小说里多少都有些体现。与小说集同名的《侦探小说家的未来之书》,写小说家因习惯于推演自身未来,以至于每有超出预料的事,都会被小说家排除在生活之外,叙述者"我"亦跻身被排除之列,而小说家的遗稿终结于死后一年;《失踪》里的谷岸,《伪装》里的柳兆武,《刺青》里的"我"以及《苔》里的税相臣,均是渴求庄子的"无待"价值并真正反求诸己从而获得大自在和大自由的人,但他们在他者眼里却无一例外地陷入了困境,这种"自我"与"他者"的存在主义式的倒挂判断,是"他人即地狱"的又一重日常——我们既是自我,也是他者;既是自我的自我,也是自我的他者;我们所追寻的,也是不必拥有的。

  除了这种精神祈向,周恺在小说集中特别观照了诗歌和诗人,并用些许罪案的阴影笼罩其纯粹,借以表达某种文化观和生活哲学,隐约指向在社会生活中的某些教益、参考抑或倡导。但作家的创作意图和所期望抵达的阅读效果总是有所偏差，周恺已经意识到"存在于学科中的知识，对创作者而言是有副作用的"，这对于实验性和先锋性写作，对于高度风格化的、非线性的主观叙述文本尤为明显。小说集中的十个作品往往是，每写下一个近似现实主义的段落，即会另起或在稍远处宕开，写毫不相干的其他。一旦浅显的阅读逻辑缺失，读者在碎片化中丧失确定性，惶恐感和晦涩感便会侵害阅读体验。

"装置"的时空体糅合了一般现实主义、革命历史题材、文化审美趣味、隐匿的暴力与性别的权力，结合私人经验与社会观察，去凝练、穿透那庞大无形的现代生活。这里不得不提示周恺笔下关于"性"的片段，这恐怕是男性叙事秩序下最坚固的堡垒，作为压迫、控制女性的最隐蔽的方式，女性在不同时代、以不同方式所遭受的损害，与她们在现实和历史中必须认知的身份之间有着意味深长的对照——这并非历史、政治、道德、革命等小说集所涉概念中的某一个就可以解释的，也旁证了唯有拥有女性生命体验和感受的女性书写，才能面对自己从不曾进入的历史、发出自己早该发出的声音——这当然是另一个话题。

亲身实践对传统小说理念的突围，将历史、政治、文学传统融会，在文体形式和文本形态上兼收并蓄，形成周恺小说集的审美张力和象征寓意，使阅读主体获得解读小说的极大的能动性，但也导致了修辞价值和小说文本的意义增殖——我们似乎已经看到脱离具体文本而走向一种不言自明之空洞的倾向。从这个意义上来说，周恺的写作在长期的理论跋涉中，在思想渊源和精神路径中，在当下，特别提示出了对写作本身的关注之外，必须把"阅读"作为重要的方法，警惕从理论到理论的意义增殖。在并不缺乏学术成果和建构方法的当下，我们对小说的阅读、审美和接受，应该在多大程度上引入作品的创作背景和前理解，在阅后的自我沉淀中怎样生发出真正值得体悟和交流的文本意义，已经成为更为重要的课题。作家所处时代与其内心世界和小说创作之间存在的那种通约，作家在创作之前对读者的想象，以及读者以阅读为方法获得到访的特权，去与作家面对、思考同样的问题。那么，我们想成为怎样的读者？我们能成为怎样的读者？我们真正拥有什么？当被问及有关读者的话题时，周恺这样答道："我很期待读者，而且很期待那些文字工作之外的读者，可惜的是，我到现在都没几个这样的读者，我希望今后能有。"交流的渴望贯穿于小说写作的全过程，正是在阅读与接受中，作家才能透过文本在精神层面上呼唤读者，促成处于不断交互中的当代文化建构，而我们也期待着周恺的下一个叙事空间、另一种写作风格和又一次的自我逾越。

未来、想象与现实的另一半

我们始终乐见以文学创作推进文化展示和时代表达——近年来科幻文学焕发出前所未有的生机,展现的诸多未来已部分转化为中国的当下,而中国故事和中国经验在共生共融的广阔意义上亦不断提供着对人类自身的探索、提示和瞻望。《中国作家》2020 年第 6 期文学版,推出科幻作家作品专辑:十三位作家以各自独特的文本设定打破现实世界中人类惯常的知识结构和生活模式,创造身体、思维和精神的多元生命力,虚拟后人类、人与非人、人与后人的情态和困境,跨越时空和物质的物理界限,模拟复杂背景下的宇宙、地球、区域乃至实验室里的飞地,而浑然的现实主义因子依然得以显现——朝向未来的书写,亦即关于现实的深刻映照——我们如何把握当下、迎接挑战、创造未来?

世界观、设定性与知识写作

这一专辑中的作品,韩松《山寨》、墨熊《春晓行动》、彭绪洛《平行空间》、郑军《弗林效应》、王诺诺《三灶码头》、超侠《偷心特工》、孙未《信徒》、星河《章鱼》、赵炎秋《智人崛起》、陈楸帆《剧本人生》、宝树《你幸福吗?》、阿缺《你听我诉说如沉默》、徐彦利《完美恋人》,从题名即达成某种科幻的视野,显现从新锐到中坚的科幻作家群，经由可通约的集体关切再次彰显其文学力量。

可能并不存在与西方科幻文学的切实交接，科幻文学在中国却也同样存在一个由"古典主义"趋向现实向度的深刻变化。除却将物理学等科学主体作为科幻小说的表达内容，大量作品逐渐转向运用"纯文学"的创作手法，关注人类历史命运和心灵史、探讨人性的复杂和永恒，并在新技术不断产生之际放眼时空关系，思考人类的共同命运和人之为人这一生物种群的未来。同时，通过环境与人的总体关系的探索，作家们敏锐于从外部切入人的生物性和社会性，勇于将此刻种种视为未来的遗骸，葆有的忧患意识在作品中向人类文明提出生存挑战，激活着人类于边缘中应对困境的重大议题。其中，对宇宙、未来、星外文明、人工智能等的关注，关于科学和自然等伟大力量的应用和敬畏，经由心理学、社会学、政治经济学，甚至神学所探讨的人的话题等，强调着科幻小说世界观的设定和其中广涉的多学科知识，对于构建作品标志性的"科幻感"，具有基础性的作用与意义。

韩松的《山寨》以企业家在无名荒山开设的写作中心为舞台，应邀赴会研讨的作家和批评家先是被企业家绑架劫持，却不料世界突然陷入战争，虚无尽头衍生出难以分辨的情境体验。小说中，人物的心理和对话不离文学，行为和动作均由有文化底蕴的知识所牵引，时而惊心动魄直抵现实，时而荒诞虚幻有如游戏。文学，或者说被悬置为幸存者的文学群体的生态，成为这场"第三次世界大战"背景下的价值客体，文学及其生态的本质属性有待再度发掘。在小说的设定中，老作家、女作家、乡土小说家、都市小说家、后现代小说家、鲁迅研究专家、文学系教授、明清逸事小说家、散文家、环境小说家、新锐批评家和诗人，以及未被邀请在列的推理小说家和科幻小说家，分有不同的文学观、世界观、价值观，并以之作为生存的实力不断进行思辨。战争降临，这些专业的文人因为企业家的劫持幸免其中，写作中心成为庇护所，而原本被认定为文学门外汉的企业家攀升至新秩序的顶端。此时，企业家因何劫持文人，文人如何反抗、如何揭发、如何侦破企业家的罪案已不再重要，文人变"好汉"，山寨即中心，企业家在新世界的"绿林"里获取了对价值客体的绝对领导地位，是硕果仅存的文学圈的"大哥"。

韩松笔下提供的不单是个体面临毁灭性战争时的行动与选择，更旨在以作品悬置的世界设定指向群体性的异化经验和奇瑰体验，展示当下对未来的某种蚀刻，以及由此通往的无数可能。而拟在静灭之前探索前路的轨迹，以便向读者抛出巨大的存在主义式难题，墨熊的《春晓行动》亦有此意：历经数次世界大战，"大霜"初现，地球被超级冰河期笼罩，三万年后，人类几近灭绝，留存的人类使用科技材料、智能计算机及能源系统制造的构造体们，出发寻找人类文明遗产"备忘录"，启动"春晓行动"，以人工手段加速环境好转。行动中伴随新的发现，一方面，人类有着猛烈的求生意志，却在短暂的安定期中依然斗争激烈、矛盾重重，加速着自毁进程；另一方面，由艾尔实验室制造的人类血肉与超级材料"赫萝黑泥"的混合体躯壳，加上利用意识投影进入其中的人类"亡灵"，生成了适应极端气候的新物种。实验室培养的密钥人"雪童"，作为"春晓行动"的关键，确信新物种才能拥有"更好的未来"，结束了以人类为中心的"春晓行动"。更好的未来未必是人类的未来，小说在自然选择学说物竞天择的基础上，以非人的构造体产生人的"自反性"，人类无法实现这场虚无的拯救，最终新世界有了新世界的神性，新的文明即将在新的种群中萌发。

近年，越来越多的作家开始在作品中构建灾难叙事、诠释个人的生态观，或以人与自然环境的关系、人与非人生命的一体两面为视点,或以生态的特殊状态为背景,通过灾难叙事呈现出日常秩序和特殊秩序的多样态联结。与之相适应的学科背景早已形成,即生态学突破生物学范畴,融合其他学科诞生了生态哲学、生态美学以及生态文学等研究领域,从而通过生态思想的广泛影响,在作品中对生态、自然、环境等问题表达担忧,在颇具覆盖性和渗透力的灾难状态中探讨个人与集体如何出场等成为热潮,人类自身对灾难和危机的诠释空间持续拓展。

例如,以生物科学技术的超越式发展为背景,将现代基因技术所引发的问题与焦虑作为文本的理论支撑。部分科幻小说选择将某特定的生物作为构思依托,试图以基因技术对其进行解码,从而引出问题、揭开谜面。星河的《章鱼》中,数字化神经网络实验课题组从生物神经网络寻找灵感,从一只加州双斑蛸的观察研究探讨生物意识与数字意识的关联,海滩大量聚集的章鱼,既是乍看之下的生态灾难,更是星外文明和集群意识的信号,如果说智慧发展的终极是消灭个体意志,那么人类通过脑科学和神经科学所致力于的未来意识和数字化永生无疑将因为引发生命本质的危机而陷入灾难。郑军《弗林效应》通过高科技犯罪调查处侦破与致毁知识环环相扣的罪案,除开小说中关于人体芯片、试管婴儿和基因技术的描述,由科学实验提取的新型生化物质类环氧丙嘧啶能够大幅提升儿童智力,最终在一场跨国缉凶行动中酿成区域性动荡和家庭伦理悲剧。

又例如,以人类使用核技术、量子技术等为构思基础,开启异世界、制造新物种、扩展人体功能,最终导致秩序混乱和灾难性事故。超侠《偷心特工》、孙未《信徒》、赵炎秋《智人崛起》中涉及的量子技术中,《偷心特工》借助放置量子脑、与人的本体同步的纳米机器人篡改记忆,在强制性解除同步链接时却导致本体消失,甚至进入异度空间;《信徒》中海市蜃楼般的视觉假象被戳破,源自量子物理中人的意识作用于外部世界的力量,人们不仅生活在巨大的假象中,历史的真实也被一并解构;《智人崛起》里高维会会议以量子视频的方式召开,无法追踪、无法监测,量子邮件以点对点的通信,随时改变形态以防信息截获,以此保障的却是一场与自然人对立的骇人哗变。

再例如,因垂直应用领域不断深挖,人工智能成为最贴近当下生活且具有强大潜能的科技,不同于曾经科幻电影中热衷的人类与机器人大战,这些旧日的"先锋"成为"现实"一种,触手可及的科学的悖谬,渲染上新的科幻色彩。这类科幻小说类似于应用文体,作品中的想象世界及其设定,与现实社会中科技应用的真实情况紧密相连,指向科技革命和与之同根同源的人类社会历史。更为重要的是,其中相当一部分作品,以科幻的反科学性直面飞速发展的科技与某些灾难性时刻的切实渊源,承担起向科学进行严厉质询的责任。从种群到社群,赵炎秋的《智人崛起》将自然人与高智机器人的对立建立在公民权利的争夺上,从社会、政治、经济、军事等领域探讨人工智能技术可能面临的罪与罚。徐彦利的《完美恋人》和宝树的《你幸福吗?》中,提供着为满足人类需求而制造的人工智能角色,或扮演恋人,或设计为服务枢纽,结果均以利弊的失衡造成人类自身的精神伤害。如今,人工智能恍若应用领域的信仰图腾,正超速复刻于各类新技术实践。不单是制造功能性超越人类、形态上与人类无二致的机器人,人机结合程度的加深,催生机器与人的通约。当人的身体部位被一个个机器植入、替换,其最终形态将使人成为完全的机械,人的身体的意义被取消,成为新一类的智能机器人。当人获得不朽的身体,实现梦幻般的永生时,此时的人,是我们所认知的人,还是物质文明的皇冠?在新技术的极速推广和对这种新技术的陌生与警惕中,产生了文学的引力和创作的空隙,人与机器,连同人在技术辅助下实现的超强能力,催生出新一代的赛博格式文学形象。墨熊《春晓行动》中适者生存的混合体,其本质即是以超级材料为肉体,再以技术手段实现人的意识的保存和转移,成为这一新型肉体的灵魂。陈楸帆《剧本人生》中,女演员通过植入芯片来控制情绪,实现了完美的演技,通过情绪传导表情,和商人丈夫共同模拟出超高的情商。人一旦对芯片或者某一技术产生身体和精神的双重依赖,便立刻陷入既强大又脆弱的自身矛盾。作者觉察到新技术所能轻易形成的巨大产业链,以及与商机共生的安全障碍、技术危机和伦理挑战,而关于人与人的发明之间的复杂纠葛,作者选择以人的决断去主导,是明是暗,仍然对人之为人抱有期待。

对于自己作品中创造的世界,作者也以知识性写作的方式构建其内部的坐标系,以猜想、阐释和假说的穿插,抵达小说的真实。超侠在《偷心特工》的结尾,通过量子学说揣测人物的失踪,以时空维度的观点描述爱的物理界限,并且设置出已经消失的作者来进行自我验证。星河的《章鱼》,同样在文末抛出假说,聚集的章鱼正以集群意识向地外星球发射有关人类文明的信息,未知的未来,有待读者与小说中的研究者共同见证。彭绪洛的《平行空间》中,"我"被卷入错位且重叠的时空,经由多方查证,推测出这一力量来自外星。"我"故地重游,得到的答案却出乎意料,生活在这一时空中的两个"我",其中一个是外星人实验的复制体,去外星还是回到人类社会,成为作者提出的问题,而主人公以诗附之——在人间、在天地。孙未《信徒》里的方芳,之所以能接近真相,见到不同的景物,一是由于所谓量子物理中波函数的坍塌,另一原因则是在信息高度发达的时代能够阻断多余信息、坚决相信自己真实的知觉。真相的揭发需要依靠前者的科学基础,即作者设置的以量子物理学说聚集人的意识的力量,而自我的觉醒则有赖于人心、人性的回应——这一行动最终在义利之辨中失去同行的信徒，方芳被认定为精神病患者。

倘若将科幻小说视作时间的艺术，读者总是习惯在时光流逝中查验其中浮现的景象是否通约为未来的某种韵脚。在这一意义上，韩松《山寨》的设定颇具人文高度，读者不仅要怀疑企业家的意图和所谓的战争是否存在，也不断对语言、文字和意义世界产生着不信任，连同蝙蝠和猴子的出场，在尽头处通向原始和神性。如果未来的前方既是退化也是进步，人类在某种轮回和再发现中，是否还有拥抱时间的意义？专辑中，王诺诺、阿缺两位新锐同样以想象力向时间夺权。王诺诺的《三灶码头》以向后的回望反观当下和未来，穿越到日本侵华战争时期的主人公告诉乔老四，人类在几个世纪后尽管有了气象武器、混沌系统和穿梭时空的能力，也依然在打仗。两个存在于不同时空的人，在科幻的乡土世界里相遇，却共有着类似的乡愁，无论是从放风筝到乘飞船，还是从烧柴火到储能源，传统、现代和超现实元素的绞合下，困扰人类的还是悖论式的怀旧情感，文化乡愁的相互博弈中，作者向儒勒·凡尔纳在已知和未知世界中的奇异旅行致敬。阿缺的《你听我诉说如沉默》以外星人科技限制人类，每人每天只在跟一个人说话时的声音能被听到，而这一天里，人也只能听到将其视为唯一说话对象的那个人的声音，除此以外的任何听觉空间都不复存在。被认定为最低效交流方式的声音的消失，带来了新世界的感官革命，以沉默之美所构建的宏大乌托邦，音乐之声和音乐文化被放逐，视觉文化爆发为新的表达系统。在文化断裂所带来的痛苦中，民谣歌手李川却坚持歌唱，执着于梦想，也曾拉下电闸，在彩灯熄灭的纯粹中，痴迷于回归；在文化乡愁、家园意识的历史脉络中，吴璜爱情的形态与乌托邦发生冲突，迟到的声音最终向昨日的遗民发出呼喊，沉默的打破成就着青年生活的重新启蒙。

狂奔、重返与超验现实

  在中国崛起、中华民族伟大复兴的道路上,科学发展、可持续发展、生态文明建设等辩证之思反复检视着中国的现代化,其中深层支撑的、历经检视的科学观和现代主义逻辑,为世界现代文明提供着警醒。中国科幻的意义同样不止于拓宽视野、探索此刻与未来,更多的作者通过对科学实验和研究者的关注,在作品中采取反省的姿态,就科学信仰、现代科技做严格讨论。技术的狂奔,使人类拥有创造未来的强大工具;不绝于耳的"未来已来"之声,在今天即已面临的挑战面前,宛若忘却了必须的谦卑;一再被提及的对人类中心主义理应秉持的冷静,在人类"反求诸己"的自我提示中,开始重返与自然、宇宙共生共融的深远意义。

  因而,在本期《中国作家》推出的科幻专辑中,我们欣喜于作家所自觉承担的文学的反思功能。如果说文学的身份之一是人学,就人类实践进行反思的意义则远超其本身。将"科幻"二字做生硬拆解,科学学科、科学观、科学实验当然是科幻小说题中应有之义,而关键的"幻"字,则与真实、虚构以及超验、超幻等形成同盟——倘若缺少这种同盟,"幻"便无法落地生根,更无法通向真正的觉醒。赵炎秋《智人崛起》即表达了人类对于科技的矛盾心理,将人类对机器人的依恋与恐惧引向社会学层面的局限性。小说展示了关于人与机器人并存时代的预言,却又更多地趋向审美和叙事的语境,与新写实主义以来的日常生活诗学的发展有着内部的相似性:从人物写起,将个体的日常经验和生存体验作为叙事基础,从而缔结科幻文学的某种一脉相承——以重返过去来书写未来、以未来为隐喻表达狂奔的过去,种种超验现实既陌生又切近,以之唤醒阅读的共情。小说的反思两端，一是人类对历史矛盾和自身存在发出的质疑，二是凡此种种人类仍需获救，又将如何获救的问题。作者将人类的暂时胜利作为小说的结局，虽是理所应当的偏爱，行文中却时刻提醒着对人类中心主义、政治主义和法西斯主义保持警惕，这与小说在虚构世界中呈现的多角度、多声部相一致，即关于历史真实与历史表达的矛盾与撕裂。

与此类科幻写作的浪潮合流，郑军的《弗林效应》以日常生活和现实经验为本体，叙写未来故事。小说中构建的这个未来，同样是一种超验现实，是现实之上、可供体察的未来。尽管科学实验、致毁知识和超人主义等内容对大多数读者都具有新鲜感，但经由警匪故事、悬疑要素凸显的义与利、情与法以及青少年儿童犯罪和国际恐怖主义等问题则与当前的世界整体息息相关。尽管科幻小说提供着一场指向未来的思想实验，以使读者通过作者的引导进行深入的思考，杨真所在的无法可依的高科技犯罪调查处，韩津所扮演的商人、媒体人和发声者，肖西光所依靠的高校课题制度，机器人专家江志伟、行为专家肖亚雯、宋梓馨母亲所属的不同研究机构，沙阳、宋梓馨等被动成为实验体而失去正常人生的儿童，以及跨国的少年武装等，读者发现较之于狂奔进未来的想象，实际正不断以此重返当下，经由小说中的"过去"，达成对此时此刻的观照，人类在技术、科学、理性、现代之后，其存在和生活的价值何在？

正如宝树向我们提出的这个关键问题——《你幸福吗？》，当现实生活中的诸多困境难以在实然世界中实现超越，科技提供的方案是通过虚拟现实技术给予浸入式的体验，从而使受众在应然世界中获得短暂幸福。小说中的"他"，在感知体验下品尝到难得的幸福时刻，这些与真实毫无差异的瞬间，却使他在结束体验后的漫漫长日里如坐针毡，生活仿佛更加缺少意义。瞬间的意义如何达成超越效果，支撑起人的整段人生，虚拟现实技术做出的方案调整是让体验者浸入但丁《神曲》里的地狱，从而回归日常，认可平凡生活的美好。作者以科幻的方法直陈现代社会中人的迷失，有必要重拾知足常乐的质朴观念，人的幸福与人的本质相连，而作为人的本质之一的自然身体，是否是束缚人获得幸福的物质性成因？与自然人相对的，在小说中扮演短暂女友的人工智能机器人，放置于更广阔的真实社群，将展开何种性别表演？徐彦利的《完美恋人》便着力建构了这样的两性关系，苦苦寻觅、倾心相恋的完美男友，随之被识破为机器人，女主人公在2035年的婚恋压力下，重新定义起人机关系。遗憾的是，这种重新定义，看似是独立的现代女性做着果敢的选择，拥有跨越性的包容与智慧，愿意在生活中去爱、去兼容一个机器人，实际却造成了权力地位与规制的颠覆，她向周遭妥协，向在身体设置上不能生育、在情感设定上也不唯一的机器人妥协，甘愿为自己的虚荣心埋单，甘愿成为特定的研究对象……

  作家们纷纷将机器人定义为新的种群，探讨机器人在谋求权力地位的过程中，人机关系呈现的种种情状，其中涉及的人与科技的关系、性别的议题、身体和感官的界定等，坐落为某种反抗的路径，守卫着属于人类的值得一过的人生。陈楸帆的《剧本人生》中人体植入的情绪控制芯片，模糊着人的情感真实和人性真实，加之成功学的强大逻辑，人已然异化为他者；孙未的《信徒》将行走的意义赋予身体心性，一方面，使之成为二十三世纪的高速生活中青年创业的增长点；另一方面，通过对真实知觉的确认去驱散从众心理，从而反抗科技打造的假象，使人摆脱地图和GPS等科技的圈套。阿缺的《你听我诉说如沉默》，修改着世界的具体参数，被剥夺的日常听觉和缺少克制的视觉效应，连同由感官而封锁、扭曲的身体空间，使人与人之间的深度联结更加困难。超侠的《偷心特工》，以章节性地插入自我对话的方式呈现人物的精神成长，醒悟了的男人终于为爱去使用纳米机器人技术，因此偶然量子化了的身体，成为意识的基站，再度建立人与人相遇的时空维度。

　　作品展现的科幻与现实的边界，带来科幻小说自身的边界问题。首先，现实主义作为一种创作方法，已有批判现实主义、魔幻现实主义、心理现实主义、结构现实主义等诸多流派的实践，而其边界在今天仍然可以持续扩展，不断进行写作的探索和创新。已有"纯文学"作家将现实主义方法与科幻创作相结合，捧出颇具科幻意味和未来感的现实主义作品。其次，尽管科幻作品将故事放置于未知世界，作家直接使用的语言、环境、历史等元素，对学科知识的掌握和运用，以及作品中呈现的洞见、想象与思考，其本身即根植于现实，甚至是现实一种，这也成为科幻文学致力为读者提供的某种实感和审美要素。因此，对于专辑中的不少作品，我们很难对其在科幻文学、科技现实主义、未来现实主义甚至悬疑推理小说的归属上做具体的划分，但我们有理由对这一相互拓展的边界怀抱信心，无论何种创作，都不应停滞于某种定型的状态，有必要去感知彼此，从而在绵延的创作历程中，汇聚成另一种独特的风景。

流动的美学：文学生态与新主流叙事

　　曾经几度中断的中国科幻小说，其近几十年的再度发展，难以避免地与全球化进程联系在一起，同时实证着一种全球化了的科幻小说的确实存在；勃兴于以科技的第二特性所建构的世界体系中，中国科幻小说也不同程度地反映了中国读者在想象自己置身其中时，不断变化着的立场。一系列的关键问题被提出，何为科学，科学与人、科学与中国文化传统如何结合，中国文化的未来是否存在与科技发展相关的得失;种种思索中,中国的崛起成为当代中国科幻小说的独特主题,而有关快速发展的担忧亦为科幻小说提供着素材和视角,有关民族复兴和文化乡愁的复杂想象使中国科幻作家重新发明起中国科幻的传统和话语;多元滥觞下,对未知事物的探索仍然承担着叙事的核心,其暗含的隐喻、象征和原型,成为我们理解世界的共同语言,连接着人类相同的未来。关于科幻文学生态及其宏观结构,本期《中国作家》科幻专辑亦有呈现:一方面,"人"的生存发展和人类未来等问题,已然叩响人文社会科学、自然科学及其相关领域的深刻思考,这本身亦是全人类代代相承、生生不息的共同探索;另一方面,在融媒时代、人工智能时代乃至后疫情时代等重要时刻悄然莅临的当下,文学创作中的科幻作品,与其说被类型化、通俗化、幻想型、寓言体赋形,不如说理应由此诸多标志性特质通向问题的提出、思考的路径和人文价值及哲学意蕴的可能,从而以"先声"回应时代的机遇,以"追问"唤醒文学的守望。

韩松的《山寨》坚持其反讽和难解的故事架构,审美风格的怪异性,兼并着叙事上的群像混剪。读者势必会注意到那些蝙蝠,"它们体内装满病毒,具有强大的免疫力","只有它们似乎不受战后新世界规则的约束","像强击机一样飞来飞去,使得作家和批评家们愈发自惭形秽";也将由此陷入对文学和知识的类似思考,"知识更具有实用性,也更接近战后真正的文学——大家便合力捕捉了几只蝙蝠……从蝙蝠的身上,看到了逃避这场灾难的可能性",于是,"众人便在两个山头之间,拉扯起一道铁丝,大家学习蝙蝠,十个八个一串,双脚倒挂在铁丝上,夜里便开始飞翔,从这边飞到那边,凌空跨越悬崖",女作家很喜欢,对新世界的文学赞助人、即她的企业家丈夫说,"你养的这群动物真有趣"。层层深入、再三反转的戏剧性,所讨论的不仅是文学生态和实用主义文学观,悬置、隔离和陌生化,与原始、神性乃至"病毒"有所关联；科幻感的传递并不过分依赖技术知识，作品重要的人文性，恰好在于寻找新世界的语言和诗意，正如从机器人和猴子身上产生的疑惑：它们究竟指向溃败还是超越？

　　某种程度上，文本内部与外部世界存在真实的同步。受新冠肺炎疫情影响，二〇二〇年上半年，全球进入紧急状态，各类学科、各种文化，都在以自己的方式探索当下、思考未来。在常态化疫情防控成为某种新秩序的当下，面对诸多的不确定性及融媒时代爆炸式增长的信息洪流，朝向在危机中提前诞生的未来，作家作品将如何反映，同时承担何种权责？我们可以从韩松的新作《山寨》里听见一种回响，也能够在郑军的《弗林效应》中找到具体的关切："传染病疫情严重，用于隔离病人的自动护理系统出现了很大需求。它可以代替一线的医生护士，去护理病人，减少交叉感染。"星河的《章鱼》里的研讨，鉴别着"民科"和经典理论等信息观点，提示个人在信息时代中如何自处、如何思辨的问题；关于海滩聚集章鱼的现象，小说以新闻"呼吁大家不要随便捡回家煮煮吃掉，特别提醒大家注意2003年和2020年席卷全球的流行病灾难"，同构着我们此时此刻面对的世界真实。

　　科幻小说的可能性不止于此。以文化研究考察，将主流叙事缝合进大众文化，形成新的叙事旋律，从而使类型化的话语融合集体、家国等重要元素，为小说向其他作品形态的转化提供机遇。典型的成功案例以刘慈欣的《流浪地球》开启中国科幻电影元年为代表，尽管学界对"元年"一说持有保留，我们仍须承认以科幻小说满足大众期待、反映时代精神的艺术可能。正如，我们从墨熊《春晓行动》中的混合体，从郑军《弗林效应》中的新型生化物质联想到电影《超体》《毒液》，从王诺诺《三灶码头》、彭绪洛《平行空间》里的时空要素联想到《星际穿越》，从赵炎秋《智人崛起》、徐彦利

《完美恋人》联想到电影《她》,从宝树《你幸福吗?》联想到《黑镜子》和《此房是我造》——而此类联想何时能自然地指向国产电影,则是另一个话题和另一种期待。

　　事实上,打破商业电影与主旋律电影界限的国产新类型电影正在崛起,不约而同地以多重主体的重构和新时代的英雄,展现近年来文艺领域的诸多美学新变。具体到科幻文学创作,其在某种意义上与新类型电影类似,文本世界观的设定成为作品重要的艺术生命力,而文化背景的多样化正适时催生着类型叙事的多元。以灾难叙事观照后人类和安全哲学,多重的主体和过剩的自我意识伴随正在虚化的国别界限呈现不同态势;以寓言统合日常的叙事,形成小说的复调,故事人物以各自的经验、伦理、情感和集体意识寻求着共情,从而应对读者情感结构的变化;科技兴国的现代化叙事中,是以科技达成完全的解放,还是相反遭受科技的役使,其中又是否存在文明荣光的某种宿命……

　　面向新时代的中国,类型文学与"纯文学"共同书写、一齐见证、长期共荣,不仅是创作边界的相互拓展,更是内部文化自信的显现。《中国作家》作为当代中国体量最大的国家一级大型文学期刊,伴随中国文学的风雨历程,逐步确立了厚重扎实、兼收并蓄的刊物风格;通过多维度地拓展阵地,每期以文学版、纪实版、影视版三刊并进,从而由自身内部的打造和具体作品的刊发,展示中国文学生态的变化发展。本期科幻作家作品专辑,借助科幻新作的集体出场,映现文学对家国的关注,作品呈现的深刻思考和艰难困境,将人推向人类命运共同体的高标;同时,中国科幻文学的在场,宣示着中国叙事对世界共同话题的积极介入,并以此为切入点,进一步延展中国故事与世界的共性,在探索中逐步形成的新主流叙事,也将在创作的新路上完成文化表达的又一次跨越。

视域·回望

曹植书信文简论

曹植（192—232），字子建，三国曹魏著名文学家，建安文学代表人物。魏武帝曹操之子，魏文帝曹丕之弟，后人因他文学上的造诣而将他与曹操、曹丕合称为"三曹"，南朝宋文学家谢灵运更有"天下才有一石，曹子建独得八斗"的评价。王士祯《带经堂诗话》："汉魏以来，二千余年间，以诗名其家者众矣。顾所号为仙才者，唯曹子建、李太白、苏子瞻三人而已。"[1] 刘勰《文心雕龙·时序》曰："陈思以公子之豪，下笔琳琅；并体貌英逸，故俊才云蒸。"[2] 可见曹植卓越的文学创作才能。钟嵘《诗品》"魏陈思王植条"评价道："其源出于国风。骨气奇高，词彩华茂。情兼雅怨，体被文质，粲溢今古，卓尔不群。嗟乎！陈思之于文章也，譬人伦之有周孔，鳞羽之有龙凤，音乐之有琴笙，女工之有黼黻。俾尔怀铅吮墨者，抱篇章而景慕，映余晖以自烛。故孔氏之门如用诗，则公干升堂，思王入室，景阳潘陆，自可坐于廊庑之间矣。"[3] 房玄龄在《晋书·文苑传》里也对曹植多有称赞："独彼陈王，思风遒举，备乎典奥，悬诸日月。"[4] 再看丁晏《陈思王诗钞原序》："诗自三百篇十九首以来，

---

[1] （清）王士祯，《带经堂诗话》，北京：人民文学出版社，1982年。
[2] 范文澜，《文心雕龙注》，北京：人民文学出版社，1958年，第375页。
[3] 陈延杰，《诗品注》，北京：人民文学出版社，1961年。
[4] （唐）房玄龄等，《晋书·列传第六十二·文苑》。

汉以后正轨颛门，首推子建。洵诗人之冠冕，乐府之津源也。其所见甚大，不仅以诗人目之。即以诗论，根乎学问，本乎性情，为建安七子之冠。后人不易学，抑亦不能学也。"明代胡应麟《诗薮》亦称"建安中三、四、五、六、七言、乐府、文、赋俱工者独陈思耳"。翻检曹植存世作品，其诗歌、乐府、散文、赋的创作成就都很高，本文拟从学界关注较少的曹植书信文出发，考察其独特的审美特点及价值，对其在中国古代散文文体发展以及骈散分化进程中的地位和贡献做一番讨论。

一、书信文源流与曹魏书信文的历史地位

书信文是中国古代散文史上一种重要的文体类别，其发展历史源远流长。关于书信文的产生时代，学界尚无定论，主要有以下诸说：（一）西周说。姚鼐《古文辞类纂·序目》云："书说类者，昔周公之告召公，有《君奭》之篇。春秋之世，列国士大夫或面相告语，或为书相遗，其义一也。战国说士，说其主时，当委质为臣，则入奏议，其去国或说异国之君，则入此篇。"① 曾国藩也认为《尚书·君奭》是有关书信文的最早文献，其《经史百家杂钞》曰："书牍类，同辈相告者。经如《君奭》及《左传》郑子家、叔向、吕相之辞皆是。后世曰书，曰启，曰移，曰牍，曰简，曰刀笔，曰帖，皆是。"② （二）春秋说。刘勰认为书信文的产生可追溯到春秋时期，由于诸侯往来密切，书信文便应时而生："三代政暇，文翰颇疏。春

---

① （清）姚鼐，《古文辞类纂·序目》，上海：上海古籍出版社，1998年，第6页。
② （清）曾国藩，《经史百家杂钞》，湖南：岳麓书社，1987年，第2页。

秋聘繁，书介弥盛：绕朝赠士会以策，子家与赵宣以书，巫臣之遗子反，子产之谏范宣，详观四书，辞若对面。又子叔敬叔进吊书于滕君，固知行人挈辞，多被翰墨矣。"① 褚斌杰持赞同观点，认为《左传》的《郑子家与赵宣子书》《巫臣遗子反书》《子产与范宣书》是最早的书信体散文。② （三）战国说。赵树功《中国尺牍文学史》认为书信文的源头暂不可考。而从私家往来尺牍这一现代意义的角度来看，书信文当是起于战国，盛于秦之后。③ 实际上，战国以前的书信文流传下来的很少，书信文从汉代才开始大量存在，其书写规制亦是到汉代才基本形成。换言之，书信文散文在汉代以前一直处于萌芽阶段，到汉代才进入真正的发展阶段。

两汉时期存世的书信文数量很多。司马迁《报任少卿书》、杨恽《报孙会宗书》、马援《诫兄子严敦书》、冯衍《与任武达书》、朱浮《与彭庞书》、朱穆《与刘伯宗绝交书》、李固《为黄琼书》、秦嘉《与妻徐淑书》等，都是两汉书信文的名篇。这些书信文行文朴质，抒情写意，自然纯真，以气为主，无意于言辞形式美的雕饰而语词华美，抒情温婉意深，气畅情挚，极富有抒情性和感染力，大大推动了书信文体的发展。

到了曹魏时期，伴随日常生活交往行为的频繁，友人之间书信酬答开始勃兴，书信文作品明显增多。刘勰《文心雕龙·书记》说："魏之元瑜，号称翩翩；文举属章，半简必录；休琏好书，留意词翰；抑其次也。嵇康绝交，实志高而文伟矣；赵至叙离，乃少年之

---

① 范文澜，《文心雕龙注》，北京：人民文学出版社，1958年，第455至456页。
② 褚斌杰，《中国古代文体概论》，北京：北京大学出版社，1990年，第389页。
③ 赵树功，《中国尺牍文学史》，河北：河北人民出版社，1999年，第3页。

激切也。至如陈遵占辞，百封各意；祢衡代书，亲疏得宜：斯又尺牍之偏才也。"① 可见书信文创作在曹魏文学中具有不可轻视的地位，不仅作家众多，作品数量也相当可观。此外，曹魏时期书信文的题材、内容较之汉代书信文有了很大的拓展，其在艺术锤炼方面也更为精美，语言开始渐趋骈俪化，用典渐繁，书信体制也渐趋精密……综而论之，曹魏书信体散文上承两汉，下启两晋南朝，具有划时代的关键意义。

　　曹魏书信文的这一历史转折意义，从萧统《文选》"书"类的收录也可得以证明。萧统《文选》共收录从汉至梁 16 位作家的 22 篇书信，是除"诗""赋"两种文体外，收录作品数量最多的一类文体。在这 22 篇书信文中，属于汉代的 4 篇，属于两晋南朝的 4 篇，其余 14 篇均属于建安、正始时期，即文学史上通常所说的曹魏文学的作品，它们是：孔融《论盛孝章书》，陈琳《为曹洪与魏文帝书》，阮瑀《为曹公作书与孙权》，曹丕《与朝歌令吴质书》《又与吴质书》《与钟大理书》，曹植《与杨德祖书》《与吴季重书》，吴质《答东阿王书》，应璩《与满公琰书》《与侍郎曹长思书》《与广川长岑文瑜书》《与从弟君苗君胄书》，嵇康《与山巨源绝交书》。这里需要说明的是，胡刻本《文选》"书"类作 24 篇，因后面两篇"移"文学界大多认为应单独立类，故此处不将其统计在内。此外，"笺"类也属于书信文体，但为了遵从萧统的文体观念，此处亦不将其统计在内。《文选》"书"类的收录情况说明，至少在萧统以及参与《文选》编选的文臣心目中，曹魏书信文是整个先唐时期书信文创作中最具代表性的作品，在整个书信文发展史上占据重要地位。

---

① 范文澜，《文心雕龙注》，北京：人民文学出版社，1958 年，第 456 页。

二、曹植书信文的题材和内容

曹魏是书信文创作的大盛时期，当时著名的文人几乎都有书信文传世。若把曹植书信文置于曹魏书信文创作的历史语境下进行审视，不难发现其独有的题材和内容。根据严可均辑录《全上古三代秦汉三国六朝文》，曹植作品共165篇，其中书信文7篇，即《与杨德祖书》《与吴季重书》《与陈孔璋书》《报陈孔璋书》《与丁敬礼书》《与司马仲达书》《答崔文始书》。

建安作家的书信文创作，因其身份和集团性关系特殊，书信往来多是公务应酬性的，或是受托代笔而作的公务应用性质的书信，内容基本以讨论社会政治话题为主，往来于同僚、朋友乃至政敌之间，因此这些书信文并非完全表达的作者观点，如陈琳、阮瑀替曹操写作的书信文。偶有涉及日常生活的书信，如曹操的部分书信文，即时而作，率性而为，有的仅是只言片语，不成文章，但仍以公务往来为背景，内容基本没有脱离共同事务。与此不同，曹植的书信文多是写给同僚、朋友的日常生活信件，较少公务往来的应酬性质，大部分是他自己日常生活情感的抒发。虽然这些书信也在讨论现实政治生活中的问题，但是，从行文风格来看，曹植是把书信文作为日常生活交际的重要工具来运用的，其《与杨祖德书》《与吴季重书》，内容涉及日常生活中的文学写作讨论，并且表达了自己的人生理想。

曹魏时期具有公务性质的书信文一般篇幅较长，略显烦冗，而曹丕、曹植等酬答的书信，时而叙事，时而抒情，时而评文论人，篇幅则相对短小。曹植的书信文辞采华靡，情调与乃兄相近，亦悲亦叹，亦怨亦恨。早于曹丕，关于文章经国之用的表述已在杨修回复给曹植的《答临淄侯笺》中出现:"若乃不忘经国之大美,留千载之英声,铭功累钟,书名竹帛,斯自雅量,素所蓄也。岂与文章相妨害哉!"曹植写信给杨修,表达了"若吾志不果,吾道不行,亦将采史官之实录,辨时俗之得失,定仁义之衷,成一家之言"(《与杨德祖书》)的想法。杨修在一定程度上纠正了儒家气息浓重的曹植轻辞赋而重子史的偏颇,认为辞赋与功业并不相妨。曹魏时期,除了建功立德,作家已普遍具有立言的自觉,其认识较过去也更为透彻、高明。对于曹植来说,理想和现实间的差距使他不得不选择立言这条唯一可以发愤的途径,把目光投向自己的心灵深处,自觉地、有意识地进行着情感的创作。

刘勰在《文心雕龙·时序篇》道:"观其时文,雅好慷慨,良由世积乱离,风衰俗怨,并志深而笔长,故梗概而多气也。"这不仅表现在建安诗歌中,形成了所谓的"建安风骨",亦同样表现在建安文人的各类散文之中。曹植《与杨德祖书》《与吴季重书》以及他与诸子之间的书信往来,或追思往昔,思念旧友,或抒发怀抱,寄托情思,都写得情真意切,如见肺腑,表现了他们之间心灵的交契和感情的交流。曹植的书扎文章较之曹丕写得更为靡丽,抒发感情更是恣肆放纵。《与吴季重书》开篇即云:

"前日虽因常调,得为密坐。虽燕饮弥日,其于别远会稀,犹不尽其劳绩也。若夫觞酌凌波于前,箫笳发音于后,足下鹰扬其体,凤叹虎视,谓萧曹不足俦,卫霍不足侔也。左顾右盼,谓若无人,岂非吾子壮志哉?过屠门而大嚼,虽不得肉,贵且快意。当斯之时,愿举泰山以为肉,倾东海以为酒,伐云梦之竹以为笛,斩泗滨之梓以为筝,食若填巨壑,饮若灌漏卮,其乐固难量,岂非大丈夫之乐哉?"

如此文章,文采焕发、意气纵横,随便的叙事、纵意的抒清、随感式的评论，感情自然真挚，这既是曹植书信文的独特之处，亦是当时书札文章的新内容。建安文人创作书信文，对文学品评亦多有涉及，他们把作家作为主要品评对象之一，这一点在当时表现得十分突出。建安文评的代表之作曹丕的《与吴质书》《典论·论文》，卞兰的《赞述太子赋并上赋表》，曹植的《与杨德祖书》，杨修的《答临淄侯笺》等，都以作家论为主干。这也是刘勰在《文心雕龙·序至》中评价"魏文述典，陈思序书"称"魏典密而不周，陈书辩而无当"的部分原因。到了建安十九年后，文人文评才对文学本质有了较为深刻的论述。如曹植的《与吴季重书》和吴质的《答东阿王书》，书信中充满对对方文才的称颂，双方对对方文才的品评现在看来基本上是恰当的，但这部分内容并不是文章的重心，颇带有礼节上的意味，而就整个书信往来的内容而言，曹植旨在批评吴质旁若无人的自傲之态，劝其自勉自励，加强修养，吴质的信只不过是对曹植书信的回复。建安二十一年，曹植的《与杨德祖书》和杨修的《答临淄侯笺》标志着建安文评进入对文学本质的理论探讨阶段。曹植在书信中主要论述了当时文坛作家群集的盛况，自己喜爱讥弹文章的爱好，以及对文学鉴赏和文学功用的看法；杨修在回信中也重点谈了文学在人生价值中所处的地位和作用。这些内容与此前建安文人的文评相对照，显然前进了一大步。

曹植才高志大，有建功立业的政治理想，但命运不济，遭遇统治阶级内部激烈的矛盾冲突。这在其诗文中也有表现，他在《与杨祖德书》中说："辞赋小道，固未足以揄扬大义，彰示来世也……岂徒以翰墨为勋绩，辞赋为君子哉！"可见当时的曹植追求的是政治上的功业。曹丕写有《与吴质书》《与朝歌令吴质书》等，曹植也有《与吴季重书》，可见吴质在丕植兄弟政治斗争中的重要性。曹丕信中抒发了与吴质交往的情感："年行已长大，所怀万端，时有所虑，至通夜不瞑，志意何时，复类昔日，已成老翁，但未白头耳！"字里行间，充满怀旧的真情实感。曹植的书信则是希望吴质"为我张目"，赤裸裸地表明其政治意图。最终曹丕将吴质拉向了自己的阵地。吴质的倒向标志着曹丕成为文人的人心所向，这是曹丕以文为政的胜利。曹植的《赠丁仪》写于曹丕继位后不久，"在贵多忘贱，为恩谁能博？狐白足御冬，焉念无衣客？"安慰丁仪不要因为没有得到封赏而不安，同时以委婉的语气发泄了心中的怨愤不平，"思慕延陵子，宝剑非所惜。子其宁尔心，亲交义不薄。"愿以忠贞不渝的友情使朋友得到感情上的安慰。曹丕继位后，为巩固自己的政权，极力排除异己，对曹植及其亲近的人进行了种种迫害。曹丕死后，曹睿继位。曹植的待遇虽略有改善，但仍不得信任。曹植的《求自试表》就是请求皇帝试用自己，却不能如愿。他借上表求试的机会，一吐胸中不平之气。"退念古之受爵禄者，有异于此，皆以功勤济国，辅主惠民，今臣无德可述，无功可纪。"不难看出那字里行间隐有一股臣志大而主不用的怨气，但文笔婉转含蓄，"必乘危蹈险，骋舟奋骊，突刃触锋，为士卒先，"显露出曹植迫切冀望效命立功，不甘虚伪白首的愤慨情绪。文章从天经地义的伦理道德出发，表达了自己的政治意图。

此外，建安文人的书信往来也反映出当时建安文学传播的一个侧面。曹植《与杨德祖书》说："今往仆少小所著辞赋一通相与。"杨德祖接到曹植的书信以后，迅即写了《答临淄侯笺》，其中有云："损辱嘉命，蔚矣其文。诵读反覆，虽讽《雅》《颂》，不复过此。"陈琳《答东阿王笺》亦云："昨加恩辱命，并示《龟赋》，披览粲然。"据此推测，曹植曾经把自己写的辞斌赠予杨德祖和陈琳，并且杨德祖和陈琳也都认真阅读过曹植送给他们的辞赋。曹植这种形式的赠送，使自己的作品得到了传播。这些书信文说明建安文学在当时通过互相赠答这一途径进行传播，这与当时文学和文人地位的提高有密切的关系。建安时期的统治者，特别是曹魏统治集团中的曹氏父子，对文学和文人空前重视，把文章看成是"经国之大业，不朽之盛事"（曹丕《典论·论文》），文人相应地把创作看成是荣耀的事情，通过互相赠答这一途径来传播文学作品。建安文学在当时也能传播到低级小吏、下层知识分子和歌伎等下层人们当中去。这方面的情况在曹植和吴质等人的书信文中也有所反映。曹植《与吴季重书》说："其诸贤所著文章，想还所治，复申咏之也。可令熹事小吏，讽而诵之。"曹植让"熹事小吏"讽诵"诸贤所著文章"，说明当时有些文学作品能够在某些小吏当中得到传播。又吴质《答东阿王书》中有云："此邦之人，闲习辞赋，三事大夫，莫不讽诵。"吴质写这封信的时候任朝歌长，他所说的"此邦"，指的是朝歌县。一个县的三事大夫都能"闲习辞赋"，说明当时的文学在下层知识分子当中还是得到了传播。建安时期，由于音乐受到重视，所以当时歌伎这类艺人也比较多。曹植的《箜篌引》也写了宴会上歌伎演唱的情况："秦筝何慷慨，齐瑟和且柔。阳阿奏奇舞，京洛出名讴。"这些歌伎演唱的歌曲不一定都是当时文人所创作的，但其中肯定有一部分是出自当时的文人之手。这些歌伎既然要演唱一些当时文人的作品，事先就要熟悉它们，这一部分作品在歌伎当中就得到了传播。

　　曹植书信文就题材和内容而论，包含追思往昔、思念旧友，文学写作讨论和文学品评，表达人生理想和政治意图，抒发怀抱、寄托情思等多个层面。其书札文章风格自然，文笔疏荡，观点表达也自由明畅，将书信变成了表达一己之见、一己之情的个人思想情感的载体，喜怒哀乐，无不写入其中。曹植的书信文也带有明显的议论文的特点，他不仅仅是把书信文作为书信文来写作的，书信文实际是他发表自己思想见解、生活感受的一种自觉选择。曹植的书信文充分发挥了书信体散文自由灵活的抒发功能,深化了书信文文体表达的个性化内涵,对拓宽书信文的生活内涵和表现视域具有重要的价值。

三、曹植书信文审美特点之成因简析

曹植书信文具有辞采华靡、意气纵横、汪洋恣肆、亦悲亦叹的审美特点,这与曹植卓越超群的创作才能、曹操对通脱文风的倡导以及书信体散文容易抒情的文体特征密不可分。

《三国志·陈思王植传》记载:"陈思王植,字子建。年十馀岁,诵读《诗》、《论》及辞赋数十万言,善属文。太祖尝视其文,谓植曰:'汝倩人邪?'植跪曰:'言出为论,下笔成章,顾当面试,奈何倩人?'"[1] 可见曹植从小就颇具能文之才。张戒《岁寒堂诗话》道:"子建诗,微婉之情,洒落之韵,抑扬顿挫之气,固不可以优劣论也。古今诗人推陈王及古诗第一,此乃不易之论。"黄节《曹子建诗注》云:"陈王该国风之变,发乐府之奇,驱屈宋之辞,析杨马之赋而为诗,六代以前,莫大乎陈王矣。"成书倬《多岁堂诗话》亦称许曹植道:"魏诗至子建始盛,武帝雄才而失之粗,子桓雅秀而伤于弱;风雅当家,诗人本色,断推此君。"陈祚明《采菽堂古诗选》又云:"子建既擅凌厉之才,兼饶藻组之学,故风雅独绝。不甚法孟德之健笔,而穷态极变,魄力厚于子桓。要之,三曹固各成绝技,使后人攀仰莫及。"

曹植"才高八斗","下笔琳琅","骨气奇高,词彩华茂","情兼雅怨,体被文质","为建安七子之冠","后人不易学,抑亦不能

---

[1] (西晋)陈寿,《三国志·魏书》卷十九。

学也"。明代胡应麟《诗薮》称:"建安中三、四、五、六、七言、乐府、文、赋俱工者独陈思耳。"可见,曹植的书信文能在众多书札文章中脱颖而出,独具特色,与曹植个人才华的"卓尔不群"密不可分,正如其兄曹丕《典论·论文》所谓"文以气为主,气之清浊有体,不可力强而致。譬诸音乐,曲度虽均,节奏同检,至于引气不齐,巧拙有素,虽在父兄,不能以移子弟"。

刘师培在《中国中古文学史》中说:"建安文学,革易前型,迁蜕之由,可得而说:两汉之世,户习七经,虽及子弟,必缘经术。魏武治国,颇杂刑名,文体因之,渐趋清峻。一也。建武以还,士民秉礼。迨及建安,渐尚通脱;脱则侈陈哀乐,通则渐藻玄思。二也。"鲁迅曾据此解释说:"清峻的风格——就是文章要严明的意思。"又说:"此外还有一个特点,就是尚通脱","因为在党锢之祸以前,凡党中人都自命清流,不过讲'清'讲得太过,便成固执……所以深知此弊的曹操起来反对这种脾气,力倡通脱。通脱即随便之意,此种提倡影响到文坛,便产生多量想说什么便说什么的文章。"①

曹操就是此种文风的提倡者。《文心雕龙·章表篇》说:"昔晋文受册,三辞从命,是以汉末让表,以三为断。曹公称为表不必三让,又勿得浮华。所以魏初表章,指事造实,求其靡丽,则未足美矣。"曹操所作《让县自明本志令》正是"指事造实"不尚浮华的体现,文章在叙述了曹操的生平遭际后说道:"今孤言此,若为自大,欲人言尽,故无讳耳。设使国家无有孤,不知当几人称帝,几人称王。或者人见孤强盛,又性不信天命之事,恐私心相评,言有不逊之志,妄相忖度,每用耿耿。"又说:"然欲孤便尔委捐所典兵众,以还执事,归就武平侯国,实不可也。何者?诚恐己离兵为人所祸

---

① 鲁迅,《魏晋风度及文章与药及酒之关系》。

也。既为子孙计,又已败则国家倾危,是以不得慕虚名而处实祸,此所不得为也。"明末作家张溥说:"述志一令;似乎欺人,未尝不抽序心腹,慨当以慷也。"① 鲁迅也说:"曹操曾自己说过:'倘无我,不知有多少人称王称帝!'这句话他倒并没有说谎!"② 曹操不仅这句话没有说谎,"既为子孙计,又已败则国家倾危,是以不得慕虚名而处实祸"云云,亦全是真情实话。曹操的《遗令》《求贤令》《举贤勿拘品行令》等,曹植的《求自试表》《求通亲亲表》等,无不是指事造实、有话直说的好文章。

由于曹操的提倡和身体力行,影响及一代文风。建安诸子中,王粲的诗赋,陈琳、阮瑀、孔融的章表皆称誉一时;曹丕、曹植的书信体散文都写得情意深挚,真切动人。魏晋易代之际的正始文人,如阮籍、嵇康、向秀、刘伶等,虽然处在司马氏集团的政治高压下,仍然继承了建安文风,想说什么就说什么。阮籍的《大人先生传》、刘伶的《酒德颂》虽然假借大人先生以自许,但文中的牢骚和骂语依然是十分大胆。嵇康的《与山巨源绝交书》"志高而文伟",在文中公然宣称"每非汤武而薄周孔",表明自己决不与官场同流合污的"七不堪"、"二甚不可",思想新颖,说话随便,不仅通脱,而且放肆,可谓无所忌惮,非常鲜明地体现了"清峻"、"通脱"的文风特点。

曹植书信文的审美特质显然还与书信体散文便于抒情的文体特征密切相关。例如,书信体散文便于用典,曹植在作为日常生活情感表达的书信文中借用典故来抒情言志,典与意实现了紧密的结合,使文章呈现出深婉典雅的艺术风格。又如,书信体散文便于使用对偶、对句,曹植书信文骈散相间,寓骈于散,以散运骈,于整饬的

---

① (明)张溥,《汉魏六朝百三家集题辞》。
② 鲁迅,《魏晋风度及文章与药及酒之关系》。

语言中显现出鲜明的散文气象，所以，读来给人以抑扬顿挫的情致之美。这种以散带骈的行文章法，自然使句式气势贯通，行文明快畅达，流利无滞。正是由于书信体散文便于抒情的缘故，才使得曹植的才思、情致能在行文中表露无遗。

概而言之，曹魏时期是中国古代书信文勃兴发展的时期，曹植的书信文在中国古代书信体散文的文体发展史上具有重要地位。曹植的书信文对象复杂，内容广泛，不仅真实记录了他日常生活的情状，表达了他与朋友、同僚之间的真情实感，还反映了他对世事的看法以及对文学的探讨，表现了他的人生理想，是了解、研究曹植的重要文本。曹植书信文辞采华丽，意气纵横又深婉典雅，寓骈于散，表现出独特的艺术审美价值，在先唐书信文发展史上具有十分重要的价值和贡献。

【参考文献】

1. （南朝·梁）萧统，《文选》，上海：中华书局，1977年。
2. 范文澜，《文心雕龙注》，北京：人民文学出版社，1958年。
3. （清）严可均，《全上古三代秦汉三国六朝文》，北京：商务印书馆，1999年。
4. 殷孟伦，《汉魏六朝百三家集题辞注》，北京：人民文学出版社，1960年。
5. 陈引驰编校，《刘师培中古文学论集》，北京：中国社会科学出版社，1997年。
6. （西晋）陈寿，《三国志》，上海：中华书局，1982年。
7. 鲁迅，《鲁迅全集》，北京：人民文学出版社，1981年。
8. 赵幼文，《曹植集校注》，北京：人民文学出版社，1984年。

王弼玄学与美学思想初探

早在先秦时代，中国已有一部分思想家对美的本质问题进行过哲学的思考，他们的著述以及提出的一些论点启发着后人，并且不断为后人的观点提供着阐释的空间和可能。王弼正是在汲取前人论述的基础上，借助注书的办法，在理性思辨的哲学论证和阐释中，表达自己的思想。王弼明确指出人类具有追求美的天性，他在《老子》二章注中说："美者，人心之所进乐也；恶者，人心之所恶疾也。"诚然，从人们的生命体验来看，人心的确是乐进美而恶疾丑的，尽管人们对于美的看法总是因时因地而有所差异，却又总能在心向往之这一点上都存在一个客观事实。

魏晋是一个自觉的时代，"中古"美学具有全然不同于前代的特质，宗白华先生将魏晋美学的这种特质称作"哲学的美"[1]。王弼（226—249），字辅嗣，是魏晋玄学的开创者之一，他的哲学思想注重义理的分析和抽象的思辨，从而对两汉以来作为社会意识形态的阴阳五行之说和谶纬之学进行了否定。王弼在著作中提出的一些玄学命题又对后来的文艺创作、文艺理论和美学思想产生了重要影响。王弼的美学思想中透露着玄学的智慧，"哲学的美"，其此之谓也。

---

[1] 宗白华，《美学散步》。

一、以无为本

"有无之争"是魏晋玄学的一个核心问题,玄学家们围绕这一问题形成了"贵无"、"崇有"两派,"贵无"派的代表人物是王弼、何晏、秘康、阮籍、张湛等,"崇有"派的代表人物为郭象、向秀等。

"以无为本"是王弼在《老子》第四十章注中提出的。老子曰:"天下万物生于有,有生于无"。王弼的注释说道:"天下之物,皆以有为生。""有之所始,以无为本。""将欲全有,必反于无也。"在王弼的注里,"有"与"无"已不是平行的关系,"无"是在"有"之上的。区别于老子,王弼不再把万物的"始源"假设为"道"。《老子》第一章曰:"无名天地之始,有名万物之母。"王弼注曰:"故未形无名之时,则为万物之始。及其有形有名之时,则长之、育之、亭之、毒之,为其母也。言道以无形无名始成万物,〔万物〕以始以成而不知其所以〔然〕,玄之又玄也。"王弼认为能被命名的都是有限的东西,"万物之始"实不可以称为"道"或"无","道"只是"强字之"。因此,王弼将"道"的"无形无名"凸显出来,将"无形无名"作为一种创生的方式,"道"通过"无"的方式创造万物,万物只能在"无"中生成、发展,从而淡化了"道"这一指称。这显然影响到中国美学,美的最高境界就是对"道"的呈现,具体来讲就是"体无",即对"无"的体悟。刘勰著《文心雕龙》,首篇为《原道》。刘勰在《文心雕龙·原道》篇中所谈的对宇宙本体的认识和"文"的产生,就受了上述老子和王弼的观点的影响。他写道:"文之为德也,大矣!与天地并生者何哉?夫玄黄色杂,方圆体分。日月叠璧,以垂丽天之象;山川焕绮,以铺理地之形:此盖道之文也。"作为"道"的表现的文,渊源是深远的。这里的"文",原指文采或文饰,也指包括文章在内的人文范畴。自有天地以来就有文采,日月星辰、山川草木以及鸟兽的文采,都是自然而然的。人为万物之灵,有了语言,就有文章,因而自然也就有了文采。自然与宇宙是文章的生命之根。① 无论是天地山川之文、日月星辰之文还是草木鸟兽之文,都是"道"的运转方式的呈现,都是"道之文"。刘勰在《原道》篇里的阐释实际上与王弼"无中生有"的观点一致:无名无形的"道"通过"无"的方式创生了万物,这就是"道之文"。在刘勰看来,道和文的关系其实是本体与形式的关系。黄侃在《文心雕龙札记》中指出:"道者,玄名也,非著名也。玄名,故通于万里。"这与王弼在《老子指略》里说的"夫物之所以生,功之所以成,必生乎无形,由乎无名。无形无名者,万物之宗也"意思相近。刘勰认为"文"是对"道"的一种呈现,王弼也认为通过形下世界的"有"可以对"无"有所体悟。那么对人文范畴的"文"的研究自然是领悟空灵的"道"的一种路径。因此刘勰钻研文学机理,开辟了从"文"这一"有"向上去探求"道"这一"无"的论文之路。《文心雕龙》以"道"为论文之本体从而使文学独立了出来。文学与其他万物一样,都是对"道"的一种呈现,人们将文学作为通向"道"的一条路径,探寻文学自身的形式特点和规律,使文学有了自己的理论系统。王弼将"道"作为宇宙本体,并且将"道"抽象为"无"。他说:"道者,无之称也,无不通也,无不由也,况之曰道。寂然无体,不可为象。"又说:"道无形,不系,常不可名,以无名为常,故曰道常无名也。"王弼的"道"不再是老子所言的"恍兮惚兮"的那种隐约的有形有象的物,而是纯粹的"无"。王弼

---

① 袁济喜,陈建农,《〈文心雕龙〉解读》,北京:中国人民大学出版社,2008年10月第1版。

"以无为本"的玄学命题对人们的审美心理产生了重大影响。"无"最重要的特点即是无名无形,是一种非实体性的存在。因此,"以无为本"强调的是一种我即为物,物即为我,物我不分浑然一体的天人合一境界,从而为审美自由提供了可能。虽然形下世界是可分的,老庄、王弼认为,人的精神世界是可以不分的,在精神世界中,人们可以忘掉自我的存在,与物合一,诸如"坐忘"、"心斋",只有忘记了受外物所累的"形",才能体悟到"道"的"无"境。虽然"无"境有一定的虚幻性,但它所具有的哲理思辨的理性光辉,以及它所提供的不受形名约束的自由之境,作为一种人文关怀,成为魏晋士人所追求的理想境界,亦成为审美的极致。中国古代的文学家、艺术家几乎都追求这种"无"的艺术境界,力图在创作中呈现出"道"的"无"性。然而,"道可道,非常道",于是艺术在"以无为本"的审美要求下自然走向了含蓄与空灵的意境美。严羽在《沧浪诗话·诗辨》中说:"诗者,吟咏情性也。盛唐诸人,惟在兴趣,羚羊挂角,无迹可求。故其妙处,透彻玲珑,不可凑泊。"正是此意。他还用"空中之音,相中之色,水中之月,镜中之象"来形容"言有尽而意无穷"的空灵玄远的诗境,其核心便是指向"无"境。

王弼的美学思想渗透着他的玄学理论,"以无为本"将美的本体论与其玄学本体论内在地联系在一起。形下世界中美的事物和现象与天地万物一样同是"有",尽管它们形态各异,却有着"无"这一相同的内在根据。但"无"只能通过"有"得以显现,"若温也则不能凉矣,宫也则不能商矣。形必有所分,声必有所属。故象而形者,非大象也;音而声者,非大音也,然则四象不形,则大象无以畅,五音不声,则大音无以至。"① 王弼在注《老子》第四十一章"大音

---

① (魏)王弼,《老子指略》。

希声"句时也有类似观点,王弼将老子与"五音"对立的大音转化为与具体音乐对立的音乐本体,音乐本体只能通过具体的音乐来呈现。"大音希声"与王弼"以无为本"、"崇本息末"的思想是一致的。王弼注《周易·复》:"复者,反本之谓也。天地以本为心者也。凡动息则静,静非对动者也;语息则默,默非对语者也。然则天地虽大,富有万物,雷动风行,运化万变,寂然至无,是其本矣。""反本"即"崇本",不纠缠于枝节从而归于"道",归于"无"。"大音希声"则是"以无为本"、"崇本息末"的玄学思想在音乐美学思想上的具体化。美的本体与形下世界中可被人们经验到的美的事物存在着一种体用关系。

二、得意忘象

"言意之辩"来源于《易传》中的一段话:"子曰:'书不尽言,言不尽意。'然则圣人之意,其不可见乎?子曰:'圣人立象以尽意,设卦以尽情伪,系辞焉以尽其言。变而通之以尽利,鼓之舞之以尽神。'"《周易》中的"言"指卦辞与爻辞,按照《易传》的观点来看,卦爻辞均是说明卦象的,因此实际表意的不是"言"而是"象"。王弼在《周易略例·明象》中说:"夫象者,出意者也;言者,明象者也。尽意莫若象,尽象莫若言。言生于象,故寻言以观象。象生于意,故可寻象以观意。意以象尽,象以言著。"王弼首先承认象是为了表达意而产生的,言是为了表达象而产生的。王弼借用"得兔忘蹄""得鱼忘筌"的寓言来说明言、象、意的关系:"夫象者所以存意,得意而忘象。犹蹄者所以在兔,得兔而忘蹄;筌者所以在鱼,得鱼而忘筌也。然则,言者,象之蹄也;象者,意之筌也。是故,存言者,非得象者也;存象者,非得意者也。象生于意而存象焉,则所存者非其象也;言生于象而存言焉,则所存者乃非其言也。然则,忘象者,乃得意者也;忘言者,乃得象者也。得意在忘象,得象在忘言,故立象以尽意,而象可忘也。重画以尽情,而画可忘也。"① 王弼研究《周易》重在义理,他用"得意忘象"的理论否定了对象数的记忆,王弼以后,义理易学逐渐占据了主流地位。汤用彤先生认为:"至是象数之学乃被丢开,可说此为玄学之开始。"王弼的"忘"并非丢弃,"言"和"象"固然是得到"意"之工具,但是它与"蹄"、"筌"一样,如果完全弃而不用,则无法达到"意"。王弼的这种"忘"主要指精神上的"忘",意思是不执着于"言"、"象",不把"言"、"象"放在重要位置上,这其实是一种精神上的超越。

王弼提出的"寻言以观象","寻象以观意"② 契合了人们的审美经验,美总是通过具体的艺术作品或现象(象)才得以呈现,人们对美的体悟又相应地必须从对这些具体的艺术作品或现象的欣赏中感发。不过王弼"意以象尽"的说法则有失偏颇。人们在欣赏优秀的书画作品和文学创作时总能领悟到一种"象外之象"和"韵外之旨"。这与"以无为本"的美学本体论相适应,艺术家和文学家为了达到含蓄、空灵的艺术境界总是在创作中惯用"留白"的手法以营造一种"象外之象"或"韵外之旨"。王弼在《周易略例·明象》中说:"触类可为其象,含义可为其征。""触类"指六十四卦,这种"触类"、"引申"正是通过象征、比拟、联想等审美方法进行"立象",试图通过有限的语言或象表现出无限的意韵。中国古代文论也受此影响,将言外之意作为文艺批评的一个重点。《文心雕龙·隐

---

① (魏)王弼,《周易略例·明象》。
② 同上注。

秀》中说:"深文曲蔚,余味曲包";钟嵘《诗品》中说:"文已尽而意有余";司空图《与李生论诗书》中说:"美常在咸酸之外"、"味外之旨";苏轼《宝绘堂记》中说:"君子可以寓意于物,而不可以留意于物"。由此可见,中国古代文论家都认为无形之象比有形之象更有意韵,因而诗文家也都不执着于形象和物象,而着力于气象和意象。王弼将"象"引入言意之辩,解决了"言不尽意"的问题,并对同时代以及后来人们的审美取向和中国古代文艺理论与创作产生了重要影响。中国古典美学须由体悟的办法进而向上彰显出"道"的特点在客观上要求文艺创作的核心不在于对物象的描摹,而更侧重于对意境和意韵的营造。

　　"得意忘象"的价值不仅在于其本身是一种哲学理论的创新,以及它引导着中国古典美学突破其固有的审美和创作范式,还在于它作为一种生活方式,表现出士人尤其是玄学家们对精神世界的关注以及对精神自由的无限追求。在玄学家们的视野下,要获得真正的精神自由,就不得不对现实世界有所超越,这种超越,具体到言、象、意这三者的关系问题,可以说是"忘言"、"忘象",这种"忘"指的是不拘泥,不执着,其本身也是一种超越。

三、道法自然

　　"自然"问题在中国美学史上占有重要的地位,自道家美学创始人老子开始,贯穿于中国美学史。《老子》第二十五章曰:"人法地,地法天,天法道,道法自然。"这里的自然有两重含义,一是指自然界,常与"天地"同用,二者可以互换;二是指自然而然,本来如是之意,即本性。魏晋玄学崇尚自然,贵无派谈自然多用第二义,崇有派谈自然多用第一义。王弼论"自然"多用第二义,他注《老子》第二十五章曰:"法,谓法则也。人不违地,乃得全安,法地也。地不违天,乃得全载,法天也。天不违道,乃得全覆,法道也。道不违自然,乃得其性,法自然也。法自然者,在方而法方,在圆而法圆,于自然无所违也。自然者,无称之言,穷辞之辞也。"王弼此注中"自然"的含义侧重于本性,万物皆有其性,各物皆能顺其本性,即是"法自然"。王弼进而解释"法自然者"言"在方而法方,在圆而法圆,于自然无所违也"。这里的"自然"指的便是自然界了。王弼玄学理论的重要目的即是调和自然与名教的矛盾,自然是本,名教是末,他在《老子》第三十二章注中说:"自然之道,亦犹树也。转多转远其根,转少转得其本。多则远其真,故曰惑也,少则得其本,故曰得也。"在《老子》第三十八章注中又说:"本在无为,母在无名,弃本舍母,而适其子,功虽大焉,必有不济,名虽美焉,伪亦必生。"王弼显然反对魏晋时代士人在名教的纲常教条驱使下为了追求仁、义等美名而刻意所做的伪饰,他认为这种舍本求末的做法是得不偿失的。王弼一方面强调要顺应人的本性:"不违自然,乃得其性,不塞其源,不禁其性。"[①] 另一方面为了防止情对正的偏离,强调"性其情",即以性来规范情的发展,从而使情的发展合乎性的要求,正所谓"应物而无累于物者也"。较之于竹林名士的率性而为和狂放不羁,正始名士更注重个人的内在修养和行为举止。正始名士表现出入仕、内敛、任情止礼的人格范式,体现出儒道合一而偏向于儒的玄风。后来,王弼等玄学家们这种崇尚自然无为的理论思想在一定程度上促进了魏晋南北朝士人精神风貌和人生态度的转变。南朝刘义庆所著的《世说新语》中记载了大量那个时代士人的事迹,其中体现出的共通点便是"任自然",士人的这种

[①] 《老子》第二十六章注。

"任自然"的精神风貌和人生态度往往又是通过一种喜任诞、好旷达的夸张行为展现出来并且得到世人的推崇。这反映出魏晋时代崇尚个性与精神自由的特点，人的天性在一定程度上得到了解放。

尽管在自然与名教的关系问题上，玄学家们有不尽相同的观点，但其总的倾向是崇尚自然，这种观点对中国古代文艺创作产生了深刻的影响。这也正是谢灵运、陶渊明的诗篇为后人所推崇最重要的原因。在文艺理论方面，刘勰、陆机将玄学推崇自然的观点引入文学理论，刘勰在《文心雕龙·原道》中说："心生而言立，言立而文明，自然之道也。"陆机在《文赋》中提出："譬犹舞者赴节之投袂，歌者应弦而遣声，是盖轮扁所不能言，亦非华说所能精。"中国古典美学向来推崇自然天成的创作方法，刘勰在《文心雕龙·物色》中说的"岁有其物，物有其容；情以物迁，辞以情发"，钟嵘在《诗品》中提到的"气之动物，物之感人"就是指文艺的创作应当因物起兴，即景即情自然而然地创作，而不应当是无病呻吟或者为作文而作文。

四、素朴之美

"朴"、"素"是道家美学的核心，老庄皆用"朴""素"来谈"道"，"反者，道之动"所追求的就是一种"素朴"的"真"。王弼以"无"论"道"，又以"朴"说明"无"："朴之为物，以无为心，以无为心也，亦无名，故将得道，莫若守朴。"[①] "朴"即为"素"，意思可以解释为本色。朴素的对立面是华，华美与素美是我国美学史上两种主要的审美向度。在王弼看来，本体的"无"没有任何具

---

① 《老子》第三十二章注。

体属性,因而"无"可以归之于"朴","朴"也就是"真"。只有守朴,才能保真,才能接近作为本体的"道"、"无",所谓"将得道莫若守朴"。素美质朴自然,本身没有过多的属性与规定,因而素美在本质上与"朴"相近,通过素美可以对"道"、"无"有所体悟。相对于素美,华美在形、色、声等方面都有一定的属性,因而有所分际,有悖"道"、"无"的本性。当时六朝审美普遍崇尚绮丽华美,王弼在六朝伊始便提出"饰终反素"的思想,预示了后代美学的发展方向,不可不谓远见卓识。王弼在《周易注》中进一步阐明其美学思想:"处履之初,为履之始,履道恶华,故素乃无咎。处履以素,何往不从,必独行其愿,物无犯也。""履道尚谦,不喜处盈,务在致诚,恶乎外饰者也。"[①]"处饰之终,饰终反素,故其质素,不劳文饰,而无咎也。以白为饰,而无患忧,得志者也。"[②]"履"的本义是行路,引申义可解释为为人处世。"素"为不假伪饰的意思。"处履以素,何往不从"的意思就是一个人若为人处世不虚伪,真诚相待,凡事当顺。"履道尚谦""恶乎外饰"的意思与此相似,指为人处世当用"谦虚"的态度。"饰终反素"是化绮丽为平淡的意思。"白"即"素",它是"饰"的极致。

　　王弼"饰终反素"的观点对魏晋南北朝的文风、诗风以及审美心理影响深远。魏晋南北朝的人物品评活动广泛使用"清"这一概念,"清"与自然朴素在本质上相通,"清谈"也当用到了这番素朴的意味。在文学批评中,清新自然的艺术风格得到了普遍推崇。如钟嵘在《诗品》记中载汤惠休评谢灵运、颜延之二人诗风的言论:"谢诗如芙蓉出水,颜诗如错彩镂金"。这"芙蓉出水"的风格就是

---

① 《周易注·履卦》。
② 《周易注·贲卦》。

自然清新。尽管刘勰不反对绮丽华美，但他认为这种浮华之美必须出于自然本性，倘若如此，这样的华美也可被称作为"朴"。刘勰说："傍及万品，动植皆文；龙凤以藻绘呈瑞，虎豹以炳蔚凝姿；云霞雕色，有逾画工之妙；草木贲华，无待锦匠之奇；夫岂外饰，盖自然耳。"① 到了后世，王弼"饰终反素"思想的推崇者亦不乏其人，宋代梅尧臣"作诗无古今，惟造平淡难"②，苏轼"外枯而中膏，似淡而实美"③，黄庭坚"简易而大巧出焉，平淡而山高水深"④ 等观点即是王弼这一思想的深化，并且逐渐演变为后代文学家、艺术家们所试图达到的至高审美境界。

五、结 语

王弼从哲学的高度探讨美学问题，将玄学命题融入美学观点，从而使他的美学思想具有强烈的思辨意味，其思想高度明显地超越了具体的文艺理论，并且改变了中国古代美学理论呈零散片断的常态。王弼有关宇宙本体的观点以及他对一系列哲学命题的思辨与调和，对于建构中国美学来说意义重大。王弼在中国美学史上应当占有不可忽视的地位。

【参考文献】
1. 楼宇烈，《老子道德经注校释》，中华书局，2010 年 3 月。
2. 楼宇烈，《王弼集校释》，中华书局，2009 年 9 月。

---

① （南朝·梁）刘勰，《文心雕龙·原道》。
② （宋）梅尧臣，《读邵不疑学士诗卷》。
③ （宋）苏轼，《评韩柳诗》。
④ （宋）黄庭坚，《与王观复书》二。

3. 汤用彤,《魏晋玄学论稿》,三联书店,2009年12月。

4. 袁济喜、陈建农,《〈文心雕龙〉解读》,中国人民大学出版社,2008年10月。

5. 王晓毅,《王弼评传》,南京大学出版社,2006年6月。

《文选》映衬下的文学观念

《文选》者，选文也，为南朝梁代昭明太子萧统主编。萧统（501—531），字德施，梁武帝萧衍的长子，天监元年被立为太子，未即帝位而卒，谥"昭明"。《南史·萧统传》中记载："太子美姿容，善举止，读书数行并下，过目皆如。每游宴祖道，赋诗至十数韵，或做剧韵，皆属思便成，无所点易。"萧统文学造诣很高，加之其身为皇族，自然而然成为当时文坛的领军人物。昭明太子所主编的《文选》，是我国古代影响最大、至今仍有重要价值的一部雅文学总集，在历史的大浪淘沙中沉淀为中国文学史上璀璨的结晶。萧统好士爱文，其文学观念具体地反映在《文选》中，表现出兼容并包的时代特点，推动了晋宋以来的文学繁盛。萧统赞赏刘勰，刘勰《文心雕龙》里的人生观与文学观，萧统大多"深爱接之"。本文对《文选》中个别分类做了较细研究，将"物色"类与中国古代文论的气感说相结合，以期能略窥中国古代文人的生命精神和审美旨趣。

《文选》的批评标准

萧统在《文选序》中写道：

"《易》曰：'观乎天文，以察时变；观乎人文，以化成天下。'文之时义，远矣哉。若夫椎轮为大辂之始，大辂宁有椎轮之质？增冰为积火所成，积水曾微增冰之凛。何哉？盖踵其事而增华。变其本而加厉。物既有之，文亦宜然。随时变改，难可详悉。"

萧统首先采用《周易》的《贲卦·彖传》中的话来说明"文之时义"的任重道远。天道自然需要体察进而以明时变，而人文所指的社会人伦更呼唤一种精神教化，而"文"则担此"雅任"。萧统又以椎车和大辂车、积水和寒冰之间的进化关系指出"文"需推陈出新。然而，正如刘勰在《文心雕龙·序志》中所作，"唯文章之用，实经典枝条，五礼资之以成，六典因之致用"，"文之时义"最终要通过阐发儒家经典之旨教化天下。

正因为如此，萧统在编选《文选》时也尊重儒家"六经"，认为"六经"高不可攀，并没有将其选入；又认为诸子百家"以立意为宗，不能以文为本"，亦不采入。而对于史传，萧统仅选取体现作者对历史事件或人物的深思远虑的赞论。萧统做出这样的选择，也表明他一方面已在自觉地把文学同经、史、子等类相区分，另一方面又不将其割裂：

"若斯之流，又亦繁博，虽传之简牍，而事异篇章，今之所集，亦所不取。至于记事之史，系年之书，所以褒贬是非，纪别异同，方之篇翰，亦已不同。若其赞论之综缉辞采，序述之错比文化，事出于沉思，义归于翰藻。故与夫篇什杂而集之。远自周室，迄于圣代，都为三十卷，名曰《文选》云耳。"

一般认为，"事出于沈思，义归于翰藻"是《文选》的选文标准。朱自清先生在《〈文选序〉"事出于沈思，义归乎翰藻"说》一文中对此句进行了详细的论证。朱自清先生据刘勰《文心雕龙》，认为"事出于沈思"中"事"乃"事义""事类"之义，专指引事引言，与下句"义归于翰藻"中的"义"对举相托，"义含事中，事以见义"。"事义"本义是引古事以证通理，即"引事证理"。《文心雕龙》认为"事义"即引事引辞,"事"即"古事",辞即"成辞"。"沈思"即"深思","翰藻"即"比类"。由《文心雕龙·比类篇》可大致释"比类"为日常事理。晋人论人言语诗文,用"藻"。"藻"即"辞采"之"采"。值得注意的是,广义的说,引事引辞也是比类,那么"藻""采"应是兼指"事类""比类",仍以"比类"为主。由此"翰藻"应指"辞采",晋代清言以善用譬喻为贵,那么"辞采"又应尤指"譬喻",兼指"引事引辞"。朱自清先生将"事出于沈思,义归于翰藻"浑言为"善于用事,善于用比",全在于此。这或也是萧统一直所持的文学理念。

南朝作为中国历史上一个较为特殊的时期,有其独特的文化背景,萧统爱好文学也是深受这一时期"兼容并包"的文化氛围的熏陶。南朝时,梁武帝重倡儒学,儒学一度兴盛,加之玄学和佛学的兴起,南朝时期的文学有其时代特点。《文选》作为一部由皇族萧统所编的文学选集,南朝的文学观、美学观,以及文艺的生命精神,均可从中窥得二三。

受儒学影响,萧统对于文学的审美和批评大抵秉承了儒家的中和为美和文质彬彬的观念。《论语·雍也》载:

"制胜文则野,文胜质则史,文质彬彬,然后君子。"

"文"在这里指文化修养,一个人即便已经具备了道德品质,还须拥有礼乐与文明的谈吐修养,才能成为文质兼备的君子,趋近尽善尽美的理想人格。"文"作为一种美饰,可以使人"文质彬彬,然后君子",体现了一种中和之美。如《论语·八佾》中道:

子曰:"《关雎》,乐而不淫,哀而不伤。"

孔子认为"中庸之为德也",《关雎》这首诗恰如其分地抒写了爱情的欢愉和不得所爱的悲伤,是一种恰到好处的中和之美。"中和为美"契合了人对于自然和人生的体验,刚柔交错,文质兼备。基于此,萧统在他热爱文学的短暂生命里,一直持有"中和为美"的文学观。

南朝的"文",以有韵的诗赋为主,兼有用典用喻十分精妙的文章。萧统选文时颇具兼容并包之气象,《文选》三十卷,体例皆备,以诗赋为主,赋尤以抒情赋为多。赋之盛在汉,汉代以赋为文,赋本是诗和散文的结合,汉赋里散文比诗多,因而抒情或多于言志。不过,萧统"中和为美"的文学观和人生观,使其海纳百川地选文难免导致了所选之文的瑕瑜互见。

"反者,道之动。"老子从辩证法的因素考虑,认为任何事物都是相反相成的。《老子·八十一章》有句云:"信言不美,美言不信。善者不辩,辩者不善。知者不博,博者不知。"萧统在"中和为美"的文学观引导下,对于过分追求"美言"而失掉实质的浮华文风是不赞同的,这种不良文风也难以"化成天下"。《南史·萧统传》记载:

"时俗稍奢,太子欲以己率物,服御朴素,身衣浣衣,膳不兼肉。尝泛舟后池,番禺侯轨盛称此中宜奏女乐,太子不答,咏左思《招隐》诗云:'何必丝与竹,山水有清音。'轨惭而止。"

太子萧统不好世俗华丽风尚,巧咏左思《招隐》一诗,婉拒了番禺侯萧轨欲奏女乐助兴的提议。萧统以诗回绝,既不失风度,也无伤大雅,在表明自己不爱当时贵族骄奢淫靡的生活乐趣之余,又将"中和为美"的文学观、审美观和人生观展现在对话艺术中。

萧统不赞成世俗一味追求"美言"的文风,这一态度又体现了他受儒雅之风熏陶所形成的"知人论世"的文学批评观。"知人论世",简而言之,就是要将文学作品与其产生的时代背景结合起来。萧统所言"文之时义",就是要把"文"所表达的对内心的理解和对外在社会历史的了解相结合,深入人的灵魂深处以求得"远矣"的大化。

自两晋以后，佛学对世人的影响由宗教层面进入到文艺理论层面。随着佛学深入文学，文学作品所展现的精神意蕴也更趋深邃，运用佛教的理趣、风格及故实入诗文的作家比前代大大增多。在诗的方面，昭明太子较有作为。佛学在文学界与审美世界观中，均与时人们所追求的心灵自由和人生逍遥相契合。

昭明太子萧统正是在南朝文化自由包容的时代特点下形成了自己的文学观和审美情趣。如朱自清先生《文学的标准与尺度》一文中所言，文学的新尺度大致伸缩于"儒雅"和"风流"两种标准之间，这种尺度表现在文论和选集里，也就是表现在文学批评里。萧统在《文选序》中"事出于沈思，义归于翰藻"的批评的新尺度体现在了选本中，而通过《文选》，这一新尺度在一定时间里得到了流传和公认，从而成为文学的标准。萧统作为当时的文坛领军人物，在一定程度上主导并促成了晋宋以后文学的大放异彩。

"气"——物色与人

上文已提到萧统咏左思《招隐》一诗婉拒女乐丝竹的历史记载。左思《招隐》二首被萧统选入《文选》，《招隐》其一全诗曰：

"杖策招隐士，荒涂横古今。岩穴无结构，丘中有鸣琴。白雪停阴冈，丹葩曜阳林。石泉漱琼瑶，纤鳞亦浮沉。非必丝与竹，山水有清音。何事待啸歌？灌木自悲吟。秋菊兼糇粮，幽兰间重襟。踌躇足力烦，聊欲投吾簪。"

《韩子》曰："闲静安居谓之隐。"萧统爱《招隐》，其志趣或多或少投射在了类似于"饮石泉兮荫松柏"（《楚辞·九歌·山鬼》）之返璞归真上。

萧统爱自然，乃因为物色之动可使人因物起兴，感兴为诗，即景而作，以文慰心。这与刘勰《文心雕龙·物色》中提出的"岁有其物，物有其容；情以物迁，辞以情发"的观点相一致。

中国古代把"物色之动"和"感物而发"看作一种"气"，万物的生成变化均由阴阳二气交感所生。具体到文学，即是气感说。

萧统作《陶渊明集序》，有语云："有疑陶渊明之诗篇篇有酒。吾观其意不在酒，亦寄为迹焉。"

中国文学璀璨千年，"文"之于文人，正如一盏盏醇酒，千杯不醉过后，涤荡心间的不是那份荡气回肠的酒香气，而是酒的那份意兴阑珊的文人气。这份"气"，动物感人。

"物色虽繁，而析辞尚简；使味飘飘而轻举，情晔晔而更新。"（《文心雕龙·物色》）中国古代文人创作由自然而感但不拘泥于此，讲求的是"醉翁之意不在酒"的"物色尽而情有余"。《文选》分物色类，其中收入了《风赋》《秋兴赋》《雪赋》《月赋》四篇赋。

诗仙李白赞许因物起兴，在《答王十二寒夜独酌有怀》中描写王徽之因雪而感，乘兴而行：

"昨夜吴中雪，子猷佳兴发。万里浮云卷碧山，青天中道流孤月。孤月沧浪河汉清，北斗错落长庚明。怀余对酒夜霜白，玉床金井水峥嵘。人生飘忽百年内，且须酣畅万古情。"

人活着永远只是短暂的一瞬间，要在这飘忽百年内，酣畅万古情，就是要不拘泥于一死生，而要在人活着的过程中追求思想的解放和人格的舒展。子猷乘兴而行，兴尽而返的趣事在《世说新语·任诞》中也有记载：

"王子猷居山阴，夜大雪，眠觉，开室，命酌酒。四望皎然，因起彷徨，咏左思《招隐诗》，忽忆戴安道。时戴在剡，即便乘小船就之，经宿方至。造门不前而返。人问其故，王曰：'吾本乘兴而行，兴尽而返，何必见戴？'"

萧统和王徽之都吟咏《招隐》一诗，可见当时人们在与自然的生命对话中反观自身存在价值的审美旨趣。这即是钟嵘在《诗品》中所说的"气之动物，物之感人"和"文已尽而意有余"。

魏晋文人受老庄影响，以自然天真为美，因而更能任兴而发，在自然中找寻个性情感的认同。《庄子·知北游》中说：

"天地有大美而不言，四时有明法而不议，万物有成理而不说。圣人者，原天地之美而达万物之理。"

在任心自然、体味物色时，山水不再仅仅局限于其本身的形态，而是着上了感物者主观浓烈的情志，所谓"以情会景"。萧统将魏文帝曹丕《典论·论文》选入《文选》，也可以说明他认为文在因自然而兴之外，当有主观之气。《典论·论文》中说：

"文以气为主，气之清浊有体，不可力强而致。譬诸音乐，曲度虽均，节奏同检，至于引气不齐，巧拙有素，虽在父兄，不能以移子弟。"

中国古代把人和自然看作一体，万物均由气生，人的精神世界也是由元气化合而成的，因此，作为精神作品的"文"也当"以气为主"。

这里的"气"，可以被看成是一种天赋和资质，哪怕是父兄，也不能够转移。就好比音乐，不同的人使用相同的乐器吹奏同样的旋律，也会因气息相异，巧拙相殊而呈现出良莠不齐的演奏。人的灵魂在与自然世界的对话中获得生命体验，形成各自的主观之气。这种"气"的独特性，也就是曹丕所言"寄身于翰墨，见意于篇籍，不假良史之辞，不托飞驰之势，而声名传于后"的内在因素。

在文学创作范畴内，"气"也就尤为值得关注了。气促成了景物的变迁，从而激起了文人生命精神的共鸣。文人遂因物起兴，即景而作，在创作中发挥"文气"，将与生俱来的为文天赋和个体情感融于精神作品中,感物兴情,寻求"物色尽而情有余"的审美情趣。

李善在《文选》物色类下注曰:"四时所观之物色而为之赋。又云:有物有文曰色。风虽无正色,然亦有声。《诗注》云:风行水上曰漪。《易》曰:风行水上,涣。涣然即有文章也。"可见物色与文章的天然联系。《文选》物色类首篇即选宋玉的《风赋》,也或因风天生自带三分物色之动的情志。

文人的生命和审美

《说文》曰:"文,错画也。错当作遒,遒画者这遒之画也。考工记曰:青与赤谓之文。遒画之一端也。遒画者,文之本义。彣彰者,彣之本义。义不同也。黄帝之史仓颉见鸟兽蹄远之迹,知分理之可相别异也。初造书契。依类象形,故谓之文。象交文,像两纹交互也。纹者文之俗字,无分切。十三部。凡文之属皆从文。"

《说文解字》首先是从整个自然界的含义去说"文"的。可见中国古代文人的生命精神和审美情趣是从自然的浩大胸怀中生发出来的。《周易》更认为刚柔交错、文质兼备是一种自然现象。天地阴阳之气和人类生命精神的互动才能使生命之气受自然感召而获得神韵。

早在先秦时,人文精神就已将人生和文学相联系,比如儒家的中和为美、文质彬彬和道家的逍遥无待、游目骋怀。到魏晋南北朝,这种万物皆着我之色彩的审美情趣更得以彰显。中国古代文学在生命精神和审美情趣的交感下,更孕育了一份形而上的人格意蕴。

萧统编《文选》,正是看出了"文之时义"的任重道远,希望通过《文选》起到"化成天下"的星火之用,因而"凡次文之体,各以汇聚。诗赋体既不一,又以分类;类分之中,各以时代相次"。在"远自周室,迄于圣代,都为三十卷"的《文选》中,中国古代文化中人生与艺术相统一、生命体验和审美活动相融合的风韵被展现得淋漓尽致。

中国古代文人的生命体验和审美志趣是相辅相成的。在魏晋南北朝时期的刺激下，文人生命体验更加丰富，情感更趋敏感强烈，主观生命精神的浓郁使文人能随物色之动即景而作，在自然变迁中反观自身的生存价值。文人在游目骋怀、乘物游心时，往往将自然渲染上主观情志，即是把自然变成"自我化了的自然"。这种自觉的审美意识在魏晋南北朝时期彰显得十分明显，并且连同文人的生命体验，诠释出了颇具时代特点的文化精神。潘岳《秋兴赋》中写有："四时忽其代序兮，万物纷以回薄。览花蒔之时育兮，察盛衰之所托。感冬索而春敷兮，嗟夏茂而秋落。虽末士之荣悴兮，伊人情之美恶。善乎宋玉之言曰：'悲哉秋之为气也，萧瑟兮草木摇落而变衰，憭栗兮若在远行，登山临水送将归。'夫送归怀慕徒之恋兮，远行有羁旅之愤。临川感流以叹逝兮，登山怀远而悼近。彼四戚之疚心兮，遭一涂而难忍。嗟秋日之可哀兮，谅无愁而不尽。"

不仅是文人的生命精神和审美情趣相辅相成，气感说和文艺的生命精神也是联系在一起的。《楚辞·离骚》曰："日月忽其不淹兮，春与秋其代序。"文人感于四时之变，察盛衰所托，又观乎物色之动，叹逝者如斯。中国古代文人在任心自然的过程中不断寻找人生的价值，探索生命的真谛，在随物起兴过后，将思虑统统集于文墨。王羲之《兰亭集序》有语云："仰观宇宙之大，俯察品类之盛，所以游目骋怀，足以极视听之娱，信可乐也。"文人的生命精神和审美情趣正是在这生之微末中去体味宇宙的浩瀚而得以升华，人要在"生年不满百"的短暂时光中"酣畅万古情"，且须去享受生的过程而不纠结于目的。

结　语

魏晋南北朝，各种思想在特殊的社会环境和时代背景下产生激烈碰撞，总的来说形成了一种和而不同、兼容并包的文化局面。《文选》诞生在这一文化氛围中，自有其成为中国古代文学史上一道瑰丽风景线的魅力。《文选》映衬下的中国古代文学观念是文人生命精神和审美情趣的提炼和升华，是中华民族传统文化的一个独特部分，也是我们需要去关注和研究的。

论严羽《沧浪诗话》和"妙悟"说

　　严羽忧虑宋代诗坛的发展状况,反对宋诗主流的江西诗派的诗歌创作方法,因此创作《沧浪诗话》并提出诗学理论。"妙悟"即是严羽诗学思想的核心概念之一,它反映了严羽追求诗歌特有的含蓄深远的艺术意境和情趣韵味的诗学理想与审美倾向。严羽主张诗歌的美学本质在于"兴趣","妙悟"是诗歌创作的艺术思维和原动力,倡言诗人通过"熟参"达到"悟入"。这一方面是对前代的思想和文化的继承和超越,另一方面又受到当时浓厚的禅学背景影响,同时西方美学理论与之也存在某种契合。"妙悟"、"兴趣"、"以汉、魏、晋、盛唐为师"、"吟咏情性"等美学观念在严羽的《沧浪诗话》中形成了较为完整的理论体系,尽管一些观点存在偏颇,但《沧浪诗话》的提出对于纠正宋诗发展中的不良倾向发挥了重要作用,并对后世产生了深远影响。本文从《沧浪诗话》产生的历史文化语境出发,从多个角度考察"妙悟"说,论述"妙悟"说的内涵及价值,揭示审美意识活动和艺术感受能力对于诗歌创作的重要意义,并从审美方式、审美境界、审美主客体关系等层面对"妙悟"说做一番评价。

一

唐宋而后，"人的心情意绪成了艺术和美学的主题"①，诗学围绕心物关系展开再探讨与再深化。生活在南宋后期的严羽写作《沧浪诗话》，主要依据唐诗和宋诗提供的正反两方面经验，从力矫江西之弊的立场出发，对诗歌特有的艺术特点进行了系统的归纳和总结。《沧浪诗话》涉及的范围很广，但综观全文，严羽着力论述的问题仅有两点：一是诗之宗旨为何，什么样的诗才算是好诗，这涉及诗歌的本质之美，即心物关系、情物关系的再厘定；二是如何才能创作出这样的好诗。针对这两个基本问题，严羽提出了"兴趣"说和"妙悟"说，前者是诗歌批评鉴赏论，后者是诗歌创作论。严羽之所以强调要辨明诗体，分辨诗歌的优劣，主要也是针对宋代诗坛中势力最盛的江西诗派的流弊而发，提示诗人和文论家应当把具有"浑然无迹而又蕴藉深沉的艺术情味"②的诗歌看作是好诗，进而在诗歌创作的过程中努力写出这样的好诗。因此严羽《沧浪诗话》的落脚点最终归于"妙悟"说及诗歌创作论上。

严羽在《沧浪诗话·诗辨》中用一段文字简述了诗歌发展由唐入宋后出现的一些弊病，发出了"唐诗之说未唱，唐诗之道或有时而明也"的喟叹。

国初之诗尚沿袭唐人：王黄州学白乐天，杨文公、刘中山学李商隐，盛文肃学韦苏州，欧阳公学韩退之古诗，梅圣俞学唐人平澹处，至东坡、山谷始自出己意以为诗，唐人之风变矣。山谷用工尤

---

① 李泽厚：《美的历程》，北京：文物出版社，1981年版，第155页。
② 陈伯海：《严羽和沧浪诗话》，上海：上海古籍出版社，1987年版，第86页。

为深刻,其后法席盛行海内,称为江西宗派。近世赵紫芝、翁灵舒辈,独喜贾岛、姚合之诗,稍稍复就清苦之风,江湖诗人多效其体,一时自谓之唐宗;不知止入声闻辟支之果,岂盛唐诸公大乘正法眼者哉!

  宋初三朝的诗歌创作还十分近似唐风,直至苏、黄二人出,文人学士开始寻着自己的想法作诗,遂变革唐代诗风,逐渐形成了自己的新风貌。到了南宋后期,诗歌创作又开始接受晚唐诗风的影响,再次趋近唐调。不过严羽论诗推尊盛唐,晚唐诗风虽被江湖诗派奉为"唐宗",在严羽看来也不过是"止入声闻辟支之果"罢了。

  《四库全书总目提要》著录《沧浪诗话》道:"首诗辨,次诗体,次诗法,次诗评,次诗证,凡五门。末附《与吴景仙论诗书》。大旨取盛唐为宗,主于妙悟。故以如空中音,如象中色,如镜中花,如水中月,如羚羊挂角,无迹可寻,为诗家之极则。"严羽在《沧浪诗话》中主要探讨并试图解决两个问题——何谓好诗以及如何作好诗,并提出了以"兴趣"为中心的诗歌批评鉴赏论和以"妙悟"为主导的诗歌创作论作为解答。严羽的这一系列诗论,从开辟宋代诗坛新局面的现实考虑出发,主要针对宋诗主流的江西诗派,同时力图纠正"四灵"等晚唐派的偏颇。因此,笔者认为《沧浪诗话》的落脚点应当是在如何创作出好诗的问题上,分辨好诗也是为了写作好诗,诗歌批评鉴赏论服务于创作论,所以《四库提要》说《沧浪诗话》"大旨取盛唐为宗,主于妙悟"。

二

  严羽探讨诗之宗旨,对诗歌的本质之美进行再厘定,主要围绕诗歌审美和诗歌创作中的心物关系与情物关系来展开自己的诗歌批评鉴赏论：

诗之极致有一，曰入神。诗而入神，至矣，尽矣，蔑以加矣！

夫诗有别材，非关书也；诗有别趣，非关理也。然非多读书、多穷理，则不能极其至，所谓不涉理路、不落言筌者，上也。诗者，吟咏情性也。盛唐诸人惟在兴趣，羚羊挂角，无迹可求。故其妙处，透彻玲珑，不可凑泊，如空中之音，相中之色，水中之月，镜中之象，言有尽而意无穷。

严羽追求的诗歌之美潜藏于诗句看似客观的描绘与表达之中，它并不以"书"、"理"等典故的引用和议论的阐发为表现形式，诗歌展现的审美风神和人生理想如"空中之音，相中之色，水中之月，镜中之象"，并不呈现为具体的景物形象和确切的思想情感，因此鉴赏者在审美过程中，理解、情感、联想等都因为诗歌在这些方面相应的不确定性而被激发得更为开阔和丰富，从而对诗歌之美有所谓"无穷"的领悟。诗作者的情感思想并不直接外露而表现得含蓄内敛，这些观念意绪有时在诗歌创作过程中也不能被作者自身察觉到，如此而来，诗歌的思想情感被传达得更加幽远深邃和自由开阔。诗歌这种"无迹可求"、"透彻玲珑，不可凑泊"、"言有尽而意无穷"的美学特点，严羽称之为"兴趣"，这即是严羽极力推崇的盛唐诗歌的主要特点，也就是"诗之极致"，即"入神"。"兴趣"是严羽诗学的艺术和审美追求，概括起来即指诗人将所要"吟咏"的"情性"熔铸于诗歌形象，情景交融之后带给人的那种含蓄、幽深的审美感受，也就是诗歌"蕴藉深沉、余味曲包"的美学特点，正如"空中之音，相中之色，水中之月，镜中之象，言有尽而意无穷"。这即是严羽关于心物关系的探讨，叶嘉莹先生在《迦陵文集》中写道："所谓形象与情意的关系，无非是'由物及心'、'由心及物'和'即心即物'这三种。由物及心的是兴；由心及物的是比；即心即物的是赋。"①，严羽对于心物关系的阐发强调通过诗歌形象的表达触发品鉴者的感发，而诗歌引发读者感发的方式即包含了"直接叙写（即心即物）"，"借物为喻（心在物先）"，和"因物起兴（物在心先）"等等。"兴趣"是严羽诗歌批评鉴赏论的着眼点，也是严羽的美学追求，要从诗歌中领悟"兴趣"，进而创造"兴趣"，从而使诗歌达到"入神"的极致境界，则须凭借"妙悟"。

大抵禅道惟在妙悟，诗道亦在妙悟，且孟襄阳学力下韩退之远甚，而其诗独出退之之上者，一味妙悟而已。惟悟乃为当行，乃为本色。然悟有浅深、有分限、有透彻之悟，有但得一知半解之悟。汉、魏尚矣，不假悟也。谢灵运至盛唐诸公，透彻之悟也。他虽有悟者，皆非第一义也。（《诗辨》）

学诗有三节：其初不识好恶，连篇累牍，肆笔而成；既识羞愧，始生畏缩，成之极难；及其透彻，则七纵八横，信手拈来，头头是道矣。（《诗法》）

"妙悟"说与"夫诗有别材，非关书也；诗有别趣，非关理也。然非多读书、多穷理，则不能极其至，所谓不涉理路、不落言筌者，上也"的理论主张一致。由于《沧浪诗话》中直接探讨"妙悟"的地方并不多，因此需要结合《诗话》中的其他理论进行整体考察。钱锺书先生在《谈艺录》中论"妙悟"时说："夫悟而曰妙，未必一蹴即至也。乃博采而有所通，力索而有所入也。学道学诗，非悟不进。"可见习禅与学诗都需要通过一个博采力索的过程至于一"悟"才能有所进境。禅道以"悟"为极境，诗道却不能止于"悟"。

---

① 叶嘉莹：《迦陵文集》第八卷，石家庄：河北教育出版社，1997年版，第27页。

"别趣",实际上就是"兴趣",即指"诗人的'情性'熔铸于诗歌形象整体之后所形成的那种浑然无迹而又蕴藉深沉的艺术情味"。"别材"也就是能够感受领悟这种艺术情味,进而创作出具有这种艺术情味的诗歌作品的能力,概括起来就是指诗人的某种诗才。"妙悟"其实也就是这种"别材",指诗歌创作中的某种特殊才能。可见,"兴趣"("别趣")是美学目标,"妙悟"("别材")是通向这一目标的路径。严羽将"别材"、"别趣"归结为"不涉理路、不落言筌者",目的是要强调诗歌创作不要依靠逻辑思维和理性思考,更不要空乏议论,这显然是针对江西诗病提出的。但是,在实际的诗歌创作活动中,诗作者写诗离不开一定的知识和理论的积累,因此严羽又说"别材"、"别趣"的获得必须要"多读书"、"多穷理":

"工夫须从上做下,不可从下做上。先须熟读《楚辞》,朝夕讽咏,以为之本;及读《古诗十九首》,乐府四篇,李陵、苏武、汉、魏五言皆须熟读,即以李、杜二集枕藉观之,如今人之治经,然后博取盛唐名家,酝酿胸中,久之自然悟入。虽学之不至,亦不失正路。"

严羽认为"学者以识为主","妙悟"能力的培养需要学习前人的诗歌作品,提升对诗歌风格、意境、体裁、语言等艺术特征的判别和领会能力,所谓"看诗须着金刚眼睛,庶不眩于旁门小法","辨家数如辨苍白,方可言诗","作诗必须辨尽诸家体制,然后不为旁门所惑"。此外,严羽还提出培养这种"识"应当"入门须正,立志须高。以汉魏晋盛唐为师,不作天宝以下人物。若自退屈,即有下劣诗魔入其肺腑之间,由立志不高也。行由未至,可加工力,路头一差,愈骛愈远,由入门不正也。"指出学习的对象应当是诗歌创作"唯在兴趣"的"盛唐诸人",学习的目的是培养"盛唐诸公"的"透彻之悟"。汉、魏、晋、盛唐的诗歌特点概括起来可以说是具有

"兴发感动之作用",叶嘉莹先生认为诗歌的这种作用,"实为诗歌之基本生命力。至于诗人之心理、直觉、意识、联想等,则均可视为心与物产生感发作用时,足以影响诗人之感受的种种因素;而字质、结构、意象、张力等,则均可视为将此种感受予以表达时,足以影响诗歌之表达效果的种种因素。对于前者,我曾简称之为'能感之'的因素;对于后者,我曾简称之为'能写之'的因素。"[①] 在严羽看来,诗歌独特的美学特质是一种若隐若现的含蓄之美,诗歌作者在其直接叙写的情事之外还着重有意识或无意识地流露出心灵本质的某种观念意绪和思想感情,而阅读者除了可以领悟作者直接表达的情性,还能受到诗歌中含蓄显现的心灵本质的感发。严羽之所以提出要"以汉、魏、晋、盛唐为师",把汉、魏、晋与盛唐之诗看作"第一义",正是因为"唐人尚意兴而理在其中;汉魏之诗,词理意兴,无迹可求",是中国古典诗歌作品中最适合于用此态度去评赏的一类作品,"兴趣"说和"妙悟"说可说是对具有这种美学特质的诗歌作品最有体会的一种批评方式。不同于江西诗派注重推敲的创作思路,严羽推崇的是一种浑然天成、含蓄深远的诗歌创作境界,如《古诗十九首》写得自然浑成,含蓄温厚,引人不禁产生自然联想;杜甫的诗史感情深厚,根本分辨不出所谓的"诗眼";陶渊明的田园诗纯朴任真,不假雕饰,并不需要去摘取字句分析……但凡好诗,都不是由文字炼成,而是由精神、感情乃至生命等触及心灵本质的体悟熔铸。

陈良运先生认为"悟"是"人的灵性的瞬间启动",严羽谈论"悟","不限于学古人之诗",更重要的意义在于导致"诗因诗人

---

① 叶嘉莹:《迦陵文集》第四卷,石家庄:河北教育出版社,1997年版,第7页。

'悟入'状态不同而有审美态势之别"①。前人那些具有意境浑成、韵趣悠远的艺术典范的诗歌作品在评鉴者的意识中潜移默化,融会贯通,不知不觉地内化为评鉴者的创作才能。严羽所谓的"工夫",并不是要对前人诗风进行效法模仿,而是指通过"熟读"、"讽咏"的方式直接感受、欣赏前人诗作的艺术特点。陈伯海先生对严羽的"妙悟"说有比较精辟的阐述:"妙悟是人们从长时期潜心地欣赏、品味好的诗歌作品中养成的一种审美意识活动和艺术感受能力,它的特点在于不凭借理性的思考而能够对诗歌形象内含的情趣韵味作直接的领会与把握,这种心理活动和能力便构成了诗歌创作的原动力。"② 严羽以学参为手段,强化创作主体的艺术感受力和表现力,从而使其"自然悟入",创造出"入神"的好诗、妙诗。"妙悟"说将"兴趣"作为诗歌的审美理想,以"熟参"前人诗作为途径,通过培养辨识能力达到"悟入",在激发创作原动力的瞬间不凭借理性思考,从这种直觉性的因素考虑,"妙悟"与所谓的"灵感"有相似之处,但又不等同于"灵感","妙悟"不能一蹴而至,还需要通过"熟读"、"讽咏"逐渐积累。朱自清先生在《"好"与"妙"》一文中说道:"……将这些'妙处'欧化,换上了'直觉'、'神秘性'等新名字。译名的'微妙'倒常用……"反映出"妙"字本身所具有的直觉性、神秘性等特点。"妙悟"可能与西方美学中的艺术直觉存在某种契合,"直"字本身,连同钟嵘的"直寻",司空图的"直致所得",严羽的"直截根源"、"单刀直入",理论意旨都指向审美感知的直接性。"妙悟"说强调审美主体的"悟入",实际上是强调审美主体在创作过程中的主观能动性,指审美主体把握美的特殊的直觉

---

① 陈良运:《中国诗学批评史》,南昌:江西人民出版社,1995年版,第387页。
② 陈伯海:《严羽和沧浪诗话》,上海:上海古籍出版社,1987年版,第91页。

体悟，并同时结合了诗歌兴象、韵味等美学命题，从审美方式、审美境界、审美主客体关系等多个层面启发了中国文学的审美精神。

三

"妙悟"说自严羽进入成熟阶段，影响了后世的文艺理论和美学观念，其中以其对明清两代的影响最为突出。明代诗论家对严羽推崇备至，李东阳在《麓堂诗话》里推崇道："惟严沧浪所论超离尘俗，真若有所自得，反复譬说，未尝有失。"王士禛在《艺苑卮言》中也说："严沧浪论诗，至欲如哪吒太子析骨还父，折肉还母。"胡应麟更是将严羽比之为"达摩西来"。明清两代诗学中提倡复古、注重格调、推崇韵味、寻求情感表达等特点与严羽提出的"以汉魏盛唐为师"、"格力"、"诗之品"、"兴趣"、"别材"、"别趣"、"吟咏情性"等说息息相关。《沧浪诗话》实际上成为后出的格调派、神韵派、性灵派、肌理派论诗的理论源头，尽管严羽的理论主张对这些诗歌派别的形成和发展产生了正负两方面影响，但这也意味着《沧浪诗话》从审美角度、审美方式、审美主客体关系等多个层面充实了后世的审美精神。如李梦阳"倡言文必秦汉，诗必盛唐"（《明史·文苑传》），王士禛主张"抑才以就格，完气以成调"，徐祯卿肯定"因情立格"，胡应麟注重"体格声调、兴象风神"，翁方纲认为"不求与古人离而不能离，不求与古人合而不能合"，虽因时代经历的不同而存在理论上的差异，但他们的确把《沧浪诗话》当作了诗论的重要渊源。严羽《沧浪诗话》的理论体系存在着一定的复杂性，对后世的影响也往往有利有弊，因而在后世的诗坛上时而受欢迎，时而遭冷遇，后人对严羽《沧浪诗话》的评价也莫衷一是。

应当说，"妙悟"说在反对江西诗派"以文字为诗，以才学为诗，以议论为诗"的基本立场下倡导诗歌创作"非关书"、"非关理"，"不涉理路、不落言筌"，是对宋诗流弊的一种有益纠正，严羽同时又进行了自我纠谬，提出"非多读书，多穷理，则不能极其至"，但其"一味妙悟"的说法的确夸大了审美意识活动的作用与意义，未能完全准确地把握诗歌创作的过程与规律。此外，以"熟读"、"讽咏"前人"第一义"的诗作来获得"妙悟"能力的创作理论忽略了现实生活是艺术创作的直接来源，离开现实生活光凭培养审美主体对美的直觉式感悟能力是无法创造出具有生命力的艺术作品的。尽管"妙悟"说存在一些缺陷，导致后世诗歌创作中的一些问题，但它深化了对诗学理论的研究和探讨，推动了中国古典美学的发展，具有重要价值。"妙悟"说标举"别材"、"别趣"，揭示了审美意识活动和艺术感受能力对于诗歌创作的非凡意义，标志着人们对审美的理解进入了高度自觉的阶段。"妙悟"说注重对言意之外的诗歌韵味的领会，并且"以汉魏盛唐为师"，把"悟第一义"作为获得诗歌创作原动力的"妙悟"的"向上一路"，从"悟第一义"到"妙悟"，再到"兴趣"，逐层深入，环环相扣，理论性和逻辑性都是前人所不能及的。严羽以"孟襄阳学力下韩退之远甚，而其诗独出退之之上者"为例证，把人们长期以来朦胧察觉到，却还未能形成理论概括的两种创作倾向——"悟"（"才"）与"学"（"力"），鲜明地呈现于世人面前，提出诗道主"妙悟"，不主"学力"，以"妙悟"说引导诗歌创作向着自己认为正确的美学理想发展，其间得失，无不启发着后世的文人和诗论家。严羽不言"境"，但言"境生象外"，转变了人们的审美倾向，使诗人和文论家们对"无迹可求"的化境充满了向往。《沧浪诗话》在理论上彼此呼应协调，相互补充配合，其讲求"神"、"趣"、"意兴"的美学主张，代替了之前以"道"、"气"、"理"为核心的审美观念，对意境、韵味、风格的追求成为新的美学风尚。中国古代文学的审美观念由初级向高级再向至高的审美理想不断升华，显示了人们审美趣味随着时代变化而不断变迁，启发着后人的审美潜能。审美主体在形成审美趣味的过程中又受到时代和风俗的影响，如刘勰在《文心雕龙·时序》中所言的"良由世积乱离，风衰俗怨，并志深而笔长，故梗概而多气"，因而不同的时代往往有不同的审美倾向。审美趣味的改变，实际上是文学艺术在情、貌、言等多个层面上的变迁，这些变化最后集中体现在文学作品上。"文学史是一个审美接受和审美生产的过程"①，优秀作品的审美价值连同时代特征，共同塑造了作家、理论家和批评家的审美趣味，并通过他们形成更具影响力的审美尺度。文学的核心目的在于审美，因此理论家和批评家对文学作品的评鉴还应当以性情体验为前提，这其中包含了诸多中国古代文学史和美学史上既有的命题，"妙悟"、"兴趣"即为一端。文艺理论家和批评家通过对具体文学作品的研究在当代发生影响，从而引导大众的审美情趣。因此当代的文学批评家、鉴赏家和文学创作者在着眼当下，迎合时代和大众业已形成的审美风尚和审美情趣之外，拓宽视野，纵观古今中西，有意识地从严羽《沧浪诗话》"妙悟"说与"兴趣"说这样的优秀古典文艺理论中吸取养料，或许对于改变今天过于商业化的写作氛围能发挥一定的作用。

结　论

严羽忧虑宋诗发展状况，意识到"兴发感动"对于诗人诗歌创

---

① 姚斯、霍拉勃：《接受美学与接受理论》，沈阳：辽宁人民出版社，1987年版，第26页。

作所具有的无可替代的作用，诸如江西诗派的诗人，无论他们有多么高超的才学，多么精妙的议论，以及多么奇峭的语言，一旦没有属于他们自己真正的"兴发感动"，便只能靠"点铁成金"、"夺胎换骨"等固定的创作方法写作出在风格上趋于艰涩的作品，因而他们的诗歌难以被赋予那种富于感发作用的"兴趣"之美。严羽倡言"兴趣"，提出"妙悟"说，强调了审美主体感受作用本身带来的感发的能力与活动，在宋代文坛上引起了相当程度上的关注，对后世的文论、审美观念等产生了极其深远的影响，成为中国文学史和美学史上一个极富生命力的命题，其理论精华至今受用。《沧浪诗话》成为继钟嵘《诗品》、刘勰《文心雕龙》和司空图《诗品》之后，中国文论史和美学史上又一座影响中国古代文论观和艺术审美观发展方向的里程碑。

【参考文献】

1. 郭绍虞，《沧浪诗话校释》，北京：人民文学出版社，1983 年 8 月北京第 2 版。

2. 陈伯海，《严羽和沧浪诗话》，上海：上海古籍出版社，1987 年 8 月第 1 版。

3. 李泽厚，《美的历程》，北京：文物出版社，1981 年版。

4. 叶嘉莹，《迦陵文集》，石家庄：河北教育出版社，1997 年 7 月第 1 版。

5. 袁行霈，《中国文学史》，北京：高等教育出版社，2005 年第 2 版。

6. 王运熙、顾易生，《中国文学批评通史 四宋金元》，上海：上海古籍出版社，1996 年版。

7. 赵慧平、王祥、刘刚，《中国文学史话》（宋代卷），长春：吉林人民出版社，1998年10月第1版。

8. 孙望、常国武，《宋代文学史》，北京：人民文学出版社，1996年版。

9. 孙昌武，《佛教与中国文学》，上海：上海人民出版社，1988年版。

10. 陈良运，《美的考索》，南昌：百花洲文艺出版社，2009年10月第2版。

11. 陈良运，《中国历代诗学论著选》，南昌：百花洲文艺出版社，1995年9月第1版。

12. 郭绍虞，《宋诗话考》，北京：中华书局，1979年8月第1版。

13. 周振甫、冀勤，《钱锺书〈谈艺录〉读本》，上海：上海教育出版社，1992年8月版。

14. 钱锺书，《谈艺录》，北京：三联书店，2007年12月第2版。

15. 陈良运，《中国诗学批评史》，南昌：江西人民出版社，1995年7月第1版。

16. 李泽厚，《中国古代思想史论》，天津：天津社会科学院出版社，2003年5月版。

17. 许志刚，《严羽评传》，南京：南京大学出版社，1997年1月第1版。

18. 朱自清，《朱自清古典文学论文集》，上海：上海古籍出版社，2009年4月第2版。

19. 陈良运，《中国古代文学审美观念发生与流变述略》，东方丛刊．2006．3．120—134。

20. 曹章庆，《妙悟的美学历程》，广西大学学报（哲学社会科学版），1998（6）．84—90。

21. （明）胡应麟，《诗薮》，上海：上海古籍出版社，1979年版。

22. （清）纪昀，《四库全书总目提要》，石家庄：河北人民出版社，2000年3月版。

从《世说新语·方正》看"方正"概念的变化
——兼谈魏晋士人精神的时代变化

"方正"作为辟举科目始于汉文帝时。据《史记·孝文帝本纪》和《汉书·文帝纪》,文帝即位的第二年十一月晦日出现日食,孝文帝遂下诏自省:"令至,其悉思朕之过失,及知见之所不及,丐以启告朕。及举贤良方正能直言极谏者,以匡朕之不逮。因各敕以职任,务省徭费以便民。朕既不能远德,故祸然念外人之有非,是以设备未息。"由这一史实不难判断,如同当时用于举用的孝悌、贤良、文学等科目,"方正"在当时的内涵是明确的,"方正"这一品题名目在国家体制上得到确定和执行。起自东汉的人物品评之风(其表现形式由汉末清议,转而变为魏晋清谈),主要内容也由单一的政治品评扩大转变到社会文化生活等方面,以"方正"科为依托,通过对人物的品评,"方正"在人们价值观念上的现实意义被强化了。因此我们首先要弄清楚的问题就是汉文帝以"方正"辟举时,"方正"的内涵是怎样的,即什么样的人可以被称得上"方正"。

《汉书·爰盎晁错传》中记载了晁错对策时的一段话:"诏策曰'直言极谏',愚臣窃以五伯之臣明之。臣闻五伯不及其臣,故属之以国,任之以事。五伯之佐之为人臣也,察身而不敢诬,奉法令不容私,尽心力不敢矜,遭患难不避死,见贤不屈其上,受禄不过其量,不以亡能居尊显之位。自行若此,可谓方正之士矣。"晁错的论述以春秋名臣为例，从朝廷对臣子立身和勤政的要求出发，提出了时人评判方正之士的一系列标准，其重点在于臣子的立朝辅政以及立朝辅政时所应具备的个人修养。自西汉到东汉，"方正"科目以及"方正"品题的内涵并没有发生太大的变化，其核心内容主要是关于个人道德层面上的，即立朝辅政的臣子个人举止施为要符合当时社会的道德价值标准，如为人公方正直、有所持守，不为权势挠曲，以礼法自饬，不苟且行事，不妄交游，等等。这与两汉时期经学成为社会意识形态后对臣子德行的要求相一致。"方正"的这种内涵也已为后人所接受。如在《世说新语笺疏·方正》"王大将军既反"条后，余嘉锡案："伯仁临难不屈，义正词严，可谓正色立朝，有孔父之节者矣。世说方正之篇目，惟伯仁、太真及钟雅数公可以无愧焉。其他诸人之事，虽复播为美谈，皆自好者优为之尔。"余嘉锡依臣子立朝辅政颇具德行的标准将周颢、温峤、钟雅当作"方正"的典范，并同时指出"其他诸人之事"不当列入《方正》。

的确，以余嘉锡先生所理解的"方正"的含义来看《世说新语·方正》，会发现很多名实不符的事例。如《方正》三十七条：苏峻之乱后，百姓凋敝。"王、庾诸公欲用孔廷尉为丹阳"。照理说，艰难时事，正是臣子出力之时，况且掌管都城之所在，也是一项荣誉，说明才能得到肯定。孔坦却回答道："肃祖临崩，诸君亲升御床，并蒙眷识，共奉遗诏。孔坦疏贱，不在顾命之列。既有艰难，则以微臣为先，今犹俎上腐肉，任人脍截耳！"然后"拂衣而去"。国运艰危，孔坦所关注的却是自己先前未受重用的颜面之失，在其心中，国家利益实在是比不上自己尊严重要的。又如《方正》五十条：桓温的属下刘简以"刚直见疏"，因而"尝听记，简都无言"，桓温问他"何以不下意"，他则回答："会不能用。"在这里，传统的忠臣直谏、为国为民的意识荡然无存，全是计较个人名誉、尊严之心。这恰恰与"尽心力不敢矜,遭患难不避死"的原则相左。再从《方正》选录的条目来看,《方正》凡66条,作一番粗略统计,其中有关军政之事的仅有17条,其他三分之二的内容则涉及士人交游、家族联姻等多个方面,"方正"的背景不再局限于两汉"方正"一科指向的立朝辅政之务,而是拓展到了私人交往的大环境。

　　透过《方正》,从士人们的行止言谈所看到的正是士人对其个人和家族尊严的维护,其中有高门望族的后代对所谓"小人"或是后出门户的轻薄和拒绝,也有高自标置的士人在权臣乃至最高统治者面前对个人尊严和家族荣誉的坚持。前者如《方正》五十一:刘惔、王濛一起出行,天很晚了还没吃饭。"有相识小人贻其餐,肴案甚盛",刘惔却拒绝了,并对王濛说道:"小人都不可与作缘。"还有《方正》四十八:孙绰作《庾公诔》,文中有很多巴结之辞。既成,示庾道恩,庾见,慨然送还之,曰:"先君与君,自不至于此。"《方正》十二:杨济为名门才俊,不屑和杜预为伍。"杜预之荆州,顿七里桥,朝士悉祖。"杨济没落座便至"大夏门下盘马"。后者如《方正》第二条:宗承鄙夷曹操为人,不和他交往。等曹操作了司空,总揽朝廷大权的时候,从容问宗曰:"可以交未?"答曰:"松柏之志犹存。"还有《方正》十一:武帝语和峤曰:"我欲先痛骂王武子,然后爵之。"武帝于是召来王济,狠狠地斥责他,然后问道:"知愧不?"武子曰:"'尺布斗粟'之谣,常为陛下耻之!它人能令疏亲,臣不能使亲疏。以此愧陛下。"在维护个人尊严和家族荣誉的问题上,士人们呈现出勇敢、坚决和直率的态度。然而,传统"方正"概念里强调国事的主要一面却变得相当淡薄。余嘉锡对这种现象曾做过深刻地描述:"盖魏晋士大夫止知有家,不知有国。故奉亲思孝,或有其人;杀身成仁,徒闻其语。王祥、何曾之流,皆不免党篡。求忠臣必于孝子之门,竟成虚语。六代相沿,如出一辙,而国家亦几胥而为夷。"唐长孺先生在《魏晋南朝的君父先后论》中对此有过精辟地论述:"后世往往不满于五朝士大夫那种对于王室兴亡漠不关心的态度,其实在门阀制度下培养起来的士大夫可以从家族方面获得它所需要的一切,而与王室的恩典无关,加上自晋以来所提倡的孝行足以掩护其行为,因此他们对于王朝兴废的漠视是必然的,而且是心安理得的。"魏晋南北朝时期,门阀制度在形成过程中和形成之后,对当时的政治、经济、社会、文化生活各个方面带来了巨大而深刻的影响。士族势力的蓬勃发展,的确是魏晋士大夫强调个人和家族尊严、淡化对朝廷政事的关切程度的重要原因。但这其实也是魏晋士人精神风貌的内涵,魏晋士人普遍认为将内心所系表达得越直接越显示不出其苦心,这一点与唐朝恰恰相反,魏晋士人在和自己关系密切的事情上往往表现得漠不关心,置身事外得有些矫情,既没有彻底洒脱不问朝政的魄力,也没有沉湎在苦闷中积极挣扎的恒心和勇气,因此只能在一种"讬而逃"的状态里生活,在内心和现实的双重世界的矛盾中沉寂地呐喊。

"方正"正是随着这种社会政治环境的改变,其蕴涵的内容才有了转变和扩充。"方正"在魏晋虽然仍保有旧义,如《方正》第二十三:晋元帝司马睿登基以后,因为宠爱郑后,就想舍弃司马绍而立司马昱为太子。"时议者咸谓舍长立少,既于理非伦,且明帝以聪亮英断,益宜为储副。"周𫖮、王导诸公都极力相争,态度明确,只有刁协一人想拥戴少主,以此逢迎司马睿的旨意。"元帝便欲施行,虑诸公不奉诏,于是先唤周侯、丞相入,然后欲出诏付刁。周、王既入,始至阶头,帝逆遣传诏,遏使就东厢。周侯未悟,即却略下阶。丞相披拨传诏,径至御床前,曰:'不审陛下何以见臣?'帝默然无言,乃探怀中黄纸诏裂掷之,由此皇储始定。"这一条的方正仍然是就臣子立朝辅政直言极谏而言的。虽保有旧义,"方正"概念在魏晋时期已经和两汉时期"方正"一科的指向有所分化。抛开前文已经说明的淡化朝廷政事的这一点，在对个人行事的评价上，"方正"所指向的价值取向很少涉及交游、联姻对象的个人旨趣修养、德行品质等个人因素，而是侧重于这一交游、联姻对象的家世门第。如《方正》二十：王太尉不与庾子嵩交，庾卿之不置。王曰："君不得为尔。"庾曰："卿自君我，我自卿卿；我自用我法，卿自用卿法。"魏晋时期，人与人之间以"卿"相称是有规定的，"下于己者或侪辈间亲昵而不拘礼数者称'卿'"，"无交情者不得卿，又'贵人不可卿而贱者乃可卿'"。王衍贵为太尉，庾子嵩以"卿"指称王衍，目的是要拉近距离，以图"侪辈间亲昵而不拘礼数"。而王衍高自标置，不许庾子嵩"卿"待自己，极力保持两个人之间的距离。而《世说新语·方正》记载此事的角度是对王衍行事给予正面认可的。再看《方正》五十八：王坦之担任桓温长史时，桓温替自己的儿子向王家求婚，王坦之答应回去和父亲蓝田侯王述商量一下，王述却说："恶见文度已复痴，畏桓温面？兵，那可嫁女与之！"王述断然拒绝桓温为其儿子的求婚，以为"兵，那可嫁女与之"，自恃门第，轻视桓氏出身，言语之间的自得倨傲，一览无余。《世说新语·方正》对王述的坚持应当也是给予的积极评价，认为他行事方正。《世说新语·方正》将上述事例采入，说明当时以看重和维护个人荣誉及家世门第为"方正"的评判标准既是社会现实又是主流价值观。这种价值观亦体现在当时士大夫社交中的"不交非类"的取向上。孙盛《晋阳秋》载："（王）述体道清粹，简贵静正，怡然自足，不交非类。虽群英纷纷，俊乂交驰，述独蔑然，曾不慕羡。"又，刘谦之《晋纪》载："王献之性甚整峻，不交非类。""不交非类"和"方正"观一样，都是魏晋士人看重家世门第所导致的社会风尚。

其次，《方正》中不乏表现士人之我行我素，率性而为，直率的条目。如钟雅、周顗等人面对强权所表现的不屑，郭淮后悔遣妻，大张旗鼓地追回。《方正》各条中的主人公都在直率地表达心中的想法，而这种表达，既不强求与过去的言行一致，又不考虑对时势的责任，渗透着强烈的个人真性情。传统所谓的"方正"，往往包含了相当多的道德意义。但如《世说新语·方正》，从魏晋士人的率性而为中来看"方正"，他们知道自己想要什么，并且直接而又不加掩饰地表现出来，他们不如两汉"直言极谏"的立朝辅政之臣那般"方正"，甚至他们一时的"方正"之举并不能贯彻始终，但他们的行为本身，不造作虚伪，正是对"方正"的最好的诠释。

总之，《世说新语·方正》所认可的"方正"，已不仅仅是两汉以来传统的概念，魏晋时代的"方正"概念虽保有不畏强权、蔑视权贵、直言极谏的旧的内涵，但它的背景已经脱离了对立朝辅政的臣子模式，而是强调个人尊严和家族荣誉，贯穿其中的是在门阀制度的大背景下所形成的重视家世门第的主流价值取向，以及以此为依托所流露出的直率敢为的真性情。

【参考文献】

1. 余嘉锡，《世说新语笺疏》，北京：中华书局，2009 年版。

2. 司马迁，《史记》。

3. 班固，《汉书》。

4. 徐震堮，《世说新语校笺》，北京：中华书局，1984 年版。

5. 唐长孺，《唐长孺社会文化史论丛》，武汉：武汉大学出版社，2001 年版。

论《六一诗话》与中国诗学形态的演变

导 论

本文主要从中国诗学形态发展与演变的维度去研究北宋著名文学家欧阳修的《六一诗话》。在中国文论史上,《六一诗话》历来以随笔诗话的形态,领中国文学理论批评风气之先,其研究者不绝如缕。本文在前人研究的基础之上,重点从诗学形态的演变去观察与研判这部真正意义的诗话开山之作。

中国诗学形态之建构,凝聚了人类学与文学相融汇的人文底蕴。在人类文明史上,诗歌的发展历程几乎等同于语言发展史,但凡出现语言传播的地方就有诗歌的存在。当中国还处在传说中的五帝时代,就出现了可被视作四言诗雏形的《弹歌》。在商、周时代的甲骨、钟鼎文字中,四言句式逐渐形成规范,并间有二、三、五、六言,卜辞中的谚语、歌谣也较为成熟。《诗经》中的诗歌则是上古时代已基本定型并广为流传的真正诗歌,《风》《雅》《颂》,"赋"、"比"、"兴",开后世各类文学流派与审美艺术之先河。孔子与弟子论《诗》、用《诗》,"诗言志"、"以意逆志"说等诗歌观念相继出现;屈原《离骚》《九章》抒情言志,视"情"为"文"的重大发现突破了以往的诗歌观念。两汉尊《诗》为"经",儒家诗教的确立强化了诗歌"言志"的理性内涵,《诗大序》和《毛诗》的郑玄笺注将中国古代诗学批评核心的"情志"说进一步系统化。在"文学自觉"的魏晋南北朝，曹丕、陆机、葛洪、刘勰、钟嵘等人先后写就文论著作，对诗歌文体有了重新认识，齐、梁的"文"、"笔"之说与"美文"意识冲击了传统的儒家诗教。魏晋以降，诗歌精神逐步升华，美学批评开始崛起。由隋入唐，承六朝余绪，陈子昂标举的"兴寄"、"风骨"，成为李白、杜甫等大多数唐代诗人的诗美倾向；白居易将诗歌与政教相结合，开现实主义诗论；韩愈、柳宗元倡导"文以明道"，明确界定了"诗"、"文"之别，得到了北宋欧阳修、苏轼等人的继承与发扬；王昌龄的"诗有三境"说，释皎然的"取境"、"造境"说，刘禹锡的"境在象外"说、司空图的《诗品》等等，标志着诗歌艺术走向了对"境界"的关注。宋代，宋人对唐诗既有继承又有创新，欧阳修等诗文革新运动者提出了新的诗学主张。两宋理学家的诗学观、江西诗派的诗法理论、诗话文体的勃兴等，均是宋代诗学的重要构件。金、元诗论以苏、黄之辨，对江西诗派的再评价，元好问的《论诗三十首》，方回的《心境记》为代表。明、清诗学流派繁多，清代诗话与论诗之作更是层出不穷，兴起了一种文学解放思潮，同时重整、改善了儒家的诗学观，诗学理论在这一历史时期得到史无前例的深化与系统化。近代，伴随"诗界革命"的到来，王国维《人间词话》的"境界"说，鲁迅的《摩罗诗力说》，胡适、郭沫若等文化巨人的奋起探索，持续推动着中国诗学的前进与发展，其影响绵延至今。

　　中华民族与中华文明自诞生起就一直与诗歌如影随形，无论国运昌盛，还是江河日下，诗歌总是呈现着中华民族最深沉的精神追求，包含着中华文明最根本的精神基因，因而诗歌代表了中华民族独特的精神标识，是中国文化最深厚的积淀。文化是民族的血脉，中国文化是诗性文化，其文化本体是诗，精神方式是诗学。中国诗学影响着每一个中国人的生命形态和精神状态,在这样的意义和层面上,把握和研究中国诗学形态的演变便具有特殊的现实意义与价值。

纵观中国诗歌史和文化史,唐诗和宋诗是两座难以登攀的高峰,前者崇"阳刚",后者尚"平淡",唐宋诗之争成为中国文学批评史上的一桩公案。然两者虽有区别,更有联系。李泽厚在《美的历程》中指出,从中唐到北宋是世俗地主在整个文化思想领域内的多样化地全面开拓和成熟,一方面是文以载道的倡导,另一方面人的心情意绪成了艺术和美学的主题。在美学理论上,文艺中韵味、意境、情趣的讲究,成了美学的中心。① 北宋建国五十余载,开始了以欧阳修为领袖的诗文革新运动。这场革新正是以复兴唐代韩愈、柳宗元古文发端,不仅造就了名垂中国散文史的"唐宋八大家",还与宋诗的发展一脉相连,涌现了一批风格独立的宋代诗人,其中一位最具代表的人物就是欧阳修。

欧阳修(1007—1072),字永叔,号六一居士,庐陵(今江西吉安)人。欧阳修的文学创作与理论研究并举,并拥有举足轻重的政治地位,是北宋文坛无可争议的领袖人物,宋人常以其为宋代韩愈,门生苏轼更是奉其为"今之韩愈",称此乃"天下之公言"。欧阳修的文学成就以散文为最高,兼备诗词,成就也颇为可观,苏轼对其曾有"论大道似韩愈,论本似陆贽,纪事似司马迁,诗赋似李白"的评价。欧阳修对于宋诗发展以及诗歌理论的贡献,首先值得提出的便是写作《六一诗话》,正式确立了诗话独立的批评文体地位。继司马光《温公续诗话》率先沿用这一新的"话"体批评文体,有宋一代,诗话勃兴,并作为中国诗学文献里一种颇具特色的文体延绵

―――――――

① 李泽厚:《美的历程》,北京:文物出版社,1981年,第155页。

至今。诗话是中国诗学批评中十分重要的一类,与中国诗学形态的演变密不可分,诗话与诗学的互补在各自形态的演变中充分展开。考察中国诗学批评史上的首部诗话——《六一诗话》,不仅对诗话文体的发生、发展、变化具有界定意义,更可对中国诗学形态的演变、诗学批评史的发展做有效补充与梳理。

诗话与所有文体一样,在正式确立之前存在一个漫长的流变过程,欧阳修的《六一诗话》,是在前代诗学批评成果之上进行的总结与创新。孔子说《诗》"可以群",可供"群居切磋",诗话文体即为这种"可以群"的诗歌接受提供了载体。诗话著作直到明清近代也大量出现,历代的文学批评者、诗评家组成了跨越时空的接受群体,诗话成为中国诗学史与诗歌接受史上不可多得的宝贵资源。从具有界定意义的《六一诗话》切入,厘清北宋以前的诗话形态与演变历程,研究诗话的文体特点与内容价值,更能彰显中国古代诗学与诗学批评的互动,以及诗话对中国诗学形态演变之贡献。《六一诗话》的著述宗旨是"以资闲谈",言说方式是随事生说,具有明显的"说话"文体特征,《四库全书总目》"诗文评"类总述称之为"体兼说部"。《六一诗话》的二十八条内容[①]排列无序,散缀成篇,但其中又有一贯的诗学主张,其基本的逻辑起点是就诗歌言意两方面的综合思考,可分为三个层面:一是"语言"层面,主张精工雕琢,反对过分直白与浅俗;二是"意义"层面,主张诗歌事理的真实,反对

---

① 人民文学出版社1962年《六一诗话》郑文校点本分欧阳修《诗话》为二十八条,其后以二十八条通行。据李清良《论〈六一诗话〉写作动机与内在逻辑》(《江海学刊》,1994第3期)注释一:考之《百川学海》与日本国立图书馆及台湾地区广文书局《古今诗话》影印"中央"图书馆珍藏善本,均为二十九则。郑文校点本将其中第十七条"李白《戏杜甫》"与第十八条"陶尚书"二合为一,遂致二十八条之误。本文为论述方便,从今通行版本之二十八条。

只求好句而不顾事信，主张诗歌意义的平淡深远，反对空洞的辞采藻饰；三是"言意关系"层面，主张"意新语工"、"状难写之景"、"含不尽之意"，达到"意在言外"的审美效果，为后世的"境界"说奠定了基础。围绕这三个层面，《六一诗话》还推衍出博采众长的诗歌理路，"穷而后工"的创作观点，以及对好诗佳句的鉴赏品评，对诗歌文学史料功能的说明等内容。宋代文化的辉煌成就为宋代诗学形态的演变奠定了基础。欧阳修主盟文坛期间，亦是宋代文化思想迅速深入发展，形成自身特点的时期。宋代文化思想的演进，对宋人的文章、学术产生了不同的影响，其艺术趋尚较前代有所异同。在新的时代背景下，《六一诗话》体现出宋型文化追求理趣，崇尚平淡之美、意境之美，主张平等、无品级的对话等特质，帮助我们了解中国古代文化与文学之关系。

关于宋代诗话思想、著述、版本、源流、辑佚等方面的研究与整理的著作，从郭绍虞《宋诗话考》《宋代诗话辑佚》，到蔡镇楚《中国诗话史》《诗话学》，吴文治《宋诗话全编》等，已经取得了十分丰厚的成果。宋代诗话的单篇研究论文从早期徐中玉《诗话之起源及其发达》、钱仲联《宋代诗话鸟瞰》等等发展至今，数量也已相当可观。至于《六一诗话》的个案研究，不同于严羽的《沧浪诗话》，是诗话个案研究中较为薄弱的一环。《六一诗话》研究并无专著，专论《六一诗话》的学术论文也相对较少，现将相关的研究著述分类综述如下：

一、著作类：

由于《六一诗话》没有研究专著，相关的论述通常见于欧阳修研究与诗话、诗学著作中：

顾永新著《斯文有传 学者有师：欧阳修的文学与学术成就》（大象出版社，2000年9月），论述了《六一诗话》中欧阳修的部分诗学观点，内容简略，并非《诗话》文本的详细分析；张华盛著《欧阳修》（安徽人民出版社，1981年6月）有"发表诗话，抨击西昆"一节，对《诗话》的分析较为详细，但一些论述有待商榷，例如欧阳修在《诗话》中对西昆体的态度并非完全的否定，更不至于抨击；郭正忠编著《欧阳修》（上海古籍出版社，1982年8月），有"六一居士"一章，简略介绍了《六一诗话》；蔡世明著《欧阳修的生平与学术》（文史哲出版社，1981年9月），在"欧阳修的文学批评"一节中论述了《六一诗话》及欧公其他文学批评论著，文中称《六一诗话》共27则，有误；黄进德著《欧阳修评传》（南京大学出版社，1998年10月），以《六一诗话》论述欧阳修反对追"奇"求"怪"，力主博采众长等文学主张；刘子健著《欧阳修的治学与从政》（新文丰出版公司，1985年10月），引用《六一诗话》内容论述欧阳修的文学创作；日本学者东英寿的论文集《复古与创新——欧阳修散文与古文复兴》（上海古籍出版社，2005年8月），对《六一诗话》进行了概述性的表述。

诗话、诗学类著作中，张葆全著《诗话和词话》（上海古籍出版社，1983年11月），有"《六一诗话》与北宋诗文革新运动"一节，将《六一诗话》与司马光《续诗话》等诗话联系，探讨它们的论诗宗旨及文体特点；蔡镇楚著《诗话学》（湖南教育出版社，1990年10月），从诗话流变的角度，讨论以欧阳修《六一诗话》为宗的欧派诗话，重在文体发展方面的论述，而其另一本著作《中国诗话史》（湖南文艺出版社，1988年5月），以《六一诗话》论宋人言诗风气，称欧公有首创之功；郭绍虞著《宋诗话考》（中华书局，1979年8月），对《六一诗话》有精辟的论述"诗话之体当始于欧阳修。欧氏以前非无论诗之著，即其亦用笔记体者……诗话之称，固始于欧阳修，即诗话之体，亦可谓创自欧阳氏（亦可称欧氏）矣。"①，还指出《诗话》"随笔体裁，不成系统"，唯有"细加抽绎"，才能"窥其全貌"；陈良运著《中国诗学批评史》（江西人民出版社，1995年7月），对《六一诗话》作如下描述："《六一诗话》主要是在评论唐宋两代一些诗人诗作中，很简要地道出一些对诗的见解……欧阳修的重要诗论不在《六一诗话》，而在于他就梅圣俞诗所撰写的专论中……"②张一平著《中国古代诗话风格论》（大众文艺出版社，1999年8月），在绪论中谈到了《六一诗话》对"诗话"文体的明确；刘德重、张寅彭著《诗话概说》（安徽教育出版社，2009年1月），零散地论述了《六一诗话》在诗话发展史上所处的阶段；吴文治著《五朝诗话概说》（黄山书社，2002年11月），在"宋代诗话的兴起"与"北宋前期和中期的诗话"中对《六一诗话》作总述性的论述。

从黄进德所撰《欧阳修诗词文选评》（上海古籍出版社，2004年10月）、欧阳勇、刘德清编著的《欧阳修文评注》（江西人民出版社，2012年6月）、乔万民、吴永哲编著的《唐宋八大家欧阳修》（天津人民出版社，2001年6月）、林冠群、周济夫译注的《欧阳修诗文选译》（巴蜀书社，1991年1月）、杜维沫、陈新选注的《欧阳修文选》（人民文学出版社，1982年1月）、陈晓芬选析的《欧阳修作品赏析》（广西教育出版社，1987年5月）、曾枣庄主编的《欧阳修诗文赏析集》（巴蜀书社，1989年2月）等欧阳修的诗文选评来看，作者对《六一诗话》的论述通常以摘录少数条目进行评析为主，相对于欧公

---

① 郭绍虞：《宋诗话考》，北京：中华书局，1979年，第1页。
② 陈良运：《中国诗学批评史》，南昌：江西人民出版社，1995年，第320—321页。

的其他诗文作品，是被浮光掠影、一笔带过的部分。张葆全、周满江撰《历代诗话选注》（陕西人民出版社，1984年12月），选注了五则《六一诗话》；王大鹏著《中国历代诗话选》（岳麓书社，1985年8月），节选《六一诗话》十三条；蔡镇楚、胡大雷等所著《宋代诗话选释》（广西师范大学出版社，2007年2月），选注《六一诗话》十九条；武汉大学中文系中国古代文学理论研究室编《历代诗话词话选》（武汉大学出版社，1984年11月），在"意境"一章中选取了《六一诗话》"圣俞尝语余曰"条；在"诗味"一章中选取了《六一诗话》"圣俞、子美齐名于一时"条；在"诗眼"一章中选取了《六一诗话》"唐之晚年，诗人无复李、杜豪放之格"条；在"风格"一章中，重复选取了《六一诗话》"圣俞、子美齐名于一时"条，是书中，节选严羽《沧浪诗话》达二十余次之多。按是书的章节划分，《六一诗话》在诗品人品、真实、用事、炼意等方面亦有建树，但《诗话》中的相关条目并未被选入相应章节，还出现了被重复选取的情况。由《六一诗话》的节选和评注情况观之，《诗话》的诗学价值与意义，文体成就与地位尚未得到足够的重视。

此外，还有将《六一诗话》与其他个案研究相结合的论著，如王红霞《宋代李白接受史》（上海古籍出版社，2010年10月），在"欧阳修对李白的接受"一节中，引用了《六一诗话》进行说明；查金萍《宋代韩愈文学接受研究》（安徽大学出版社，2010年3月），在"宋人对韩诗的接受"一章中，以《六一诗话》对梅诗风格的评价来论述梅尧臣对韩诗的接受，在讨论欧阳修对韩诗的接受时则引用《六一诗话》来说明欧阳修从理论上对韩诗的揭橥，这类著作的侧重点已不在《六一诗话》。关于《六一诗话》，目前少有深入系统的研究与论述，大部分是对其价值意义进行的总结性概括，以及就文本内容所作的简单解读与语言赏析。

二、论文类：

现有的关于《六一诗话》的学术论文大致可分为三类：

一是就《六一诗话》的具体内容进行研究分析的，分为诗学思想研究和论诗逸事研究两类，前一类又分列为整合型和个案型两种。如黄河《〈六一诗话〉浅论》（《华侨大学学报》哲学社会科学版，1991年第2期），云国霞、王发国《〈六一诗话〉遗留问题详述》（《西南民族大学学报》人文社科版，第26卷第11期），陈加俊《"夜半钟声"的审美意义》（《滁州师专学报》，2001年6月），张宇声《超迈横绝与深远闲淡——苏梅写景诗比较分析》（《山东社会科学》，1988年第1期），陈安梅《从〈六一诗话〉看欧阳修和梅尧臣》（《哈尔滨学院学报》，2010年4月）等，皆是就《六一诗话》的理论观点、诗友逸事等具体内容做分析论述，以突出《诗话》的思想与史料价值。

二是就《六一诗话》的文本形态进行研究分析的，具体包括了《诗话》的文体特征、语言风格、著述方法等层面。如宫臻祥《"以资闲谈"：〈六一诗话〉的创作旨归》（《古代文学理论发微》，2011年8月）和《论〈六一诗话〉的贡献及特色》（《湖北函授大学学报》，2011年6月），孙蓉蓉《"以资闲谈"与〈六一诗话〉》（《中国韵文学刊》，1995年第2期），刘方《"闲话"与"独语"：宋代诗话的两种叙述话语类型——以〈六一诗话〉和〈沧浪诗话〉为例》（《文艺理论研究》，2008年第1期），刘泉《关于宋代诗话》（《阴山学刊》社会科学版，1988年第2期），白寅、王晓东《几个重要的传统文学批评文本的传播学解析》（《社会科学家》，2006年第1期）等，从《六一诗话》的文本形态特征及其成因出发，呈现《诗话》在诗话文体发展史上的作用与地位。

三是结合《六一诗话》的内容与文本形态等方面就《诗话》具

体的成书情况进行考释。如李伟国《〈六一诗话〉与〈归田录〉》（《上海师范学院学报》社会科学版，1981年第1期），张海明《欧阳修〈六一诗话〉与〈杂书〉〈归田录〉之关系——兼谈欧阳修〈六一诗话〉的写作》（《文学遗产》，2009年第6期），张明华《欧阳修〈六一诗话〉写作原因探讨》（《阜阳师范学院学报》社会科学版，2004年第6期），王海英《论诗话"闲谈"性与"零乱"性的真正意义——以〈六一诗话〉为例》（《云梦学刊》，2000年第6期），马金科《〈六一诗话〉与高丽诗话〈破闲集〉之比较》（《延边大学学报》社会科学版，1992年第4期），祝良文《论〈六一诗话〉的诗学思想》（《齐齐哈尔大学学报》哲学社会科学版，2004年5月），林嵩《〈六一诗话〉与宋初诗学》（《河南科技大学学报》社会科学版，2005年3月），宫臻祥《从"以资闲谈"看〈六一诗话〉的成因》（《长沙大学学报》，2011年1月），吴在庆《读〈六一诗话〉刍议》（《文学漫步》），彭玉平、杨金文《话体文学批评的肇端——重估〈六一诗话〉的诗学地位及价值》（《安徽师范大学学报》人文社会科学版，2002年5月），张文利《论〈六一诗话〉》（《西北大学学报》哲学社会科学版，2003年2月）等，以《六一诗话》的成书过程与创作背景深化其内在思想与文体地位的研究，或从《诗话》的理论观点、文学史料以及文本形态等探究《诗话》的具体成书情况。

　　总之，涉及《六一诗话》相关研究的著作与学术论文已有一定的数量基础，然观其质量，良莠不齐，研究内容与主题、研究方法与视角近年来少有新的突破，也未取得醒目的研究成果，是诗话个案研究中较受冷落的一例。本文从中国古代诗学与文化出发，将诗话文体放置在中国古代诗学批评与文化发展的历史视域下，从诗话与诗学在各自形态演变中的相互交融突出诗话的特殊地位；从《六一诗话》的产生背景论述诗学批评意识的自觉、诗话文体的演变发展以及宋人的文艺生活形态，突出《六一诗话》在学术史、文化史上承前启后的里程碑意义；从对《六一诗话》诗歌理论与审美价值的具体分析来说明《六一诗话》对诗学发展所做的阶段性总结与理论创新；从宋代文化与"话"体诗学批评之关系讨论《六一诗话》所呈现出的时代特质，并分析《六一诗话》在此基础之上对诗学与诗学批评所产生的深远影响，以期多维的彰显《六一诗话》的文学价值与文化价值，弥补以往研究的不足。

一、中国古代诗学与文化

1. 中国文化的诗本体

在漫长的中国文化史上，我们民族的精神本体主要依靠诗的方式来表达，诗作为主要的精神方式渗透、积淀在中国传统社会的政治、经济、科学、艺术等诸多领域，并影响、决定着它们的演变与发展。中华民族对"诗"有一种超乎一切的重视和崇尚。自周至汉，在中国古代文化的形成阶段，"诗"都贯穿始终，并逐渐升华为中华民族与中华文化的精神方式。伴随古代文化在汉代的定型，"诗"作为中国文化精神本体的意义与功用被确定下来：

《尚书·虞书》："诗言志。"

《左传》：襄公二十七年，文子告叔向云："诗以言志。"

《庄子·天下》："诗以道志。"

《荀子·儒效》："诗言是其志也。"

《礼记·王制》："天子五年一巡守。岁二月，东巡守……命太师陈诗以观民风。"

《汉书·艺文志》："古者有采诗之官，王者所以观风俗，知得失。"

有汉一代，先验根植于民族基因的诗性智慧与大一统时代背景下的诗的现实地位相结合，共同培育出了中华民族文化心理结构中最富生命力的文化情结——诗性情结。汉代奉《诗》为"经"，经学昌明，这一文化心理的扩张、渗透，最先表现在儒家的诗学理论上，关注与弘扬"诗"这一精神方式的文教功能是其最显著的特征：

> 子曰："小子何莫学乎诗？诗可以兴，可以观，可以群，可以怨。迩之事父，远之事君；多识于鸟兽草木之名。"（《论语·阳货》）
> "不学诗，无以言。"（《论语·季氏》）

不同于被后世视作纯粹文学形式的"诗"体，孔子之"诗"是具有重要的现实文化与政教功能的道德尺度与精神方式。"兴观群怨"服从于"事父"、"事君"的需要，"不学诗，无以言"，指的是如果不能掌握"诗"，就无法在政治、外交等场合恰当的表达自己的意愿与需求。中国古代，诗很少被作为纯文学来看待，诗的文化功能压制着审美功能，人格教育通过诗的综合功能来实现，这也是中国诗性文化特质下的必然结果。《毛诗序》云：

> 故正得失，动天地，感鬼神，莫近于诗。先王以是经夫妇，成孝敬，厚人伦，美教化，移风俗。[1]

诗在中国文化中的本体论地位与意义得到了较为全面的阐述，诗作为一种综合的精神方式将文化的政治、宗教、伦理等层面融会贯通，一切的人文、精神、情感活动都依赖于诗的表达：

> 凡斯种种，感荡心灵，非陈诗何以展其义？非长歌何以骋其情？[2]

---

[1] （汉）毛亨传，郑玄笺，（唐）孔颖达正义，十三经注疏整理委员会整理：《毛诗正义》，北京：北京大学出版社，2000年，第11页。
[2] （南朝·梁）钟嵘著，吕德申校释：《〈诗品〉校释》，北京：北京大学出版社，1986年，第52页。

> 罄澄心以凝思，眇众虑而为言。笼天地於形内，挫万物於笔端。①

> 留连万象之际，沈吟视听之区，写气图貌，既随物以宛转；属采附声，亦与心而徘徊。②

显然，中国古代文学艺术的审美精神与审美本质表现为：主体、形式、技巧等方面都处于次要地位，真正重要的是起统摄作用的超验精神体验，其存在基础是诗性情结的激发。中国古代文化是一种诗性的文化，诗性文化以"诗"为滥觞，在中国古代文化的发展中突破了文学领域，影响范围颇广。在文学史上，诗性精神与诗性情结也不仅仅存在于诗的特定体制之中。诗的方式，历经时代演变，改变了形式与外观，出现了楚辞、汉赋、散文、词等等文体，然究其精神内核与深层结构，仍与诗在总体上保持了一致的文化心理。直至五四新文化运动之前，中国文化中的诗学内核与精神本体都未曾发生过根本性的重大改变。王国维先生在《人间词话》中论及中国文化诗本体在表现形式上的一些变化：

> 四言敝而有楚辞，楚辞敝而有五言，五言敝而有七言，古诗敝而有律绝，律绝敝而有词。盖文体通行既久，染指遂多，自成习套。豪杰之士，亦难于其中自出新意，故遁而作他体，以自解脱。一切文体所以始盛终衰者，皆由此。③

文体之衰并不等于精神之颓。所谓"通行既久，染指遂多"、难

---

① （晋）陆机撰，张少康集释：《〈文赋〉集释》，上海：上海古籍出版社，1984年，第43页。
② （南朝·梁）刘勰著，周振甫注：《〈文心雕龙〉注释》，北京：人民文学出版社，1981年，第495页。
③ 王国维著，施议对译注：《〈人间词话〉译注》，长沙：岳麓书社，2003年，第91页。

出新意,指的是文学艺术的表层结构。"始盛终衰"的真正含义在于,以中国诗学为表意与象征系统的中国诗性文化及其基因系统,在经过各种方式的努力与建构之后,不可避免地面临衰退。清代顾炎武在《日知录》里所言的诗"势"与此相通:

> 《三百篇》之不能不降而楚辞,楚辞不能不降而六朝,六朝不能不降而唐也,势也。

中国文化的诗学内核与诗性精神在五四新文化运动中虽历经前所未有的冲击与改变,然诗性思维方式与源远流长的文化心理在一代又一代的中华民族心中已经根深蒂固成一种无比强大的精神能量与心理原型,仍在中国文化中葆有力量,作用于中国文化形态的演变。①

中国古代文化中的上层建筑、意识形态、文学艺术等的发生、发展,均与诗性精神有着千丝万缕的联系。例如,在儒家那里,孔子禀受了诗性智慧,达到了至高的道德修养;在道家那里,庄子正是秉承了诗性智慧,完成了人生的终极超越。中国古代的采诗之官,春秋士大夫在政事场合的赋诗,中国古代文治政府的创建,诗人地位的崇高,文人的隐逸山林,魏晋南北朝佛教的传播,对于屈原、陶渊明、杜甫等文人的历史评价,对匈奴等外族采取的怀柔与和亲政策等等,这些文化现象的产生都是诗性智慧的内质使然。在中国独有的诗性文化语境下,诗和语言具备了超越本身的功能,诗性精神与诗性情结的渗透与影响更加深入有效,例如《史记·廉颇蔺相如列传》记载的"渑池之会",蔺相如凭三寸不烂之舌使秦王阴谋破产;又如宋代宰相赵普所谓"半部论语治天下",均是在诗性文化语

---

① (清)顾炎武撰,黄汝成集释:《〈日知录〉集释》卷21,"诗体代降",上海:上海古籍出版社,2011年,第1194页。

境下通过诗性智慧与语言功能达到的效果。中国古代文化是一种诗性文化,其诗性内核深入文明时代,中国古代文化的许多方面都是依照诗性精神去发展实现的,诗性精神在中国古代文学艺术中拥有不可替代的地位与意义,正所谓"诗者,天地之心也",中国古代文化的本体是诗,精神方式是诗学。

2. 中国古代诗学的文化特质与基本形态

作为中国古代文化之精神方式的诗学,其基本形态和基本特征具有多维性,它以生命为内核,以文化为血脉,以感悟融会贯穿,是一个丰富、活跃的完整体。

中国古代诗学是一种生命的诗学。古人写诗追求生命气韵的贯通,体验世界讲究天人合一,在生命的境界上达到物我的融通。《礼记》认为人是"天地之德"、"阴阳之交"、"鬼神之位"、"五行之秀气"①。自六朝而兴的诗学批评也呈现出一致的内质,如刘勰在《文心雕龙·原道》中称人乃"性灵所钟"、"五行之秀"、"天地之心"②。在中国古代文化里,人类生命的本质是和天地、阴阳、鬼神、五行、声色等交融在一起的,正如《老子》所言:"域中有四大,而人居其一焉。人法地,地法天,天法道,道法自然。"③ 人与天、地、道在生命境界上相互融贯,《易·乾》有云:"乾道变化,各正性命"④,也是说明在性命的层面上,人、道是相感相贯的。在中国古人的普遍观念中,人乃天地化育而生,人与天地万物的生命具有一体性,

---

① (汉)郑玄注,(唐)孔颖达正义,吕友仁整理:《礼记正义》卷30,上海:上海古籍出版社,2011年,第917页。
② (南朝·梁)刘勰著,周振甫注:《〈文心雕龙〉注释》,北京:人民文学出版社,1981年,第1页。
③ 陈鼓应著:《〈老子〉注译及评介》,北京:中华书局,2007年,第163页。
④ 十三经注疏整理委员会整理:《周易正义》,北京:北京大学出版社,1999年,第7页。

这一点从中国古代的神话故事就可以看出,盘古用他的血肉之躯化育了天地,而人又在天地的化育中产生,这也是古代先民对人和宇宙关系的原始性理解。中国古代的诗在这样的原型思维和宇宙模式之下发生,也就自然存在于人与天地道法、万象万物相感相贯的生命体验之中。至于诗学批评,钱锺书先生曾写作一篇题为《中国固有的文学批评的一个特点》的长文,文章将中国古代文论的一个基本特点概括为:把文章通盘的人化。在诗学批评中,我们常常以"风骨"、"气韵"、"肌理"、"格调"、"境界"等原本描述人的术语来评论诗歌的艺术风格与美学效果。生命诗学根植于我们的思维模式,诗学批评的人化、生命化传统已成为我们进行诗歌评论的一种基本方法。

从生命的角度考察生命诗学,以李白为例,他代表盛唐风采,从诗酒因缘中创造出一种非常独特的醉态诗学思维方式。李白醉酒后往往能达到生命的巅峰状态,获得独特的生命体验。这些醉态生命体验成为李白的一种诗学思维方式:将精神自由和生命狂欢完美融合,把现实的生活状态用诗歌进行一番近乎实质性的提升与改造,从而成就了李白诗歌狂飙骤起、雄浑飘逸的诗美风格,李白诗歌中最具代表的酒、山水、明月等意象系统都是在这种醉态思维下构建的。李白由醉态达到物我的通融,我们对他的诗歌进行分析研究,离不开对他生命体验的分析,诗的生命内质为诗学研究的深化提供了一种重要法门,文学作品中必然透露着作者的生命体验,用作者的生命轨迹去观照作品,便能更好的挖掘作品的价值与意义,如屈原作《离骚》,司马迁著《史记》,刘勰写作《文心雕龙》等,都是生命与文学相生相系的例证。

中国古代诗学也是一种文化的诗学。中国文化源远流长、博大精深,诗是中国古代文化的精华所在,是中华文化的重要构件。中国古代诗学在中国古代文化的深厚滋养下发生，它以生命为内核，以文化为血脉。生命点醒文化，文化滋养生命，有生命的文化方才精彩鲜活，有文化的生命才能博大丰厚。中国古代诗人进行诗歌创作，时常涉及典故的引用与化用。正所谓"秦时明月汉时关"，典故既是一种文化想象，同时也是一种时空交错，任何物象都是时代和文化的象征与气息，能够赋予诗歌丰富的文化想象力、联想力和隐喻能力。文化的诗学使天地万物通通染上一层诗意的文化色彩，例如，看见柳树，我们便能想到《诗经》中的"杨柳依依"和五柳先生陶渊明，看到月亮又可能想起苏轼的"千里共婵娟"，诗学在文化的涵养下，拥有了无限丰富的想象资源、历史资源和文化资源，供诗人构建自己的诗学空间。

　　中国古代诗学与文化相互交融，贯通为一个整体。我们可以对诗歌与诗学批评文本的文化语境进行复原，从而在丰厚的文化资源中进行相关研究。以"杜诗无海棠"为例，中国古代诗学有着深厚的意象传统，意象汇集了诗人的生命体验与情感文化。杜甫四十八岁到成都，五十七岁由夔州（今重庆奉节）出三峡东下，在四川居住近十载，竟无一诗写海棠，且海棠在四川为最盛，"杜诗无海棠"的创作情况着实让人费解。《诗林广记》云："杜子美母名海棠，子美讳之，故《杜集》中绝无海棠诗。"[1] 结合杜甫当时的文化环境，杜诗不写海棠的原因并非《诗林广记》所言。事实上，不仅杜诗无海棠，翻览唐贤诸诗集，李白诗、韩愈、柳宗元诗、元稹、白居易诗也均无海棠。王维有一首五言绝句《左掖梨花》，《文苑英华》将

---

[1] （宋）蔡正孙编：《诗林广记》，《影印文渊阁四库全书》第1482册，台北：台湾商务印书馆，1986年。

"梨花"作"海棠花"。① 由此可知,海棠花在盛唐时代还叫作梨花,或海棠梨,海棠花至中唐前期很有可能还未成为诗人青睐的意象。因此《诗林广记》的解释是不可信的。况且北方的妇女又怎会以南方花名作为名字呢?海棠花直到宋代才受到诗人的普遍关注,唐人欣赏牡丹、宋人欣赏海棠,这也反映出唐宋之间审美意趣的差别。诗歌中审美意象的发生、发展和变化,与中国古代诗人的精神状况和文化心理密不可分。中国古代诗学从中国古代文化中汲取营养,内化为诗歌的艺术特质与美学神韵,诗歌的情感抒发和意义表达潜藏在意象经营和文化展示中,诗学的文化形态为诗学研究与诗学批评提供了一种文化史的研究视角。

中国古代诗学还是一种感悟的诗学。中国古代文化将人和宇宙的关系默认为你中有我、我中有你,中国古代诗学也讲究言志缘情,用心去统摄、形容天地万象,以此达到天人合一的境界。这种由心及诗的诗学理路,呈现出一种虚中有实、实中有虚、虚实结合的艺术特点,造就了中国古代诗学独有的神思和韵味。中国古代诗学从心讲到诗言志,又讲到诗缘情,以感悟作为激活诗歌艺术生命力的途径,包含了生命的厚度与文化的深度。中国古代诗人因物起兴,即景而作,凭借悟性聪明去书写,将与生俱来的为文天赋和精神情感融入作品,追求物我如一、情景相融的审美境界。这种感悟类似南宋严羽在《沧浪诗话》中提出的"妙悟"说,它既是一种富含深层意义、清远趣味的直觉,更是一种心灵对天地万物之本真的体认方法,是人类生命与文化、人生与宇宙的结合点,与中国古代诗学

---

① (清)赵殿成撰:《王右丞集笺注》卷13云:"《文苑英华》作'左掖海棠花'",《影印文渊阁四库全书》第1688册,台北:台湾商务印书馆,1986年。

以心居中、直指心源的内质一脉相通。中国古代诗学中最为重要的意象、意境便以这种感悟作为其基本的思维方式与内在韵致。感悟使得诗人与作品的心灵体验不断飞升，至于新的妙境。

诗话是中国古代诗学批评最为集中的一类文献，是诗学形态的集中反映，呈现了中国文化的诗性精神智慧。诗话文本在大体上所呈现出的零散、杂乱的随笔札记性特点，正是由于诗话作者对诗歌体验的感悟性追求压倒了对诗学理论的体系性追求。中国古代诗学批评史上的首部诗话——《六一诗话》，就是欧阳修随意记录的逸闻趣事和随时随地的感想所集，这一诗话体例在后世得到了广泛沿用，如司马光的《温公续诗话》，洪迈的《容斋随笔》，魏庆之的《诗人玉屑》等，这些诗话在结构上的零散，一方面是由于其著述方式的随意性，另一方面则是源于中国古代诗人和诗话作者对感悟及感悟所得的重视。

中国古代诗学是集生命、文化、感悟于一体的多维度诗学，不同维度之间交融互动，丰富了诗歌的内在审美张力和理解诠释的多义性。对中国古代诗学的文化特质和基本特征的认识和把握，使我们能以一种文化眼光观照诗学与诗学批评，以期博古通今、融汇中西，建立起具有现代中国特色的诗学话语体系、学理体系、知识体系与评价体系，从而将独具神韵的中国诗学智慧、诗学精神注入世界。

3. 用批评史视域观照诗话

诗学的发展离不开诗学批评。鉴赏是诗歌创作的主要目的之一，诗歌鉴赏引发批评，因而诗学批评是诗歌创作的一面镜子，是提升创作能力的一剂良药。诗学批评在中国有着优良传统，陈良运在其著述的《中国诗学批评史》中将中国诗学批评全过程的发展状况划分为四个时期：第一期历先秦、两汉，诗歌观念从发生到演进，属基础性的层次,功利批评为其主要形态。第二期历魏晋南北朝。由于自东汉以来,诗歌形式发生重大变化,五言诗的出现,使传统的四言诗逐渐消退,在诗歌文体的范围,实属一种全新的文体,虽然只有一字之增,朴实的偶言变为灵动的奇言,从语言形式的变化带来诗的内容、审美特征、审美趣味等一系列变化,于是有了重新认识和重新建构诗歌本体的必要。第三期历隋、唐、两宋和金、元,在这近八百年中,中国古典诗歌登上了艺术的高峰,"化成天下"的"人文"精神在创作与理论领域均得以酣畅淋漓的升华与辐射,美学批评成为这一时期主要的批评形态。第四期历明、清两朝直至近代,综合了功利批评、风格批评与美学批评的流派批评,是近六百年间诗学批评的主要形态。①

陈良运划分的这四个中国诗学批评历史时期,体现了中国古代诗学批评积淀的历史过程及其发展的深度,揭示了诗学批评发展的四个层次及其演变中的四种形态。下面笔者对这四个时期做一番简要说明:

第一时期,诗因其教化功能而拥有至高的政治地位,对诗的需求既存在于祭祀典礼等政治场合,又出现在"天子巡守,以观民风"的情况中,学《诗》、用《诗》的首要目的是服务于政治,《左传》中常有"赋《诗》"说明某种政治观点、策略、经验或以《诗》述褒贬的例子,孔子在理论上也对诗的政教功能与功利批评形态加以肯定。这一时期的诗学批评以功利性为主。直到屈原写作《楚辞》,创作出新的诗歌文体,汲取《诗》中言"心"的创作经验并将诗歌的抒情观念加以发明,诗的审美本质才开始为人所觉察。第二时期,

---

① 陈良运:《中国诗学批评史》,南昌:江西人民出版社,1995年,第4—11页。

承接骚体审美特征的五言诗产生，相较于拥有简朴之美的四言诗在美的形式上更加繁复多彩。魏、晋时期，人们更着眼于诗歌的"美"、"丽"。曹丕标举"诗赋欲丽"，陆机提出"诗缘情而绮靡"①，葛洪强调诗歌的"莫不雕饰"，刘勰在《文心雕龙·情采》中概括出诗歌的"情文"、"形文"、"声文"②，《文选》选录"事出于沈思，义归乎翰藻"③的诗文，萧纲倡言"文章且须放荡"，钟嵘更在《诗品》中评判："五言居文辞之要，是众作之有滋味者也。"④ 这一时期的审美倾向与先秦、两汉反差强烈，出现了文体批评与风格批评这两种批评形态，如曹丕在其《典论·论文》中提出"文气说"："文以气为主，气之清浊有体，不可力强而致……至于引气不齐，巧拙有素，虽在父兄，不能以移子弟"⑤，指出作家创作须有自己不可替代的风格特征；葛洪的《抱朴子·疾谬》率先提出"风格"一词："以倾倚申脚者为妖妍标秀，以风格端严者为田舍朴骏"⑥；沈约指出"文以情变"，把作家的个人风格、情感气质与文体之变系联在一起；刘勰在《文心雕龙》里著有"体性""风骨"二篇，以此建构了作家与文体之间相互作用的风格理论；钟嵘《诗品》既分析汉魏至齐梁五言

---

① （晋）陆机撰，张少康集释：《文赋集释》，上海：上海古籍出版社，1984年，第71页。
② （南朝·梁）刘勰著，周振甫注：《文心雕龙注释》，北京：人民文学出版社，1981年，第346—354页。
③ 陈宏天，赵福海，陈复兴主编：《昭明文选译注》第1册，长春：吉林文史出版社，1987年，第5页。
④ （南朝·梁）钟嵘著，吕德申校释：《〈诗品〉校释》，北京：北京大学出版社，1986年，第49页。
⑤ （魏）曹丕著，魏宏灿校注：《曹丕集校注》，合肥：安徽大学出版社，2009年，第313页。
⑥ （晋）葛洪著，庞月光编译：《抱朴子外篇全译》，贵阳：贵州人民出版社，1997年，第545页。

诗在创作风格上的传承及演变,又比较分析各诗人在风格上的异同。第三时期,唐代以后,包括近体诗在内的诗歌文体形式的变化与更新,促成了诗歌新的大繁荣。诗歌理论也随之走向多元,道家、佛家的美学思想开始进入诗歌批评领域,改变了儒家美学思想独霸的格局。例如,以释皎然的《诗式》《诗议》为代表的诗学,蕴含了佛家、禅宗美学思想;以白居易《与元九书》为代表的儒家诗学,较前代的传统儒家美学有所改进;以司空图《诗品》为代表的诗学,可谓贯彻道家美学思想的诗歌艺术哲学。这一时期的诗学理论成果大都标举诗歌的审美境界,如王昌龄的"心中了见",释皎然的"但见性情,不睹文字",司空图的"韵外之致""味外之旨",欧阳修的"不尽之意,见于言外",严羽的"惟在妙悟""惟在兴趣"等,揭示了中国古代诗歌美学的本质及其实现的路径与奥秘。第四时期,明代产生了众多诗、文流派,其代表有台阁体、茶陵派、唐宋派、前七子、后七子、公安派、竟陵派等,这些流派主张的诗歌理论,几乎构成了明代的诗学批评史。清代著名的四大流派,"神韵""格调""性灵""肌理",在相当的程度上决定了清代诗学的多元走向。不同的流派各自有所深入、发明,许多前代尚不明确的诗学理论,在这一时期的流派论者笔下形成系统。总体来说,明代以复古派与反复古派两相对峙,清代以尊奉儒家诗教和坚持诗歌的美学本体为两大阵营。1840年以后的近代诗学,"诗界革命"将促进社会改良的重任赋予诗,期待以诗之新变唤起民众,诗歌美学观念一方面为了适应当时的政治环境而改变,另一方面因吸取了西方哲学、美学思想而更新,前者以梁启超为代表,后者以王国维为代表,但他们均未意识到"旧风格含新意境"的新诗学观的局限,以中国古代诗学之演变观之,只有当诗歌文体与形式发生新变,诗歌创作与诗歌批评才得以出现长足的进步与新的繁荣。

对中国诗学批评发展历程进行一番宏观扫描，便于我们从全局出发，进入单个、具体的历史时期和某个独立的诗论家与诗学批评文本所创造的诗学观念与理论境界，从而更好地进行诗学与诗学批评的探索与研究。以宋代诗学批评为例，诗话独立的批评文体地位在这一时期得到正式的确立，欧阳修无意创格的《六一诗话》的出现，既有偶然性，更有必然性。关于诗话的起源，有人认为始于六朝。孙均在《灵芬馆诗话·序》中称："诗话之作，防于六朝，衍于唐，盛于宋，流波及于元、明。"① 汤成彦在《洪稚存先生北江诗话·序》中点评道："萧梁之世，钟嵘《诗品》第诗人之甲乙，溯厥渊源，诗话实权舆于此。"也有人把诗话的起源上推至先秦，如赵文《青山集》卷一《郭氏诗话·序》云："夫子之于诗，删之而已，无所论说也。亦间有所发明，如'为此诗者，其知道乎？'孟子又申之曰：'故有物必有则，民之秉彝也。'而诗话始此矣。"② 又如钟骏声辑《养自然斋诗话·自序》曰："诗话权舆于小序，滥觞于《韩诗外传》，其名则始于宋。"③ 中国古代诗学批评中的诗话文体诚肇始于北宋欧阳修，然究其深层成因，实与前代文学批评之发展关系密切。推溯文学批评之起源，自可溯至先秦，而最早的文学批评论著则出现于六朝，诗学批评发展的各个阶段前后相继，批评传统代代相承，对诗话进行综合研究，有必要将其放置于诗学形态与诗学批评的宏观历史视域下，对其演变作一番考察。

---

① （清）孙均：《灵芬馆诗话序》，《续修四库全书》第1705册，上海：上海古籍出版社，2002年，第341页。
② （元）赵文：《青山集》卷1《郭氏诗话序》，《影印文渊阁四库全书》第1195册，台北：台湾商务印书馆，1986年。
③ （清）钟骏声：《养自然斋诗话》（转引自刘德重：《诗话概说》，合肥：安徽教育出版社，2009年。）

二、《六一诗话》的产生背景

北宋初期历太祖、太宗、真宗三朝,至仁宗庆历(1041—1048)前后,主流思想文化基本得以重建,新的价值体系开始逐步确立。在政治思想上,宋初士人具有突出的锐意进取精神;在学术风气上,宋人由重辞章、恪守经注转向重义理、务明大义。政治思想上的昂扬,促使宋人在诗歌创作中抒发强烈的淑世情怀;学术文化的兴盛,成为宋代诗学形态演变的重要内在动力。

宋代士人生活在极为浓厚的人文氛围之下,政事之余,喜好赋诗论文,诗中常常出现琴棋书画、金石古玩、园林亭馆等人文意象。宋代在继承前代学术文化成果的基础上,尊文士、建秘阁、征图书、修撰四大书、兴科举,学术文化颇为繁荣。书卷的陶冶,艺术的熏染,学术的浸淫,加之社会生活的日渐丰富,推动宋代诗学取得了极高的成就,文学批评意识相应大大增强,"话"体文学空前发达,文人群体彼此联系更加紧密,一种新的诗学批评文体——诗话,便在这样的时代背景下应运而生。

第一部以"诗话"命名的文学批评著作是北宋欧阳修的《诗话》[1]。而成书于元末明初的《南溪笔录群贤诗话》所录《本事诗话》《乐天诗话》与《皮日休诗话》,其"诗话"之名均属后人妄加[2]。清人沈涛在《匏庐诗话·自序》中论述:"诗话之作起于有宋,唐以前

---

[1] 原书只称《诗话》,后人称引时名之为《六一诗话》《六一居士诗话》《欧公诗话》《欧阳永叔诗话》《欧阳文忠公诗话》等,其中以《六一诗话》最为普遍。
[2] 《本事诗话》的内容见孟启《本事诗·高逸》;《皮日休诗话》根据《郢州孟亭记》易名(见《皮子文薮》卷7)。

则曰品,曰式,曰条,曰格,曰范,曰评,初不以诗话名也。①"以现有文献观之,在《六一诗话》以前,有挚虞《文章流别论》、李充《翰林论》、钟嵘《诗品》、释皎然《诗式》、王昌龄《诗格》、梅尧臣《续金针诗格》等说句法、言技巧、陈体式,散论成篇的札记式文体,沈涛之说基本符合实际。宋代诗话文体的创格经历了漫长的历史流变,是诗学形态演变和诗学批评自觉下的时代产物,既有偶然性又有必然性,探究《诗话》产生的学术文化背景,便能明确诗话文体是在学术思想史、文体发展史、文化心理史等多方面因素的流变中综合形成的成果,既承接前代的传统与成就,又启发后世的诗学与文学批评。诗话兴起后,在演变发展中由诗歌又拓展至其他文体,派生出四六话、文话、词话、曲话、赋话等"话"体批评文体。下逮明、清、近代,诗话作者益众,遂成研究中国古代诗学与诗学批评时不可越过的一类重要文献资料。

1. 从目录学角度看诗话之自觉

早在先秦,诸子中已多有对文艺的品评,然明确的批评意识则兴起于魏晋之际,涌现出一批评诗衡文的论著。章学诚在《文史通义》卷五《诗话》中指出,钟嵘的《诗品》与刘勰的《文心雕龙》,"皆专门名家勒为成书之初祖"②,堪称中国古代文学批评史上的名篇范本。《隋书·经籍志》却将这两部书列入"总集"类,《旧唐书·经籍志》亦沿而不改。如此分门别类,其影响之广甚至辐射到了日本,平安朝宽平年间(889—897)的藤原佐世,作《日本国见在书目》,也将《文心雕龙》归入"总集"类,将《诗品》归入"小学

---

① (清)沈涛:《鲍庐诗话》,蔡镇楚编:《中国诗话珍本丛书》第18册,北京:北京图书馆出版社,2004年,第263页。
② 章学诚著:《文史通义》第2册,上海:上海书店,1988年,第75页。

家"类与"杂家"类。尽管总集类中的文学选本有着"采摘孔翠,芟剪繁芜"之功用,是中国古代文学批评的重要形式之一,但诗文评毕竟与选本存在着鲜明的区别。况且总集类中的不少著作,如谢灵运《诗集》五十卷之类,仅以纯粹荟聚众篇为目的,即钟嵘《诗品·序》所谓的"逢诗辄取"[1]。许世瑛先生著《中国目录学史》,其中就批评《隋志》"总集"类"乖分类之义远矣"[2]。事实上,造成这种分门别类情况的主要原因乃与当时文学批评意识的自觉程度关系密切。

宋代,这种分类状况开始改变。欧阳修等人编撰的《崇文总目》,分集部十卷为总集、别集、文史三类,其中诗文评与史评著作被列入"文史"一类,自此从"总集"类中分离。欧阳修撰《新唐书·艺文志》,虽未明确标出"文史"一类,却把李充《翰林论》、刘勰《文心雕龙》、颜竣《诗例录》、钟嵘《诗品》四部书于"总集"类中单列出来,置于末尾,不与其他总集相淆,并说明道:"凡文史类四家、四部、十八卷。"《新唐书·艺文志》虽在分类方法上沿袭《隋书·经籍志》以来的旧轨,但实际上,随着文学批评意识的自觉,欧阳修等人的目录学观念已与魏征等人不同。《新唐书·艺文志》"总集"类下曰:"右总集七十五家,九十九部"[3],并不包括在《崇文总目》中被列入"文史"类的四家、四部,所以欧阳修在"集部"最后一行特别指出:"总七十九家,一百七部",加上了"文史"

---

[1] (南朝·梁)钟嵘著,吕德申校释:《〈诗品〉校释》,北京:北京大学出版社,1986年,第99页。
[2] 许世瑛著:《中国目录学史》,台北:中国文化大学出版部,1982年,第64页。
[3] (宋)欧阳修、宋祁撰:《新唐书》卷60"艺文四",北京:中华书局,1975年,第1625—1626页。

类的四家、四部。许世瑛先生说："是撰《新唐书》者，已知诗文评及史评之性质，与其他总集迥异，然无魄力，不敢易《隋志》《旧唐志》之三类，而析之为四，故仅举一小名曰文史类于是类书籍之前。"① 南宋郑樵撰《通志》，《通志·艺文略》将书籍分成十二大类，又于"文类"下分二十二小类，其中列有"诗评"一类，表明诗文评类至此正式在目录学中成立。这些目录学著述情况，表明了当时文学批评意识的日益自觉，以及以诗话为主的诗学批评专著的日渐丰富。

从《隋志》到《通志》的目录学观念之转变，欧阳修从中起到了巨大的作用。目录分合，从混杂到独立，正是宋人文学批评意识觉醒的鲜明标志和具体呈现。受前代文学创作的正反两方面刺激，宋人的文学批评意识开始普遍觉醒。一来，唐代诗歌成就达到鼎盛，为宋人提供了极其丰富的经验，这些创作经验有待于宋人在理论上进行总结归纳。二来，承盛唐余绪的宋人在新的时代与文化背景下要想在诗歌创作上有所突破与发展，需要理论上的指导。所以，对诗歌的鉴赏批评就显得尤为重要，这也势必会激发宋人的文学批评意识。宋人喜好谈诗衡文，其文艺批评是一种自觉的、普遍的批评。从这一点来看，欧阳修记录诗歌评论与文坛逸事，收集、写作诗话并非巧合，只是可能于无意间创立了诗话这一诗学批评文体，因而又具有一定的偶然性。与郑樵同时代的晁公武著《郡斋读书志》，将欧阳修《六一诗话》等"诗话"类著作列入"小说"类，稍晚于他的陈振孙在其《直斋书录解题》中又将此类著作归入"文史"类，到了清代纪昀等编纂《四库全书总目》，才把这类著作最终收于集部

---

① 许世瑛著：《中国目录学史》，台北：中国文化大学出版部，1982年，第76页。

的"诗文评"类。为何历代藏书家、目录学家均有将"诗话"类著作归入非文学理论类者呢？这主要与诗话的文体特征有关。欧阳修出于"以资闲谈"的著述目的写作诗话，不讲法度、不拘一格，既难见出作者刻意的统筹构思，条目与论点的铺排又无章法可循，加之其亲切随意的话语方式，评诗说理，叙事述人，都饶有理趣，正如郭绍虞所言，"随笔体裁，不成系统"，唯有"细加抽绎"，才能"窥其全貌"，即使是目录学家也难以在对诗话的分类上达成共识。诗话既是对评诗论文内容的记录，又是可供谈诗论文的资料，是中国诗歌接受史上的重要资源。诗话文字的背后，往往是活灵活现的创作实践。创作能力的提升激发着批评意识的自觉，批评意识的增强又反过来推动了创作的发展。继欧阳修《六一诗话》之后，诗话著作的勃兴，正是批评意识之自觉带来的批评文体之自觉。

2. 从语录体的兴起看诗话之流变

《六一诗话》是欧阳修的"不甚经意之作"，诗话的文体特征实脱胎自漫长的流变，有着很深的历史文化渊源。从广义来看，诗话文体属于语录体。语录体以先秦的《论语》，《周易》之《文言》《系辞》，《孟子》等为滥觞。等到荀子、韩非子等以单篇总论的文章为著述目标，语录体才逐渐式微。然而，语录体不讲构思、随便说开、随说随录的文体特点被承袭下来，逐渐演变为一种新的札记式文体。

钱大昕《十驾斋养新录》卷十八"语录"条称："释子之语录，始于唐，儒家之语录，始于宋。[①]"魏晋南北朝文学自觉，佛教盛行，佛法讲求在只言片语的揭颂机锋中领悟智慧的极致，简短的禅师语录逐渐取代了浩瀚的佛学典籍。据《宋高僧传》卷十一《唐赵州东院从谂传》："凡所举扬，天下传之，号赵州去道。语录大行，为世

---

① 钱大昕著：《十驾斋养新录》，上海：上海书店，1983年，第422页。

所贵也。"类似的描述还见于《宋高僧传》卷八《唐温州龙兴寺玄觉传》、卷十二《唐长沙石霜山庆诸传》、卷十三《梁抚州疏山光仁传》《梁台州瑞岩院师彦传》等文献,曰"语在别录"、"语详别录",主要内容乃记录禅师接引人的言行。禅师接引人的目的在于启发对方自觉自悟,因此语言尚活句不尚死句,还常常引诗为说,这类语录实际上也是禅话。这种札记式的白话语录体在唐代逐渐兴起,在宋代蔚为可观,具有广泛、普遍的影响力。徐中玉先生即指出:"诗话之称,其起源与流行于唐末宋初之'说话'即'平话'之风有关。"①宋代除了记录禅师言行的书籍名为"语录",理学家讲学议论也以"语录"相称,如《张子语录》《上蔡语录》等。语录体的盛行影响到了其他文体的发展演变,如宋代相当一部分的笔记就以"录"命名。以《四库全书总目》收录情况计之,宋代笔记以"录"名之的约四十余种,其数量和比例均十分可观。而宋代诗话的产生与勃兴,亦与语录体有着内在关联。

魏晋以降,挚虞《文章流别论》、李充《翰林论》等文论著作使用一段文字或几句话简要论说某文体的特征或评说某作家、作品,语录体开始被应用于文学批评。至钟嵘著《诗品》,"溯源流、论风格、评优劣、定品第","话"体诗学批评可谓雏形已备,清代何文焕编纂的《历代诗话》将《诗品》置于卷首,由此可知《诗品》对诗话文体的草创之功。唐代札记式语录体著作相当流行,受此影响,释皎然的《诗式》,更趋向后来诗话的文体特征。署名王昌龄的《诗格》,即日本留学唐朝的遍照金刚录入《文镜秘府论·论文意》卷的"王氏论文",傅璇琮先生已经确认其为唐代"真实存在的一部书"②,

---

① 徐中玉:《诗话之起源及其发达》,《中山学报》,1卷1期。
② 傅璇琮著:《唐诗论学丛稿》,台北:台湾文史哲出版社,第25—52页。

也具有诗话文体的性质。晚唐五代至宋初出现大量著作,散论成篇,取名"旨格""手鉴""要式""密旨"等,说句法、言技巧、陈体式,它们距欧阳修《六一诗话》的创作年代已不远,实际上成为具有札记式语录体特点的诗歌评论文体的前身。叶梦得《避暑录话》卷上曰:"欧阳文忠公平生诋佛。老,少作《本论》三篇,于二氏盖未尝有别。晚罢政事,守亳,将老矣,更罹忧患,遂有超然物外之志。"① 魏泰《东轩笔录》卷四载:"欧阳公在颍,惟衣道服,称六一居士。"② 释志磐《佛祖统纪》卷四十五熙宁五年七月下引吴充所著欧阳修《行状》,云:"欧阳永叔自致仕居颍上,日与沙门游,因自号'六一居士',名其文曰《居士集》。"(此事得之于公之孙曰恕。)欧阳修从早年的诋佛,到晚年退居颍州与沙门游,还以"居士"自号、名集。创作于这一时期的《六一诗话》自然受此影响,汲取了魏晋以来的文学、佛学语录体著作的智慧与体例优点。《诗话》卷首即云"居士退居汝阴"③、"以资闲谈",《诗话》第六条赞扬僧赞宁"辞辩纵横,人莫能屈。……时皆善其捷对",在《诗话》第九条中对九僧诗的式微表示惋惜,称"今人多不知有所谓九僧矣,是可叹也","以资闲谈"的著述目的与禅宗记录禅师言行以启发对话者的性质类似,而记录诗事、以供谈笑的言说方式在体例上也与语录体相近。

《六一诗话》的形式与体例之确立,应当是受到了札记式文学批

---

① (宋)叶梦得撰:《避暑录话》,《影印文渊阁四库全书》第 863 册,台北:台湾商务印书馆,1986 年,第 635 页。
② (宋)魏泰撰,李裕民点校:《东轩笔录》,北京:中华书局,1993 年,第 45 页。
③ 司马光在《续诗话》中对此进行了补正:"欧阳公云:《九僧诗集》已亡。元丰元年秋,余游万安山玉泉寺,于进士闵交如舍得之。"

评与禅宗语录体著作的启发和影响。而后起的某些语录体著作中又包含大量的言诗内容，如《唐子西语录》《三山老人语录》《漫斋语录》等。语录体自先秦《论语》而下，几经流变，影响了众多文体的演变，如禅话、理学家语录、诗话、笔记等。《六一诗话》一出，"诗话"独立的批评文体地位得以名正言顺。如此溯源观流，把札记式、语录体的诗歌评论称作"诗话"，欧阳修虽无开创之力，乃有"命名"之功。司马光撰写《续诗话》，率先沿用欧阳修"诗话"一称，与《六一诗话》一样，主要记事记人，著作旨归同在"以资闲谈"。"以资闲谈"、"体兼说部"成为北宋诗话的普遍模式和特点，刘攽的《中山诗话》、陈师道的《后山诗话》、魏泰的《临汉隐居诗话》、周紫芝的《竹坡诗话》、吕本中的《紫微诗话》等均属此类，这正反映了语录体对于诗话文体的深远影响。直到南宋初年，张戒的《岁寒堂诗话》与严羽的《沧浪诗话》出现，诗话的"闲谈"模式才开始转型。但是"以资闲谈"模式的诗话直到明、清、近代也层出不穷，并发展出了新的撰写模式，如苏轼的《东坡诗话》，乃是由后人将其论诗的零言碎语集以成册所得。

3. 从宋人的文艺生活看诗话之产生背景

宋代吸取了唐代节度使拥兵自重的历史教训，成为中国古代史上一个重文轻武的朝代。唐人热衷诗歌创作，宋人则更致力于学术、文化研究。宋代士人重义理、明大义、喜议论、好争辩，所谓"开口揽时事，议论争煌煌"[1]，政事之余，往往作诗、谈诗、论诗，成一时之风尚。宋人的文艺生活，特别是他们对于诗歌创作、鉴赏品评的普遍热衷，是诗话产生并走向繁荣的文化与时代背景。

---

[1] （宋）欧阳修著，李逸安点校：《镇阳读书诗》，《欧阳修全集》卷2，北京：中华书局，2001年，第35页。

王栐《燕翼诒谋录》卷五载："国朝待遇士大夫甚厚，皆前代所无。"叶梦得《石林燕语》卷六亦曰："国初天下始定，更崇文士。"① 这为文士游山玩水、谈诗论文提供了可能。一方面，宋代文士享有丰厚的俸禄，尤其是元丰改制以后，即使是主簿、尉的俸禄也颇为可观。赵翼在《廿二史札记》卷二十五"宋制禄之厚"条中列举了当时俸禄制的变迁，曰："此宋一代制禄之大略也，其待士大夫可谓厚矣。惟给赐优裕，故入仕者不复以身家为虑。"② 又据《燕翼诒谋录》卷二称当时"物价甚廉"，宋代文士的生活应是极为宽裕。另一方面，宋代假期名目众多，文士有充足的时间举行雅集、纵情山水。宋代士大夫，除享有丧假、旬假、病假等常规假期外，还有很多其他的休假日。据庞元英《文昌杂录》卷一："祠部休假，岁凡七十有六日。"③ 南宋也保持着这种休假制度，罗愿淳熙六年《拟进札子二》即言："一月之中，休假多者殆居其半，少者亦十余日。"④ 庞石帚《养晴室笔记》卷一"宋代官吏休假"条即指出："宋人别集，特多游宴之作，此其最大原因也。"⑤ 再有，宋代文士"致仕"之后仍享有较丰厚的待遇。"致仕"，何休《公羊传》宣公元年注曰："退禄位于君"，即我们今天所说的退休。宋代"致仕"的特别之处在于，

---

① （宋）叶梦得撰，宇文绍奕考异，侯忠义点校：《石林燕语》，北京：中华书局，1984年，第86页。
② （清）赵翼撰，曹光甫校点：《廿二史札记》，南京：凤凰传媒出版集团，2008年，第356页。
③ （宋）庞元英：《文昌杂录》，《丛书集成》初编本，上海：商务印书馆，1936年，第3页。
④ （南宋）罗愿著：《罗鄂州小集》卷5，《宋集珍本丛刊》第62册，北京：线装书局，2004年，第18页。
⑤ （清）庞石帚著，屈守元整理：《养晴室笔记》，成都：四川文艺出版社，1984年，第3页。

"守本官致仕，惟不任职也"①，宋人著述里频频出现某人以某官致仕的内容，即"守本官致仕"之意②。士大夫致仕后，朝廷"特给一半料钱"，《石林燕语》卷五言其"以示优贤养老之意"。除此之外，还有"引年致仕"的特例，即朝廷对于不满七十岁退休的士大夫还有特别的优待。《宋会要·职官》记载："国朝凡文武官致仕者，皆转一官，或加恩其子孙。"③ 总之，宋代文士俸禄丰厚，假日众多，既不必为生计发愁，又有充足的时间附庸风雅，欧阳修《借观五老诗次韵之谢》④诗中有云："闻说优游多唱和，新篇何惜尽传看"，可见宋代士大夫中优游之风、诗酒之会的盛行。

稳定、优越的生活待遇为宋代士大夫丰富的文艺生活奠定了坚实的物质基础。如《宋史·丁谓传》所载："（谓）喜为诗，至于图书、博弈、音律无不洞晓，每休沐，会宾客，尽陈之，听人人自便。"宋代文士文艺生活之多样，由此可见一斑。宋人诗集中常有游宴唱和、评诗论文之作，如欧阳修《圣俞会饮》，诗中有句：

> 更吟君句胜啖炙，杏花妍媚春酣酣。（欧注：君诗有"春风酣酣杏正妍"之句。）

> 吾交豪俊天下选，谁得众美如君兼。

> 诗工镵刻露天骨，将论纵横轻玉钤。⑤

---

① （宋）赵升编，王瑞来点校：《朝野类要》卷5云："古之大夫七十而致仕之例也。古则皆还其官爵于君，今则不然。故谓之守本官致仕，惟不任职也。"北京：中华书局，2007年，第101—102页。
② （宋）叶梦得撰，宇文绍奕考异，侯忠义点校：《石林燕语》，北京：中华书局，1984年，第72页。
③ 龚延明著：《宋史职官志补正》，杭州：浙江古籍出版社，1991年，594页。
④ （宋）欧阳修著，李逸安点校：《居士集》卷12，《欧阳修全集》卷12，北京：中华书局，2001年，第198页。
⑤ （宋）欧阳修著，李逸安点校：《居士集》卷1，《欧阳修全集》卷1，北京：中华书局，2001年，第18页。

又《水谷夜行寄子美圣俞》诗中云:"缅怀京师友,文酒邀高会。其间苏与梅,二子可畏爱。"① 再又《招许主客》,云:"仍约多为诗准备,共防梅老敌难当。"② 不论是在官任职还是退休致仕,士大夫诗酒游宴都颇为频繁,并于其间赋诗作文。如王辟之《渑水燕谈录》卷八《事志》所载:"司马温公既居洛,每对客赋诗谈文,或投壶以娱宾。"③ 沈括《梦溪笔谈》卷十五记载:"文潞公(彦博)归洛日,年七十八,同时有中散大夫程珦,朝议大夫司马旦,司封郎中致仕席汝言,皆年七十八,尝为'同甲会',各赋诗一首。"④《渑水燕谈录》卷四《高逸》:"庆历末,杜祁公(衍)告老,退居南京,与太子宾客致仕王涣,光禄卿致仕毕世长,兵部郎中、分司朱贯,尚书郎致仕冯平为'五老会',吟醉相欢,士大夫高之。"⑤ 还有邵伯温《邵氏闻见录》卷十所载的"耆英会"和"真率会":"元丰五年,文潞公以太尉留守西都,时富韩(弼)以司徒致仕,潞公慕唐白乐天'九老会',乃集洛中公卿大夫年德高者为'耆英会'……其后皆洛阳太平盛事也。"⑥ 欧阳修致仕后,曾作《答端明王尚书见寄,兼简景仁、文裕二侍郎二首》,诗中有"唱高谁敢投诗社"⑦ 一句,可见宋代文士频繁的游宴集会使彼此之间的联系更加紧密,既结成了

---

① (宋)欧阳修著,李逸安点校:《居士集》卷2,《欧阳修全集》卷2,北京:中华书局,2001年,第28页。
② (宋)欧阳修著,李逸安点校:《居士集》卷11,《欧阳修全集》卷11,北京:中华书局,2001年,第186页。
③ (宋)王辟之撰:《渑水燕谈录》,北京:中华书局,1981年,第102页。
④ (宋)沈括著,侯真平点校:《梦溪笔谈》,长沙:岳麓书社,1996年,第114页。
⑤ (宋)王辟之撰:《渑水燕谈录》,北京:中华书局,1981年,第47页。
⑥ (宋)邵伯温撰:《邵氏闻见录》,北京:中华书局,1983年,第104页。
⑦ (宋)欧阳修著,李逸安点校:《居士外集》卷7,《欧阳修全集》卷57,北京:中华书局,2001年,第828页。

普通交游的会社,还促进了诗社这一更为专门的组织的形成。诗社各成员之间不仅相互作诗酬唱,还喜好鉴赏品评彼此的诗作,据张世南《游宦纪闻》卷三,汪藻幼年曾作"一春略无十日晴"诗,"为诗社诸公所称"①。宋代文士晚年退休之后,把酒相欢、赋诗论文的活动更加频繁,诗话便在这样的文艺生活与文化背景下产生了。欧阳修《诗话》卷首自题:"居士退居汝阴而集以资闲谈也。"②《诗话》所"集",也多是诗友交往、游宴聚会时评诗论文的言论、逸事,"集"的目的乃是退休时光的"以资闲谈"。考察现存较完整的四十多部宋人诗话的著述年代,其中约有二十部能确定是作者的晚年之作,这种创作分布正是受了宋代士大夫文艺生活形态的影响。

三、《六一诗话》与宋代诗学

陈寅恪先生曾评价欧阳修是"宋诗的主要奠基者"。中国古代文学批评史上,欧阳修《六一诗话》是首部用"诗话"命名的诗歌评论著作,开后代诗歌理论批评新体裁。《六一诗话》以二十八条"闲谈"为全卷内容,评论了众多作家、诗歌流派与诗歌作品,表达了欧阳修的诗歌创作主张与诗学观念。《六一诗话》"以资闲谈"的著述方式与旨归决定了文本独具特色的论诗体式与论诗风格。《诗话》展现了欧阳修醒目的主体姿态,传递了作者与文本、文本与读者、作者与读者之间的对话,呈现出鲜明的体制特征与语言风格,影响后世诗话文体的发展。欧阳修在札记式的日常生活记录中,以诙谐风趣的语言,在

---

① (宋)张世南撰:《游宦纪闻》,北京:中华书局,1980年,第23页。
② 断句有争议,一作"居士退居汝阴而集,以资闲谈也。"又作"居士退居汝阴,而集以资闲谈也。"

众声喧哗的对话中,表达了自己的诗话观与价值追求。

1. 《六一诗话》诗学理论的三个层面

"语言"层面

金代著名诗人元好问作《论诗三十首》,其中有诗曰:"百年才觉古风回,元祐诸人次第来。讳学金陵犹有说,竟将何罪废欧梅?"① 从整个宋诗发展的角度极高地评价了欧阳修领导的诗文革新运动和欧、梅的诗歌创作。欧阳修是宋诗开创者之一,其诗歌创作始于宋初的西昆体。欧阳修对西昆体既有首肯,亦有批判:一方面用辩证的眼光和丰富的创作实践纠正了西昆体的流弊,使得"风雅之气脉复续",开宋诗新调;另一方面肯定了西昆体精工雕琢的诗歌语言,认为"偶俪之文,苟合于理,未必为非,故不是此而非彼也"②,反对过分直白和过于浅俗的诗歌语言。

《六一诗话》中,欧阳修对西昆体好用典故、对仗工整、讲究格律的艺术特点予以肯定,在《诗话》第二十一条中客观地指出:"如子仪《新蝉》云:'风来玉宇乌先转,露下金茎鹤未知。'虽用故事,何害为佳句也!又如'峭帆横渡官桥柳,叠鼓惊飞海岸鸥。'其不用故事,又岂不佳乎?③"而"白乐天体""语多得于容易"的创作方法导致的诗歌语言的浅俗可笑,欧阳修认为是一种诗病,《诗话》第二条即言:

> 仁宗朝,有数达官以诗知名。常慕"白乐天体",故其语多

---

① (金)元好问著,姚奠中主编:《元好问全集》,太原:山西人民出版社,1990年,第339页。
② (宋)欧阳修著,李逸安点校:《论尹师鲁墓志》,《欧阳修全集》卷72,北京:中华书局,2001年,第1046页。
③ (宋)欧阳修著:《六一诗话》,郭绍虞主编:《中国古典文学理论批评专著选辑》本,北京:人民文学出版社,1962年,第13页。

得于容易。尝有一联云:"有禄肥妻子,无恩及吏民。"有戏之者云:"昨日通衢遇一辎軿车,载极重,而羸牛甚苦,岂非足下'肥妻子'乎?"闻者传以为笑。①

又《诗话》第十五条,欧阳修借梅尧臣之口表达了同样的观点,其言曰:

圣俞尝云:"诗句义理虽通,语涉浅俗而可笑者,亦其病也。如有《赠渔父》一联云'眼前不见市朝事,耳畔惟闻风水声。'说者云:'患肝肾风。'又有咏诗者云:'尽日觅不得,有时还自来。'本谓诗之好句难得耳,而说者云:'此是人家失却猫儿诗。'人皆以为笑也。"②

这些诗句之所以会产生如此可笑的歧义,乃是缘自诗歌语言的过分浅俗与直白易解,反而造成了作者本意的歪曲与误读。就这一诗学主张,欧阳修在《诗话》的数则条目中反复致意。如《诗话》第十四条,吕文穆公的"诗之警句""挑尽寒灯梦不成"被胡旦讥为"乃是一渴睡汉耳"③,正是由于其语出浅俗降低了诗歌的格调。浅俗的语言不仅频频闹出笑话,还从诗歌整体的艺术风格上影响着诗的格调高低,已然谓为一种弊病。宋代士人通常具备渊博的学识,有着强烈的学术竞技意识,因而在审美上有明显的雅化倾向,作诗喜好以雅矫俗、化俗为雅,并倡导格高。《诗话》第七条中,欧阳修以郑都官诗"极有意思,亦多佳句;但其格不甚高。以其易晓,人家多以教小儿。余为儿时犹诵之,今其集不行于世矣。"④的事例说明

---

① (宋)欧阳修著:《六一诗话》,郭绍虞主编:《中国古典文学理论批评专著选辑》本,北京:人民文学出版社,1962年,第5页。
② 同上,第11页。
③ 同上,第10页。
④ 同上,第7页。

了诗歌格高的重要性，唯有格高，才能化俗为雅，收廓清之效与春风化雨之功；也唯有格高，诗作才能流传不息，流芳百世。

欧诗学韩是众所周知的，欧阳修在《诗话》第二十七条中表达了自己对韩愈笔力的憧憬以及对韩诗韵法的喜爱：

> 退之笔力无施不可，而尝以诗为文章末事，故其诗曰："多情怀酒伴，馀事作诗人"也。然其资谈笑，助谐谑，叙人情，状物态，一寓于诗，而曲尽其妙，此在雄文大手，固不足论，而余独爱其工于用韵也。①

方东树《昭昧詹言》卷九第二十一条即道："六一学韩，才气不能奔放，而独得其情韵与文法。此亦诗家深趣。②"可见欧阳修对诗歌工于用韵、雕章丽句的语言风格的提倡。

"意义"层面

欧阳修的诗学主张是辩证客观的，既主张诗歌语言的雕章丽句，又强调诗歌意义层面要做到吟咏情性与事理真实。例如欧阳修对西昆体的矫正，不同于西昆派诗人"移此俪彼，以为浮薄"的主张，欧阳修反对一味堆砌典故、晦涩难懂、内容空洞的诗歌创作，在《苏氏文集序》中毫不避讳地批评"学者务以言语声偶裂，号为时文，以相夸尚③"的不良风气，此即《诗话》第二十一条所言的"学者之弊"。欧阳修的诗歌创作虽始于西昆体，但在具体的创作实践中写下了大量的不常见于西昆体的山水诗、游记诗、送别诗、理趣诗

---

① （宋）欧阳修著：《六一诗话》，郭绍虞主编：《中国古典文学理论批评专著选辑》本，北京：人民文学出版社，1962年，第16页。
② （清）方东树著，汪绍楹校点：《昭昧詹言》，北京：人民文学出版社，1961年，第223页。
③ （宋）欧阳修著，李逸安点校：《苏氏文集序》，《居士集》卷43，《欧阳修全集》卷43，北京：中华书局，2001年，第614页。

与悼亡诗，其代表如《嵩山十二首》《龙门泛舟晚向香山》《游龙门分题十五首》《徽安门晓望》《雨后独行洛北》《陪府中诸官游城南》《七交七首》《别圣俞》《送刘学士知衡州》《庭前两好树》《远山》《仙草》《颜跖》等，摆脱了西昆体对诗歌题材与内容的限制，呈现出新的诗歌风貌。

此外，欧阳修也主张诗歌艺术真实与生活真实的一致，即诗歌在内容意义上应做到事理真实，反对"诗人贪求好句而理有不通"，这种创作效果同样是一种"语病"。《诗话》第十八条连举数例：

"袖中谏草朝天去，头上宫花侍宴归。"诚为佳句矣；但进谏必以章疏，无直用稾草之理。唐人有云："姑苏台下寒山寺，半夜钟声到客船。"说者亦云句则佳矣，其如三更不是打钟时！如贾岛《哭僧》云："写留行道影，焚却坐禅声。"时谓烧杀活和尚，此尤可笑也。若"步随青山影，坐学白塔骨"，又"独行潭底影，数息树边身"，皆岛诗。何精粗顿异也？①

欧阳修极力说明诗歌即便语句上佳，然事信不通，亦不能以"精"相称。欧阳修在《诗话》的多则条目中复申此旨，例如欧阳修在《诗话》第一条中运用历史考释的方法辨析出"奠玉五回朝上帝"一句不符合历史事实，并指出这是《永昌陵挽歌词》在流传中产生的讹误，"五"当作"四"，这使得后人在阅读过程中能够更准确地进行理解与鉴赏，在版本选择上更为谨慎，同时为文学作品的保存与流传扫除了障碍。又如，《诗话》第三条称"卖花担上看桃李，拍酒楼头听管弦"与"正梦寐中行十里，不言语处喫三杯"两联"其语虽浅近，皆两京之实事也"，因而有可取之处。

---

① （宋）欧阳修著：《六一诗话》，郭绍虞主编：《中国古典文学理论批评专著选辑》本，北京：人民文学出版社，1962年，第12页。

要辨别诗歌事理是否真实，鉴赏品评者需要了悟诗歌呈现的具体内容，为此必须理解诗句中具体字词的含义。基于这种观点，欧阳修在《诗话》中多有考证字词与生活真实的条目。如《诗话》第十七条：

> 李白《戏杜甫》云："借问别来太瘦生，总为从前作诗苦。""太瘦生"，唐人语也，至今犹以为语助，如作么生、何似生之类是也。陶尚书穀尝曰："尖簷帽子卑凡厮，短勒靴儿末厥兵。""末厥"，亦当时语。余天圣、景祐间，已闻此句，时去陶公尚未远，人皆莫晓其义。王原叔博学多闻，见称于世，最为多识前言者，亦云不知为何说也。第记之必有知者耳。①

此条前半部分举例说明了李白《戏杜甫》诗中"生"字的用法。唐人这种将"生"字作为语助词的用法在宋代已不常见，欧阳修对其做具体的说明，一方面从语言学的角度保存了"生"字的语助用法，另一方面为后人阅读、理解李白诗歌以及涉及同类字词用法的文学作品提供了帮助和参考。在后半部分内容中，欧阳修说起自己在天圣、景祐年间就已听说的陶穀诗句，但直到晚年写作《诗话》时也未知晓陶穀所用"末厥"一词的确切含义，于是在诗话中将其记录下来，以供后人解答。同样的，《诗话》第二十五条载："王建《霓裳词》云：'弟子部中留一色，听风听水作〈霓裳〉。'《霓裳曲》今教坊尚能作其声，其舞则废而不传矣。人间又有《望瀛洲》《献仙音》二曲，云此其遗声也。《霓裳曲》前世传记论说颇详，不知'听风听水'为何事也。白乐天有《霓裳歌》甚详，亦无风水之说。第记之或有遗亡者尔。"②欧阳修不得"听风听水"之解而深感遗憾，

---

① （宋）欧阳修著：《六一诗话》，郭绍虞主编：《中国古典文学理论批评专著选辑》本，北京：人民文学出版社，1962年，第11—12页。
② 同上，第15页。

录之以俟后来能知者,我们从中便可看出欧阳修对诗歌"事信"的重视以及在文学问题上所具有的承传意识。《六一诗话》考证字句和史诗,正是为了求得诗歌意义层面的事理通信。

"言意关系"层面

在"言意关系"层面,即诗歌的语言与意义、事理与好句之关系上,欧阳修主张"意新语工"。"意新语工"既是诗歌的写作方法,又是评判其优劣的衡量标尺,《诗话》第十二条记录了欧阳修与梅尧臣就此问题进行的一番讨论:

> 圣俞尝语余曰:"诗家虽率意而造语亦难。若意新语工,得前人所未道者,斯为善也。必能状难写之景,如在目前;含不尽之意,见于言外,然后为至矣……"余曰:"语之工者固如是。状难写之景,含不尽之意,何诗为然?"圣俞曰:"作者得于心,览者会以意,殆难指陈以言也。虽然亦可略道其髣髴。若严维:'柳塘春水漫,花坞夕阳迟',则天容时态,融和骀荡,岂不如在目前乎?又若温庭筠:'鸡声茅店月,人迹板桥霜',贾岛:'怪禽啼旷野,落日恐行人',则道路辛苦,羁愁旅思,岂不见于言外乎?"①

"语工"即前文所指的诗句经过雕琢后不涉浅俗,并在"意新"的艺术目标下达到"状难写之景,如在目前"的审美效果。对"语工"的求索是欧阳修诗学理论的核心之一。他肯定"西昆体"的组织工致,独爱韩诗之"工于用韵",且看《六一诗话》中欧阳修对具体诗句的赏析:第十一条中,欧阳修肯定诗人周朴对诗句的"月锻

---

① (宋)欧阳修著:《六一诗话》,郭绍虞主编:《中国古典文学理论批评专著选辑》本,北京:人民文学出版社,1962年,第9—10页。

季炼",认为其"风暖鸟声碎,日高花影重"①,"晓来山鸟闹,雨过杏花稀"均是佳句;第十九条中,对苏舜钦《新桥对月诗》中"云头滟滟开金饼,水面沉沉卧彩虹"两句赞叹不已,称"时谓此桥非此句雄伟不能称也"。"意新"包含两层艺术效果:一指诗歌语意的出新,"得前人所未道者",出人意表,不落俗套;二指诗歌语意的深远,"含不尽之意,见于言外",呈现一种韵外之致。而诗歌要达到这两方面的艺术效果均需凭借"语工",如此一来,"意新语工"就一并落在了诗语的锻炼和组织上。所以,欧阳修在《诗话》中尤其推崇杜诗的一字不能移易,据《诗话》第八条:

> 陈公时偶得《杜集》旧本,文多脱误,至《送蔡都尉诗》云:"身轻一鸟",其下脱一字。陈公因与数客各用一字补之,或云"疾",或云"落",或云"起",或云"下",莫能定。其后得一善本,乃是"身轻一鸟过"。陈公叹服,以为:"虽一字,诸君亦不能到也。"②

欧阳修赞赏那些经过艰辛精严的构思创作出的极富意蕴的诗歌,《诗话》第二十六条称赞龙图学士赵师民"于文章之外,诗思尤精",欧阳修指出赵师民作诗擅于构思炼意,如"麦天晨气润,槐夏午阴清","晓莺林外千声啭,芳草堦前一尺长"等诗句,即便是前世名流,亦未能及。而"夜半钟声到客船"一联,用"意新语工"的诗学主张来考察似乎更为合适。《六一诗话》各条目非欧阳修一时所记,其中对于诗歌的鉴赏批评很多时候是出于主观评判与直观感受,因此偶尔有自相抵牾或者误判的情况。前文已述欧阳修认为"夜半

---

① 此联诗句之作者或为杜荀鹤,目前尚无定论。
② (宋)欧阳修著:《六一诗话》,郭绍虞主编:《中国古典文学理论批评专著选辑》本,北京:人民文学出版社,1962年,第8页。

钟声"事理不通,然《唐诗纪事校笺》卷二十五对"夜半钟声"进行了说明,"此地有夜半钟,谓之无常钟。继志其异耳,欧阳以为语病,非也。"①《南史》中也有关于寺庙夜半敲钟的记载,唐代诗人于鹄、王建、白居易、许浑、皇甫冉、温庭筠、陈羽等都在诗作中吟咏过。可见张继所咏极可能并非虚构。试想,张继月夜泊舟枫桥,难以成眠,观赏起夜景,在深邃的幽静中,感到些许忧愁、孤寂,此时,忽然响起一声声悠远的钟声,打破了夜半的寂静,立刻将近处的客船与远处的寒山寺联系起来,远近交织,有声有色,情景交融,读者甚至可以想象出,钟声过后,诗人的愁绪与夜半的幽寂因钟声的起落而更加深沉,这不正是"状难写之景,见于言外","含不尽之意"的艺术效果么!

2.《六一诗话》的其他诗学主张

前文所述的《六一诗话》诗学理论的三个层面,也是《诗话》内在的逻辑起点,文本中的其他诗学主张均由其推衍而来。

欧阳修主张"意新语工",《诗话》便以此为批评标准,采用体悟式的摘句批评方法,通过大量篇幅来鉴赏品评那些炼意新奇、造语精工的好诗佳句,属于此类的《诗话》内容共计十四条,占全卷篇幅之半。《诗话》中对作家、作品的鉴赏批评,其范围小至一首具体诗歌的一字一句,大到一整个诗歌流派。欧阳修通过自己的直观感受,得出结论,如《诗话》第四条赞梅尧臣《河豚鱼诗》笔力雄赡,堪称绝唱;第二十二条云"日上故陵烟漠漠,春归空苑水潺潺"一联描写"西洛故都"的"荒台废沼"等遗迹最为警绝;同条还述郑工部"水暖凫鹥行哺子,溪深桃李卧开花"一联之警绝,"人谓其

---

① (南宋)计有功编撰,王仲镛校笺:《唐诗纪事校笺》,北京:中华书局,2007年,第666页。

不减王维、杜甫"；第二十三条称谢景山写诗以长韵见寄，其佳句如"长官衫色江波绿，学士文华蜀锦张"，还称"自种黄花添野景，旋移高竹听秋声"，"园林换叶梅初熟，池馆无人燕学飞"之类，无愧于唐贤。欧阳修在《诗话》中摘录的诗作和诗句多为对偶和写景之作，这些诗句对仗工整、音韵铿锵、情景交融，极富艺术表达效果和感染力，不少诗句在后世也的确享有盛名，足见欧阳修审美眼光之精准独到。

欧阳修主张艺术真实与生活真实的一致，因而认为诗歌能够具有史传的功能，使那些史传不载的人、事、物"得所附托"，"垂于不朽"，《诗话》第十六条道：

> 王建《宫词》一百首，多言唐宫禁中事，皆史传小说所不载者，往往见于其诗，如"内中数日无呼唤，传得滕王《蛱蝶图》。"滕王元婴，高祖子，新、旧《唐书》皆不著其所能，惟《名画录》略言其善画，亦不云其工蛱蝶也。又《画断》云："工于蛱蝶。"及见于建诗尔。或闻今人家亦有得其图者。唐时一艺之善如公孙大娘舞剑器，曹刚弹琵琶，米嘉荣歌，皆见于唐贤诗句，遂知名于后世。当时山林田亩，潜德隐行君子，不闻于世者多矣，而贱工末艺得所附托，乃垂于不朽，盖其各有幸不幸也。①

受诗歌具有史传功能的观点影响，欧阳修的《诗话》也具有相同的功能，保留了大量的文学史料。欧阳修在谢景山一条中摘录其全诗并写道：

> 仕宦不偶，终以困穷而卒。其诗今已不见于世，其家亦流落不

---

① （宋）欧阳修著：《六一诗话》，郭绍虞主编：《中国古典文学理论批评专著选辑》本，北京：人民文学出版社，1962年，第11页。

知所在。其寄余诗,逮今三十五年矣,余犹能诵之。盖其人不幸既可哀,其诗沦弃亦可惜,因录于此。①

谢景山写诗以长韵见寄,欧阳修对其诗作之不存于世感到痛心疾首。此处的摘录不同于"以供赏析"的摘抄,主要目的在于对诗歌作品的保存。

"意新语工"旨在从"言意关系"的层面指导诗歌取得"意在言外"的审美效果。与此主张相适,欧阳修曾在《梅圣俞诗集序》《薛简肃公文集序》两文中提出"穷而后工",论述外界环境对诗歌创作的影响,并在《六一诗话》中再复致意,《诗话》第十条举例道:

> 孟郊、贾岛,皆以诗穷至死,而平生尤自喜为穷苦之句。孟有《移居诗》云:"借车载家具,家具少于车。"乃是都无一物耳。又《谢人惠炭》云:"暖得曲身成直身。"人谓非其身备尝之不能道此句也。贾云:"鬓边虽有丝,不堪织寒衣。"就令织得,能得几何?又其《朝饥诗》云:"坐闻西床琴,冻折两三弦。"人谓其不止忍饥而已,其寒亦何可忍也!②

欧阳修清楚地认识到,现实遭际的种种不平促使历代文士身处逆境却矢志不渝,将郁积的愤懑转化成写作的素材与动力,创作出感人至深的佳作。诗人至"穷",通常能够激发出更为深刻的洞察力与更为敏锐的感受力,其经受的巨大精神苦闷往往可以转入对生命真谛、理想价值以及宇宙人生等具有人文关怀的终极问题的深层思考,同时更能专注于写作技巧的精研,作品因此能够在整体上呈现出超凡的格调与宏大的境界,给读者以思想启悟和情感共鸣,同时

---

① (宋)欧阳修著:《六一诗话》,郭绍虞主编:《中国古典文学理论批评专著选辑》本,北京:人民文学出版社,1962年,第14页。
② 同上,第8—9页。

具有强劲的美学张力。"意新语工"与"穷而后工"的目的均是求"工",后者作为一种实现手段有效的补充了前者。

欧阳修主张诗歌语言上的精妙工致,意义上的平淡深远,以及言意关系上的"意在言外"之境,自然要博采众家之所长。欧阳修经常强调对唐贤诗人的学习,推崇唐诗言短味永、情景交融的审美艺术。细细品味欧阳修的众多诗作,不难发现,欧诗取得巨大成就的因素是多方面的,其诗作不能不说是综合吸收了韩愈、李白、杜甫、白居易等多位杰出唐代诗人的诗歌优点。广泛学习前人的优秀诗歌作品,是欧阳修诗歌理论的一个重要方面。朱自清先生的《宋五家诗钞》中引《西江诗话》道:"文忠公天分既高,而于古人无所不熟,故能具体百氏,自成一家。"[①] 欧阳修对各家的学习正如他对待西昆体的辩证态度一样,一方面博采众家之所长,一方面又补其不足、改其弊端,从而形成了自己独有的诗歌风格与诗学观点。

在欧阳修看来,韩愈正是"意新语工"的典范,在《六一诗话》第二十七条中评价韩诗"乃天下之至工"。韩愈写诗以"意"为宗,同时符合诗歌对音韵、格律的形式要求,既不因形毁意,又不以意害形,因此韩愈的诗歌作品无论在内容意蕴上还是在艺术技巧上,往往都达到一种曲尽其妙、出神入化的高超境界。欧阳修学习韩诗的气格与文法,同时注意到了韩诗语言艰涩难懂的弊端,在《诗话》第二十七条中与梅尧臣讨论道:"圣俞戏曰:'前史言退之为人木强,若宽韵可自足,而辄傍出,窄韵难独用,而反不出,岂非其拗强而然与?'坐客皆为之笑也。"[②] 欧诗如《菱溪大石》《石篆》《紫石砚屏歌》《赤藤杖歌》《葛氏鼎》等,虽是学韩,却较韩诗更为平易、流

[①] 朱自清著:《宋五家诗钞》,上海:上海古籍出版社,1981年,第27页。
[②] 同上,第16页。

畅，也更富情韵，风格上畅达自然不少。

欧阳修赞赏以白居易为首的中晚唐诗人"一吟悲一事"，在诗作中反映百姓生活疾苦。白居易擅长写作闲适诗和讽喻诗，前者"知足保和，吟玩性情"，后者常以浅白之句寄托讽喻之意，从而达到触目惊心的艺术效果。白居易闲适诗中知足保和的思想与淡泊悠闲的意绪在后代影响较大，以宋人名号论，"醉翁、迂叟、东坡之名，皆出于白乐天诗云"。"白乐天体"平易浅近的语言风格与通俗亲切的格调，屡屡为人称道，欧阳修学习白居易诗作尚实、务尽的风格，但反对其语言的得于容易与直白浅俗。

欧阳修在《六一诗话》中多次提到李白、杜甫。在第十一条中道："唐之晚年，诗人无复李杜豪放之格，然亦务以精意相高。"[①] 欧阳修写诗亦效仿李、杜，其《大白戏圣俞》《庐山高赠同年刘中允归南康》等诗篇，热情豪放、想象丰富，有李白飘逸之风；其《班班林间鸠寄内》《重读徂徕集》等诗歌，连同那些反映百姓生活疾苦、感时伤事的诗作，笔底波澜、沉郁顿挫，不能不说是受了杜甫的影响。

欧阳修在《诗话》中倡导诗歌须格高，提出"意新语工"等诗学主张，正是多方面地向唐贤诸诗人学习、借鉴的成果，而损益之处又体现出宋人思想的解放与文化的创新，呈现出新时代的精神风貌。欧阳修的这些诗歌理论既是其诗学观与审美追求的辩证统一，同时又使宋诗免入唐人俗套，领宋诗"尚奇"风气之先，为宋诗的发展给出了方向。诗歌在唐代李白、杜甫、白居易、韩愈等诸贤的笔下已具有较强的叙述性与说理性。欧阳修博采众长，诗歌中既有

---

① （宋）欧阳修著：《六一诗话》，郭绍虞主编：《中国古典文学理论批评专著选辑》本，北京：人民文学出版社，1962年，第9页。

以散文句法入诗者，亦有论及深邃哲理者，在中国诗歌发展史上贡献卓著，影响了中国诗学形态的演变。

四、宋代文化与"话"体批评的互动

1. 宋代文化的转型与《六一诗话》

唐代经过历朝帝王的励精图治，至开元年间，政治稳定、经济繁荣、文化发达，出现了前所未有的盛世景象。与社会发展状况相适应的唐型文化，昂扬着大气盘旋的民族自信与喷涌奔腾的生命活力，推崇"阳刚"之美。这一审美精神影响着文化的方方面面，诗人、学者、文学家、艺术家等，均在自己的文艺创作中表达出了一种无比的壮美。唐代文化的最高成就之一就是唐诗。盛唐诗歌或写苍莽奇雄之景，酣畅淋漓；或作雄浑豪迈之声，壮怀激烈；或抒胸臆愤懑之气，悲壮苍凉，在总体风格上呈现出蓬勃向上、积极进取的"阳刚"之美。韩愈开拓了唐诗的"阳刚"美，连那些阴柔幽美的物象，也写得饱满有力，使之转入阳刚壮美之格。唐代书法艺术也以充盈的阳刚之美为主旋律，例如李世民就讲求书法的"丈夫之气"。宋代的文化形态与唐代大不相同。宋初针对五代战乱、文儒荡然的局面，广开科举、宽养以待，以图激发广大士人奋身当世的情怀。然而，宋代文人受唐末乱世的影响，奔竞浮躁，而士人在开放的文官体制下的众流并趋，以及城镇经济和市民生活的逐步繁荣，又加剧了这一不良习气，因此，宋代思想文化建设以伦理教化和道德自律为母题，以此葆养文人、士人的贞静形象。宋型文化援佛入儒、反求于内、淡泊明志、虚静求理，主张平等、无品级的对话，崇尚平淡之美、意境之美。这些新的时代精神在审美鉴赏与文艺创作中多有呈现。宋代以平淡美为中国古典诗歌的最高审美理想，并将这种审美精神确立在了相对成熟的理论自觉之中。

欧阳修的诗歌作品中有不少是关于自然平淡的日常生活的记录，如《初食鸡头有感》《和圣俞聚蚊》《僧蚊》《戏答圣俞》《思白兔杂言戏答公仪忆鹤之作》《梅圣俞寄银杏》等。在《六一诗话》中，随处可见欧阳修清旷闲远的生活情致，如诗话第三条中记录有："京师辇毂之下，风物繁富，而士大夫牵于事役，良辰美景，罕获宴游之乐。"①欧阳修对士大夫们无奈辜负良辰美景感到遗憾；第四条在评价梅尧臣《河豚鱼诗》时介绍："河豚常出于春暮，群游水上，食絮而肥。南人多与荻芽为羹，云最美。故知诗者，谓祇破题两句，已道尽河豚好处。"②字里行间透露出欧阳修对于人间美味的了解与喜爱；《诗话》第二十五条中欧阳修对于霓裳曲、舞的疑问说明他在日常生活中除了关心政治、军事等国事，还关注宗教、哲学、艺术等思想文化内容，正所谓"静以修身，俭以养德。非淡泊无以明志，非宁静无以致远"，人生在世何必急功近利，要以平淡虚静的内心来观照。

《六一诗话》中欧阳修与诗友的交往也体现出了宋代文化审美情趣的转型，如诗话第五条：

> 苏子瞻学士，蜀人也。尝于清井监得西南夷人所卖蛮布弓衣，其文织成梅圣俞《春雪诗》。此诗在《圣俞集》中，未为绝唱。盖其名重天下，一篇一咏，传落夷狄，而异域之人贵重之如此耳。子瞻以余尤知圣俞者，得之因以见遗。余家旧蓄琴一张，乃宝历三年雷会所斫。距今二百五十年矣，其声清越，如

---

① （宋）欧阳修著：《六一诗话》，郭绍虞主编：《中国古典文学理论批评专著选辑》本，北京：人民文学出版社，1962年，第5页。
② 同上，第6页。

击金石。遂以此布更为琴囊。二物真余家之宝玩也。①

欧阳修与苏轼的交往极富文艺性与审美性。此条所记既是友人交往的趣事,又是诗事,如果将其比作一首诗,那么蛮布弓衣、圣俞诗、旧蓄琴便是这首诗中最具表现力的审美意象,琴与琴囊合二为一,正是欧、苏相知的象征,情景交融,见于言外。欧、苏二人,因诗结缘,欧阳修之于苏轼,亦师亦友,苏轼所赠弓衣织有诗作,其诗又恰好是欧阳修的莫逆之交梅尧臣所作,种种相契,岂不妙哉?这则诗话向读者展示了北宋文人在平淡的日常生活交往中的文艺审美以及友人交往间的雅致乐趣,显示出宋型文化对意境美的崇尚。欧阳修在《六一诗话》中记录此次交往,还想说明一个关于诗歌鉴赏的道理,《春雪诗》非为绝唱却受到异域的重视,一方面是因为梅尧臣名重天下,另一方面则是因为夷狄与中原文化形态迥异,具有不同的诗歌鉴赏标准,从而"自得意于"《春雪诗》。正如欧阳修在诗话第二十条记录的与晏殊、梅尧臣的交往所感:

> 晏元献公文章擅天下,尤善为诗,而多称引后进,一时名士往往出其门。圣俞平生所作诗多矣,然公独爱其两联,云:"寒鱼犹着底,白鹭已飞前。"又"絮暖紫鱼繁,豉添莼菜紫。"余尝于圣俞家见公自书手简,再三称赏此二联。余疑而问之,圣俞曰:"此非我之极致,岂公偶自得意于其间乎?"乃知自古文士不独知己难得,而知人亦难也。②

欧阳修来到梅尧臣家,一边观晏殊书法,一边讨论诗歌,这种日常生活与文艺审美的完美结合,正是宋型文化"平淡"之美的彰

---

① (宋)欧阳修著:《六一诗话》,郭绍虞主编:《中国古典文学理论批评专著选辑》本,北京:人民文学出版社,1962年,第6—7页。
② 同上,第12—13页。

显，即便是在物质文化生活极其丰富的今天，也着实让人羡慕。晏殊喜欢的两联诗句并非梅尧臣的极致，说明了诗歌的批评鉴赏存在个体审美标准的差异，而这种"自得意"则导致审美主体对诗歌的不同评价，此即"意新语工"条中所谓"作者得于心，览者会以意"。梅尧臣闻之即指出晏殊"自得意于其间"，使欧阳修不禁感叹"知己难得"、"知人亦难"。

再来看诗话第二十四条的叙述：

> 石曼卿自少以诗酒豪放自得，其气貌伟然，诗格奇峭，又工于书，笔力遒劲，体兼颜柳，为世所珍。余家尝得南唐后主澄心堂纸，曼卿为余以此纸书其《筹笔驿》诗。诗，曼卿平生所自爱者。至今藏之，号为三绝，真余家宝也。曼卿卒后，其故人有见之者，云恍惚如梦中，言：我今为鬼仙也。所主芙蓉城，欲呼故人往游，不得，悠然骑一素骡，去如飞。其后又云：降于亳州一举子家，又呼举子去。不得，因留诗一篇与之。余亦略记其一联云："莺声不逐春光老，花影长随日脚流。"神仙事怪不可知，其诗颇类曼卿平生，举子不能道也。①

欧阳修得到澄心堂纸后便请友人石曼卿以其《筹笔驿》诗书之，纸、诗、书法三绝融为一体，遂为欧公之宝。欧阳修在日常生活中葆有的文艺灵感与审美追求，非人格境界的"平淡"无以养成。等到石曼卿死后，其鬼魂于举子家留下诗句，欧阳修对神鬼之事不做评论，却辨认出"鬼仙"诗句与石曼卿的诗歌风格十分相似，欧阳修对石曼卿性情、诗格、书法各方面的熟悉，诚非好友而不能及，此则内容可谓是宋人情感层面的平淡之中见旷远。欧阳修回忆着与

---

① （宋）欧阳修著：《六一诗话》，郭绍虞主编：《中国古典文学理论批评专著选辑》本，北京：人民文学出版社，1962年，第14—15页。

石曼卿交往的点滴写下此条,表达了对友人的怀念,其中"鬼仙"的形象颇似小说中的狐仙形象,故事的展开极具戏剧性,从而又为"闲谈"提供了很好的材料。

宋人构建"平淡"诗美,多学习晋宋以前"古诗"的高古简妙与自由无为。在欧阳修、梅尧臣等宋诗风格开创者看来,"西昆体"对雕琢的过分崇尚以及过于绮靡的风格不符合宋型文化的"平淡"精神。宋型文化中的"平淡"美也不单是一个风格或诗法主张,更多的还是一种人格境界与人生价值祈向,人格上达到宁静淡泊才能在诗意上至于"平淡",这种人生旨趣与情感要求与宋代士人的精神建设方向契合。在宋诗创作中,欧阳修、梅尧臣率先提出"平淡"的观念,王安石、苏轼、黄庭坚、陆游等诗人也在历经早年创作的豪健清雄后,归于清旷闲远、自然平淡。诗歌题材从杜甫、韩愈等唐贤诗人开始逐渐倾向于日常生活。宋代城市经济繁荣,商业、手工业发达,社会生活和社会关系各方面较唐代产生了巨大的变化。诗人将视野扩大到逐渐兴起的市民生活领域,诗歌创作呈现出较唐诗更为丰富和广阔的生活内容。日常生活题材在欧阳修笔下不仅写得生动细致,思想境界还高出唐人一筹,唐诗宏伟博大的气象逐渐转入宋诗精深踏实的格调,这与宋代文化的转型,对"平淡"境界的倡导不无关系,明代袁宏道就在《雪涛阁集序》中写道:"有宋欧、苏辈出,大变晚习,于物无所不收,于法无所不有,于情无所不畅,于境无所不取,滔滔莽莽,有若江河。"[①] 宋代诗歌题材的扩大和转移,由此可见一斑。

文化形态影响着诗学形态的演变,而诗学发展状况又影响了诗

---

① (明)袁宏道著,钱伯城笺校:《袁宏道集笺校》,上海:上海古籍出版社,1981年,第710页。

学批评标准。宋人内敛的文化心理塑造了平淡诗歌的表里构型，平淡诗美则相应要求由表及里的鉴赏方法，即鉴赏者需超越诗表，深入诗里，才能体悟诗歌的内蕴。非高超的艺术修养无以体认平淡诗美的真味，欧阳修最早把梅尧臣的"平淡"诗"比以为橄榄，回甘始称术"，"平淡"诗美正是以表层的平淡而中存旷远，"平淡而山高水深"，这种内敛的诗歌结构正是宋人淡泊宁静的人生态度与沉潜内敛的文化人格的艺术载体，宋人于平淡诗歌中往往呈现出人格的美质。欧阳修在《六一诗话》第十三条中评价苏舜钦与梅尧臣的诗歌创作道：

> 圣俞、子美齐名于一时，而二家诗体特异。子美笔力豪隽，以超迈横绝为奇；圣俞覃思精微，以深远闲淡为意：各极其长，虽善论者不能优劣也。①

欧阳修在《诗话》中数次提及苏、梅的诗歌创作，推崇二人在诗歌创作中呈现出的那种清新朴实的诗风，二人的诗歌创作均摆脱了西昆体重形不重意的不良创作风气。"超迈横绝"与"深远闲淡"也成为后人评价苏、梅诗风的常用之语，亦可谓是二人诗风的定论和公论。尽管苏、梅的创作风格不同，却都是自然成体，表现出崇平淡、尚意境的宋代审美精神。

诗歌与科举均是宋代文人生活的重心，宋初针对五代战乱、文儒荡然的局面，广开科举、宽养以待，科举制度有了很大的发展与转变。在实行文官制度的宋代，科举文化影响着诗文的创作，欧阳修在《诗话》第二十八条写道：

> 自科场用赋取人，进士不复留意于诗，故绝无可称者。惟

---

① （宋）欧阳修著：《六一诗话》，郭绍虞主编：《中国古典文学理论批评专著选辑》本，北京：人民文学出版社，1962年，第10页。

> 天圣二年省试《采侯诗》，宋尚书祁最擅场，其句有"色暎堋云烂，声迎羽月迟"，尤为京师传诵，当时举子目公为"宋采侯"。①

思想文化与文学之间存在着深刻的互动关系，此条内容展示了宋代科举制度与科举文化的转型对文学创作倾向的影响，这同时也是宋人文化心理和宋型文化的具体表现。宋代实行文官制度，重视教育和科举，广泛吸收文人参与政权，文人的地位得到空前提高，"重文"成为宋代的社会风尚。尽管受科举文化影响，进士对诗歌的重视程度不如以往，但宋代士人所具有的文人身份，使文人对诗歌的重视一如从前、并未减弱，从宋祁的诗歌广为传诵，举子尊其为"宋采侯"可以见出，诗歌仍是士人、文人生活中不可或缺的重要部分。

2. 诗话主体的变迁与对话方式的演变

宋代既是一个重文的时代，其文艺生活自然也不局限在士大夫之间。上至帝王将相，下到民间百姓，国中上下，普遍尚文。《石林燕语》卷八载："太宗当天下无事，留意艺文，而琴棋亦皆造极品。"②《渑水燕谈录》卷六《文儒》载："太宗锐意文史，……尝曰：'开卷有益，朕不以为劳也。'"③ 陈岩肖《庚溪诗话》卷上曰："真宗皇帝听断之暇，唯务观书。每观一书毕，即有篇咏，命近臣赓和。……可谓好文之主。"④ 又曰："仁宗皇帝当时持盈守成之世，尤

---

① （宋）欧阳修著：《六一诗话》，郭绍虞主编：《中国古典文学理论批评专著选辑》本，北京：人民文学出版社，1962年，第16页。
② （宋）叶梦得撰，宇文绍奕考异，侯忠义点校：《石林燕语》，北京：中华书局，1984年，第117页。
③ （宋）王辟之撰：《渑水燕谈录》，北京：中华书局，1981年，第70页。
④ （宋）陈岩肖撰：《庚溪诗话》卷上，《影印文渊阁四库全书》第1479册，台北：台湾商务印书馆，1986年。

以斯文为急。每进士闻喜宴，必以诗赐之。"①宋徽宗亦以爱书、爱画、爱诗著称。据蔡絛《铁围山丛谈》卷一："国朝诸王弟多嗜富贵，独佑陵在藩时玩好不凡，所事者惟笔研、丹青、图史、射御而已。……作庭坚书体，后自成一法也。"②邓椿《画继》卷一篇首即录徽宗语，云："朕万机余暇，别无他好，惟好画耳。"③《避暑录话》卷下载："政和间，大臣有不能为诗者，因建言，诗为元祐学术，不可行。"由于徽宗对诗歌的喜好，"圣作时出，讫不能禁，诗遂盛行于宣和之末。"④

朝廷屡有赓歌，民间则多结诗社，国中上下，相互渗透、相互影响。据吴可《藏海诗话》："幼年闻北方有诗社，一切人皆预焉。"⑤又载元祐年间至金陵，"诸公多为平仄之学，似乎北方诗社。"⑥这些民间诗社的成员均为平常百姓，如屠儿、质库王四十郎、酒肆王念四郎、货角梳陈二叔等等。南宋，民间诗人和民间诗社的数量更众，宋末江湖诗人即多为平民身份。据吴自牧《梦粱录》卷十九"社会"条所录："文士有'西湖诗社'，此乃行都缙绅之士及四方流寓儒人，寄兴适情赋咏，脍炙人口，流传四方，非其他社集之比。"⑦结社集会在宋代颇为普遍，且成员不受身份的高低贵贱限制，据《东京梦

---

① （宋）陈岩肖撰：《庚溪诗话》卷上，《影印文渊阁四库全书》第1479册，台北：台湾商务印书馆，1986年。
② （宋）蔡絛撰：《铁围山丛谈》，北京：中华书局，1983年，第5—6页。
③ （宋）邓椿撰：《画继》，北京：人民美术出版社，1983年，第1页。
④ （宋）叶梦得：《避暑录话》，《影印文渊阁四库全书》第863册，台北：台湾商务印书馆，1986年，第690页。
⑤ （宋）吴可撰：《藏海诗话》，《影印文渊阁四库全书》第1135册，台北：台湾商务印书馆，1986年。
⑥ 同上。
⑦ （宋）吴自牧撰：《梦粱录》，《丛书集成》初编本，上海：商务印书馆，1936年，第179页。

华录》《梦粱录》《武林旧事》等书所录，大凡文艺活动都可结为"社会"，如杂剧有"绯绿社"，蹴球有"齐云社"，唱赚有"遏云社"，耍词有"同文社"，清乐有"清音社"，小说有"雄辩社"，影戏有"绘革社"，吟叫有"律华社"，等等。"诗"在中国传统观念中被视作雅道，因此"诗"与一般市民喜好的声乐技艺等文艺活动有所区别，"诗社"具有"非其他社集之比"的地位。

　　自魏晋时代，文坛开始兴起特定的社交集会，文人学者齐聚一方，谈诗歌、论文学事，有的还于席间进行诗歌创作。这种文学性质的集会发展到宋代更为普遍、多样，很多"闲谈"便在这种场合产生。宋代诗社等结社的出现引领了一种社会风气：文艺活动的参与者趋向多元化与普遍化，并在结社与文艺活动中拥有相对平等的话语地位，相互之间可以进行无品级的对话。诗社中，诗人们进行诗歌创作之余，也常评诗衡文，名篇优劣，讨论创作情事。这些论诗的内容与逸事被记录、收集起来，就构成了诗话。欧阳修的《六一诗话》就是在就对话情境的复原中创作产生的。诗话之主体往往也是诗社之成员，既有达官显贵，也有平民百姓，彼此间可以进行平等、无品级的对话与交流。这种交流对话，自然以"闲谈"式的语言，时而作形象的描述，时而出新颖的理语，时而发幽默的讽刺，语气轻松，语感活泼，充满趣味。这种语言，亲切生动，以小见大，寓理粲然，言短意永，其本质是对话，必然不是具有严密逻辑性的理论话语。诗话文体语言方式的口语性和社交性，使其无论是记事、考释、还是摘句鉴赏，都娓娓动人，风格也与小说十分相近，让人读来津津有味。因此，诗话不同于之前的诗学批评文体，其主体与对话方式呈现出宋代文化崇尚平等对话的鲜明时代精神，读者能从文本中体会到当时话语场景里的世风与人情。

3. "说话"与"话"体诗学批评

诗话之"名",最早出现于讲唱文学作品,诗话自产生时,便与小说文体相交融,其"闲谈"的话语模式也正是脱胎自小说。《四库全书总目提要》评阮阅《诗话总龟》道:"多录杂事,颇近小说","诗文评"类总述云:

刘攽中山诗话、欧阳修六一诗话,又体兼说部。①

鲁迅先生将"说话"体裁溯源至唐代:"说话者,谓口说古今惊听之事,盖唐时亦有之。"② 宋代,城镇兴起,作为一种民间说唱艺术的"说话",开始形成规模并逐渐成为市民主要的商业化娱乐活动。"说话"艺术的发达激活了"话"体文学批评的发生,主要的"话"体批评文体,如诗话、词话、文话等,都兴起于北宋:第一部诗话是欧阳修的《六一诗话》,成书于熙宁四年;第一部词话是杨绘的《时贤本事曲子集》,成书于元丰初年;第一部文话是王铚的《四六话》,成书于宣和四年。这些兴起于北宋的"话"体诗学批评有两个明显的特点:诗学的批评性与诗学的叙事性。批评性体现在将诗人、诗作、诗艺等作为批评对象的诗学批评与艺术探讨中,批评性是构成"话"体诗学理论性与评论性的最主要因素,这也是诗话等著作在《四库全书总目》中被归入"诗文评"类的原因;叙事性体现在讲述诗人、诗作的逸事以及与之相关的典实考证上,叙事性是构成"话"体诗学史实性与小说性的最主要因素,这也是《六一诗话》等诗话被冠以"体兼说部"特征的原因。章学诚在《文史通义》

---

① (清)永瑢等撰:《四库全书总目》(下册),中华书局整理影印本,1965年,第1779页。
② 鲁迅著:《中国小说史略》,《鲁迅全集》第9卷,北京:人民文学出版社,1981年,第111页。

中指出"诗话之源,本于钟嵘《诗品》"①,从钟嵘《诗品》到北宋诗话,诗学批评著作有品、评、格、式、旨、图等多种品类,但都远离叙事,别于诗话体。那么为何宋代在诗学批评文体中特别分离出了比较贴近叙事的诗话一体呢?宋代城市经济繁荣,市民阶层逐渐兴起并不断壮大,市民文化生活日趋丰富,呈现出商业化、通俗化与大众化的新趋势。而诗话等"话"体诗学文体符合这种新的文化形态,比较通俗,撰写与编著都较容易、便捷,学富如欧阳修、司马光者也愿意以这种亲切随意、雅俗共赏的文体记述有关诗的见闻与体会,而才学不如他们的人也能够编写诗话,诗话内容的优劣则因人而异。"体兼说部"的诗话与部分短章单则的叙事类文体有直接的类似,例如《世说新语》中无序杂录的片断式、闲谈随笔式的有关名士言行与野史佚事的内容,孟启《本事诗》中以事系诗的内容等等。诗话文体既可以"话"诗故事,又可以"话"诗理论、诗艺术,诗人和诗是叙说的重心,事只是或多或少的背景材料,一则诗话未必都是叙事,也未必都有诗,一则诗话可以包含有关诗人、诗作、诗艺的事和评论,可短可长。《六一诗话》的创格意义也正是在于它把各自存在的诸种元素汇集起来,加以整合,使之成为一体并用以论诗,从而凭借鲜明的特色形成与其他诗学批评论著的本质差异。到了南宋,在有关诗的"话"这一基本性质下,"话"体诗学分为叙、论二体,即以叙事为主的史料性诗话和以评议为主的理论性诗话,二者源头虽近但其流渐远。

此外,"体兼说部"的"话"体文学批评影响了后世小说文体的发展,对"说话"文体具有一定的反哺作用。诗话等著作既满足了文士对雅的理论需要,又迎合了市民对俗的心理需求。这样的特点

---

① 章学诚著:《文史通义》第2册,上海:上海书店,1988年,第75页。

使得它们极易流传,成为不少文言小说以及白话小说的原型与出处,宋元《绿窗新话》《丽情集》《翰府名谈》《青琐高议》《春梦录》等集子中的文言小说都有诗话、词话等文体的痕迹,这些作品以人物的诗词为主体,叙事的目的在于为人物的诗词记本事、录异事,它们在叙事上与诗话、词话的主要区别是其叙事的虚构性。

明代将诗文小说与"体兼说部"的诗话、词话收录在一起,表明以宋代市民文化为滥觞的审美接受心理的一种延续:在这些文体中,人们欣赏的并不是纯粹的叙事,而是能够为诗、词提供本事、背景及来源的叙事。

4. "意在言外"与"境界"说

宋型文化崇尚"平淡"之美,宋人尚作平淡之诗,并以平淡诗美为最高,"平淡而山高水深"的审美精神使得宋代继六朝之后,彰显"意在言外"的诗学意境。欧阳修在《六一诗话》中多次强调"意在言外"的美学效果,提出"意新语工"等诗歌理论,从言意关系的层面指导诗歌达到这种审美意境,对后世的文学理论与创作实践有着广泛、深远的影响。

在中国近代文学批评史上,王国维率先将中国古代文论与西方现代哲学、美学思想结合,一改数千年来深受儒教道统限制的思维定式,采用灵活的"话"体批评形式,以新观念、新视角来审视中国古代文学,融贯中西批评方法,创作了《人间词话》,成为中国近代文学批评史上的名篇范本。《人间词话》标举"境界"说,王国维围绕"境界"推衍出"造境"、"写境"、"有我之境"、"无我之境"等一系列概念。考察"境界"说之内涵,实与中国古代诗学有着深厚渊源,受到了宋代崇尚"平淡"、"意在言外"等诗学意境主张的影响。王国维在《人间词话》手定稿第九则写道:

> 严沧浪《诗话》谓:"盛唐诸公,唯在兴趣。羚羊挂角,无

迹可求。故其妙处，透彻玲珑，不可凑泊，如空中之音，相中之色，水中之影，镜中之象，言有尽而意无穷。"余谓：北宋以前之词，亦复如是。然沧浪所谓"兴趣"，阮亭所谓"神韵"，犹不过道其面目，不若本人拈出"境界"二字，为探其本也。①

在另一则词话中，王国维对"境界"说与中国古代诗学诸说之间的关系做出明确界定：

言气格，言神韵，不如言境界。境界，本也。气格，神韵，末也。境界具，而二者随之也。②

王国维将"境界"与中国古代诗学传统中的"气格"、"神韵"诸说之间规定为一种"本"与"末"的关系。此番界定待商榷，因为王国维的"境界"说实源自叔本华的"直观"说，属于西方美学传统，而"气格"、"神韵"诸说乃植根于中国古代诗学的"比兴"传统，二者之间难言"本"、"末"。尽管不能以"本"、"末"论之，"境界"与中国古代诗学传统之间确实存在深刻的联系。实际上，王国维"境界"概念的诸多内涵早已出现于中国古代诗学传统之中，并非王国维首创。王国维的创格在于，一方面把叔本华关于诗歌语言与想象的关系转换成中国古代诗学中"言"与"意"的关系，另一方面汲取了中国古代文论中与之相适的内容加以融合、升华，使之成为审美批评的高级概念与核心概念，同时以"境界"名之，以之涵括、统摄中国古代文学批评的风骨、气格、"意在言外"、神韵、趣味等其他审美范畴。

王国维的"境界"说与宋代主张"意在言外"诗歌意境的诗学

---

① 王国维著，陈鸿祥编著：《人间词·人间词话注评》，南京：江苏古籍出版社，2002年，第26页。
② 同上，第212页。

观一致,均侧重从主观感受角度论诗,重视心物相感以及由感应引发的艺术直觉。《人间词话》中有一则经常被后人引用的词话:"昔人论诗词,有景语、情语之别,不知一切景语,皆情语也。"① 这种情景交融、融情于景的艺术境界正是欧阳修"状难写之景","含不尽之意,见于言外",严羽"言有尽而意无穷"的审美追求。且看王国维对苏轼咏物词的评价。苏轼的《水龙吟·咏杨花》既有"真感情",又有"真景物",首两句"似花还似非花,又无人惜从教坠",做到了王国维所谓"观物也深,体物也切",体现出苏轼对杨花客观物性的细致观察与精确把握。杨花虽名为"花",在春天与百花同开同落,却色淡无香、形态细小,毫不引人注目,故称"似花"、"非花",而紧接着的一个"惜"字表达出了浓郁的抒情色彩。苏轼用拟人的手法将杨花想象成一位春日思妇,"萦损柔肠,困酣娇眼,欲开还闭"等句,先将杨花的形态写得逼真生动,"细看来,不是杨花,点点是离人泪",则更把满腹的惜春之情抒发得淋漓尽致。苏轼《水龙吟·咏杨花》于所咏之物外,塑造了一位未被言明却易于体认的抒情主人公,通过抒情声音,读者能清晰地感受到这位抒情主人公伤春惜花的鲜明情感。此番景语情语,王国维自然要击节叹赏,将之推为咏物词的最上之作。可见王国维基于"境界"说的批评鉴赏,与崇尚"平淡"、"意在言外"的宋代诗学批评观念有相通之处。叶嘉莹先生即论:"盖即因其能由外在之景物,唤起一种微妙超绝的精神上之感兴,于是便自然有一种含蕴不尽的情趣"②。可以说,欧阳

---

① 这则词话在定稿时被删去,或因与叔本华美学观冲突,然实乃王国维"境界"说之内质。王国维,《王国维遗书·静安文集》第3册,上海:上海书店,1983年,第291页。
② 叶嘉莹著:《人间词话与中国传统诗说之关系》,《〈人间词话〉评论汇编》,北京:书目文献出版社,1987年。

修等人意识到了诗歌中的某种可以达到"意在言外"、"言有尽而意无穷"、"一唱三叹"等审美感受的自由质素，但对于这种质素的来源无法清晰的认知，因此只能以"意在言外"、"妙悟"、"神韵"等形容作比。

欧阳修的"意在言外"，严羽的"兴趣"说，王士祯的"神韵"说等诗学理论影响了王国维"境界"说基调的奠定。以宋型文化"意在言外"的审美精神论之，王国维在《人间词话》中推崇的神韵天然之作，多是以自然山水为题，以清远为尚，承袭了北宋以来崇尚"平淡"的审美精神。而王国维在《人间词话》中表现出的鲜明的尊北宋抑南宋的批评倾向，既是从他看重"真感情"，"真景物"的境界出发，也是他对北宋平淡闲远的审美精神的认同与发扬。

结　语

本文重点从诗学形态的演变去观察与研判欧阳修《六一诗话》。中国古代，诗学形态具有多重功能，既在人类学的层面影响代代中国人的精神状态与思维模式，又在文学范畴内构成了中国古代文艺成就最高的文体类别，它以生命为内核，以文化为血脉，以感悟融会贯穿。中国古代文化因之根植于深厚的人文底蕴之上，呈现出了鲜明的诗性特征，其本体是诗，精神方式是诗学。诗歌创作引发鉴赏批评，诗学的发展离不开诗学批评，诗学批评是诗学形态的重要方面。诗话文献是中国古代诗学批评之集大成者，欧阳修《六一诗话》正是这一文体的开山之作，因此在中国古代诗学形态的演变中对《六一诗话》进行考察与研究，对于研究中国古代文化与中国古代诗学之互动、中国古代诗学与中国文学批评之交融、北宋以前中国古代诗话的形态、演变历程与各自特点、宋型文化对诗话文体的影响均有特殊意义。

　　本文从中国古代诗学与中国古代文化展开论述，将诗话置于中国古代文化、中国古代诗学与诗学批评的历史视域下，从各阶段中诗学与诗学批评在形态演变中的相互交融阐明诗话的特殊地位。在中国古代文化的诗性内质下，受诗学形态的生命性、文化性、感悟性等特征影响，诗话呈现出鲜明的主体在场性、文化史料性和感悟随笔性等文本特征。诗话虽肇始于北宋欧阳修，然六朝开始便有诗话前身的诞生，究其深层成因，实与前代文学批评之发展关系密切，诗话可谓贯穿于整个文学批评史。

　　宋代文化之所以在中国古代文化史上拥有显著的地位，正是得益于广泛汲取前代的经验成果，并在其基础之上多所开创。北宋的统一局面与相对安定的政治环境，为生产力的大发展、百姓的安居乐业创造了条件，经济发展取得了前所未有的繁荣，城镇兴起，市民生活扩大。在稳定繁荣的社会生活中，宋代学术文化事业成就辉煌，备受后世称颂。北宋文人集学者和诗人于一身，同时兼具士大夫的政治身份，在文艺生活中既注重思想文化、精神风貌之建设，又喜好赋诗衡文、游宴雅集，其中的代表人物之一就是欧阳修。学术思想与文学艺术在各自形态的发展演变中相互影响、渗透，在具体的表现形态上更具时代特色。从《六一诗话》的产生背景来看，其成书受到流变中的多重因素影响，其中既有对历史成果的承接，又有新时代背景下的开创：一是受自六朝而下的诗学批评意识逐渐自觉的影响，这一点从目录学著作就诗话的分门别类可以见出，欧阳修已具有相当的诗学批评意识，对"诗文评"著作的意义有清晰的认识；二是受产生自先秦几经流变的语录体影响，这一点从以禅话为代表的札记式的白话语录体在宋代的蔚为可观以及魏晋以降语录体在文学批评中的应用可以见出，诗话文体脱胎自与语录体的交融、演变中,《六一诗话》在言谈间启发对话者的性质以及轻松幽默的语言风格等方面均与语录体相近。三是受宋代士人的生活状态以及普遍的文艺生活情态影响,这是诗话产生并走向繁荣的文化与时代背景,这从《诗话》的成书时间、著述宗旨,以及具体内容所反映出的文学史料等内容可以见出。从学术、文化、时代等方面综合考察《六一诗话》的产生背景,突出《诗话》承前启后的里程碑意义,便于探讨它与诗学形态演变的互动关系。

《诗话》的诗歌理论与审美价值,从三个层面对宋代诗学发展形态做了阶段性总结与理论创新:在语言层面主张雕章丽句,指出浅俗与直白的诗语会降低诗歌的格调;在意义层面要求吟咏情性与事理真实,这与欧阳修对西昆体的矫正以及对诗歌史料功能的重视一脉相通;在言意关系层面提出"意新语工",倡导"含不尽之意,见于言外"的审美效果。从这三个层面出发,《诗话》还推衍出"穷而后工"、博采众长的诗学门径,并以体悟式的摘句批评对具体的诗歌作品进行举例分析,深化了《诗话》的诗学主张。《诗话》在诗学形态的发展演变中所做的总结与开创,为宋诗的发展指明了方向,对中国诗歌的发展贡献卓著,同时又反过来影响了中国诗学形态的演变。

胡适曾道:"居今日而言文学改良,当注重'历史的文学观念'。一言以蔽之,曰:一时代有一时代之文学。"[①] 宋型文化深刻影响着诗学形态在宋代的演变发展,诗学批评的《六一诗话》也与之有着多方面的互动:其一,宋型文化淡泊明志、虚静求理,平等、无品级的对话精神,尚平淡、崇意境的时代特征影响着宋诗形态的演变,

---

① 胡适:《历史的文学观念论》,《胡适文集》卷3,北京:人民文学出版社,1998年,第32页。

在诗学批评中形成了以平淡美为最高的审美理想,这在《诗话》关于文人的日常生活记录与诗人、诗作的评析中得以呈现。其二,宋代重文,宋人具有普遍的文艺生活情趣,国中上下,相互渗透、相互影响。不同于魏晋时代的门第观念,宋人在浓厚的文化氛围下,民间多结诗社,参与者趋向多元化与普遍化,并拥有相对平等的话语地位。产生其间的《六一诗话》,《诗话》主体既有达官显贵,也有平民百姓,对话与交流呈现出平等、无品级的风貌,体现了宋型文化特质。其三,宋代城镇兴起,说唱艺术逐渐成为市民主要的娱乐活动。受宋代发达的讲唱文学与"说话"艺术的激发,《六一诗话》的文本形态呈现出"体兼说部"的特点,具体表现在讲述诗人、诗作的逸事以及相关的典实考证等诗学的叙事性内容上。《诗话》既"话"诗故事,又"话"诗理论、诗艺术,凭借鲜明的特色形成与其他诗学批评论著的本质差异,并影响后世"说话"文体的发展。其四,受宋代文化影响,主要的"话"体批评文体均于这一时期兴起,如词话、文话等,王国维《人间词话》即沿用了"话"体文学批评体例。宋型文化崇尚"平淡而山高水深"的美学效果,宋代诗学继六朝之后,彰显"意在言外"之诗学意境,连同中国古代文论史上其他主张诗歌意境的观点理论,共同奠定了王国维"境界"说的基调。本文讨论了宋型文化对诗话产生、发展的促进作用,分析《诗话》呈现出的时代特质,论述其在此基础之上对诗学与诗学批评所产生的深远影响,更多维的彰显出《诗话》的文学价值与文化价值。

　　欧阳修身为北宋文坛盟主,曾领导诗文革新运动,创作出众多广受后人喜爱与称颂的诗文作品。欧阳修的诗歌题材宽广,内容丰富,艺术风格独特,对宋诗风格的形成、宋代诗学形态的演变起了重要的导向作用,在中国诗歌发展史上具有深远影响。欧阳修的诗学观点新颖独到,晚年写作《六一诗话》,确立了诗话独立的批评文体地位，开创了"以资闲谈"的文学批评模式。在宋代崇文的风尚下，《诗话》从诗人的日常文艺生活切入对诗歌的探讨，提出的诗学主张，内容涉及作家论、作品论、风格论、创作论、文体论等多个方面，引导了宋人的诗歌创作。《诗话》与宋型文化的互动，既充实了《诗话》本身的学术内涵与文化价值，同时也为我们了解宋代社会生活与文化活动、宋人精神风貌与心理特征等历史真实另辟蹊径，是中国古代文化史、文学史、古代史等多个研究领域的重要文献资料。《诗话》在广泛吸收前人诗学精华的基础上又蕴含新时代的审美精神，为后世诗歌境界的提升、"话"体文学批评理论的建构奠定了基调。《诗话》对诗歌资源的采撷与接受别出心裁，是中国诗歌接受史上的重要资源；在表达方式与艺术手法上匠心独运，为后世诗话文体模式的转型、文学批评语言的丰富提供了经验；一系列关于诗歌的远见卓识，对后世诗歌批评与审美鉴赏标准的升华具有启发性意义。

《六一诗话》是欧阳修的晚年之笔和收官之作，其中就诗歌进行的种种论述，既是欧阳修诗学观的定型与总结，还代表着宋代诗学理论与形态的较高水平，在中国古代文学史上具有多重意义。欧阳修写作诗话，用自己亲历的审美感受替代了理性严肃的描述概括，遵奉"温柔敦厚"的诗教，语言宛转，错落有致，常常用几个字便能准确形容一个诗人或诗歌流派的风格和特点，这既是其文学、文体之功力，亦是其诗人气质之彰显。由此来观现下的文学理论与文学批评著作，这些著述往往热衷建构庞大的理论体系，就其学术规范与学术态度而言，理论性、逻辑性、严肃性等方面的确得到了有效地加强，然就其语言表达与读者接受层面来看，其过于枯燥、沉闷、冷静的论证使读者的阅读快感降至冰点，压抑了读者的审美感受与文学情性，其理论光辉也因此受到一定程度的遮蔽，较难被读者领受。所以，这些理论批评著作除了相关专业的研究者与工作者外，往往陷入无人问津的尴尬境地。而中国古代文论史上相继产生的一系列"话"体文学理论批评文体——诗话、词话、文话、曲话等等——其语言不拘形迹、侃侃而谈，既属创建又在实质上构成了中国传统的批评语系，其超凡脱俗的审美性与艺术张力应当被现下的文学理论家与批评家所觉察、发扬。此外，《六一诗话》就文学在当今社会应该如何定位与自处等问题给予了一定的启发与回应，文学不只是文学，而是一种生活方式：《诗话》中的人际交往与日常文艺生活为人们在现下日益丰富的物质生活中所面临的日趋严重的生活与心灵危机，提供了一种"心远地自偏"的解决方案——"人充满劳绩，但还，诗意地栖居于大地之上"，因而又别具一番现实意义。

【参考文献】

（一）原典类：

1. （宋）欧阳修著，李逸安点校：《欧阳修全集》，北京：中华书局，2001。

2. ［宋］欧阳修著，郭绍虞主编：《中国古典文学理论批评专著选辑》本，北京：人民文学出版社，1962。

3. ［清］何文焕辑：《历代诗话》，北京：中华书局，1981。

4. ［宋］欧阳修著：《六一诗话》，北京：人民文学出版社，1961。

5. 杨伯峻译注：《论语译注》，北京：中华书局，2009。

6. ［晋］陆机撰，张少康集释：《〈文赋〉集释》，上海：上海古籍出版社，1984。

7. ［南朝］钟嵘著，吕德申校释：《〈诗品〉校释》，北京：北京大学出版社，1986。

8. ［南朝］刘勰著，周振甫注：《〈文心雕龙〉注释》，北京：人民文学出版社，1981。

9. ［宋］杨亿编：《西昆酬唱集》，《影印文渊阁四库全书本》，台北：台湾商务印书馆，1986。

10. ［宋］梅尧臣著，朱东润编年校注：《梅尧臣集编年校注》，上海：上海古籍出版社，2006。

11. ［宋］苏轼著，王文诰辑注：《苏轼诗集》，北京：中华书局，1982。

12. ［南宋］严羽著，郭绍虞校释：《沧浪诗话校释》，北京：人民文学出版社，1983。

13. ［宋］陈师道著：《后山诗话》，《历代诗话》本，北京：中华书局，1981。

14. ［南宋］刘克庄著：《后村诗话》，北京：中华书局，1983。

15. ［宋］朱弁著：《风月堂诗话》，北京：中华书局，1988。

16. ［宋］叶梦得著：《石林诗话》，《历代诗话》本，北京：中华书局，1981。

17. ［宋］刘攽著：《中山诗话》，《历代诗话》本，北京：中华书局，1981。

18. ［宋］欧阳修撰：《新五代史》，北京：中华书局，1974。

19. ［元］脱脱等撰：《宋史》，北京：中华书局，1999。

20. ［清］王夫之著，戴鸿森笺注：《姜斋诗话笺注》，上海：上海古籍出版社，2012。

21. 丁福保编：《清诗话》，上海：上海古籍出版社，1978。

22. 北京大学古文献研究所编：《全宋诗》，北京：中华书局，1998。

23. 曾枣庄主编：《全宋文》，上海：上海辞书出版社，2006。

24. 钱锺书著：《宋诗选注》，北京：人民文学出版社，1979。

（二）专著类：

1. 刘德清著：《欧阳修论稿》，北京：北京师范大学出版社，1991。
2. 黄进德著：《欧阳修评传》，南京：南京大学出版社，1998。
3. 赵仁珪著：《宋诗纵横》，北京：中华书局，1994。
4. 周裕锴著：《宋代诗学通论》，上海：上海古籍出版社，2007。
5. 张宏生著：《宋诗融通与开拓》，上海：上海古籍出版社，2001。
6. 熊海英著：《北宋文人集会与诗歌》，北京：中华书局，2008。
7. 郭绍虞著：《宋诗话考》，北京：中华书局，1979。
8. 郭绍虞著：《宋诗话辑佚》，北京：中华书局，1980。
9. 蔡镇楚著：《诗话学》，长沙：湖南教育出版社，1990。
10. 蔡镇楚著：《中国诗话史》，长沙：湖南文艺出版社，1988。
11. 李泽厚著：《美的历程》，北京：文物出版社，1981。
12. 袁济喜著：《六朝美学》，北京：北京大学出版社，2000。
13. 钱基博著：《中国文学史》，北京：中华书局，1996。
14. 章培恒著：《中国文学史》，上海：复旦大学出版社，1996。
15. 刘师培著：《中国中古文学史讲义》，上海：上海古籍出版社，2000。
16. 朱东润著：《中国文学批评史大纲》，上海：上海古籍出版社，1983。
17. 郭绍虞著：《中国文学批评史》，北京：中华书局，1961。
18. 程千帆、吴新雷著：《两宋文学史》，上海：上海古籍出版社，1991。
19. 钱锺书著：《谈艺录》，北京：中华书局，1984。
20. 杨国安著：《宋代韩学研究》，北京：中国社会科学出版社，2006。

21. 陈良运著：《中国诗学批评史》，南昌：江西人民出版社，1995。

22. 刘明今著：《中国古代文学理论体系：方法论》，上海：复旦大学出版社，2000。

23. 刘方著：《宋型文化与宋代美学精神》，成都：巴蜀书社，2004。

24. 刘方著：《唐宋变革与宋代审美文化转型》，上海：学林出版社，2009。

25. 周兴陆著：《中国分体文学学史》，太原：山西出版传媒集团·山西教育出版社，2013。

26. 王永照主编：《宋代文学通论》，开封：河南大学出版社，1997。

27. 曾祥波著：《从唐音到宋调》，北京：昆仑出版社，2006。

28. 蒋述卓著：《宋代文艺理论集成》，北京：中国科学社会出版社，2000。

（三）论文类：

1. 徐中玉：《诗话之起源及其发达》（《中山学报》，1卷1期）。

2. 陈良运：《诗话学论要》（《福建论坛》人文社会科学版，2001年第4期）。

3. 祝良文：《论〈六一诗话〉的诗学思想》（《齐齐哈尔大学学报》哲学社会科学版，2004年第3期）。

4. 杨国安：《传承与变异——欧阳修对韩诗的学习及其文化史意义》（《河南大学学报》，2006年第4期）。

5. 张福勋：《欧阳修以诗论诗说》（《中国人民大学学报》，1991年第6期）。

6. 云国霞、王发国：《〈六一诗话〉遗留问题详述》（《西南民族大学学报》人文社科版，第 26 卷第 11 期）。

7. 吴大顺：《论欧梅唱和诗的创作动机》（《学术论坛》，2004 年第 1 期）。

8. 吴大顺：《士子友谊与唱和诗——论欧梅唱和诗对元白唱和诗的继承与超越》（《怀化学院学报》，第 23 卷第 1 期）。

9. 庆振轩：《自以欧梅比韩孟——韩孟、欧梅并称之文化内涵探论》（《周口师范学院学报》，第 28 卷第 4 期）。

10. 黄河：《〈六一诗话〉浅论》（《华侨大学学报》哲学社会科学版，1991 年第 2 期）。

11. 陈加俊：《"夜半钟声"的审美意义》（《滁州师专学报》，2001 年 6 月）。

12. 张宇声：《超迈横绝与深远闲淡——苏梅写景诗比较分析》（《山东社会科学》，1988 年第 1 期）。

13. 陈安梅：《从〈六一诗话〉看欧阳修和梅尧臣》（《哈尔滨学院学报》，2010 年 4 月）。

14. 宫臻祥：《"以资闲谈"：〈六一诗话〉的创作旨归》（《古代文学理论发微》，2011 年 8 月）。

15. 宫臻祥：《论〈六一诗话〉的贡献及特色》（《湖北函授大学学报》，2011 年 6 月）。

16. 孙蓉蓉：《"以资闲谈"与〈六一诗话〉》（《中国韵文学刊》，1995 年第 2 期）。

17. 刘方：《"闲话"与"独语"：宋代诗话的两种叙述话语类型——以〈六一诗话〉和〈沧浪诗话〉为例》（《文艺理论研究》，2008 年第 1 期）。

18. 刘泉：《关于宋代诗话》（《阴山学刊》社会科学版，1988 年第 2 期）。

19. 白寅、王晓东：《几个重要的传统文学批评文本的传播学解析》（《社会科学家》，2006年第1期）。

20. 李伟国：《〈六一诗话〉与〈归田录〉》（《上海师范学院学报》社会科学版，1981年第1期）。

21. 张海明：《欧阳修〈六一诗话〉与〈杂书〉、〈归田录〉之关系——兼谈欧阳修〈六一诗话〉的写作》（《文学遗产》，2009年第6期）。

22. 张明华：《欧阳修〈六一诗话〉写作原因探讨》（《阜阳师范学院学报》社会科学版，2004年第6期）。

23. 王海英：《论诗话"闲谈"性与"零乱"性的真正意义——以〈六一诗话〉为例》（《云梦学刊》，2000年第6期）。

24. 马金科：《〈六一诗话〉与高丽诗话〈破闲集〉之比较》（《延边大学学报》社会科学版，1992年第4期）。

25. 林嵩《〈六一诗话〉与宋初诗学》（《河南科技大学学报》社会科学版，2005年3月）。

26. 宫臻祥：《从"以资闲谈"看〈六一诗话〉的成因》（《长沙大学学报》，2011年1月）。

27. 彭玉平、杨金文：《话体文学批评的肇端——重估〈六一诗话〉的诗学地位及价值》（《安徽师范大学学报》人文社会科学版，2002年5月）。

28. 张文利：《论〈六一诗话〉》（《西北大学学报》哲学社会科学版，2003年2月）。